HARLAN COBEN
In tiefster Nacht

GOLDMANN

Harlan Coben
In tiefster Nacht

Thriller

Aus dem Amerikanischen
von Gunnar Kwisinski

GOLDMANN

Die amerikanische Originalausgabe erschien 2025 unter dem Titel
»Nobody's Fool« bei Grand Central Publishing, New York/Boston.

Der Verlag behält sich die Verwertung der urheberrechtlich
geschützten Inhalte dieses Werkes für Zwecke des Text- und
Data-Minings nach § 44 b UrhG ausdrücklich vor.
Jegliche unbefugte Nutzung ist hiermit ausgeschlossen.

Penguin Random House Verlagsgruppe FSC® N001967

1. Auflage
Deutsche Erstveröffentlichung Mai 2025
Copyright © 2025 by Harlan Coben
Copyright © dieser Ausgabe 2025
by Wilhelm Goldmann Verlag, München,
in der Penguin Random House Verlagsgruppe GmbH,
Neumarkter Straße 28, 81673 München
produktsicherheit@penguinrandomhouse.de
(Vorstehende Angaben sind zugleich
Pflichtinformationen nach GPSR)

Umschlaggestaltung: UNO Werbeagentur, München
Umschlagmotiv: © Mark Fearon / Arcangel Images
Redaktion: Anja Lademacher
ES · Herstellung: ik
Satz: GGP Media GmbH, Pößneck
Druck und Bindung: GGP Media GmbH, Pößneck
Printed in Germany
ISBN 978-3-442-20687-2

www.goldmann-verlag.de

PROLOG

Lief alles schief, seit ich dir begegnet bin? Ich war gerade mal einundzwanzig Jahre alt, rückblickend also fast noch ein Baby, hatte erst vor wenigen Wochen meinen Abschluss am Bowdoin College gemacht und mich daraufhin unerschrocken in das in meinen Kreisen übliche Ritual einer Rucksackreise durch Europa gestürzt. Es war Mitternacht. Tanzmusik dröhnte durch den Saal. Ich nuckelte an meiner ersten Flasche Victoria Málaga, der billigsten Cerveza, die man in diesem Club an der spanischen Costa del Sol bekam (hey, ich musste mein Geld zusammenhalten).

Ich war davon ausgegangen, dass dies eine meiner üblichen Clubnächte werden würde – große Hoffnungen, Angst, etwas zu verpassen, leise Enttäuschung (sprich: allein nach Hause gehen) –, als ich dich auf der Tanzfläche erblickte.

Der DJ legte »Can't Get You Out of My Head« von Kylie Minogue auf, was sich als absoluter Volltreffer herausstellen sollte. Ein Vierteljahrhundert später gelingt es mir immer noch nicht, dich aus dem Kopf zu bekommen. Du hast mir in die Augen gesehen, hast den Blick nicht abgewendet, auch wenn ich damals nicht geglaubt habe, dass du mich meintest. Nicht nur, weil ich nicht deine Liga war. Das war ich natürlich nicht. Du warst ein paar Nummern zu groß für mich. Ich habe vor allem deshalb nicht geglaubt, dass du mich gemeint hast, weil ich inmitten des Lacrosse-Teams von Bowdoin saß – Mikey, Holden, Sky, Shack und natürlich Teamkapitän

Quinn. Alle kräftig gebaut, attraktiv und vor Gesundheit strotzend, fast wie die Kennedys auf den alten Fotos beim Footballspielen in Hyannis Port. Ich dachte, du würdest einen von ihnen ansehen – vielleicht Captain Quinn mit seinem perfekt welligen Haar und einem Körperbau, den man nur dank einer sorgsam abgestimmten Mischung aus Krafttraining, Waxing und Anabolika erhält.

Wie um das zu überprüfen, blickte ich übertrieben, fast wie in einem Cartoon erst nach rechts, dann nach links. Als ich es wagte, dich wieder anzusehen, gelang es dir irgendwie, nicht die Augen zu verdrehen, sondern dich stattdessen barmherzig zu zeigen und mir kurz wissend zuzunicken. Du hast mich weiter angeblickt, oder vielleicht war es eher wie bei diesen alten Ölgemälden, die ich zwei Tage zuvor im Prado in Madrid gesehen hatte, auf denen die Personen auf den Bildern einem mit Blicken überallhin zu folgen scheinen, ganz egal, wo man steht. Ich wünschte, ich könnte sagen, dass damals außer uns beiden alle Personen aus der Discoteca Palmeras verschwunden wären, wie in einem kitschigen Film, in dem die Musik leiser und herangezoomt wird, aber so war es nicht.

Die Tanzfläche war voll mit jungem Partyvolk. Ein Typ stieß mit dir zusammen. Dann der nächste. Andere wogende Körper schoben sich zwischen uns.

Du verschwandst aus meinem Blick, als hätte die Menge dich verschluckt.

Ich stand auf. Die Lacrosse-Bros, die mit mir am Tisch saßen, bemerkten es nicht einmal. Ich war eher ein Maskottchen als ein Freund, ein witziger Sidekick, der komische kleine Typ, der im ersten Jahr zufällig dem extrem beliebten Captain Quinn als Zimmergenosse zugelost worden war. Die meisten Bros hielten mich für einen Inder, nannten mich häufig Apu und ahmten irgendeinen südasiatischen Akzent nach, was mich nervte, weil ich in Fair Lawn, New Jersey, geboren und aufgewachsen war und auch so sprach. Die Lacrosse-Bros waren nicht meine erste Wahl als Reisebegleitung für eine Europareise gewesen, aber meine besten Freunde Charles und Omar hatten bereits Jobs, der eine bei der Bank of America in Manhattan, der andere in der Genforschung am Massachusetts General Hospital. Ich war an der medizinischen Fakultät der Columbia University angenommen worden und sollte dort im Herbst mein Studium beginnen – aber ehrlich gesagt war es ziemlich cool, ja sogar schmeichelhaft, mit den Lacrosse-Bros reisen zu dürfen, selbst wenn Quinn dafür ein gutes Wort bei den anderen hatte einlegen müssen.

Ich schwamm eher auf die Tanzfläche, als dass ich ging, und kämpfte mich wie durch brechende Wellen zwischen den schweißgebadeten Körpern voran. Der DJ wechselte zu »Murder On The Dance Floor« von Sophie Ellis-Bextor, was im Nachhinein wirklich passend, aber irgendwie auch ironisch klingt, auch wenn ich gar nicht so ganz genau weiß, was das Wort »ironisch« bedeutet, seit Alanis Morrisette ihren Song »Ironic« gesungen hat, und selbst jetzt, fast ein Vierteljahrhundert nach dieser Nacht, möchte ich vermeiden, es falsch zu verwenden.

Ich schob mich eine volle Minute zwischen den wogenden Leibern hindurch, bis ich dich in der Mitte der Tanzfläche fand. Du hattest die Augen geschlossen, die Hände erhoben, bewegtest dich langsam, bedächtig und geschmeidig. Ich weiß bis heute nicht, wie dieser Move heißt, war aber vollkommen fasziniert. Immer wenn du die Arme über den Kopf strecktest, hob sich dein Oberteil und deine gebräunte Taille kam zum Vorschein. Einen Moment lang stand ich einfach nur da und starrte dich an. Du sahst so verloren aus, warst gleichzeitig so im Reinen mit dir, dass ich beinahe nichts weiter unternommen hätte.

Stell dir vor, ich hätte es nicht getan.

Aber leider war ich an diesem Abend untypisch verwegen. Das eine Bier hatte mir den Mut verliehen, vorzutreten und dir auf die Schulter zu tippen.

Du hast erschrocken die Augen geöffnet.

»Willst du tanzen?«, fragte ich.

Gucken Sie sich an, wie ich einfach aufs Ganze gegangen bin. Bin ich jemals so dreist gewesen? Eine schöne Frau, die allein tanzte, und ich besaß die Unverfrorenheit, sie anzusprechen.

Du hast mich angesehen und gerufen: »Was?«

Ja, so laut war es auf der Tanzfläche. Ich beugte mich näher zu dir. »Willst du tanzen?«, schrie ich, mein Mund so nahe an deinem Ohr, dass ich Angst hatte, dein Trommelfell könnte platzen.

Du hast das Gesicht verzogen und geschrien: »Ich tanz doch schon.«

Das war der Moment, an dem ich – aber das gilt ehrlich gesagt wohl für die meisten Männer – normalerweise aufgegeben hätte. Warum habe ich das damals nicht getan? Warum habe ich etwas in deinen Augen gesehen, das mir sagte, ich sollte es noch einmal versuchen?

»Ich meine mit mir«, rief ich.

Dein rechter Mundwinkel verzog sich zu einem schwachen Lächeln, das mir noch immer, wenn ich daran denke, durch Mark und Bein geht. »Ja, schon klar. War nur ein Witz.«

»Der war gut«, sagte ich, ohne zu wissen, ob du es ernst genommen oder als Sarkasmus aufgefasst hast – und nur um das hier jetzt einmal festzuhalten, es war Sarkasmus.

Und dann haben wir getanzt. Du warst ein absolutes Naturtalent. Entspannt, anziehend, sinnlich. Du konntest dich völlig gehen lassen, sodass die Bewegungen gleichzeitig spontan aber auch einstudiert wirkten. Ich habe mich auf meinen besten Tanzschritt konzentriert, der darin bestand, mich gewissenhaft von einer Seite zur anderen zu bewegen, ohne auch nur die geringste Mühe darauf zu verwenden, wie ein guter Tänzer zu erscheinen. Vielmehr versuchte ich, nicht aufzufallen, mich diskret einzufügen, um nicht wie ein totaler Idiot dazustehen. Mein Tanz war also ein einziger Versuch, mich nicht zu blamieren, was natürlich gerade dazu führte, dass ich extrem unsicher wirkte – aber vielleicht spricht jetzt auch nur meine Unsicherheit aus mir.

Es schien dich nicht zu stören.

»Wie heißt du?«, fragte ich.

»Anna. Und du?«

»Kierce.« Dann ergänzte ich aus irgendeinem Grund: »Sami Kierce.« Herrgott klang das bescheuert. Als wäre ich James Bond.

Du deutetest mit dem Kinn in Richtung der Lacrosse-Bros. »Du siehst nicht aus, als würdest du zu ihnen gehören.«

»Du meinst, weil ich nicht muskulös und attraktiv bin?«

Wieder dieses schwache Lächeln. »Ich mag dein Gesicht, Sami Kierce.«

»Danke, Anna.«

»Es hat Charakter.«

»Ist das ein Euphemismus für einfältig?«

»Ich tanze mit dir, nicht mit ihnen.«

»Andererseits haben sie dich auch nicht aufgefordert.«

»Stimmt«, hast du gesagt. Dann wieder dieses Lächeln. »Aber ich werde den Club heute Nacht auch nicht mit einem von ihnen verlassen.«

Meine Augen müssen aus den Höhlen hervorgetreten sein,

denn du hast wunderschön gelacht und meine Hand genommen, woraufhin wir weiter tanzten, und ich anfing, mich zu entspannen und loszulassen, und ja, zwei Stunden später habe ich mit dir zusammen den Club verlassen, während die Lacrosse-Bros die Fäuste in die Luft reckten und in betrunkenem Chor »Kierce, Kierce, Kierce« grölten.

Wir haben Händchen gehalten und sind am Strand von Fuengirola spazieren gegangen. Du hast mich im Mondlicht geküsst, und ich habe den salzigen Duft des Mittelmeers immer noch in der Nase. Du hast mich zu deiner Wohnung mitgenommen, die in einem bescheidenen Hochhaus eine halbe Meile vom Embarcadero entfernt lag. Ich habe dich gefragt, ob du mit jemandem zusammenwohnst. Du hast nicht geantwortet. Ich habe dich gefragt, wie lange du schon in Fuengirola wohnst. Du hast nicht geantwortet.

Ich hatte vorher noch nie einen One-Night-Stand, hatte noch nie ein Mädchen in einem Club aufgerissen. Oder, um es genauer zu sagen, mich von einem Mädchen aufreißen lassen. Ich war keine Jungfrau mehr. Ich war in unserem ersten Jahr in Bowdoin mit Sharyn Rosenberg gegangen, und wir hatten es oft gemacht, trotzdem war ich nervös. Ich versuchte, mich an Captain Quinn zu orientieren. Der Mann hatte ein schier unerschöpfliches Selbstbewusstsein. In unserem ersten Studienjahr hatte Quinn jedes Mal einen Treffer gelandet und war erst sehr spät in der Nacht oder früh am nächsten Morgen nach Hause gekommen. Als ich ihn einmal fragte, warum er nie ein Mädchen mit in unser Zimmer brachte, sagte er: »Ich will nicht, dass etwas von ihr bei mir bleibt, verstehst du?«, und verschwand für eine halbe Stunde unter der Dusche.

Captain Quinn hatte ein ernsthaftes Problem mit Nähe – und das hat er wahrscheinlich immer noch.

In der ersten Nacht haben Anna und ich auf der Couch gekuschelt und eine Weile rumgemacht, dann ist sie eingeschlafen oder vielleicht ohnmächtig geworden, ich weiß es nicht mehr. Wir waren noch voll bekleidet. Ich habe überlegt, ob ich gehen sollte, aber das kam mir falsch vor – einfach unhöflich –, also schloss ich die Augen, versuchte, es mir bequem zu machen, und tat so, als wäre ich auch eingeschlafen.

Als du am Morgen aufgewacht bist, hast du mich angelächelt und gesagt: »Ich freu mich, dass du noch da bist.«

»Ich mich auch«, antwortete ich.

Dann hast du meine Hand genommen und mich unter die Dusche geführt, und weiter möchte ich das jetzt nicht ausführen.

Zwei Tage später reisten die Lacrosse-Bros nach Sevilla weiter. Ich habe mich am Bahnhof von Málaga mit ihnen getroffen, um mich zu verabschieden. Captain Quinn legte seine riesigen Pranken auf meine schmalen Schultern, sah auf mich herab und sagte: »Wenn du in den nächsten drei Tagen mit Vögeln durch bist, treffen wir uns in Sevilla. Am vierten und fünften Tag sind wir dann in Barcelona. Am sechsten Tag überqueren wir die Grenze nach Südfrankreich.«

Quinn fuhr so fort, bis ich ihn daran erinnerte, dass ich es war, der die Reiseroute geplant hatte und daher wüsste, wo sie wann wären. Er umarmte mich kurz und heftig. Die anderen Lacrosse-Bros verabschiedeten sich mit Fistbumps. Ich wartete, bis sie in den Zug gestiegen waren.

Eine kurze Randbemerkung noch, Anna: Ich habe keinen der Lacrosse-Bros je wiedergesehen.

Holden hat mich einmal angerufen, weil ich damals – anders als heute – noch Polizist war und sein Sohn bei einer Kneipenschlägerei festgenommen worden war. Aber ich habe Holden nie getroffen. Genau wie Mikey. Und Sky. Und Shack. Und selbst Captain Quinn nicht.

Ich habe keinen von ihnen je wiedergesehen.

Aber ich frage mich immer wieder, wie mein Leben verlaufen wäre, wenn ich mich einfach an die Reiseroute gehalten hätte und mit ihnen nach Sevilla gefahren wäre.

Ich frage mich auch, wie dein Leben dann wohl verlaufen wäre.

Vielleicht hätte es auch für dich alles verändert. Ich weiß es nicht.

Ich versuche, Zeit zu schinden, Anna.

Ich glaube nicht, dass wir ineinander verliebt waren. Es war eine Urlaubsaffäre. Du hast mir nicht das Herz gebrochen. Leider nicht. Darüber wäre ich hinweggekommen. Mir wurde schon öfter das Herz gebrochen. Ein paar Jahre später habe ich sogar einen weitaus verheerenderen Verlust erlitten als diesen, aber bei Nicole hatte es zumindest einen Abschluss gegeben.

Man braucht einen Abschluss, Anna.

Aber bei dir ...

Ich schinde immer noch Zeit.

Es war unser fünfter gemeinsamer Tag. Wir waren uns einig, dass ich mein Bett im Hostel aufgeben und bei dir einziehen sollte. Mein Herz schlug höher. Wir verbrachten unsere Nächte in verschiedenen Clubs und tanzten. Wir tranken. Wir nahmen wohl viele Drogen. Ich weiß nicht, was es war. Ich bin eigentlich kein Partylöwe, aber wenn du feiern wolltest, war ich dabei. Warum auch nicht? Ein bisschen leben, oder? Du hattest eine »Quelle« – einen etwas älteren Holländer namens Buzz mit lila Stachelfrisur, Nasenring und vielen geflochtenen Armbändern. Du hast uns das Zeug immer besorgt. Du wolltest es so. Du hast dich mit Buzz an der Ecke hinter dem El Puerto Hotel getroffen. Ich weiß noch, wie ihr beide miteinander geflüstert habt. Manchmal schien es recht lebhaft zu werden. Ich nahm an, dass ihr verhandelt habt, bevor du Buzz Geld und er dir was auch immer zugesteckt hat. Was wusste ich schon? Ich war jung und unbedarft.

Dann haben wir gefeiert. Wir sind in deine Wohnung zurückgegangen, meistens gegen drei Uhr morgens. Wir haben uns geliebt. Wir sind nicht eingeschlafen, wir haben einfach das Bewusstsein verloren. Frühestens gegen Mittag sind wir wieder aufgewacht. Wir haben uns aus dem Bett gerollt und an den Strand geschleppt.

Am nächsten Tag fing alles wieder von vorne an.

An die letzte Nacht erinnere ich mich nicht so genau.

Ist das nicht seltsam? Ich weiß noch, dass wir wieder in die Discoteca Palmeras gegangen sind, den Club, in dem wir uns kennengelernt hatten, kann mich aber nicht mehr daran erinnern, dass ich ihn verlassen habe oder den Hügel zu deinem Hochhaus hinaufgegangen bin – warum hast du in Fuengirola überhaupt in einem Apartment gewohnt? Warum warst du nicht in einem Hotel oder einem Hostel, wie alle anderen in unserem Alter? Warum hattest du keine Mitbewohner oder Freunde, und warum kanntest du anscheinend niemanden außer diesem Buzz? Warum habe ich nicht darauf gedrängt, mehr zu erfahren? – Aber ich erinnere mich noch genau, wie die heiße spanische Sonne mich am nächsten Tag geweckt hat.

Ich lag in deinem Bett. Ich weiß noch, dass ich aufstöhnte, als mir das Licht in die Augen fiel und mir klar wurde, dass es mindestens Mittag sein musste, weil die Sonne so hoch am Himmel stand, und dass wir wieder einmal vergessen hatten, das Rollo herunterzuziehen.

Ich verzog das Gesicht, blinzelte und hielt mir die Hand vor die Augen.

Aber meine Hand war nass. Sie war von etwas Feuchtem, Klebrigem bedeckt.

Und ich hielt etwas darin.
Ich hob sie langsam und sah es mir an.
Ein Messer.
Ich hatte ein Messer in der Hand.
Es war blutverschmiert.
Ich drehte mich zu dir um.
Dann schrie ich.

Es gibt Wissenschaftler, die glauben, dass kein Ton je ganz verschwindet, dass er immer leiser wird, verhallt, so weit abklingt, dass wir ihn zwar nicht mehr hören können, dass er aber irgendwie immer noch da ist, und wenn wir nur leise genug wären, könnten wir diesen Ton bis in alle Ewigkeit wahrnehmen.

So kam es mir bei diesem Schrei vor.

Denn manchmal höre ich den Nachhall dieses Schreis in der Stille der Nacht sogar heute noch.

EINS

Zweiundzwanzig Jahre später

Ich stehe hinter dem Baum und fotografiere mit einer Kamera mit Teleobjektiv die Nummernschilder. Der Parkplatz ist voll, also fange ich mit den teuersten Autos an – unglaublich, dass neben diesem Drecksloch ein Bentley parkt – und arbeite mich die Preisliste hinab.

Ich weiß nicht, wie viel Zeit mir noch bleibt, bevor meine Zielperson herauskommt – ein reicher Mann namens Peyton Booth. Fünf Minuten, vielleicht zehn. Aber ich mache diese Fotos aus folgendem Grund: Ich schicke sie an meine heimliche Partnerin bei der Zulassungsstelle. Besagte Partnerin checkt dann die Kennzeichen und sucht die zugehörigen E-Mail-Adressen heraus. Sie schickt die Fotos an die zugehörigen E-Mail-Adressen und droht mit Entlarvung, wenn die Empfänger nicht Geld auf das angegebene, nicht zurückverfolgbare Cash-App-Konto überweisen. Nur fünfhundert Dollar. Nur nicht gierig werden. Wenn die Leute nicht reagieren – und neunzig Prozent tun das nicht –, hat sich die Sache erledigt, wir verdienen trotzdem so viel, dass es sich lohnt.

Ja, die Zeiten sind hart.

Ich stehe auf der anderen Seite des Parks und bin gekleidet wie einer, den man früher Landstreicher oder Penner nannte. Der Euphemismus, mit dem man das heutzutage beschönigt, ist mir gerade entfallen, also frage ich Debbie.

»Obdachlose«, erwidert Debbie.

»Echt?«

»Oder auch Wohnungslose. Sind beide scheiße.«

»Welchen bevorzugst du?«

»Göttin.«

Debbie, die Göttin, behauptet, dass sie dreiundzwanzig sei, sieht aber jünger aus. Sie verbringt einen Großteil ihrer Tage damit, mit Tränen in den Augen vor verschiedenen, äh, »Gentlemen's Clubs« – noch so ein Euphemismus – zu stehen und jedem Mann, der reingeht oder rauskommt, zuzurufen: »Daddy, warum?« Anfangs hat sie das nur zum Spaß gemacht – sie findet es einfach toll, dass manche Typen dann leichenblass werden und erstarren –, aber inzwischen grüßen sie ein paar Stammgäste mit einem freundlichen »Hallo« oder stecken ihr gelegentlich einen Zwanziger zu.

»Für mich ist das eine Übung in Kapitalismus und Ethik«, erklärt sie.

»Wieso?«

»Das mit dem Kapitalismus ist doch offensichtlich.«

Debbie hat gute Zähne. Das ist hier draußen selten. Ihre Haare sind gewaschen. Sie trägt ein ärmelloses Top und hat saubere Arme.

»Okay, du verdienst Geld damit«, sage ich. Dann: »Und die Ethik?«

Ihre Unterlippe zittert. »Manchmal rennt ein Typ panisch weg, wenn er meinen Spruch hört. Als hätte ich ihm etwas Vernunft eingehämmert. Als hätte ich ihn daran erinnert, wer er eigentlich ist. Und vielleicht, nur ganz vielleicht, hätte es meinen Daddy davon abgehalten, in solche Läden zu gehen, wenn eine junge Frau wie ich so etwas oder etwas Ähnliches getan hätte ...«

Ihre Stimme verklingt. Sie senkt den Blick, blinzelt und lässt die Unterlippe weiter zittern.

Ich mustere ihr Gesicht noch einen Moment, dann sage ich: »Schluchz.«

Blinzeln und Zittern sind wie von Zauberhand weggewischt. »Was?«

»Soll ich dir dieses Klischee von einem Vaterkomplex etwa abkaufen?« Ich schüttle den Kopf. »Da hätte ich von dir was Besseres erwartet.«

Debbie lacht und schlägt mir auf den Arm. »Verdammt, Kierce, du musst ein fantastischer Polizist gewesen sein.«

Ich zucke die Achseln. Das war ich. Ich habe keine Ahnung, wie Debbie auf der Straße gelandet ist. Ich habe sie nicht gefragt, und sie hat es mir nicht erzählt, und wir scheinen damit beide gut klarzukommen.

Ich sehe auf die Uhr.

»Showtime?«, fragt Debbie.

»Muss ja.«

»Den Code weißt du noch?«

Ich weiß ihn. Wenn sie schreit: »Daddy, warum?«, ist es der falsche Mann. Wenn sie schreit: »Aber Daddy, ich bin von dir schwanger«, bedeutet das, dass Peyton – der Mann, den ich suche – gerade herausgekommen ist. Der Code war Debbies Idee. Ich gebe ihr fünfzig Dollar für diese Aktion, und wenn ich Erfolg habe und bekomme, was die Kanzlei braucht, verdopple ich auf hundert.

Debbie geht den Weg hinunter zu einer Stelle, von der aus sie die Tür des Clubs sieht. Von meinem Aussichtspunkt aus kann ich die Tür nicht sehen. Ich habe Debbie das Foto von Peyton Booth auf meinem Handy gezeigt, sie weiß also, wie er aussieht. Wahrscheinlich haben Sie es schon erraten – Peyton lässt sich scheiden. Mein Job hier ist simpel.

Ertapp ihn dabei, wie er seine Frau betrügt.

So tief bin ich gesunken, seit ich von der Polizei entlassen wurde, weil ich gewaltigen Mist gebaut habe. Schlimmer noch: Obwohl ich für eine der besten Anwaltskanzleien Manhattans arbeite, kriege ich kein Geld dafür. Das Ganze ist ein Tauschgeschäft. Ich wurde von der Familie von PJ Dawson, Schüler einer Highschool, verklagt. In der Klageschrift heißt es, dass ich PJ auf das Dach eines dreistöckigen Gebäudes gejagt und dadurch in Gefahr gebracht habe. Aufgrund dieses fahrlässigen Verhaltens sei der junge PJ ausgerutscht, vom Dach gestürzt und drei Stockwerke hinuntergefallen, wodurch er schwere Verletzungen erlitten habe. Die Anwaltskanzlei Whit Shaw – die alle White Shoe nennen, in Anlehnung an die gängige Bezeichnung für eine Spitzenkanzlei in den USA – vertritt mich im Gegenzug dafür, dass ich inoffiziell zweifelhafte Aufträge wie diesen für sie erledige.

Amerika ist wunderbar.

Peyton ist Chef eines großen konservativen Firmenkonglomerats und angeblich – schließlich sind wir alle Heuchler – ein großer Frauenheld. Die Aussage seiner Frau ihrem Anwalt gegenüber lautete, dass ihr zukünftiger Ex eine Schwäche für »blondierte Schlampen mit riesigen falschen Hupen« habe. Die Frau ist davon überzeugt, dass Peyton mit ihrer Nachbarin rummacht, woraufhin ich das gründlich überprüft habe, und ja, die Nachbarin entspricht dieser Beschreibung, aber nein, er macht nicht mit ihr rum.

Peyton hat darauf geachtet, seinen Lexus in der hintersten Ecke des Parkplatzes abzustellen, weit entfernt von neugierigen Blicken. Deshalb stehe ich auf diesem Hügel, der einzigen Stelle, an der ich die Kamera positionieren und das gesamte mögliche Geschehen aufnehmen kann. Näher dran würde man mich entdecken. Weiter weg wäre nichts zu erkennen. Die einzige Möglichkeit besteht darin, von hier zu filmen und rechtzeitig zu erfahren, wann meine Zielperson den Club verlässt.

Außerdem ist der Parkplatz so angelegt, dass er sich die Stellplätze mit einem altmodischen Lebensmittelladen mit dem vielsagenden Namen »Besorg's dir« und einem Blumenladen mit dem Namen – passen Sie auf – »Frauenschuh & Rittersporn« teilt, sodass den Besuchern des »Gentlemen's Club« durch diese Läden ein gewisser Schutz zuteilwird. Wenn ich Peyton also dabei filme, wie er hier parkt oder wegfährt, wird das vor Gericht keine große Wirkung entfalten. Erwische ich ihn aber mit einer dieser Tänzerinnen (schon wieder so ein Euphemismus – vermissen wir nicht alle die Zeiten, in denen man einfach sagen konnte, was man meinte?), wird das eine erhebliche Wirkung zeigen.

»Daddy, warum?«, ruft Debbie.

Ich stelle die Kamera aufs Stativ. Ich prüfe den Bildausschnitt. Ja, direkt durch die Windschutzscheibe meines Autos. Ich blicke immer noch in die Kamera, als hinter mir eine Stimme ertönt.

»Wo ist Debbie?«

Ein kurzer Blick verrät mir, dass es sich um einen wohnungslosen (oder obdachlosen) Mann handelt.

»Sie arbeitet«, sage ich.

»Ich bin Raymond.«

»Hey, Raymond.«

»Normalerweise bringt Debbie mir ein Sandwich.«

»Gib ihr noch etwas Zeit, okay, Raymond?«

»Sie weiß, dass ich Mayo nicht ausstehen kann.«

»Alles klar.«

»Hat Debbie erzählt, wie Düsenflugzeuge über den Himmel fliegen können?«

»Nein.«
»Soll ich das erzählen?«
»Habe ich eine Wahl, Raymond?«
»Hexen«, sagt er.
»Hexen«, wiederhole ich.
»Fliegende Hexen, um genau zu sein. Drei an jedem Flugzeug. Eine hält die rechte Tragfläche, eine die linke und die dritte ist hinten und hält das Heck.«
»Ich war schon in Flugzeugen«, sage ich. »Ich hab auch ein paarmal an der Tragfläche gesessen. Aber ich habe da noch nie eine Hexe gesehen.«
Ich weiß nicht, warum ich das sage, aber ich rede und handle manchmal, ohne sämtliche Konsequenzen mitzubedenken. Das erklärt vielleicht auch, warum ich keine Mörder und Schwerverbrecher mehr festnehme, sondern als Quasi-Spanner auf dem Parkplatz des Frauenschuh & Rittersporn stehe.
Raymond runzelt die Stirn. »Sie sind unsichtbar, Sie Dussel.«
»Unsichtbare fliegende Hexen?«
»Klar«, sagt er, als widere ihn meine Dummheit an. »Glauben Sie etwa, riesige Metallrohre könnten sich von alleine in der Luft halten? Also bitte. Sie glauben wohl einfach alles, was die Regierung Ihnen erzählt?«
»Da ist was dran, Raymond.«
»Ein mittlerer Airbus wiegt mindestens fünfundsiebzigtausend Kilo. Wussten Sie das?«
»Nein.«
»Und wir sollen glauben, dass so etwas Schweres den ganzen Weg über einen Ozean in der Luft bleiben kann?«
»Mhm.«
»Nehmen Sie die Scheuklappen ab, Mann. Sie wurden voll

verarscht. Schon mal was von Schwerkraft gehört? Die Physik spielt da einfach nicht mit.«
»Daher die Hexen«, sage ich.
»Genau, Mann. Hexen. Und die spielen der Menschheit so einen voll fiesen Streich.«
Ich kann mir nicht helfen. »Was meinst du damit, Raymond?«
Er runzelt die Stirn. »Ist das nicht offensichtlich?«
»Für mich nicht.«
»Eines Tages«, sagt Raymond, reibt seine Hände aneinander und leckt sich die Lippen, »wenn wir Narren es am wenigsten erwarten, werden alle Hexen gleichzeitig loslassen.«
»Die Flugzeuge?«
Er nickt zufrieden. »Genau. Alle Hexen werden die Flugzeuge einfach gleichzeitig loslassen. Mit einem schrillen Lachen. Sie wissen schon, wie Hexen eben lachen. Sie lachen schrill und sehen zu, wie die Flugzeuge auf die Erde plumpsen.«
Er sieht mich an.
»Übel«, sage ich.
»Lassen Sie sich das gesagt sein. Sehen Sie zu, dass Sie mit dem Herrn ins Reine kommen, bevor es so weit ist.«
Unten auf der Straße höre ich Debbie schreien: »Aber Daddy, ich bin von dir schwanger.«
Bingo.
»Können wir das später besprechen, Raymond?«
»Sagen Sie Debbie, dass ich auf das Sandwich warte. Und ohne Mayo.«
»Mach ich.«
Im Sucher der Kamera entdecke ich Peyton, er trägt einen Businessanzug. Mein Mut sinkt, als ich sehe, dass er allein ist. Er geht zu seinem Auto und steigt auf der Fahrerseite ein. Ich warte in der Hoffnung, dass sich jemand zu ihm gesellt. Es kommt niemand. Er startet den Motor.

Setzt aber nicht zurück.

Jetzt lächle ich, während ich die Kamera weiter auf ihn richte. Zielperson Peyton wartet auf jemanden. Da bin ich mir sicher.

Während ich weiter durch den Sucher blicke, höre ich Debbie rufen: »Daddy, warum?«, und ein schnauzbärtiger Mann, ebenfalls im Businessanzug, erscheint auf dem Parkplatz.

Mein Handy klingelt. Es ist Arthur, der junge Anwalt und meine Kontaktperson bei der White Shoe Kanzlei. »Bist du an ihm dran?«

»Bin ich.«

»Gut. Die Papiere werden gleich morgen früh unterschrieben.«

»Ich weiß.«

»Wenn wir dann nicht beweisen können, dass er sie betrogen hat, kann sie nichts gegen die Vereinbarung im Ehevertrag machen.«

»Ich weiß.«

»Hast du dann was oder nicht?«

Jemand öffnet die Beifahrertür von Peytons Auto und schlüpft hinein. Peyton dreht sich zu der Person um.

Sie fangen an, heftig rumzumachen.

Allerdings macht er nicht mit einer vollbusigen Blondine rum.

Sondern mit dem schnurrbärtigen Mann im Businessanzug.

ZWEI

An diesem Abend – ein paar Minuten bevor wieder alles schieflief – gab ich einen Kurs an einer Abendschule mit der recht vagen, aber fantasievollen Bezeichnung »Academy Night Adult School« in der Lower East Side. Die Schule wirbt immer noch in diesen kostenlosen Magazinen oder Broschüren, die man in Aufstellern auf der Straße findet, und auf den elektronischen Anzeigen über den Sitzen der U-Bahnlinien F und M. In der Broschüre, die für meinen Kurs wirbt, werde ich als »weltbekannter Ex-Kriminalbeamter« bezeichnet, und das daneben abgedruckte Foto ist so wenig schmeichelhaft, dass die Führerscheinstelle vor Neid erblassen würde.

Mein Kurs geht von zwanzig bis zweiundzwanzig Uhr, und die Teilnehmer bezahlen direkt bei der Ankunft. Wir nehmen sechzehn Dollar pro Doppelstunde. Bar. Ich teile das Geld fifty-fifty mit Chilton, dem »Direktor« der Academy Night Adult School, deshalb achten wir darauf, dass es ein gerader Betrag ist. Chilton ist hier auch Hausverwalter und Hausmeister, daher weiß ich nicht, wie seriös das ganze Unternehmen ist. Es ist mir aber auch ziemlich egal.

Wir befinden uns im Schatten des Hochhauskomplexes Baruch Houses in der Nähe der Williamsburg Bridge in der Rivington Street, einer Straße, die Sie auf der Karte finden oder auch nicht. Unser Domizil ist eher Ruine als Gebäude und wurde 1901 als erstes öffentliches Badehaus in der Stadt eröffnet. Manche Leute, die das hören, glauben, dass es sich um einen exotischen oder extravaganten Ort handelt. Da liegen sie falsch. Öffentliche Bäder dienten damals der Hygiene, nicht der Freizeitgestaltung. Ich habe es nachgeschlagen. Damals gab es in der Lower East Side eine Badewanne für neunundsiebzig Familien. Schon beim Lesen dieser Statistik fängt man vor lauter Gestank fast an zu würgen, oder? Der ursprüngliche Verwendungszweck des Gebäudes ist kaum noch zu erkennen, allerdings ist mein höhlenartiger Seminarraum aus Beton und hat eine ziemlich gute Akustik, und manchmal kann ich die Geister der Vergangenheit sehen, wenn schon nicht riechen. Aber ich bin auch anfällig für so etwas.

In meinem Kurs geht es um Kriminologie. Ich habe beschlossen, ihn – passen Sie auf – »No Shit, Sherlock« zu nennen. Ja, okay, okay ... aber Sie müssen zugeben, dass es recht eingängig ist. Am Anfang jeder Stunde schreibe ich ein anderes Zitat von Sherlock Holmes (oder von Sir Arthur Conan Doyle, für die, die es ganz genau nehmen wollen) an die Wandtafel. Dann sprechen wir darüber. Und von dort entwickeln wir es weiter. Vor sechs Wochen habe ich mit zwei Schülern angefangen. Heute Abend sind dreiundzwanzig hier, von denen einundzwanzig für den Kurs bezahlt haben und zwei – Debbie und Raymond – dank eines Sami-Kierce-Stipendiums kostenlos teilnehmen. Debbie ist begeistert und macht große Augen. Raymond schneidet sich während des gesamten Kurses die Zehennägel, dazu studiert er jeden einzelnen Nagel sehr genau, bevor er ihn mit der gleichen Präzision schneidet, wie die Mittagessensgruppe meiner Großmutter die gemeinsame Rechnung aufteilt.

Die Gruppe ist bunt gemischt. Vorne im Raum sitzen drei Frauen in den Siebzigern, die sich die Pink Panthers nennen. Sie sind Amateurdetektivinnen, die sich gerne mit realen Verbrechen beschäftigen oder sich eine Geschichte aus der Zeitung heraussuchen und ihr nachgehen. Ich habe ein paar Sachen gesehen, die die Pink Panthers zuwege gebracht haben, und finde es ziemlich beeindruckend. Seltsamerweise sitzen hinten im Raum, als wären die Panthers durch ein filmisches De-Aging-Verfahren verjüngt worden, ebenfalls drei Frauen. Sie sind um die fünfundzwanzig, attraktiv und, wie ich gehört habe, eher unbedeutende Instagram-Influencerinnen, die gerade unter dem Namen »Three Dead Hots« einen True-Crime-Podcast gestartet haben. Ich vermute, dass sich im Raum noch weitere Möchtegern-True-Crime-Podcaster befinden. Auch ein paar True-Crime-Fans. Ein Typ namens Hex, der immer eine graue Jogginghose mit dazu passendem Kapuzenpulli trägt, will den Mord an seiner Tante aus dem Jahr 1982 aufklären. Dann ist da noch Golfer Gary, der immer ein gebügeltes Golfshirt mit dem Logo eines noblen Clubs trägt. Eigentlich würde ich ihn hier unten in der Lower East Side für einen Poser halten, aber ich bin ein ausgebildeter Detective, und irgendetwas an seinem Auftreten riecht nach altem Geld. Ich weiß nicht, was er macht, bin aber neugierig. Jeder Mensch hat seine eigene Geschichte, in diesem Kurs scheint aber noch mehr zu stecken.

Nach gut der Hälfte der Zeit schleicht sich jemand durch die Seitentür in den Seminarraum.

Meine Spiderman-Sinne kribbeln. Aber vielleicht tun sie das auch nur in der Rückschau.

Ich sehe die Gestalt nur im peripheren Blickfeld. Ich gucke nicht genau hin. Hier kommen ständig Leute herein. Letzte Woche war es ein Mann mit einem so struppigen schmutziggrauen Bart, dass es aussah, als würde er gerade ein Schaf essen. Er schlug die Hände vors Gesicht, schrie: »Himmler mag Thunfischsteaks«, und verschwand wieder.

Für diesen Teil des Unterrichts haben die Teilnehmer etwas mitgebracht, um es den anderen zu zeigen und darüber zu berichten. Leisure Suit Lenny ist an der Reihe. Ich weiß nicht, was ich von ihm halten soll. Er sitzt etwas zu nah an den Influencerinnen, strahlt aber auch etwas Harmloses aus. Er stellt eine Kiste auf die abgestoßene Betonplatte, die wir als Tisch benutzen, und nimmt kleine Elektrogeräte heraus.

»Das sind Peilsender«, erklärt Lenny den Kursteilnehmern.

Wahrscheinlich haben Sie schon etliche Memes gesehen, in denen sich Leute fragen: »Wie bin ich hier nur hierher geraten«, und fragen sich vielleicht, wie das bei mir passiert ist. Aber der Sommer mit Anna hat mich tatsächlich aus der Bahn geworfen. Als ich wieder zu Hause war, kam mir alles falsch vor. Ich habe mich lange in meinem Zimmer verkrochen. Ich wollte nicht mehr Medizin studieren. Meine Eltern haben – so gut sie konnten – versucht, mich zu verstehen, waren aber auch überzeugt davon, dass es wieder vorbeigehen würde. Verschieb es um ein Jahr, drängten sie mich. Das tat ich. Verschieb es um noch ein Jahr. Auch das tat ich. Aber auch danach fand ich nicht wieder zurück. Ich wollte mein Leben lang Arzt werden. Ich habe dieses Studium weggeworfen. Meine Eltern waren am Boden zerstört.

»Ich habe immer mindestens drei Peilsender dabei«, fährt Lenny fort.

Instagram Influencerin eins sagt: »Echt jetzt? Drei?«

»Immer. Seht ihr den hier?« Lenny hält etwas hoch, das wie ein schwarzer, rechteckiger Tracker aussieht. »Das ist ein Alert1A4. Erinnert ihr euch noch an diese Werbung früher: ›Ich bin gestürzt und kann nicht mehr alleine aufstehen‹?«

Viele nicken. Raymond drückt den Nagelknipser. Der abgeschnittene Nagel schnellt davon.

Golfer Gary greift sich an die Wange: »Au, was zum …? Der wär mir fast ins Auge geflogen!«

Raymond hebt die Hand und deutet auf sich: »Mein Fehler, das geht ganz klar auf mich.«

Lenny fährt unbeirrt mit seiner Präsentation fort. »Dieser Tracker ist deutlich fortschrittlicher und hat sehr viel mehr Funktionen. Ich kann ihn von dieser Seite aus stumm schalten …«, er demonstriert es, »… und den Lautsprecher eingeschaltet lassen, sodass man ihn sowohl als Wanze, als auch als Peilsender einsetzen kann. Das Problem dabei ist, dass der Akku nicht sehr lange hält.« Er sieht die Leute im Raum an. »Das gilt übrigens für alle diese Geräte. Der GPS-Sender zieht viel Strom. Dies hingegen …«, er zieht ein Gerät heraus, das die Form einer dicken Münze hat, »… hält zwar bis zu einem halben Jahr – man muss sich aber im Umkreis von zwanzig Metern befinden, um das Signal empfangen zu können.«

Instagram Influencerin zwei hebt die Hand, kaut ihr Kaugummi und sagt: »Das ist irgendwie schon so 'ne Art Stalking.«

Eins (ebenfalls Kaugummi kauend): »Auf jeden.«

Drei (ebenfalls Kaugummi kauend): »Gadgets für Perverse.«

Zwei: »Es gibt auch andere Möglichkeiten, Leute zu connecten.«

Eins: »Hast du auch Kabelbinder dabei?«

»Nein!« Lenny läuft rot an. »Dafür nutze ich die nicht!«

Eins: »Wofür dann?«

»Falls ich Zeuge eines Verbrechens werde. Wie diesen hier.« Er hält einen kleinen GPS-Tracker mit beiden Händen hoch in die Luft wie Simba am Anfang von *Der König der*

Löwen. »Der hat einen sehr starken Magneten. Ich kann ihn an ein Auto hängen.«

Zwei: »Uuuuund das hast du bestimmt schon mal gemacht, oder?«

Eins: »Bestimmt mehr als einmal.«

Drei: »Bestimmt, um ein Mädchen kennenzulernen.«

Eins: »Mit mir hat das mal ein Typ gemacht.«

Zwei: »Echt jetzt?«

Drei: »Krass.«

Eins: »Er hat da einen GPS-Sender an mein Auto gehängt, damit er einen Zeitpunkt festlegen kann, an dem wir ...«, sie malt mit den Fingern Anführungszeichen in die Luft, »... aufeinanderstoßen.«

Zwei: »Ihh.«

Eins: »Du meinst, so ein perverses kleines Treffen?«

Drei: »Genau.«

Zwei: »Hat es funktioniert?«

Drei zuckt die Achseln. »Irgendwie schon, ja. Aber er hat auch einen Porsche gefahren.«

Eins: »Nice, was fährst du, Lenny?«

Lenny reißt die Arme hoch. »So was mach ich alles nicht.«

Eins: »Ich find's pervers.«

Zwei: »Voll gruselig. Außer, na ja, was für ein Auto fährst du, Lenny?«

Lenny jammert: »Mr Kierce?«

»Okay«, sage ich, stelle mich neben ihn, nehme den ersten GPS-Sender und werfe ihn lässig in die Luft. »Ich denke, wir sollten ...«

Da sehe ich Anna.

Ich halte inne, blinzle. Fast hätte ich den Kopf geschüttelt, um die Spinnweben loszuwerden.

Ich weiß, dass das unmöglich ist, daher reagiere ich einige

Augenblicke lang praktisch gar nicht. Ich will warten, bis der Moment vorbei ist.

Es wäre nicht das erste Mal, dass ich verstorbene Menschen sehe. Letztes Jahr habe ich eine Phase durchlebt, in der ich halluziniert und sogar ganze Gespräche mit meiner »anderen« ermordeten Geliebten Nicole geführt habe.

Ja, ermordet.

Offenbar ist es nicht sehr sicher, mit mir etwas anzufangen, Ladys.

Geschmackloser Witz.

Aber immer, wenn ich Nicole in den Halluzinationen gesehen habe, war sie nicht gealtert. Sie sah vor meinem geistigen Auge so aus wie früher, so wie sie am Tag ihrer Ermordung ausgesehen hat – sie war genau die herzzerreißend schöne Sechsundzwanzigjährige, mit der ich verlobt war.

Ich habe mir auch schon eingebildet, Anna zu sehen. Sie kennen das bestimmt. Zum Beispiel habe ich in einem vollen Park oder in einer überfüllten Bar in Manhattan eine Frau mit langen kastanienbraunen Haaren gesehen, und einen Moment lang war ich davon überzeugt, dass es Anna war. Aber dann habe ich geblinzelt oder ihr auf die Schulter getippt, habe das Gesicht der Frau gesehen und die Realität hat mich wieder eingeholt.

Das mache ich jetzt auch. Ich blinzle. Ich blinzle noch einmal. Dann schüttele ich wirklich leicht den Kopf, um ihn frei zu kriegen. Aber schon als ich das tue, weiß ich, dass dies nicht dasselbe ist. In der Vergangenheit habe ich bei den »Anna-Visionen« – ein viel zu bedeutungsschwangerer Ausdruck – jedes Mal die Anna gesehen, die ich kannte, die einundzwanzigjährige (oder wie alt sie auch immer war) Anna. Sie hatte lange kastanienbraune Haare und unergründliche

Augen, was seltsam ist. Ich kann mich jedoch nicht an Annas Augenfarbe erinnern – vielleicht, weil ihre Augen geschlossen waren, als ich sie das letzte Mal sah –, aber jetzt, inmitten der übelriechenden Geister des ehemaligen Badehauses, sehe ich das Haselnussbraun in den Augen dieser Frau, und ja, jetzt erinnere ich mich.

Anna hatte haselnussbraune Augen.

Jemand – ich glaube, es ist Golfer Gary – sagt: »Kierce? Alles okay mit dir?«

Aber diese Frau hat keine langen kastanienbraunen Haare. Ihre Haare sind kurz und blond. Und als ich sie kannte, hat Anna nie eine Brille getragen. Diese Frau trägt eine mit einem eleganten Drahtgestell. Anna war etwa einundzwanzig Jahre alt. Diese Frau ist Mitte vierzig.

Sie kann es nicht sein.

Die Vielleicht-Anna schreckt zurück. Sie hatte sich an die Wand gelehnt, aber jetzt eilt sie hastig aus dem Seminarraum.

»Kierce?«

»Erzähl weiter, Lenny. Ich bin gleich zurück.«

***

Ich sprinte hinter ihr her.

Alle Köpfe drehen sich. Die Kursteilnehmer wissen natürlich, dass etwas im Busch ist. Sie befinden sich in einem Kriminologiekurs und sind demzufolge situationsbedingt oder von Natur aus neugierig. Und extrem aufmerksam. Ich höre, wie Stühle nach hinten geschoben werden, als würden sie sich darauf vorbereiten, zu mir zu kommen.

»Dableiben«, befehle ich.

Sie gehorchen, wenn auch nur widerwillig.

Ich verlasse den Raum. Von unten hallen Schritte durchs

Treppenhaus. Hier hallt alles. Ich folge dem Geräusch. Auf dem Weg kehrt ein gewisses Maß an Vernunft zurück. Ich ermahne mich, dass ich schon früher halluziniert habe. Da ging es, wie schon erwähnt, um meine ermordete Verlobte Nicole. Damals habe ich lange Gespräche mit ihr geführt. Einmal hat mich die halluzinierte Nicole sogar überredet, die Brücke zu verlassen, von der ich hinunterspringen wollte. Sie hat mir klugerweise zugeredet und mich überzeugt – eine Halluzination, wohlgemerkt –, dass ich zu meiner schwangeren Verlobten Molly (die jetzt meine Frau ist) nach Hause gehe.

Bevor Sie mich für völlig durchgeknallt halten, muss ich klarstellen, dass die Schuld für diese Halluzinationen nicht bei mir lag. Wie ich später erfahren habe, waren sie eine Nebenwirkung eines ungenehmigten Medikamententests, der mich fast umgebracht hätte, in Verbindung mit einem seltsamen Chemiecocktail, der meinen Körper durchströmt, und – um mich nicht ganz von Verantwortung freizusprechen – einer Vergangenheit, in der ich extrem viel Alkohol getrunken habe.

Aber nachdem ich das Medikament abgesetzt hatte, waren die Halluzinationen verschwunden.

Aber ist eine Halluzination nicht trotzdem die beste Erklärung?

Das kann nicht Anna sein.

Das wäre absurd.

Und doch würde es in gewisser Weise alles erklären.

Schon seltsam, wie schnell sich die eigene Wahrnehmung ändert. Ich akzeptiere bereits jetzt, dass das, was ich das letzte Vierteljahrhundert geglaubt habe, falsch war.

Es gibt nur einen Weg, das herauszufinden.

Alles hallt hier drinnen, sodass ich deutlich höre, wie sie die Treppe hinunterläuft. Ich folge ihr, nehme zwei oder sogar drei Stufen auf einmal. Ich sehe sie. Sie hat das Erdgeschoss erreicht.

»Stopp«, sage ich.

Ich schreie nicht. Bei dem Hall hier ist das nicht nötig. Vor allem aber will ich sie nicht erschrecken. Sie soll nur einfach nicht mehr weglaufen.

»Bitte«, ergänze ich. »Ich will nur reden.«

Vielleicht hat sie den irren Blick in meinen Augen gesehen und sich dadurch bedroht gefühlt. Vielleicht war sie, wie Thunfisch-Himmler, einfach hereinspaziert, weil sie Schutz vor der Außenwelt suchte, einen sicheren Ort brauchte, an dem sie sich kurz hinsetzen und nachdenken konnte, ohne ständig auf der Hut sein zu müssen.

Aber sie sah weder arm aus noch so, als wäre sie vom Glück verlassen. An ihrem Handgelenk trug sie etwas, das wie ein dickes Goldarmband aussah. Ihr edler Mantel beschwor eine Aura von Kaschmir und fetter Kohle herauf.

Sie ist schon fast am Ausgang.

Ich renne schneller, schlage alle Bedenken in den Wind und so weiter. Ich sehe, wie Vielleicht-Anna die Hand nach der Tür ausstreckt, die in die nächtliche Lower East Side hinausführt. Mir bleibt keine Zeit mehr. Sie umfasst den Knauf und dreht ihn. Ich springe zu ihr und ergreife ihren Unterarm.

Sie schreit. Sehr laut. Als hätte ich sie erstochen.

»Anna«, sage ich.

»Lassen Sie mich los!«

Das tu ich nicht. Ich halte sie fest und starre ihr ins Gesicht. Sie wendet sich ab, versucht, sich loszureißen. Ich packe noch fester zu. Schließlich dreht sie sich um und sieht mich an. Unsere Blicke begegnen sich. Und es besteht kein Zweifel mehr.

»Anna«, sage ich noch einmal.
»Lassen Sie mich gehen.«
»Erinnerst du dich an mich?«
»Mein Arm. Sie tun mir weh.«
Dann höre ich eine vertraute tiefe Stimme: »Kierce?«
Es ist Chilton. Er trägt seinen engen weißen Hausmeisteroverall, und die aufgerollten Ärmel sitzen eng wie Aderpressen auf seinen muskulösen Armen. Chilton ist Jamaikaner, ein großer, kräftiger Mann mit einem starken Rasta-Akzent, kahl rasiertem Kopf und Ohrringen. Er möchte, dass man ihn Schwarzer Meister Proper nennt. Das tut zwar niemand, aber es würde passen.

Anna zögert nicht. Sie nutzt ihre Chance und reißt den Arm los. Wieder greife ich nach ihr, erwische den Mantel – ja, auf jeden Fall Kaschmir – und mache das, was ich geplant hatte, denn im Augenwinkel sehe ich, dass Chilton auf mich zukommt. Die Zeit ist knapp. Ich will sie nicht aus den Augen lassen, weiß aber, dass ich sie nicht einfach festhalten kann. Alle Fehler, die ich im Leben gemacht habe – und das waren eine ganze Menge –, sind mir in solchen Augenblicken unterlaufen, in denen ich impulsiv gehandelt habe.

Chilton tritt zu mir und legt mir eine Hand auf die Schulter. Die hat ungefähr die Größe und das Gewicht eines Gullydeckels. Er drückt meine Schulter so fest, dass ich fast in die Knie gehe.

Anna rennt raus.

Ich könnte mich nicht bewegen, selbst wenn ich es wollte. Aber ich will es auch gar nicht. Ich brauche ihr nicht zu folgen.

Ich habe erreicht, was ich wollte.

Chilton verringert den Druck auf meine Schulter. Ich richte mich zu meiner vollen Größe auf, sodass ich gut dreißig

Zentimeter kleiner bin als er. Er starrt mit in die Hüfte gestemmten Händen auf mich herab.

»Was zur Hölle ist mit dir los, Kierce?«

Mit Lügen bin ich immer schnell bei der Hand. »Sie hat nicht für den Kurs bezahlt.«

»Was ist los?«

»Die Frau ist reingekommen, hat am Kurs teilgenommen, und als sie bezahlen sollte ...«

»Und deshalb hast du sie verfolgt?«, fragt Chilton erschrocken.

»Ja.«

»Eine weiße Frau?«

»Sei nicht rassistisch, Chilton.«

»Findest du das witzig?«

Ich strecke die Hand nach vorne, die Handfläche nach unten, und drehe sie leicht hin und her, in einer Geste, die so viel besagt, wie »vielleicht ein bisschen«.

»Man verfolgt keine weiße Frau«, sagt er. »Nicht in dieser Stadt. Was habe ich dir am ersten Tag gesagt, als du zu mir gekommen bist?«

»Wenn mir dein Kurs kein Geld einbringt, bist du für mich gestorben.«

»Und danach?«

»Dass ich keine weißen Frauen verfolgen soll?«

Chilton schüttelt den Kopf. »Dass du keinen Ärger machen sollst.«

»Oh«, sage ich, »stimmt.«

»Ich wollte dir einen Gefallen tun, als ich dir diesen Job gegeben habe.«

»Ich weiß, Chilton«, sage ich, obwohl das nur ein Teil der Wahrheit ist, eigentlich beruhte es eher auf Gegenseitigkeit. Marty, mein früherer Partner bei der Polizei, hat drei Strafzettel für Falschparken zerrissen, damit Chilton mir diesen Job gibt.

»Ich will meine Großzügigkeit nicht bereuen«, sagt Chilton.

»Sorry, du hast recht. Ich hab überreagiert.« Dann zeige ich nach oben. »Ich habe oben mehr als zwanzig zahlende Teilnehmer.«

Das weckt seine Aufmerksamkeit. »Ehrlich? So viele?« Er stößt mich Richtung Treppe. »Los, los.«

Das muss er mir nicht zweimal sagen, auch wenn er genau das gerade getan hat.

»Vielleicht können wir den Preis nächste Woche auf achtzehn Dollar erhöhen«, schlägt Chilton vor. »Mal sehen, ob jemand abspringt. Und die Woche drauf dann auf zwanzig.«

»Raffiniert«, sage ich und eile die Treppe wieder hinauf. Als ich ankomme, ist es im Seminarraum völlig still. Alle starren mich an.

»Lenny«, sage ich, »kann ich dich kurz auf dem Flur sprechen?«

Der Kurs stößt ein »Uhhh« aus, als wären wir in der dritten Klasse und ich hätte Lenny ins Büro des Rektors geschickt. Lenny wirkt tatsächlich nervös, also ergänze ich: »Du steckst nicht in Schwierigkeiten.«

Als wir weit genug von der Tür entfernt sind, entsperre ich mein Handy mit der Gesichtserkennung und reiche es ihm.

»Du musst mir einen Gefallen tun.«

Lenny sieht auf mein Handy. »Was denn?«

»Lad die GPS-App für mich runter«, sage ich.

Als ich an der Tür in Vielleicht-Annas Mantel gegriffen habe, habe ich einen von Lennys Peilsendern in ihre Tasche fallen lassen.

»Wie war das?«

»Ich brauch die App«, sage ich.
»Wieso?«
»Ich bin auf dem Weg zu einem Stelldichein.«

DREI

Vielleicht-Anna ist schon auf dem FDR Drive. Also ist sie entweder eine Weltklasse-Sprinterin, oder sie ist mit dem Auto unterwegs, was mich überraschen würde. Hierher fährt niemand mit dem Auto. Man nimmt die U-Bahnlinien F oder M. In der Umgebung gibt es keine Parkplätze. Und hier kommen auch nur sehr wenige Taxis vorbei. Eventuell hätte sie sich einen Uber-Wagen bestellen können, aber wenn ich mir angucke, wo sie jetzt ist, müsste der innerhalb von Sekunden hier gewesen sein, was in diesem Teil der Lower East Side nicht häufig vorkommt. Ausgeschlossen ist es aber nicht.

Ich habe mein Auto natürlich nicht hier. In New York ist ein Garagenplatz zu teuer, also lasse ich den klapprigen 2002er Ford Taurus, den ich vor zehn Jahren einem Sportagenten abgekauft habe, meistens in Queens bei meinem Freund Craig in der Einfahrt stehen. Er nimmt fünfzig Dollar im Monat dafür. Vielleicht sagen Sie jetzt: *Toller Freund*, aber wenn Sie hier in der Gegend wohnen, wissen Sie, dass das ein absolutes Schnäppchen ist. Ich überlege, ob ich mir ein Taxi rufe und dem Fahrer die grobe Richtung sage, in die er fahren soll, während ich die Tracker-App im Auge behalte, aber das wäre nicht nur teuer, ich würde mich auch verdächtig machen. Lennys GPS-Sender steckt in ihrer Manteltasche. Er funktioniert. Also kann ich es mir leisten, etwas Geduld zu haben.

Ich nehme die U-Bahnlinie M Richtung Norden, steige in Queens aus und gehe die drei Blocks zu Craig zu Fuß. Das Haus ist dunkel. Keiner da. Craig hat einen Autoschlüssel in seiner Küche. Ich habe meinen immer bei mir. Also steige ich ins Auto, setze auf die Straße zurück und checke die Tracker-App. Vielleicht-Anna steht in der Nähe der 125th Street im Stau, ungefähr da, wo der FDR Drive zum Harlem River Drive wird. Ich weiß nicht, warum sich der Straßenname dort ändert. Es ist die gleiche Straße. Es verwirrt alle, sogar die Einheimischen, aber starkes Verkehrsaufkommen auf dem FDR/Harlem River Drive ist eher die Regel als die Ausnahme. Die Straße ist berüchtigt für die häufigen nächtlichen Vollsperrungen wegen Bauarbeiten. Ich schalte mein Navi ein, um mir anzugucken, wie ich zu ihr komme. Wenn sie in Manhattan bleibt, fährt sie wohl am ehesten über die Robert F. Kennedy Brücke, die Chancen stehen aber gut, dass ihr Wagen weiter Richtung Norden unterwegs ist. Hätte Vielleicht-Anna bei dem Verkehr in Manhattan bleiben wollen, dann wäre sie vom FDR abgebogen und durch die Stadt gefahren.

Trotzdem. Ich habe keine Ahnung, wohin sie will, also muss ich immer wieder aufs Smartphone-Display sehen. Als ich das tue, klingelt das Handy. Das schöne Gesicht meiner Frau Molly erscheint und verdeckt die Tracker-App.

Ich zögere, überlege, ob ich den Anruf ignorieren soll, aber nein, das geht nicht. Ich drücke die Annehmen-Taste, fahre mit dem Daumen über die Karte der Tracker-App und versuche, mich in einem normalen Tonfall zu melden. »Hey«, sage ich.

»Hey, mein Hübscher. Wie ist der Kurs gelaufen?«
»Gut«, sage ich.

Ich habe in meinem Leben eine Menge Geheimnisse für

mich behalten. Das ergibt sich, wenn man zu viel trinkt. Große Neuigkeiten sind das allerdings nicht. Früher habe ich in Beziehungen zu oft gelogen, und auch Molly war davon betroffen. Bei unserer Hochzeit im letzten Jahr habe ich ihr versprochen, dass so etwas zwischen uns nicht mehr vorkommt, dass wir uns nicht mehr belügen oder Geheimnisse voreinander haben, ganz egal, wie schlimm oder bedeutsam die Dinge auch sein mögen. Ich habe dieses Versprechen gehalten, habe ihr allerdings nie von Anna und dem Sommer in Spanien erzählt. Das wäre dann womöglich eine Lüge durch Verschweigen. Der einzige Mensch auf der Welt, dem ich die ganze Geschichte über jene Nacht erzählt habe, ist mein Dad. Seine knappe Antwort lautete: »Nimm die nächste Maschine nach Hause.«

Seitdem haben wir beide nicht mehr darüber gesprochen. Nicht ein einziges Mal.

»Bist du auf dem Heimweg?«, fragt Molly.

»Noch nicht«, sage ich. »Ich muss noch einer Sache nachgehen.«

»Aha?«

Ich höre etwas in ihrer Stimme, das mir nicht gefällt. Ich möchte sie beruhigen, werde aber nicht lügen. Ich werde mein Versprechen halten.

»Ich kann das am Telefon nicht erklären«, sage ich ihr.

»Verstehe.«

»Aber es ist alles okay. Ich erzähl es dir, wenn ich zu Hause bin.«

Ich checke die Tracker-App. Vielleicht-Anna fährt auf dem Cross Bronx Expressway Richtung Osten.

»Wie geht's Henry?«, frage ich.

Henry ist unser kleiner Sohn. Er wird bald ein Jahr alt. Mit Henrys Geburt ist meine ganze Welt auf eine Masse von drei

Komma ein Kilo zusammengeschrumpft. Bevor man ein Kind bekommt, ist die Welt eine Sache. Danach ist sie etwas ganz anderes. Damit will ich das Kinderkriegen weder propagieren noch verteufeln. Tun Sie, was Sie für richtig halten. Tatsache ist aber, dass ein Kind – ob Sie wollen oder nicht – bis zur Molekularebene hinab absolut alles verändert. Dagegen ist niemand immun.

»Er ist wach und reagiert auf jedes noch so leise Geräusch«, antwortet Molly. Henry schläft nicht sehr gut oder fest. Dann fragt sie in einem Ton, der mir noch immer nicht gefällt: »Weißt du, wann du nach Hause kommst?«

»Nicht so richtig«, sage ich.

»Dann geht es wohl um etwas Großes?«

Ich weiß nicht recht, was ich darauf antworten soll. »Es ist viel zu tun, ja. Aber es geht schon.«

»Das ist alles ein bisschen kryptisch«, sagt Molly.

»Das ist gar nicht so gemeint. Ich kann auch versuchen, es jetzt zu erklären ...«

»Aber du würdest es lieber von Angesicht zu Angesicht machen.«

»Ja«, sage ich. »Viel lieber.«

»Okay. Ich liebe dich, Sami.«

»Ich liebe dich mehr«, sage ich, weil ich das tue.

Molly legt zuerst auf. Auf dem Major Deegan Expressway hole ich etwas auf, und ehe ich michs versehe, fahren wir beide die Interstate 95 entlang in Richtung Connecticut. Ich blicke auf die Tankuhr und stelle erfreut fest, dass der Tank noch halb voll ist. Craig benutzt mein Auto häufig, was zwar eigentlich nicht Teil der Abmachung ist, er weiß aber, dass mir das egal ist, und normalerweise tankt er es dann auch wieder auf. Craig arbeitet in der Verwaltung des Bronx Zoo. Er hat seine Frau Cassie, ein wahres Energiebündel, vor zwei

Jahren an Eierstockkrebs verloren, und wenn Craig jetzt lächelt, erreicht das Lächeln seine Augen nicht mehr.

Ich behalte die Straße im Auge. Der Peilsender biegt bei Ausfahrt 3 ab. Ich folge ihm. Ich denke nach, überlege, wie es angehen kann, dass es sich um Anna handelt und warum sie in meinen Kurs gekommen ist, doch dann fällt mir das Sherlock-Holmes-Zitat auf der alten Schultafel wieder ein:

Es ist ein kapitaler Fehler, eine Theorie aufzustellen, bevor man entsprechende Anhaltspunkte hat. Unbewusst beginnt man, Fakten zu verdrehen, damit sie zu den Theorien passen, statt die Theorien den Fakten anzupassen.

Kurz gesagt, bleiben Sie unvoreingenommen. Stellen Sie nicht zu früh Theorien auf. Warten Sie damit, bis Sie mehr wissen.

Ach ... vergessen Sie's.

Ich erinnere mich an den Polizisten in Fuengirola, Carlos Osorio, dessen jugendliches, aber weltverdrossenes Gesicht verriet, dass er mir kein Wort glaubte, als ich ihm die Wahrheit erzählte. Oder jedenfalls einen Teil der Wahrheit. Nicht die ganze Wahrheit. Wer würde einem Polizeibeamten in einer solchen Situation auch die ganze Wahrheit erzählen? Wer würde zum Beispiel erwähnen, dass er mit der Mordwaffe in der Hand aufgewacht ist? Aber ich war noch ein dummer Junge – Osorio hat sicher gespürt, dass ich nicht vollkommen ehrlich war. Ich erinnere mich noch, wie er mit verschränkten Armen gewartet hat, bis ich endlich so klug war, den Mund zu halten, um mir dann gezielte Fragen zu stellen: *Wie viel habt ihr getrunken? ... Wie viel habt ihr geraucht? ... Wie viel habt ihr durchgezogen? ... Soll ich dich lieber direkt zum Drogentest schicken?*

Ich folge der Tracker-App in eine hochpreisige Hauptstraße, die Molly als »goldig« bezeichnen würde, mit edlen Restaurants und schick herausgeputzten Boutiquen, deren Besitzer sie eher als Hobby denn als Geschäft zu betreiben scheinen. Meine alte Rostbeule passt in diese wohlhabende Umgebung wie eine Zigarette in ein Fitnessstudio. Ich kurble das Fenster herunter, um das Geld riechen zu können. Dann biege ich links ab und komme auf Straßen, die von immer prächtigeren Villen gesäumt werden – je weiter man sich von der Hauptstraße entfernt, desto größer und abgelegener sind die Anwesen.

So fahre ich einen Kilometer. Dann zwei weitere. Gelegentlich sehe ich noch mal ein Haus oder vielmehr ein paar Lichter, die hinter dichten Hecken aufblitzen. Die Einfahrten sind mit Toren versperrt, die Gärten mit aufwendig gestalteten schmiedeeisernen Zäunen. Schwer zu glauben, dass ich mich noch in derselben Welt befinde, in der auch die Lower East Side existiert, womit ich weder die eine verurteilen noch die andere aufwerten will. Ich bin eindeutig nicht reich, und obwohl ich die urtümliche Anziehungskraft der riesigen Villen verstehe – das schlichte menschliche Bedürfnis nach »mehr« –, frage ich mich doch, wer tatsächlich so viel Platz braucht oder auch nur besitzen will? In wie vielen Räumen kann man sich gleichzeitig aufhalten? Mein Vater hat mich immer mit einer alten Redewendung davor gewarnt, zu gierig zu sein: Man kann mit einem Hintern nicht auf zwei Pferden reiten.

Ich finde, das passt hier.

Laut der App hat sich der Sender seit sieben Minuten nicht mehr bewegt.

Ist sie zu Hause? Ich weiß es nicht. Aber wenn ich das auf der App richtig erkenne, befindet sie sich nicht mehr auf einer Straße. Ich vergrößere das Bild mit den Fingern. Laut der Tracker-App ist Anna 2,8 Kilometer von meinem aktuellen Aufenthaltsort entfernt, an einem abgelegenen Ort, mit mindestens zwei- oder dreihundert Metern Abstand zur nächsten Straße.

Seltsam.

Eine Satellitenansicht wäre praktisch, aber die Tracker-App hat keine. Ich halte auf dem Seitenstreifen und tippe auf die drei Punkte oben rechts in der App. Das Drop-down-Menü zeigt die genauen Koordinaten des Ziels in Längengrad und Breitengrad an. Ich kopiere sie, füge sie in Google Earth ein und warte, während sich der Globus dreht.

Als er stoppt, sage ich leise: »Au Backe.«

Die Stelle, an der sich Anna – der Einfachheit halber nenne ich sie jetzt Anna und nicht mehr Vielleicht-Anna –, die Stelle also, an der Anna sich laut Tracker-App seit neun Minuten aufhält, ist auf dem Satellitenbild verpixelt.

Verpixelt?

Das ist ziemlich ungewöhnlich. Die Regierung kann verlangen, dass sensible Orte wie Militärbasen oder bestimmte Bürogebäude auf Satellitenkarten unkenntlich gemacht werden. Ich bezweifle, dass das der Fall ist, weil die Mieten hier draußen zu hoch sind für diese Klientel. Aber es wäre möglich. Manchmal verpixelt Google Earth auch andere Grundstücke, wenn die Privatsphäre der Bewohner unbedingt geschützt werden muss. Sehr häufig machen sie das allerdings nicht. Und normalerweise kostet das.

Kurz gesagt, jemand, der über Macht, Geld oder beides verfügt, möchte, dass dieser Ort – an dem sich Anna aufzuhalten scheint – geheim bleibt.

Was nun?

Eigentlich sollte ich natürlich nach Hause fahren. Einmal

durchatmen. Mit Molly reden. Ein bisschen recherchieren. Ich weiß ja jetzt, wo Anna ist. Zumindest glaube ich es zu wissen. Vielleicht ist es aber auch nur ein Zwischenstopp. Oder sie besucht einen Freund, der hier wohnt. Oder sie bleibt nur ein paar Stunden oder vielleicht eine Nacht. Sie könnte jedoch auch in einer Stunde wieder wegfahren – oder morgen früh oder sonst irgendwann.

Ich checke das Batteriesymbol oben links in der Ecke der App. Der Sender ist nur noch bei elf Prozent. Wie lange kann ich sie damit noch orten? Wohl höchstens eine Stunde.

Danach könnte Anna wieder verschwinden.

Das darf ich doch nicht riskieren, oder?

Die Straßen sind leer und praktisch nur von meinen Scheinwerfern erleuchtet. Auf den letzten fünf, sechs Kilometern ist mir auch kein anderes Auto begegnet. Ich fahre die bewaldete Straße entlang, die am nächsten an dem Ort vorbeiführt, an dem Anna sich laut der Tracker-App befindet. In einer Lücke zwischen den Bäumen befindet sich eine Einfahrt. Ich fahre langsamer und sehe, dass sie von einem schmiedeeisernen Tor versperrt wird. Einem hohen Tor mit Spitzen oben. Daneben steht ein kleines Häuschen. Dort brennt Licht, und ich erkenne die Silhouette einer Person, bei der es sich vermutlich um einen Wachmann handelt.

Massive Sicherheitsmaßnahmen für ein Privathaus.

Falls es sich tatsächlich um ein Privathaus handelt.

Hastig suche ich nach einem Schild, einer Hausnummer oder etwas Ähnlichem – ich will mich hier nicht allzu lange aufhalten –, finde aber nichts. Ich überlege, ob ich vors Tor fahren soll, aber was dann? Es ist schon nach zweiundzwanzig Uhr. Ich kann nicht so tun, als wollte ich ein Paket ausliefern – und einfach zu sagen: »Ich würde Anna gern sehen«, tja, das käme vermutlich nicht besonders gut an.

Mein impulsives Ich will immer noch dieses Spiel spielen. Mein impulsives Ich will direkt zum Wachmann gehen und sagen: »Ich möchte zu Anna. Sagen Sie ihr, dass ich Sami Kierce heiße und wir uns vor zweiundzwanzig Jahren an der Costa del Sol in Spanien kennengelernt haben.« Mein impulsives Ich macht häufig Fehler. Mein impulsives Ich war es, das aus dem Schlafzimmer rannte und Anna zurückließ. Mein impulsives Ich war es, das in Fuengirola aufs Polizeirevier ging und Osorio einen Mord meldete. Mein impulsives Ich hat PJ auf dieses Dach gejagt, worauf er hinuntergestürzt ist. Mein impulsives Ich hat Maya Stern ohne Begleitung auf Judith Burketts riesiges Anwesen Farnwood gehen lassen, ein Fehler, der dazu geführt hat, dass ich mehr oder weniger in Ungnade gefallen bin.

Vielleicht sollte ich mein impulsives Ich aus der Sache heraushalten – einfach wieder nach Hause fahren werde ich aber trotzdem nicht.

Langsam fahre ich die stark bewaldete Straße entlang und biege sofort ab, als ich eine kleine Lücke zwischen den Bäumen entdecke. Von der Straße aus kann man mein Auto zwar noch sehen, aber nur, wenn man intensiv danach Ausschau hält. Ich stelle den Motor ab und schalte die Innenbeleuchtung aus. Ich glaube nicht, dass mich hier jemand sieht, habe aber auch nicht vor, so lange zu bleiben, dass die Polizei einen Abschleppwagen ruft. Trotzdem nehme ich einen Stift und einen Zettel aus dem Handschuhfach und kritzle darauf: »Auto defekt, bin bald zurück.« Ich überlege, ob ich hinzufügen soll, dass ich Polizist bin, aber erstens ist das nebensächlich und zweitens entspricht es nicht mehr der Wahrheit.

Ich steige aus. Die Nacht ist klar. Herbstgeruch liegt in der Luft. Die Sterne strahlen hier draußen viel heller, als man es aus der Stadt kennt. Ich halte das Handy mit der App wie einen Kompass in der Hand. Der Tracker, den ich in Annas Tasche gesteckt habe, ist dreihundert Meter von meinem aktuellen Standort entfernt, allerdings führt der gesamte Weg durch den Wald.

Kein Grund, Zeit zu verschwenden. Ich mache mich auf den Weg zwischen den Bäumen hindurch, überlege, ob ich die Taschenlampe meines Handys einschalten soll, lasse sie dann aber lieber aus. Ich kann kaum mehr als einen Meter weit sehen. Daher gehe ich im Frankenstein-Stil, mit nach vorn ausgestreckten Armen, um nicht mit dem Kopf gegen einen Baum zu laufen.

Nach ein paar Metern lichtet sich der Wald ein wenig, sodass ich etwas schneller vorankomme. Ich weiß nicht, was für Sicherheitsvorkehrungen sie hier im Wald haben. Das bemannte Tor war beeindruckend, das heißt aber nicht, dass man das ganze Anwesen auf diese Weise sichern kann. Vielleicht war das nur Show. Sie könnten im Wald zwar Stolperdrähte oder Bewegungsmelder installiert haben, allerdings ist das ziemlich unwahrscheinlich. Hier draußen gibt es jede Menge Rehe, Eichhörnchen und anderes Getier. Es würde häufig Fehlalarm geben.

Ich gehe weiter. Ich schleiche nicht, höre Zweige unter meinen Füßen zerbrechen und Blätter rascheln, aber was soll ich machen? Als ich nur noch etwa hundertfünfzig Meter vom Tracker entfernt bin, schimmern Lichter zwischen den Bäumen hindurch. Ich gehe weiter darauf zu, und wie aufs Stichwort erhebt sich vor mir ein riesiges Anwesen. Ich bleibe stehen und blicke auf die App. Laut Anleitung wird der Standort des Senders auf zehn Meter genau angezeigt. Wenn das stimmt, befinden sich Anna und/oder ihr Mantel in diesem Anwesen.

Die Akkuladung des Senders ist auf acht Prozent gefallen.

Ich bin jetzt auf der Lichtung und gehe am Waldrand an einer großen Rasenfläche entlang. Das Gebäude ist ein echter Hingucker – ein riesiges Steinschloss im Kolonialstil, wie aus *Der große Gatsby*. Die dezente Wegbeleuchtung zwischen den Beeten zeigt auf beiden Seiten weitläufige, symmetrische Gärten mit akkurat zurechtgeschnittenen Sträuchern, sowie einen Pool und ein kleines Gewächshaus. Vor der Tür stehen zwei Autos – ein Porsche und ein Mercedes. Beide sind schwarz.

Ansonsten rührt sich nichts. Auf dem Gelände patrouillieren keine Wachen.

Während ich mir das ansehe und überlege, was ich tun soll, wird links im Obergeschoss in einem der Schlafzimmer ein Licht eingeschaltet. Ich ducke mich, obwohl ich noch gut hundert Meter vom Gebäude entfernt bin, warte, bis mein Atem sich beruhigt hat, und blicke zum Fenster hinauf.

Anna geht daran vorbei.

Ich sehe auf die Uhr. Fast elf. Sofort überlege ich, was ich als Nächstes tun kann. Soll ich einfach zur Tür gehen und klopfen oder klingeln oder was auch immer? Einfach direkt drauflos? Es kommt mir seltsam vor, und ich weiß nicht, wie die Sicherheitskräfte darauf reagieren würden, falls es auch hier welche gibt. Trotzdem wäre es eine Möglichkeit. Vielleicht könnte ich auch, was weiß ich, ein paar Kieselsteine nehmen und sie an ihr Fenster werfen. Das klingt aber eher nach Spielfilm – und höchstwahrscheinlich würde sie bei einer solchen Aktion um Hilfe rufen.

Aber würde mir das etwas ausmachen?

Ich will zu ihr. Ich will eine Erklärung.

Während ich so dastehe und überlege, was ich tun kann, nur Sekunden nachdem ich Anna am Fenster gesehen habe, höre ich Hunde.

Ich möchte darauf hinweisen, dass ich Hunde liebe. Wenn Henry etwas größer ist, wollen Molly und ich uns für die Familie einen freundlichen kleinen Havaneser anschaffen.

Dies klingt nicht nach einem freundlichen kleinen Havaneser. Es klingt eher nach mehreren zähnefletschenden Dobermännern – und so sieht es jetzt auch aus. Sie rasen mit Höchstgeschwindigkeit in der Mitte zwischen den symmetrisch angelegten Beeten hindurch.

Direkt auf mich zu.

Mein Herz springt mir in die Kehle. Mein impulsives Ich muss mir nicht sagen, was ich tun soll. Ich drehe mich um und renne zurück in den Wald, obwohl ich weiß, dass ich keine Chance habe, den Hunden zu entkommen. Null. Als ich gerade zwei große Schritte zwischen die Bäume gemacht habe, höre ich am Bellen, dass sie nur noch Sekunden hinter mir sind. Nach einem weiteren Schritt springt mich einer der Dobermänner an und stößt mich um.

Mit einem Schrei stürze ich zu Boden.

Ich weiß nicht, ob ich versuchen sollte, mich aus dieser Situation zu befreien, erinnere mich aber vage an das, was man mir im Zuge der Ausbildung zum Polizisten über Hundeangriffe beigebracht hat. Wenn Sie schon auf dem Boden liegen, rühren Sie sich nicht mehr. Rollen Sie sich zu einer Kugel zusammen und schützen Sie Kopf und Hals mit den Armen. Das tue ich jetzt, ich rolle mich in einer Schutzhaltung zusammen, behalte mein Handy dabei jedoch in der Hand.

Die Hunde haben mich umzingelt. Sie haben aufgehört zu bellen. Sie knurren leise und starren mich mit gefletschten Zähnen aus dunklen Augen an. Sie sehen aus, als wären sie bereit, sich auf mich zu stürzen. Ich bleibe ganz still liegen und warte ab. Es ist, gelinde gesagt, angsteinflößend.

Dann schreit ein Mann: »Platz!«

Das Knurren hört sofort auf. Die Zähne der Hunde verschwinden. Sie legen sich schwanzwedelnd auf den Boden. Ich riskiere einen Blick und sehe die Silhouetten von zwei Männern neben mir. Einer hat eine Pistole auf mich gerichtet.

Ich blicke blinzelnd zu ihnen hinauf und sage: »Entschuldigen Sie die Störung. Ich war nur spazieren und habe mich verlaufen.«

»Waren Sie das?«, antwortet der kleinere der beiden Männer mit vor Sarkasmus triefender Stimme. »Aufstehen.«

Es gelingt mir, aufzustehen und zum Rand der Lichtung zurückzugehen. Ja, zwei Männer. Der größere, der mit der Pistole, hat einen mondförmigen Kopf mit alten Aknenarben.

»Schönes Haus«, sage ich.

»Wer sind Sie?«

»Ich bin Polizist.«

»Können wir Ihre Marke sehen?«

»Eigentlich Ex-Polizist.«

»Ein Ex-Polizist, der im Dunkeln auf einem Privatgrundstück herumschleicht«, sagt der Kleinere. »Und das sollen wir glauben?«

Ich versuche zu lächeln. »Na ja, ich habe ein bisschen was getrunken«, sage ich und hoffe, dass sie das als Erklärung akzeptieren. Sein Gesicht verrät mir, dass er das nicht tut. Der Typ mit der Pistole sieht den Kleineren an und nickt. Der Kleinere zieht sein Handy heraus.

»Buchstabieren Sie Ihren Namen«, sagt der Kleinere. Ich tue es. Der Gun Guy richtet weiter die Pistole auf mich, während der Kleinere etwas in die Suchmaschine seines Handys tippt. Währenddessen schlendert der Gun Guy zu mir herüber und rammt mir ohne jede Vorwarnung seine freie Hand in den Magen. Die Luft zischt aus mir heraus. Ich falle erneut auf die Knie und versuche, wieder zu Atem zu kommen.

Der Gun Guy packt mich an den Haaren. »Ihr könnt uns wohl einfach nicht zufriedenlassen, was?«

Ich versuche, zu Atem zu kommen. Der Gun Guy sieht den Kleineren wieder an. Der Kleinere sagt: »Sami Kierce, ehemaliger Detective beim New York Police Department, wurde wegen Gefährdung von Zivilisten und Inkompetenz gefeuert.«

Der Gun Guy hat immer noch die Hand in meinen Haaren. »Wer hat dich beauftragt, Sami?«

Ich schüttele den Kopf, bekomme endlich wieder Luft. »Niemand«, keuche ich.

»Auf die eine oder andere Weise«, sagt der Gun Guy, »wirst du uns erzählen, warum du hier bist.«

Ich entscheide mich für eine Antwort, die zumindest in der Nähe der Wahrheit liegt. »Ich bin ein alter Freund von Anna.«

Ich suche in ihren Gesichtern nach einer Reaktion, aber bei dem Licht ist es schwierig, ihre Mimik zu deuten. Ich knie immer noch. Der Gun Guy hält mich weiter an den Haaren fest.

»Ich könnte dich einfach erschießen«, sagt der Gun Guy. »Was meinst du, T?«

»Hmm.« T, der Kleinere, liest von seinem Handy ab, sein Gesicht ist vom Display erleuchtet. »Holla, sieh dir das an. Das ist der Typ, der den Burkett-Fall verbockt hat.« Er sieht zu mir herunter. »Wissen Sie, dass die Burketts Freunde von uns sind?«

Ich sage nichts.

Er blickt wieder auf sein Handy. »Unser Kierce hier wurde gefeuert, weil er gegen Polizeivorschriften verstoßen hat. Sogar mehrfach, wie es heißt, unter anderem auch im Burkett-

Fall. Er hat einen Arsch voll Klagen am Hals, weil ein paar Zivilisten durch seine Schuld im Krankenhaus gelandet sind. Viele von seinen früheren Verhaftungen werden inzwischen vor Gericht angefochten, darunter – hör dir das an – die des Mörders seiner eigenen Verlobten. Er gilt als unberechenbar und gefährlich.« T blickt vom Handy auf und grinst. »Tja, wir könnten ihn tatsächlich erschießen und uns auf Notwehr berufen. Schließlich ist er unberechenbar, gefährlich – und hat das Grundstück verbotenerweise betreten.«

»Okay«, sagt der Gun Guy. »Ganz genau. Oh, und soll ich dir was sagen? Ich hab noch eine zweite Pistole dabei. Und die ist nicht zurückverfolgbar.«

T, dem Kleineren, gefällt die Idee. »Also behaupten wir einfach, dass er es auf uns abgesehen hatte. Dann steht unser Wort gegen das eines Toten.«

»Ja. Und nachdem wir ihn erschossen haben, können wir ihm die Waffe in die Hand drücken. Wir können sie sogar noch mal abfeuern, dann hat er Schmauchspuren an der Hand.«

T, der Kleinere, nickt. »Das wird dann niemand anzweifeln.«

»Absolut«, stimmt der Gun Guy zu. »Wir richten es so her, dass es aussieht, als hätten wir keine andere Möglichkeit gehabt.«

Beide lächeln mich an und sind offensichtlich ziemlich angetan von ihrem Plan.

»Also ...«, der Gun Guy richtet die Waffe auf mich, »... was hältst du davon, Sami Kierce?«

Jetzt lächele ich. Ich habe ein gutes Lächeln. Das sollten Sie wissen. Es ist bei Weitem meine beste körperliche Eigenschaft. Molly hat einmal gesagt, dass sie sich in mich verliebt hat, als ich gelächelt habe. Aber dieses Lächeln habe ich gerade nicht im Gesicht. Mein aktuelles Lächeln ist viel irrer, geradezu geisteskrank. Beide Männer weichen zurück, als sie es sehen, sogar der, der die Pistole auf mich gerichtet hat. »Ein wenig lauter, bitte«, sage ich. Der Gun Guy sieht verwirrt aus. »Was?« Ich löse seine Hand aus meinen Haaren. Dann halte ich ihnen mein Handy hin. Auf dem Display ist ein Gesicht zu sehen. Während sie sich unterhalten haben, ist es mir gelungen, FaceTime aufzurufen.

»Komm schon, T«, sage ich, während ich aufstehe, das irre Lächeln immer noch im Gesicht. »Oder soll ich dich T-ster nennen? Ich weiß nicht genau, ob meine Freunde vom NYPD dich richtig verstanden haben. Erzähl doch noch mal etwas lauter, wie ihr mich umbringen wollt.«

VIER

Kleiner-T und Gun Guy fahren mich zu meinem Auto. Ich versuche, sie zum Reden zu bringen, aber sie schweigen sich aus. Ich frage nach der Frau oben im Fenster, die sich offensichtlich nicht mehr Anna nennt. Sie sagen immer noch nichts. Nachdem sie mich haben aussteigen lassen, fährt Kleiner-T das Fenster des SUV herunter und sagt: »Halten Sie sich fern von ihr.«

Dann fahren sie los.

Craig hat den FaceTime-Anruf nicht beendet. Er ist immer noch auf dem Display. Und nein, er war nie Polizist. Ich hatte keine Zeit, Martys oder eine andere Nummer rauszusuchen. Ich habe einfach die Wahlwiederholung gedrückt, und Craig war der Letzte, den ich angerufen hatte, um ihm zu sagen, dass ich mein Auto abhole. Ich hatte einfach Glück, dass er rangegangen ist.

»Was sollte das denn?«, fragt Craig.

»Was hast du mitgekriegt?«

»Ich hab kein Wort verstanden. Nur Gebrabbel.«

»Und was hast du gesehen?«

»Auch nicht mehr. Es war zu dunkel.«

Ich bedanke mich dafür, dass er in der Leitung geblieben ist, und sage ihm, dass ich später noch mal anrufe. Ich steige in mein Auto und fahre die Straße hinunter, bevor die beiden die Gelegenheit haben, es sich anders zu überlegen und zurückzukommen. Ich habe in Google Earth am Rand der

Lichtung einen Marker gesetzt. Als ich auf der Hauptstraße vor einer roten Ampel halte, schicke ich Marty den Marker zusammen mit einer kurzen Nachricht:

Ich muss dringend wissen, wer da wohnt.

Ich blicke auf die Uhr im Auto und stelle wieder einmal fest, dass sie nicht funktioniert. Also sehe ich aufs Handy. Es ist schon spät. Marty ist Gesundheitsfanatiker, geht jeden Abend um zehn ins Bett und steht Punkt sechs wieder auf. Er hat sein Leben nervig straff organisiert, womit ich sagen will, dass er pedantisch ist, was man auch deutlich härter ausdrücken kann, aber ich mag ihn zu gern, um ihn so zu nennen. Als ich bei der Polizei gefeuert wurde, war Marty mein Juniorpartner, den der Chef meinem wortkargen Ich mit der sarkastischen Bemerkung untergeschoben hat, dass Marty von der Weisheit eines älteren, erfahreneren Beamten profitieren würde.

Das hat er nicht.

Ich überlege, ob ich Molly anrufen und ihr sagen soll, dass ich unterwegs bin, aber es ist schon spät und ein Anruf könnte Henry wecken, außerdem weiß ich gar nicht, was ich ihr sagen soll. Also schicke ich nur eine Textnachricht. Ich fahre das Auto wieder in Craigs Einfahrt. Er erwartet mich dort schon.

»Alles in Ordnung?«, fragt er.
»Bestens.«
»Willst du darüber reden?«
Ja, denke ich, *aber nicht mit dir.*
»Alles okay, Craig. Danke, Mann.«
»Willst du noch einen Brandy, bevor du nach Hause fährst?«

»Heute nicht«, sage ich.

Ich gehe zur U-Bahn-Station. Meine App sagt, dass der Zug in einer Minute abfährt, also renne ich die Treppe runter. Als ich zu Hause ankomme, ist es fast ein Uhr nachts. Das Haus ist still. Molly hat eines dieser Steckdosen-Nachtlichter für mich angelassen. Ich schleiche auf Zehenspitzen ins Kinderzimmer und sehe nach Henry. Mein Sohn – Mann, allein diese beiden Worte: *mein Sohn* – schläft friedlich. Ich betrachte ihn ein oder zwei Minuten lang. Meine Brust verkrampft. Tränen treten mir in die Augen. Wenn Sie selbst Eltern sind, kennen Sie dieses Gefühl, diese betörende Mischung aus Staunen und Angst.

Molly schläft im winzigen dunklen Schlafzimmer. Ich mache mich so leise wie möglich bettfertig und schlüpfe unter die Decke. Sofort spüre ich die Wärme ihres Körpers. Ich mag das. Ich rücke näher an sie heran, weil ich besser schlafe, wenn ein Teil von mir ihre Haut berührt. Molly bewegt sich. Sie kuschelt sich weiter in die Löffelchen-Position, in der wir beide verschmelzen.

Ich habe im Leben so viel Dummes getan, so viele Fehler begangen, so viele Grenzen überschritten, und trotzdem habe ich schließlich diese spektakuläre Frau geheiratet. Das erfüllt mich immer wieder mit Ehrfurcht.

Molly gibt mir Wärme und eine Mitte, und ja, sie bringt mich dazu, in Klischees, Grußkarten-Jargon und Country-Songtexten zu sprechen. Das Ding mit meiner Frau ist aber, dass sie mein Leben besser macht, ja, und sie macht auch jeden Raum besser, den sie betritt. Ihre Liebe ist unangestrengt. Sie ist einfach so. Die Tatsache, dass sie sich für mich entschieden hat, sehe ich als den entscheidenden Wendepunkt in meinem Leben. Es ist auch eine Rechtfertigung, eine Ausrede, eine »Du kommst aus dem Gefängnis frei«-Karte – wie kann ich ein schlechter Mensch sein, wenn diese Frau mich als ihren Lebenspartner auserkoren hat? Ich gehe davon aus, dass Schlaf mir heute versagt bleiben wird. Doch so ist es nicht. Ich penne sofort ein und schlafe wie ein Toter. Als um sieben Uhr morgens mein Handy klingelt, schrecke ich hoch. Der Platz neben mir im Bett ist leer.

Ich hatte mein Handy auf Quasi-Lautlos gestellt – die Einstellung, bei der es sich nur dann akustisch bemerkbar macht, wenn Leute anrufen, die auf einer bestimmten Liste stehen. Und das sind nur sechs Personen, zu denen Molly, mein Vater, mein Bruder, Marty und der heutige Anrufer Arthur von der White Shoe Kanzlei gehören. Das ist wenig überraschend.

»Was willst du zuerst hören«, sagt Arthur ohne Vorrede. »Die Nachricht, die mir wichtiger ist, oder die Nachricht, die dir wichtiger ist?«

»Entscheide du.«

»Fangen wir mit dem an, was für mich wichtiger ist, okay?« Ich meine zu wissen, was er sagen wird. »Immer raus damit.«

»Heute Vormittag um elf werden Peyton Booth – und, was entscheidender ist, unsere Mandantin, seine reizende, wenn auch rachsüchtige Frau Courtney – in unserem edelsten Konferenzraum im siebenundvierzigsten Stockwerk zusammentreffen, um die Konditionen ihrer Scheidung zu besprechen. Das ist dir bekannt.«

Jep, keine Überraschung. »Das ist es.«

»Und du hast gestern Fotos gemacht, die den Ehevertrag der Booths aushebeln werden.«

»Das habe ich.«

»Warum liegen die mir dann nicht vor?«

Ich nehme das Handy in die andere Hand. »Du bekommst sie.«

»Wieso so spät?«

»Ich muss sie noch entwickeln.«

»Du musst sie entwickeln?«, wiederholt Arthur. »Wo sind wir denn? Im Jahr 1987? Bringst du auch noch ein paar Betamax-Videos mit?«

»Betamax«, sage ich. »Das ist witzig.«

»Nein, eigentlich nicht.«

»Die meisten Leute hätten vielleicht etwas von einer DVD oder einer Videokassette gesagt. Aber Betamax ist viel komischer.«

»Kierce.«

»Keine Sorge, Arthur. Ich bringe sie heute noch vorbei. Versprochen.«

»Mir gefällt das nicht.«

»Das hatte ich auch nicht erwartet«, sage ich und versuche, das Gespräch voranzubringen. »Also, welche Nachricht ist wichtiger für mich?«

»Das wird dir nicht gefallen.«

Mir gefällt schon nicht, wie sich sein Tonfall plötzlich verändert. Molly erscheint in der Tür. Sie lächelt mir zu und hebt eine Tasse Kaffee in meine Richtung, als wollte sie fragen, ob ich auch einen will. Eine rhetorische Frage, weil ich immer einen will.

»Was ist los, Arthur?«

»Erinnerst du dich noch daran, wie bestürzt du warst, als Judith und Caroline Burkett auf Kaution freigelassen wurden?«

Die widerwärtige Macht des Geldes.

»Ja«, sage ich.

»Dies ist schlimmer.«

»Sag's einfach, Arthur.«

»Ich habe es gerade erst erfahren. Grayson wird heute Morgen entlassen.«

Mir wird schwer ums Herz. Molly sieht meinen Gesichtsausdruck. Grayson ist Tad Grayson, der Mann, der eine lebenslange Haftstrafe für den Mord an der Polizeibeamtin Nicole Brett verbüßt – oder, wie ich annehme, verbüßt hat ... Zum Zeitpunkt ihrer Ermordung war Nicole Brett meine Verlobte.

»Er wird ...« Ich bekomme die Worte kaum heraus. »Er kommt frei?«

»Ja, der Richter hat gestern Abend seine Entlassung angeordnet.«

Ich sehe die Sorge in Mollys Gesicht. Sie hat genug gehört, um sich zusammenzureimen, was Arthur mir erzählt. Wir wussten, dass diese Möglichkeit bestand, und ich hatte versucht, mich darauf vorzubereiten. Nachdem ich aus triftigen Gründen aus dem NYPD entlassen worden war, fingen Anwälte und Aktivisten an, meine alten Fälle zu durchforsten und nach »Dienstvergehen« zu suchen – oder welche zu erfinden. So konnten sie behaupten, ich sei – um einen der vielen Artikel zu zitieren – »unberechenbar und gefährlich«, ganz zu schweigen von korrupt. Bisher waren bereits drei Personen, aus dem Gefängnis entlassen worden – *schuldige* Personen, ganz egal, was die Gerichte jetzt sagen. Schlimmer noch, eine Anwaltsgruppe namens Equitable Liberty Initiative (kurz ELI) hatte begonnen, an der eindeutig berechtigten Verurteilung von Tad Grayson herumzupfuschen, vor allem als herauskam, dass ich an den Ermittlungen und der Überführung des Mörders meiner eigenen Verlobten beteiligt war. Anwälte, die pro bono für die ELI arbeiteten, behaupteten, dass alle von der Polizei zusammengetragenen Beweise, selbst wenn ich sie nicht persönlich erhoben hatte, als Früchte des vergifteten Baumes betrachtet und verworfen werden müssten.

Ich schlucke. »Und wann genau wird Grayson entlassen?«

»Um acht.«
»Moment.« Ich traue meinen Ohren nicht. »Heute Morgen um acht?«
»Genau.«
Ich sehe auf den Wecker. Es ist fast sieben. Ich schwinge die Beine aus dem Bett.
»Geh nicht hin, Kierce«, sagt Arthur.
»Okay.«
»Du lügst, stimmt's?«
»Vielleicht ein bisschen«, sage ich, bevor ich auflege. Molly kommt auf mich zu. »Ist alles in Ordnung?«
Ich sitze auf der Bettkante. Ich nicke.
»Willst du zusehen, wie er das Gefängnis verlässt?«
»Ich kann nicht anders.«
»Was bringt es dir, das mitanzusehen?«
»Absolut nichts«, sage ich.
Molly setzt sich neben mich. Sie nimmt meine Hand. Einen oder zwei Momente lang bewegen wir uns nicht. Dann fragt Molly: »Hat das etwas damit zu tun, dass du gestern Abend so lange unterwegs warst?«
»Nein«, sage ich. »Nichts.«
Sie starrt schweigend geradeaus.
»Ich weiß, dass das verrückt klingt«, fahre ich fort, »aber die Sache letzte Nacht hat etwas mit dem zu tun, was mir passiert ist, als ich nach dem College in Europa war.«
Sie verzieht das Gesicht. »Du warst nach deinem Abschluss in Bowdoin in Europa?«
»Aber nicht lange.«
»So als Rucksacktourist?«
»Ja. Ich war mit ein paar Freunden dort. Aber es ist etwas passiert. Es hat nichts mit uns zu tun, das verspreche ich, und ich werde dir auch alles darüber erzählen.«

»Aber nicht jetzt.«
»Ich will um acht da sein. Ich muss sein Gesicht sehen.«
»Geh dich anziehen«, sagt Molly. »Ich kann warten.«

FÜNF

Tad Grayson tritt durchs Gefängnistor. Der Himmel ist grau. Das Gebäude ist grau. Der Straßenbelag ist grau. Ich möchte nicht sagen, dass die Stimmung grau ist, aber was bleibt mir anderes übrig? Vor dem Gefängnistor sehe ich drei Übertragungswagen und etwa zehn Pressevertreter. Tad Graysons Freilassung ist zwar ein Thema in den Medien, allerdings kein sehr großes. Vor ein paar Jahren wäre das wahrscheinlich anders gewesen, aber heutzutage gibt es praktisch keine großen Nachrichtenthemen mehr. Wir lesen oder hören von etwas Schrecklichem, regen uns kurz darüber auf, dann folgt ein neuer Skandal, und unsere Aufmerksamkeit wird von einem anderen Thema in Anspruch genommen. Diese Nachrichtenzyklen entwickeln sich – wie Lebenszyklen eines Wirtschaftsprodukts – seit einiger Zeit immer schneller, dadurch wird es immer unbedeutender, bis schließlich alles in Vergessenheit gerät. Aber jetzt werde ich tiefsinnig.

Ich stehe hinter einem Baum. Damit mich niemand entdeckt, wobei mich das eigentlich auch nicht groß stören würde. Ich stelle erfreut fest, dass Tad Grayson furchtbar aussieht. Bei unserer letzten Begegnung wurde er nach seiner Verurteilung in Handschellen aus dem Gerichtssaal geführt – seitdem sind zwanzig Jahre vergangen, also liegt es sicher auch daran, dass er für mich auf einen Schlag um diese Zeit gealtert ist – auch wenn ich glaube, dass mehr dahintersteckt.

Schließlich bin ich auch gealtert. Wir sind alle gealtert. Aber Tad ist kaum wiederzuerkennen. Von seiner dichten Mähne blauschwarzer Superman-Haare sind nur noch ein paar Strähnen übrig. Die hat er sich ganz klassisch über die Glatze gekämmt. Seine Wangen sind eingefallen. Seine Hautfarbe ist – da ist es wieder – grau. Er schlurft wie ein alter Mann, obwohl er erst achtundvierzig ist.

Er hat mehr als zwanzig Jahre im Gefängnis gesessen, weil er eine Polizeibeamtin ermordet hat. Unter den Mithäftlingen mag einen das zu einem Helden machen, aber die Wärter werden sicher dafür gesorgt haben, dass die Zeit für ihn zäh und mühselig vergangen ist. Mein Hass ist immer noch frisch und ungezähmt, ich muss aber gestehen, dass Tad Graysons gebrochenes Äußeres ihn ein wenig abmildert.

Eine Frau in einem Businesskostüm – vermutlich seine Hauptanwältin – breitet die Arme aus, und Tad sinkt hinein. Sie umarmt ihn. Er drückt das Gesicht an ihre Schulter. Vielleicht weint er, das kann ich nicht mit Sicherheit sagen. Die Frau klopft ihm auf den Rücken und flüstert ihm etwas zu. Sein Gesicht ist immer noch verdeckt, ich sehe aber, dass er nickt.

Hinter mir sagt eine Stimme: »Ich dachte mir schon, dass du hier bist.«

Ich drehe mich um und blicke nach oben. Es ist Marty, mein ehemaliger Juniorpartner beim NYPD. Marty ist jung, naiv und groß. Er sieht viel zu gut aus, um liebenswert zu sein – Molly sagte einmal, er sehe aus »wie ein Unterwäsche-Model, nur besser« –, und trotzdem ist er auch auf eine hinreißende Weise vertrottelt und legt den nervigen Enthusiasmus eines Welpen an den Tag. Man muss Marty einfach lieben, selbst wenn man ihm am liebsten gegen's Schienbein treten würde.

»Du hast geschlussfolgert, dass ich zur Freilassung des Mannes, der meine Verlobte ermordet hat, auftauchen könnte«, sage ich. »Junge, ich bin stolz, dein Mentor zu sein.«
»Das ist Sarkasmus, oder? Ich weiß das nie so ganz genau.«
»Ja, genau«, sage ich, »das weißt du nicht.«
»Kierce?«
»Ja, Marty?«
»Du benutzt Sarkasmus als Abwehrmechanismus, um deine wahren Gefühle zu kaschieren.«
Ich sehe ihm wortlos in die Augen. Ein paar Sekunden verstreichen.
»Ich habe eine App zur Wortschatzerweiterung auf dem Handy«, erklärt Marty. »Kaschieren war das Wort vom Dienstag.«
»Ich bin froh, dass du eine Gelegenheit gefunden hast, es im Alltag zu verwenden«, sage ich. Und dann: »Warum bist du hier?«
»Erstens, um dafür zu sorgen, dass du keine Dummheiten machst. Wie zum Beispiel, was weiß ich, hier aufzutauchen.«
»Erstens wäre damit geklärt. Was ist zweitens?«
Die Medienvertreter haben ein Podium mit diversen Mikrofonen mit verschiedenen Logos aufgebaut. Die Frau im Businesskostüm geht auf sie zu. Sie wird von zwei Personen flankiert, bei denen es sich offenbar um männliche Kollegen von ihr handelt.
»Du hast mir gestern Nacht einen Marker geschickt«, sagt Marty. »Es ging um ein Grundstück. Du wolltest wissen, wer da wohnt.«
»Heute«, setzt die Frau am Mikrofon an, »wurde ein schreckliches Unrecht korrigiert.«
Die Frau stellt sich als Kelly Neumeier vor und sagt dann noch weitere Dinge über Wiedergutmachung eines erlittenen

Unrechts, den Kampf gegen Ungerechtigkeit und die Unfähigkeit der Polizei, die dazu geführt habe, dass der wahre Mörder immer noch frei herumlaufe. Aber es ist nicht nötig, all das noch einmal zu wiederholen. Mir ist klar, dass Gruppen wie das Innocence Project und ELI notwendig sind. Mir ist klar, dass ich korrupte Kollegen hatte und dass sie durch die Thin Blue Line geschützt werden und all so etwas, wobei der missbräuchliche Umgang mit Beweismaterial nach meiner Erfahrung meist eher auf Faulheit und dem Wunsch beruht, das Verfahren zu verkürzen, als auf der Absicht, die Justiz zu untergraben. Auch Arroganz spielt da mit hinein – man weiß, wer es war, braucht aber noch ein paar Belege, um die ganze Sache in trockene Tücher zu bringen, warum sollte man also nicht ein bisschen Gott spielen?

Ja, ich weiß, dass es falsch ist.

Aber ich weiß auch, dass Tad Grayson Nicole umgebracht hat, dass seine Verhaftung gerechtfertigt war und dass die Verurteilung – abgesehen von ein paar nicht mit diesem Fall zusammenhängenden Vorwürfen bezüglich meiner Wenigkeit – unanfechtbar war. Die Argumente der ELI lassen sich folgendermaßen zusammenfassen: Ich, Sami Kierce, habe ein- oder zweimal gegen die Regeln verstoßen, also muss jeder Fall, an dem ich beteiligt war, verworfen werden.

Nur um das klarzustellen: Ich habe nie gegen Vorschriften verstoßen, um mich persönlich zu bereichern oder eine Verurteilung herbeizuführen.

Ich frage mich, was Neumeier und ihre Kollegen-Boygroup wirklich darüber denken. Halten sie Tad Grayson tatsächlich für unschuldig – oder kämpfen sie für irgendein höheres Ziel? Sie haben sich die Beweise angesehen. Natürlich konnten sie meinen Rauswurf nutzen, um ihn aus dem Gefängnis zu holen. Aber sie wissen, dass er es getan hat.

Die Frage ist, was kann ich jetzt tun?

»Mr Grayson musste unglaubliche Torturen und Ungerechtigkeiten über sich ergehen lassen. Trotzdem möchte er eine kurze Erklärung abgeben.«

Kelly Neumeier tritt zur Seite und macht Tad Platz. Der Straßenlärm scheint abzunehmen. Marty tritt näher an mich heran, als fürchte er, dass ich auf Tad losgehen könnte. Das tue ich nicht. Ich komme mir hilf- und orientierungslos vor, ganz und gar nicht wie mein impulsives Ich. Wahrscheinlich könnte ich mich gar nicht bewegen, selbst wenn ich es wollte. Ein seltsamer schrecklicher Gedanke schießt mir durch den Kopf. Er ist so schrecklich und egozentrisch, dass ich Angst habe, ihn hier auszuformulieren, aber ich kann nicht anders: Wenn Tad Grayson Nicole nicht ermordet hätte, wäre mein Sohn Henry nie geboren worden. Das ist nicht tiefsinnig. Es ist kein Gedanke, der mich tröstet oder irgendetwas verändert. Wenn ich jetzt noch einmal darüber nachdenke, ist er sogar lächerlich banal.

Adios, impulsives Ich. Willkommen, banales Ich.

Tad räuspert sich. Sein Blick ist zu Boden gerichtet. Er blinzelt und sieht immer noch alt und gebrochen aus. »Ich muss ein paar Leuten meinen Dank aussprechen«, sagt er, als wäre es eine Rede zur Oscar-Verleihung. Er nennt die Namen der Leute. Die Anwälte nicken und lächeln mit zusammengekniffenen Lippen, als ihre Namen genannt werden. Als er mit den Danksagungen fertig ist, hält er inne, senkt den Kopf, hebt ihn wieder und wiederholt die ganze »Ich muss all meine Kraft zusammennehmen«-Show noch einmal. Mir ist inzwischen klar, dass die Rede komplett einstudiert ist. Ich glaube aber nicht, dass die Medienvertreter das auch bemerken.

»Schon am Tag meiner Verhaftung«, beginnt er, »habe ich

meine Unschuld beteuert. Man hat mir Strafmilderung angeboten, wenn ich ein Geständnis ablege. Das habe ich jedoch nicht getan.«

Das ist zwar gelogen, aber vergessen Sie's.

»Man hat mir Privilegien angeboten, wenn ich ein Geständnis ablege. Aber niemals, nicht ein einziges Mal in den letzten zwanzig Jahren, bin ich ins Wanken geraten. Ich sage es noch einmal: Ich habe Nicole Brett nicht umgebracht. Ich weiß, dass die meisten von Ihnen mir nicht glauben. Und ich muss zugeben, dass ich tatsächlich von ihr besessen war. Ich gebe zu, dass ich Dinge getan habe, auf die ich nicht stolz bin. Diese furchtbaren SMS? Die habe ich verschickt. Aber ich habe sie nicht umgebracht.«

Die »furchtbaren SMS« waren immer brutaler werdende Drohungen, von denen die letzte lautete: *Ich werde dir eine Kugel ins Hirn jagen*, und genau das ist dann auch geschehen. Nicole hatte mir nichts von den SMS erzählt. »Mit Tad Grayson habe ich einen Fehler gemacht«, hatte sie gesagt. Er sei zwar ein besessener Ex, aber harmlos. Sie habe die Sache im Griff. Als ich anmerkte, dass er um unsere Wohnung herumschleiche, als ich ihn beschatten und ihm deutlich machen wollte, dass er damit aufhören sollte – ja, ich wollte ihm die Seele aus dem Leib prügeln –, hatte Nicole mir eine sexistische Einstellung vorgeworfen. Ob ich der Ansicht sei, dass sie nicht auf sich selbst aufpassen könne? Ob ich glaube, dass sie einen Mann brauche, der sie beschützt?

Also hatten wir nicht mehr über ihn gesprochen.

Ein Reporter rief: »Machen Sie die Polizei dafür verantwortlich? Die Staatsanwaltschaft?«

Raten Sie mal, was Tad macht? Er senkt den Kopf, dann hebt er ihn wieder. Der Kerl ist eine Marionette. Ich frage mich, wie er mit dieser Frage umgehen wird. Schließlich sagt er: »Darüber habe ich mir viele Gedanken gemacht.« Er lächelt schräg. »Wenn man dreiundzwanzig Stunden am Tag in einer Zelle sitzt, hat man viel Zeit zum Nachdenken. Ich habe die Sache aus allen erdenklichen Blickwinkeln betrachtet. Ich habe die gesamte Palette meiner Gefühle durchlebt – und auch die Gefühle der anderen. Es gab Zeiten voller Angst und Zeiten voller Entschlossenheit.«

Ich stelle mich auf die Zehenspitzen, um Marty etwas ins Ohr zu flüstern. Er beugt sich etwas herunter, um mir entgegenzukommen. »Klingt das völlig einstudiert?«, frage ich.

»Ehrlich gesagt musste er mit der Frage rechnen. Und es stimmt ja auch, er hatte viel Zeit, über die Antwort nachzudenken.«

Ich runzle die Stirn.

»Letztendlich weiß ich es nicht genau, ich gehe zwar davon aus, dass meine Anwälte mir sagen werden, dass es sich um ein böswilliges Verhalten gehandelt hat, denke aber, dass die Behörden wirklich glaubten, dass ich der Mörder war. Man hat mir gesagt, das wäre zu wohlwollend …«, ich hätte mir fast den Finger in den Hals gesteckt, um darauf hinzuweisen, dass ich kotzen könnte bei all dem Mist, den dieser verlogene Wichtigtuer hier erzählt, »… und das ist auch sicher keine Entschuldigung für ihr Vorgehen. Aber die Wahrheit ist, dass ich Nicole nicht umgebracht habe. Und das bedeutet, dass der wahre Täter immer noch frei herumlaufen könnte.«

Ein anderer Reporter schreit: »Werden Sie schwören, den Mörder zu finden?«

Ein anderer ergänzt: »Wie O.J. Simpson?«

Ein paar Anwesende kichern. Mir gefällt das. Tad ganz offensichtlich nicht. Er öffnet den Mund, als wollte er etwas erwidern, doch dann legt Neumeier ihm die Hand auf den Rücken, tritt vor und sagt: »Keine weiteren Fragen.« Sie führt ihn zu einem Auto. Er steigt hinten ein. Sie steigt hinten ein. Sie fahren weg.

Und das war's.

Ich bleibe einfach neben Marty stehen. Die Nachrichtencrews bauen ihre Mikrofone ab. Ich rühre mich nicht. Ich stehe einfach nur da. Marty lässt mir Zeit. Ich beobachte, wie die Übertragungswagen davonfahren.

Dann sage ich zu Marty: »Du wolltest etwas über den Marker sagen.«

»Richtig.«

»Was ist damit?«

»Du warst in Connecticut.«

Ich drehe mich wieder zu ihm um und sehe ihn an. »Ich kann dir gar nicht sagen, wie stolz ich darauf bin, dich ausgebildet zu haben.«

»Humor benutzt du auch als Abwehrmechanismus.«

»Ich wünschte, ich hätte meine Dienstwaffe noch.«

»Mehr Humor.«

»Ich weiß, dass ich in Connecticut war, Marty. Natürlich weiß ich das. Ich dachte, das ginge aus meiner Nachricht hervor, aber noch mal, um auf Nummer sicher zu gehen: Ich habe den Marker auf einem Grundstück gesetzt. Ich will wissen, auf wessen Grundstück.«

»Dann ist dir wohl auch klar, dass du in einem sehr vornehmen Wohngebiet warst, als du diesen Marker gesetzt hast.«

»Das ist es.«

»Auf einem Privatgrundstück.«

»Ja.«

»Ich habe mehrere Satellitenkarten überprüft. Die Luftaufnahmen von diesem Grundstück sind alle verpixelt.«

»Ich weiß«, sage ich.

»Außerdem hast du den Marker spät nachts gesetzt.«

»Marty?«
»Ja?«
»Warum erzählst du mir ständig Dinge, die ich schon weiß?«
»Was um alles in der Welt hast du da gemacht, Kierce?«
Ich antworte nicht. Am Gefängnistor ist niemand mehr. Ich starre wieder auf die Stelle, an der Tad Grayson stand. Er ist frei. Der Mann, der Nicole ermordet hat, ist frei. Ich wette, seine Anwälte laden ihn zum Essen ein. Wahrscheinlich in ein schickes Steakhaus. Um den Mann zu feiern, der Nicoles schönes Gesicht weggepustet hat.

Marty kann nicht gut schweigen. Das weiß ich. Er ist ein Plappermaul. Es dauert nicht lange, dann stößt er einen Seufzer aus. »Das Grundstück gehört einer GmbH.«

»Hast du den Namen dieser GmbH?«, frage ich.

»Noch nicht.«

Das überrascht mich nicht. Offenbar gibt sich jemand große Mühe, dass möglichst wenig über dieses Grundstück bekannt wird. Warum? Und warum sollte Anna da wohnen, eine Frau, von der ich geglaubt habe, dass sie vor über zwanzig Jahren in meiner Gegenwart ermordet wurde – womöglich durch meine eigene Hand?

»Ich habe versucht, die Besitzer auf andere Weise ausfindig zu machen, bin aber nicht weit gekommen. Noch nicht. Du weißt ja, wie das ist. Du hast mir den Marker ja erst gestern Nacht geschickt. Die meisten Läden machen jetzt erst auf. Ich werde ein bisschen herumtelefonieren.«

»Danke«, sage ich.

Dann stellt er dieselbe Frage, die Molly gestellt hat: »Hat das etwas damit zu tun?« Er deutet in Richtung Gefängnistor.

»Nein«, sage ich.

Aber dann lege ich den Kopf schräg.

»Was ist?«, fragt er.

Ich habe Anna vor mehr als zwanzig Jahren in Spanien kennengelernt. Fünf Jahre später war ich mit Nicole verlobt, die von Tad Grayson ermordet wurde. Ich habe nie eine Verbindung zwischen den beiden Ereignissen gesehen. Warum auch? Sie hatten nichts miteinander zu tun. Die einzige Verbindung zwischen den beiden war ... ich. Und ich sehe absolut keine Verbindung zwischen Anna – ich weiß nicht, ob ich sie weiterhin Anna nennen oder zu Vielleicht-Anna zurückkehren soll, bleibe aber vorerst bei Anna –, die gestern in meinem Kurs aufgetaucht ist, und der heutigen Freilassung von Tad Grayson. Absolut keine. Abgesehen von einer.

Das Timing ist eigenartig.

Zufälle sind häufiger, als wir glauben. Ich habe mich eingehend mit diesem Thema befasst. Fatalismus, die Jung-Pauli-Theorie über Synchronizität, Wahrscheinlichkeit, Zufall, Apophänie – bin aber eher ein Anhänger der Chaostheorie. Zufälle gibt's. Zufall setzt echtes Chaos voraus, was bedeutet, dass zwischen zwei Ereignissen keine Verbindung bestehen darf, nicht einmal eine nebensächliche.

Aber hier gibt es eine Verbindung. Nämlich meine Wenigkeit.

Auch wenn ich die Verbindung gerade nicht sehe – die eigentliche Definition von Zufall besagt, dass es sich um ein bemerkenswertes Zusammentreffen von Ereignissen oder Umständen ohne *offensichtlichen* Zusammenhang handelt –, könnten die Rückkehr von Anna und Tad Grayson in mein Leben nicht doch auf irgendeine Weise zusammenhängen? Oder bin ich jetzt derjenige, der sich des Narzissmus, des metaphysischen Solipsismus oder, einfacher ausgedrückt, des Egozentrismus schuldig macht – glaube ich also einfach nur, dass sich die Welt ausschließlich um mich dreht?

Ich bekomme Kopfschmerzen.
Mein Handy surrt. Eine Textnachricht von Arthur:

WO BLEIBEN DIE FOTOS??!!

Ich sehe auf meine Armbanduhr – eine alte Casio, die ich auf einer Bank an einer Bushaltestelle gefunden habe. Ich hatte den Besucherbus von der Jay Street und dem Metro-Tech-Center in Brooklyn genommen, aber der nächste Bus zurück fuhr erst in einer Dreiviertelstunde.
»Ich gehe davon aus, dass du mit dem Auto hier bist?«, sage ich zu Marty.
»Richtig.«
»Kannst du mich nach Midtown mitnehmen?«

SECHS

Marty versucht, mich zum Reden zu bringen, aber ich sage nicht viel. Er hasst Stille und füllt sie mit Selbsthilfe-Geplapper und erzählt von seinen neuen Trainingsplänen. Im Moment singt er ein Loblied auf etwas, das sich Fahrrad-Karaoke nennt und genau das ist, was man sich darunter vorstellt – und ja, das Wortspiel ist beabsichtigt.

»Rate mal, was mein Lieblingssong zum Runterkommen ist?«, fragt er.

»›If I Die Young‹?«

»Nein!«, sagt er mit dieser welpenartigen Begeisterung. »›Save a Prayer‹ von Duran Duran.«

Er beobachtet mich genau, weil er meine Reaktion sehen will. Bei unserer ersten längeren Begegnung lief »Come Undone« von Duran Duran bei mir im Autoradio. Er hatte den Song noch nie gehört. Er hatte auch noch nie von Duran Duran gehört.

Wir sind jetzt auf der Park Avenue.

»Okay«, sage ich. »Da vorne an der Ecke kannst du mich absetzen.«

Die White Shoe Kanzlei befindet sich an der Ecke Park Avenue und 47th Street, in der Nähe des MetLife-Building und gegenüber vom Lock-Horne-Building. Eine Viertelstunde vor Beginn des Mediationstermins in der Scheidungssache Peyton-Booth steige ich aus.

Ich bin so was von bereit.

Wie fast jeder in New York City trage auch ich einen Rucksack. Darin habe ich Mützen von verschiedenen Lieferdiensten – Prime, UPS, DHL, FedEx. Ich habe Mützen von Con Ed, Verizon, Sprint, Spectrum. Natürlich passen nicht sämtliche Uniformen dieser Unternehmen in den Rucksack, aber eine neongrün reflektierende Weste mit der Aufschrift SECURITY passt hinein – und die ist auch drin. Das reicht vollkommen. Außerdem habe ich verschiedene falsche Firmenausweise dabei, die ich in eine transparente Hülle stecken und mir anheften kann. Es ist schockierend, wie leicht man damit überall hinkommt, aber in diesem Fall brauche ich nicht viel.

FedEx-Mütze und Warnweste habe ich schon angelegt. So warte ich mit dem Umschlag in der Hand an der Straßenecke. Ich hoffe, dass ich rechtzeitig angekommen bin, aber Arthur terrorisiert mich wie ein Stalker mit Anrufen. Vor mir hält ein schwarzer SUV. Mit selbstsicherer Miene steigt Peyton Booth aus. Er trägt einen hellgrauen Businessanzug ohne Krawatte und ein frisch gebügeltes Hemd in einem so strahlenden Weiß, dass ich fast nach meiner Sonnenbrille greife. Ich weiß nicht, welche Schuhmarke er trägt, bin auch zu weit weg, um das genau zu erkennen, kann aber sagen, dass sie sogar teuer riecht.

Den Umschlag in der Hand eile ich zu ihm. Zwei weitere Männer im Anzug, beide mit Krawatte, steigen mit ihm aus dem Auto. Seine Anwälte, schlussfolgere ich. Das könnte die Sache für Peyton noch heikler machen, aber die Entscheidung liegt natürlich ganz bei ihm.

»Kurier-Lieferung für Peyton Booth«, sage ich.

Als ich ihm den Umschlag überreiche, stellt sich mir einer der beiden Anwälte, ein großer Kerl, in den Weg und bläht die Brust auf. Ich kenne diese Angeber. Ich bin klein und südasiatischer Herkunft. Er hält mich für leichte Beute. Aber ich bereite mich auch geistig immer auf alles vor. Ich überlege, wie ich ihm – falls nötig – am besten das Knie in die Eier ramme. Das gleicht den Größenvorteil aus.

»Ist das eine Vorladung?«, fragt Geblähte Brust.

Ich zeige auf meine FedEx-Mütze. »Steht da was von Zustelldienst für Gerichtsvorladungen?«

»Oh, ich habe schon viele Gerichtszusteller gesehen, die so getan haben, als wären sie irgendetwas anderes.«

»Klingt nach einer ziemlich zweifelhaften Moral«, sage ich mit einem Hauch falscher Ernsthaftigkeit. »Aber nein, ich bin kein Gerichtszusteller. Mir wurde gesagt, dass ich das Mr Peyton Booth geben soll und dass es sich um eine sehr private Angelegenheit handelt.«

Geblähte Brust gefällt das nicht, aber ich flitze um ihn herum, bevor er weitere Fragen stellen kann. Dann drücke ich Peyton Booth den Umschlag gegen die Brust, versuche erfolglos, Augenkontakt herzustellen, und mache mich davon. Als ich um die Ecke in der 48th Street bin, lege ich Mütze und Weste ab. Nachdem ich kurz gewartet habe, gehe ich an die Ecke zurück und beobachte sie. Peyton Booth und seine Anwälte betreten das Gebäude. Ich gebe ihnen einen kleinen Vorsprung, dann folge ich ihnen. Sie sollen vor mir bei White Shoes sein – aber nicht lange vor mir.

Als sie ihre Hausausweise erhalten haben und den Korridor entlanggehen, bin ich am Zug. Ich zeige der Frau am gleichen Sicherheitsschalter am Eingang in der 48th Street meinen echten Ausweis und bekomme einen Passierschein für den zehnten Stock.

Als sich oben die Fahrstuhltür öffnet, erwartet Arthur mich.

»Was zum Teufel, Kierce? Unsere Mandantin ist schon im Konferenzraum.«

Arthur sieht anders aus, als Sie es vermutlich erwarten. Er ist ein hoch aufgeschossener, attraktiver Mann, gerade einmal vierundzwanzig Jahre alt und schon Teilhaber der Kanzlei. Wie hat er es geschafft, so jung Teilhaber zu werden? Er ist ein Genie. Er hat sein Jurastudium mit sechzehn abgeschlossen, trägt lange Haare, vorzugsweise Weste zum Anzug, eine Taschenuhr und baumelnde Federohrringe.

Hinter ihm stehen Peyton Booths Anwälte. Ohne Peyton. Das ist gut.

»Die Mediation«, fährt Arthur fort, »beginnt in fünf Minuten. Ich brauche ...«

»Hier.«

Ich reiche ihm den anderen Umschlag, den ich im Rucksack hatte. Der für Peyton Booth war unverschlossen, damit er ihn schnell öffnen kann. Dieser Umschlag hingegen ist zugeklebt und hat einen Bindfadenverschluss, mit einem dieser langen Fäden, die man erst abwickeln muss.

Arthur runzelt die Stirn und fängt an, die Schnur zu lösen.

»Ist das dein Ernst?«

»Ich muss mal pinkeln«, sage ich und eile den Flur entlang zur Toilette. Ich war vielleicht fünfmal in meinem Leben auf dieser Toilette. Ich habe noch nie jemanden gesehen, der sie benutzt hat. Ich hoffe einfach, dass ich Glück habe – falls nicht, kann ich warten.

Doch Peyton Booth ist da. Und er ist allein. Meine Glückssträhne, wenn man es denn so nennen kann, hält an.

»Wer sind Sie?«, fragt er.

Ich schließe die Tür hinter mir ab. Wenn jemand eine Toilette braucht, kann er sich jederzeit eine andere suchen.

»Das spielt keine Rolle«, sage ich.

Sein Gesicht ist so weiß wie das frisch gebügelte Hemd.

»Was soll das alles? Ist das eine Erpressung?«

Nur seine Hände zittern leicht. Er hat den Umschlag. Die Fotos von ihm und dem anderen Mann, die ich beim Frauenschuh & Rittersporn gemacht habe, stecken wieder im Umschlag, so als wollte er sie auf keinen Fall noch einmal ansehen müssen.

»Der Anwalt Ihrer Frau hat mich beauftragt zu prüfen, ob Sie sich an die Treueklausel des Ehevertrags halten, den Sie und Ihre Frau unterzeichnet haben.« Ich deute auf den Umschlag in seiner Hand. »Das ist der Beweis, dass Sie das nicht tun.«

»Und wie viel?«

»Wie bitte?«

»Damit das Ganze unter uns bleibt. Wie viel?«

Jetzt bin ich neugierig. »Was bieten Sie?«

Er hebt das Kinn, ist jetzt wieder ganz der Geschäftsmann, der alles unter Kontrolle hat. Jetzt ist es ein Geschäft, ein korruptes Geschäft, und damit hat er wieder festen Boden unter den Füßen. »Nennen Sie mir eine Summe.«

Ja, ein Meister der Verhandlung. Das glaubt er zumindest. Verhandlungsregel 101: Nennen Sie niemals als Erster eine Summe. Lassen Sie Ihr Gegenüber den ersten Schritt machen. Das kann man in so ziemlich jedem Buch über Verhandlungen nachlesen oder bei einer Wiederholung von *Pawn Stars – Die Drei vom Pfandhaus* – lernen. Rick und Corey fragen immer: »Was wollen Sie dafür haben«, wenn sie an einem Geschäft interessiert sind.

»Was sind Sie bereit zu geben?«, versuche ich es.

»Sie fangen an.«

»Ach, vergessen Sie's«, sage ich. »Mir fällt nichts ein, also lassen wir es.«

Ich gehe zur Tür.

»Hunderttausend«, sagt er.

Wow. Das ist das Einstiegsgebot. Wahrscheinlich könnte ich noch deutlich mehr rausholen. Das würde alles ändern, oder? Ich wäre die Schulden los. Könnte mir eine bessere Wohnung für Molly und Henry leisten. Vielleicht noch eine Hilfe beim Babysitten, sodass Molly wieder arbeiten gehen könnte. Ich bin versucht, mit einer Million zu kontern, habe mich aber schon lange genug ablenken lassen.

»Die Sache läuft jetzt folgendermaßen, Peyton«, sage ich zu ihm. »Sie gehen gleich zu einem Meeting. Sie werden einer Vereinbarung zustimmen, die den Ehevertrag für null und nichtig erklärt, und dann werden Sie und Ihre zukünftige Ex eine hoffentlich für Sie beide gerechte Vereinbarung aushandeln.«

Er wartet darauf, dass ich weiterrede. Eine weitere Verhandlungstaktik. Ich beiße nicht an.

»Und dann?«

»Das ist alles. Ich hatte den Auftrag herauszufinden, ob Sie gegen die Treueklausel in Ihrem Ehevertrag verstoßen haben. Das haben Sie. Auftrag ausgeführt.«

»Und was wird aus diesen …?« Er kann es nicht aussprechen, also hebt er einfach nur den Umschlag hoch. Er sieht mich an, als hätte er Angst, Blickkontakt zum Inhalt aufzunehmen. Nur um das klarzustellen, ich habe ihm meine drei schärfsten Fotos von ihm und dem Mann gegeben. Außerdem habe ich eine kurze Nachricht beigelegt, dass er sich hier mit mir treffen und niemandem etwas sagen soll. Um sicherzugehen, habe ich auf den Umschlag geschrieben: »Sehen Sie sich diese Fotos sofort an, aber achten Sie darauf, dass sie sonst niemand sieht.« Offenbar hat er sich daran gehalten.

»Ich vernichte sie«, sage ich.

»Einfach so?«

»Einfach so.«

»Woher weiß ich, dass Sie nicht eine Kopie behalten?«

»Das wissen Sie nicht. Ich hatte eigentlich vor, alles zu löschen, aber jetzt jagen Sie mir Angst ein, Peyton. Also werde ich einen Satz der Fotos bei meinem Testament aufbewahren. Nur für den Fall, dass mir etwas zustoßen sollte.«

»Angenommen, Ihnen passiert etwas, und es ist nicht meine Schuld?«

»Das wäre dann dumm gelaufen«, sage ich. »Das hätten Sie sich überlegen müssen, bevor Sie diese verdeckte Drohung ausgesprochen haben.«

»Ich versteh das alles nicht.«

»Dafür haben wir jetzt wirklich keine Zeit«, sage ich. »Wenn wir nicht bald zurück sind, wird jemand denken, dass Sie an einer Verstopfung leiden, die ein Maultier umhauen würde. Um es kurz zu machen: Ich habe kein Problem damit, zu enthüllen, dass Sie im Sinne der Vereinbarung in Ihrem Ehevertrag untreu waren. Das ist mein Job. Sie haben sich darauf eingelassen, als Sie den Vertrag mit Ihrer Frau aufgesetzt haben. Ich hätte allerdings ein Problem damit, Sie unnötigerweise zu outen. Wenn es sein muss, werde ich es tun – um zu beweisen, dass Sie Ihren Ehevertrag gebrochen haben. Falls wir uns in diese Gefilde begeben, wird die Moral in dieser ganzen Sache etwas undurchsichtig, und eigentlich möchte ich lieber auf der sicheren Seite bleiben. Ist das damit so weit geklärt?«

»Die Fotos sind Erpressung«, sagt er. »Sie sind hier nicht der Gute.«

Ich überlege. »Doch, irgendwie schon.« Ich drehe mich um und schließe die Tür auf. »Egal wie, wir sehen uns da draußen.«

***

Die Mediation zur Booth-Scheidung dauert nicht lange.

Sie findet in einem Konferenzraum mit einer großen gläsernen Wand statt, sodass ich vom Flur aus zusehen kann, auch wenn ich natürlich nichts höre. Es ist aber schon eigenartig, wie viele Konferenzräume Glaswände haben, die sowohl die Privatsphäre stören als auch für unnötige Ablenkung sorgen. Im Konferenzraum sind sechs Personen. Ehemann Peyton und Ehefrau Courtney sitzen sich gegenüber, ihre Anwälte jeweils rechts und links neben ihnen. Die Körpersprache verrät alles. Peyton knickt sofort ein. Das überrascht seine Frau. Ich sehe, wie sich die fassungslose Courtney Booth an Arthur wendet und nicht sehr glücklich über den Sieg zu sein scheint. Alle Anwälte schütteln sich die Hände. Ehemann und Ehefrau meiden den Blickkontakt.

Team Peyton verlässt den Raum zuerst und mit zügigen Schritten. Dann kommt Arthur. Er strahlt und streckt beide Daumen nach oben. Courtney Booth folgt ihm. Sie wirkt verstört.

»Danke«, sagt Arthur zu mir.

Ich nicke. Ich will gehen, aber Courtney Booth hat andere Vorstellungen.

»Was zum Teufel war das?«, blafft sie.

»Ein Sieg«, antwortet Arthur. »Ihr Mann hat sich gerade bereit erklärt, den Ehevertrag zu zerreißen.«

»Natürlich, klar. Aus reiner Herzensgüte?«

»Es geht um eine Scheidungsklage«, sagt Arthur. »Da tut niemand etwas aus reiner Herzensgüte.«

»Mir gefällt das nicht«, sagt sie.

»Das war ein gutes Meeting, Courtney. Ein wirklich und wahrhaftig gutes Meeting.«

Sie dreht sich um und sieht mich an. »Sie haben doch die Fotos gemacht, oder?«

»Ja.«
»Hat er Britney Griffin gebumst?«
Ich sage nichts.
Sie blickt wieder zu Arthur. »Haben wir nicht einen Privatdetektiv beauftragt, damit er Fotos macht?«
»Wir haben ihn engagiert, damit der Ehevertrag annulliert wird. Auftrag erfüllt.«
»Und Britney, diese Hure, kommt ungeschoren davon? O nein. Ich will, dass das mit dieser Schlampe an die Öffentlichkeit kommt. Sie war meine Nachbarin, verdammt noch eins. Meine Freundin. Und dann hat sie ...«
Hier mache ich einen Fehler. Ich sage: »Es war nicht Britney Griffin.«
Das überrascht sie. »War es nicht?«
Wer A sagt ... »Nein.«
»Und wer war es dann?«
»Ich kenne den Namen nicht.«
Sie tritt näher an mich heran. Courtney Booth ist sehr attraktiv und viel größer als ich – eine klassische Model-Schönheit, und ich gebe zu, dass sie gut riecht. »Warum habe ich die Fotos nicht gesehen?«
Ich sehe Arthur an.
Arthur sagt: »Das spielt keine Rolle, Courtney.«
»Erzählen Sie mir nicht, was wichtig ist, Arthur. Sie arbeiten für mich, stimmt's?«
»Ja.«
Courtney starrt mich immer noch an. »Ich will die Fotos sehen. Und zwar alle.«
»Es sind viele«, sage ich. »Die Datei ist sehr groß.«
»Das ist mir egal.«
Ich nicke. »Gut«, sage ich. »Ich kann sie Ihnen per E-Mail schicken.«

»Tun Sie das.«

Mit einem letzten Blick, den sie wohl auf der Schauspielschule für Seifenopern-Darstellerinnen gelernt hat, dreht Courtney sich um und stolziert davon. Arthur stellt sich neben mich. Wir warten, bis sie im Fahrstuhl ist.

Arthur fragt: »Warst du da, als Tad Grayson entlassen wurde?«

»War ich.«

Wir schweigen einen Moment lang.

»Die Hauptanwältin, die von der ELI beauftragt wurde, um die Verurteilung aufzuheben«, sagt Arthur. »Kelly Neumeier, sie arbeitet hier.«

Ich erinnere mich an die Anwältin, die vor dem Gefängnis die kurze Ansprache gehalten hat. »Ich weiß.«

»Sie hat den Fall pro bono bearbeitet.«

»Weiß ich auch.«

»Kelly ist gut, Kierce. Ethisch. Prinzipientreu. Ich mag sie.«

Das ist mir egal, aber das sage ich nicht. Ich beschuldige nicht den Anwalt. Ich gebe nicht dem System die Schuld. Ich gebe vor allem mir die Schuld, aber das ist im Moment nicht mein Thema. »Es wurde nicht in einen Freispruch umgewandelt«, sage ich.

»Stimmt«, sagt Arthur. »Das Urteil wurde nur ausgesetzt.«

»Also könnte die Staatsanwaltschaft ihn erneut vor Gericht stellen.«

»Das könnte sie«, sagt Arthur sehr vorsichtig. »Aber ...«

Ich weiß es. Er weiß es. Sie werden es nicht tun. Es gibt nicht mehr genug Beweise. Ihn erneut zu verurteilen, wäre praktisch unmöglich, und die Staatsanwaltschaft hat auch nicht den Mumm, es zu versuchen. Es wäre für alle peinlich und unangenehm. Das ist mir schon klar. So richtig interessiert sich niemand mehr dafür.

Arthur liest meine Gedanken. »Und du kannst sowieso nichts daran ändern, Kierce. Alles, was du finden würdest, jeder Beweis, den du ausgräbst, wird abgelehnt werden.«

Ich nicke. »Ich geh jetzt lieber.«

»Hast du nicht was vergessen?«

Ich warte.

»Die E-Mail-Adresse von Courtney Booth«, sagt Arthur. »Soll ich sie dir geben?«

»Nein.«

»Du schickst ihr die Fotos nicht?«

»Ich schicke ihr die Fotos nicht.«

»Das wird ihr nicht gefallen.«

»Diesen Eindruck hatte ich auch.«

»Wahrscheinlich stehen sie ihr rechtlich zu.«

»Du bist derjenige, der Jura studiert hat.«

»Arbeitsergebnis aus der Bearbeitung ihres Falls. Sie könnte dich verklagen.«

Ich zucke die Achseln und mache mich auf den Weg zum Aufzug. »Auf eine Klage mehr kommt's auch nicht mehr an.«

SIEBEN

Auf dem Weg nach Connecticut hole ich Debbie ab. Sie will einen Tag raus aus der Stadt, und ich bin zu dem Schluss gekommen, dass sie mir vielleicht helfen könnte. Wir fahren zum nächtlich gesetzten Marker auf Vielleicht-Annas Luxus-Anwesen. Ich habe keinen richtigen Plan. Die Idee, mich als Zusteller auszugeben, verwerfe ich schnell, weil das hier nicht funktionieren wird. Hier werden sicher alle ankommenden Pakete am Tor abgegeben. Ein Stück die Straße hinunter zu parken und die Ausfahrt zu beobachten, wird daran scheitern, dass die örtlichen Sicherheitskräfte ein Auge auf alte, von Klebeband zusammengehaltene Schrottkisten haben, die ihre hübschen Straßen verschandeln. Aber da könnte Debbies Anwesenheit helfen. Ein einzelner Mann im Auto ist verdächtig. Ein Paar nicht so sehr.

Debbie hat ihr Fenster heruntergekurbelt und streckt ihre Nase raus wie ein Golden Retriever. »Dieses viele Grün ist doch einfach unglaublich«, sagt sie erstaunt.

»Gibt's da, wo du herkommst, kein Grün?«

»Kein solches wie dieses«, sagt sie. »Hier riechen ja sogar die Bäume nach Geld.«

Ich weiß, was sie meint.

»Können wir einen Spaziergang machen, Kierce?«

»Das ist alles Privatbesitz.«

»Echt jetzt?«

»Ja.«

»Aber irgendwo in der Nähe muss es doch Wanderwege geben, oder?«

»Ich denke schon«, sage ich.

»Wanderst du gern?«, fragt sie.

»Nein.«

»Warum nicht?«

»Weil es langweilig ist«, sage ich. »Es ist warm. Es ist staubig oder matschig. Und ständig heißt es: ›Oh, schau mal, Schatz, da ist ein Baum! Oh, und da, noch ein Baum! Und noch einer! Ah, ich frage mich, was hinter dieser Kurve ist ... O wow, sieht aus wie ein Baum!‹ Ich kriege Durst und werde hungrig, und na ja, bei einem langen Spaziergang in der Stadt bin ich natürlich dabei. Man kann sich die Gesichter der Menschen angucken. Man kann einen Schaufensterbummel machen. Man kann architektonische Wunderwerke bestaunen, durch einen Buchladen schlendern oder auf den Flohmarkt in der Columbus Avenue gehen. Das ist anregend. Das ist interessant.«

Debbie lächelt und setzt sich wieder auf ihren Platz. »Ich mag dich, Kierce.«

»Ich mag dich auch.«

»Ich will das mit dem Wandern trotzdem irgendwann ausprobieren«, sagt sie. »Frische Luft schnappen.«

»Frische Luft ist überbewertet. Deine Lunge wird stark von einem Leben voller Straßenkämpfe.«

Sie lacht. »Also, was hast du vor?«

Ich zucke die Achseln. »Ich bin für jede Idee offen, wenn du eine hast.«

Wir fahren ein wenig durch die Straßen und hoffen auf eine Eingebung. Anfangs haben wir keine, aber ich habe gelernt, dass es oft hilft, wenn man die Dinge – im wörtlichen wie im übertragenen Sinne – am Laufen hält. Geduld ist eine

Tugend und so weiter. Wenn man nur lange genug wartet, passiert manchmal etwas.

Oder ist das nur eine Ausrede dafür, dass ich nicht gut planen kann?

Wir sind vielleicht zwanzig Minuten herumgefahren, als ich aus der Ferne beobachte, wie ein Auto, ein Mercedes Benz CLE Cabrio mit offenem Verdeck, aus einer Einfahrt herauskommt, die ein Stück von Vielleicht-Annas Aufenthaltsort entfernt in die Straße mündet. Im Cabrio sitzen vier junge Frauen. Sie tragen Sonnenbrillen, lächeln breit und strahlen große Unbekümmertheit aus.

»Apropos nach Geld riechen«, sagt Debbie.

»Wie alt sind die deiner Meinung nach?«, frage ich.

»Ach, was weiß ich ... vielleicht im letzten Highschool-Jahr oder College-Studentinnen? Wieso? Hast du Interesse?«

Ich verziehe das Gesicht, wende und folge dem Mercedes.

»Hast du einen Plan?«, fragt sie.

»Hab ich.«

»Verrätst du ihn mir?«

»Sie wohnen gegenüber von dem Anwesen, das wir beobachten.«

»Und?«

»Und daher wissen sie wahrscheinlich, wer dort wohnt.«

»Glaubst du, sie sagen es dir?«

Wir folgen dem Cabrio an den Stadtrand. Der Mercedes hält vor einer schick umgebauten Scheune im Stil einer überteuerten Töpferei oder einer dieser gehobenen Weinkellereien und Veranstaltungsorte für Wein-und-Kunst-Partys. Molly war letztes Jahr auf einer. Sie hat ein Gemälde, das wohl ein Landschaftsbild sein soll, mitgebracht und mir geschenkt. Es könnte kaum hässlicher sein, was Molly vermutlich auch weiß, daher habe ich es in unser Schlafzimmer gehängt und will verdammt sein, wenn ich es je wieder abnehme.

Eine Servicekraft übernimmt das Parken des Cabrios und die vier – darf ich sie Girls nennen? Teenagerinnen? Frauen? – gehen hinein. Ich suche nach einem Schild, das mir verrät, wo ich bin. Es gibt keins. Debbie sucht bereits auf ihrem Handy nach dem Namen.

»Es heißt Ivy«, sagt sie.

»Was ist es, ein Restaurant?«

Sie schüttelt den Kopf. »Ein Verjüngungszentrum.«

»Ein Wellness-Center?«

Debbie zuckt die Achseln. Ich fahre mit meinem Ford Taurus zum Parkservice. Die Servicekraft rümpft die Nase und sieht mein Auto an, als wäre es gerade aus dem Hintern eines Hundes gefallen. Wir steigen aus, und ich werfe ihm die Schlüssel zu.

»Aber aufpassen, dass er keine Kratzer bekommt«, sage ich.

Der Parkwächter mustert die Karosserie. »Die würden es nur schöner machen«, erwidert er.

»Der war gut«, sage ich. »Wenn ich Bargeld dabeihätte, würde ich Trinkgeld geben.«

»Ich nehme auch mobile Zahlungen. Venmo und Zelle.«

»Wir reden später, okay?«

Debbie und ich betreten ein Meer aus Weiß. Die Scheune hat hohe Decken und große Panoramafenster. An allen Wänden stehen dick gepolsterte weiße Leder-Chaiselongues, und in der Mitte befindet sich etwas, das wie eine runde Cocktailbar aussieht. Die Kunden liegen in ebenfalls weißen Frotteebademänteln auf den Chaiselongues.

An ihren Armen hängen Infusionsschläuche.

Debbie lehnt sich zu mir herüber und sagt gedämpft: »Weißt du, woran mich das erinnert?«

»Woran?«, frage ich.
»An die Chemotherapie meiner Mutter.«
Ich sage einen Moment lang nichts. Es ist das erste Mal, dass Debbie mir etwas auch nur annähernd Privates erzählt. »Das hier ist aber viel schicker.« Sie überlegt. »Oder sagt man, es hat mehr Schick?«
»Schicker klingt besser«, antworte ich. Dann sage ich: »Das mit deiner Mutter tut mir leid.« Ich überlege, ob ich sie fragen soll, wie es ihrer Mutter geht, ob sie noch lebt, ob ihre Chemo noch läuft oder ob sie wieder gesund ist, aber Debbie schüttelt den Kopf wie ein Pitcher beim Baseball, dem der Vorschlag des Catchers nicht gefällt, wie er den Ball werfen soll.
»Was meinst du, ist das so was?«, fragt Debbie. »Eine Chemo für Reiche?«
»Nein«, sage ich.
»Glaub ich auch nicht. Bei einer Chemo hätten alle rissige gelbliche Haut. Die Reichen hier glänzen wie Reiche.«
Eine Empfangsdame, die ständig blinzelt, als hätte sie gerade einen Anfall, kommt auf uns zu. »Kann ich Ihnen helfen?«
»Mein Dad will mir eine Behandlung spendieren«, sagt Debbie. »Ich hab Geburtstag.«
»O wow, wie wundervoll.«
Ich lächle sie an. Ganz der stolze Vater. Im Augenwinkel sehe ich, dass die vier Girls aus dem Cabrio in weißen Bademänteln aus dem Umkleidebereich kommen. Sie werden zu vier Liegestühlen rechts an der Wand geführt. Sie nehmen Platz, und vier Frauen in rosa Kitteln, die wie Kinderkrankenschwestern aussehen, legen ihnen Infusionen in den linken Arm. Dann greifen die Girls nach ihren Cocktailgläsern mit den kleinen Regenschirmchen und schlürfen etwas, das ein bisschen wie Piña Colada aussieht.

»Ivy«, sage ich leise. »Wie i.v. für intravenös.«

»Ja genau«, sagt die Empfangsdame. Sie klingt einen Hauch herablassend. »Wir bieten unsere Intravenös-Behandlungen ab achthundert Dollar an.«

»Amerikanische Dollar?«, frage ich.

»Darf ich Ihnen unsere Broschüre zeigen?«

Sie schlägt sie auf. Die Behandlungen heißen Super Immunity, Beauty Boost und Elite Energy. Es gibt Angebote namens Myers Cocktail, HydroBlast, VenenVital und LibidoLöser ... Ich sehe Debbie an und dann zu den Cabrio Girls hinüber. Debbie versteht, was ich meine.

»Können wir uns da drüben über die verschiedenen Optionen unterhalten«, sagt Debbie und bemüht sich, etwas verlegen zu wirken, »damit es mein Dad nicht hört?«

»Oh, selbstverständlich.«

Sie gehen an die Seite und lassen mich stehen. Die Girls liegen auf ihren Chaiselongues, als würden sie sich am Strand sonnen. Jetzt oder nie.

Ich falle hier auf wie ein Schneemann in der Sauna. Die Girls betrachten mich jedoch eher neugierig als vorwurfsvoll. Sie sind in ein lebhaftes Gespräch vertieft, das durch eine ineinanderfließende Mischung aus jugendlichen Zwischenrufen akzentuiert wird wie »wild«, »it's giving«, »cringe«, »bin ich fein mit«, und »low-key«. Sie blicken kaum auf, bis ich direkt vor ihnen stehe. Ich sage nichts. Ich warte ab. Die Unterhaltung stoppt nicht abrupt, sondern wird eher ausgeblendet wie das Ende eines Songs. Dann setzt ein »Was will der denn«-Gekicher ein, während ich einfach dastehe und ihnen mein herzlichstes Lächeln schenke.

Das Girl, das am Steuer saß, sagt als Erste etwas. »Äh, können wir Ihnen helfen?«

»Ich heiße Sami Kierce«, sage ich. Dann zeige ich ihnen

mein Handy mit dem Foto des Tors vor Vielleicht-Annas Einfahrt. »Könnt ihr mir sagen, wer da wohnt?«

Manchmal versucht man es subtil. Und manchmal geht man ein Problem einfach direkt an.

Die Girls sehen sich kurz an, doch dann wendet sich die Fahrerin des Cabriolets wieder mir zu.

»Sind Sie Polizist, Sami Kierce?«, fragt sie.

»Das war ich einmal.«

»Warum sind Sie es nicht mehr?«

»Man hat mich gefeuert.«

Die anderen Girls sehen sich wieder an und murmeln. Aber das sind jetzt fast nur noch Hintergrundgeräusche. Es geht nur noch um die Fahrerin und mich.

»Warum wollen Sie wissen, wer da wohnt?«, fragt sie.

»Vor über zwanzig Jahren, als ich ungefähr in eurem Alter war, habe ich mich bei einer Rucksacktour durch Südspanien schwer in ein Mädchen verliebt.«

»Wie bei einer Sommerromanze?«, fragt eins der Girls.

»Ganz genau so«, antworte ich.

Die anderen beiden Girls sagen »Uii«. Die Fahrerin sieht mich weiter an.

Ich fahre fort: »Wie schon gesagt, habe ich mich in Spanien in ein Mädchen verliebt. Bis gestern Abend habe ich gedacht, sie wäre tot.«

»Und was ist gestern Abend passiert?«, fragt die Fahrerin.

»Sie ist in der Stadt in einem Kurs aufgetaucht, den ich dort gegeben habe. Als ich sie entdeckt habe, ist sie abgehauen. Ich konnte ihr bis zu diesem Tor folgen, aber dann ist sie dahinter verschwunden. Ich habe versucht reinzukommen, aber ihr Sicherheitsdienst hat mich rausgeworfen.«

»Oh, wie süß«, sagt ein anderes Girl – die übrigen drei nehme ich offenbar nur noch als Beiwerk wahr. Sie starren mich mit dem klassischen »Reh im Scheinwerferlicht«-Ausdruck an. Sie hören aufmerksam zu, sind voller Begeisterung bei der Sache, wollen mehr erfahren.

Das ist der Punkt mit der Wahrheit – sie hat ihren eigenen unverwechselbaren Duft. Man kann sie riechen. Authentizität kann manchmal Widerstände brechen.

»Moment«, sagt die Fahrerin, »wieso kennen Sie den Namen Ihrer alten Freundin nicht?«

»Sie hat mir damals gesagt, dass sie Anna heißt.«

»Aber das glauben Sie nicht?«

Ich zucke die Achseln.

»Sind Sie sicher, dass es dieselbe Frau ist?«

»Eigentlich kann ich das nicht sein. Es ist über zwanzig Jahre her. Sie hat sich sehr verändert.«

»Aber?«

»Ich bin mir ziemlich sicher, dass sie es ist. Aber selbst, wenn ich mich irre, gibt es nur einen Weg, das herauszufinden.«

»Das ist so krass«, sagte eins der Girls.

»Irgendwie auch ein bisschen wie Stalking.«

»Vielleicht hat sie ihn, was weiß ich, geghosted, sich vor ihm versteckt?«

»Warum geht sie dann in seinen Kurs?«

»Ach richtig, ja.«

»Moment mal«, fügt die Fahrerin hinzu. Sie hat intensive blaue Augen, die Löcher in ihr Gegenüber bohren können. »Sie sagten, Sie hätten gedacht, dass sie tot ist.«

»Ja«, antworte ich. »Schlimmer noch, ich habe gedacht, dass ich womöglich für ihren Tod verantwortlich bin. Ich habe zweiundzwanzig Jahre lang mit dieser Angst und den Schuldgefühlen gelebt. Was das Stalken, Ghosting oder Ähnliches betrifft – in der Hinsicht habe ich kein Interesse an ihr.

Das ist lange her. Ich bin glücklich verheiratet. Wir haben gerade ein Baby bekommen.«

Ich zeige ihnen ein Foto auf meinem Handy, auf dem wir drei zu sehen sind. Molly hatte den Selbstauslöser auf ihrem Handy eingestellt und dann mit einer App einen kitschigen Regenbogenhintergrund erzeugt, wie wir ihn in unserer Generation aus den Kinderecken von Sears Kaufhäusern kennen.

Als sie das Foto sehen, sagen die Girls unisono, fast wie einstudiert: »Ohhh.«

»So süß!«

»Mega!«

Sie nehmen mir das Handy ab und zoomen das Foto heran, um es sich genauer anzusehen.

»Ist das Ihre Frau?«

»Ja«, sage ich. »Das ist Molly.«

»Voll hübsch.«

»Das ist sie«, stimme ich zu.

»Weiß sie, dass Sie hier sind?«

»Ja. Wir haben keine Geheimnisse. Ich brauche nur Antworten. Molly versteht das.«

Sie sehen sich gegenseitig an und wissen nicht, was sie sagen sollen.

»Bitte, ich brauche nur ein paar Antworten. Ich will niemandem schaden.«

Das Girl-Ganz-Rechts sagt: »Aber da wollen Sie sicher nicht sein.«

»Die sind nicht nett«, ergänzt eine andere.

»Meine Mutter hat gesagt, dass das Haus einem alten Mafioso gehört«, sagt Girl drei, »und dass sie jeden erschießen, der ihm zu nahekommt.«

»Nein«, sagt das Girl-Ganz-Rechts, »es ist ein reicher russischer Typ, der jede Menge Goldketten trägt.«

Die Fahrerin gibt ein Zeichen und setzt sich auf. »Entschuldigung, Gardenia?«

Eine der Frauen im rosa Kittel kommt hinter dem runden Tresen hervor. Die Fahrerin deutet auf den Infusionsschlauch in ihrem Arm. Gardenia hängt den zugehörigen Beutel an einen der beiden Haken eines verchromten Infusionsständers mit fünf Rollen. Die Fahrerin erhebt sich und winkt, dass ich ihr folgen soll.

»Wie Sie bemerkt haben«, sagt sie und blickt nach hinten zu ihren Freundinnen, »legt die Familie, die dort wohnt, sehr großen Wert auf ihre Privatsphäre.«

»Dann sind es keine reichen Russen oder Mafiosi?«

»Nein.« Sie blickt zu Boden und kaut auf ihrer Unterlippe. »Aber sie haben gute Gründe, ihre Privatsphäre zu schützen.«

»Und die wären?«

»Die Familie hat eine große Tragödie hinter sich. Die Frau, die Sie gesehen haben, Ihre Freundin aus Spanien.«

»Was ist mit ihr?«

»Wie alt ist sie?«

»Ungefähr so alt wie ich.«

Sie wird blass. »Trotzdem.«

»Trotzdem was?«

»Vielleicht arbeitet sie nur auf dem Anwesen. Als Haushälterin oder Gärtnerin oder so etwas.«

»Das glaube ich nicht«, sage ich.

»Warum nicht?«

»Ich habe versucht, mich durch den Wald zum Haus zu schleichen. Bevor der Sicherheitsdienst mich geschnappt hat, habe ich Anna in einem Schlafzimmerfenster im Obergeschoss gesehen. Na ja, vielleicht hat sie da nur Staub gewischt oder so, aber es war spät in der Nacht.«

»Trotzdem«, sagt sie noch einmal. »Das heißt ja nicht, dass sie es war.«

»Dass wer es war?«

»Also, niemand weiß genau, ob sie da wirklich wohnt.« Sie stößt die Worte jetzt sehr hektisch und etwas kurzatmig hervor. Dabei war die Fahrerin bisher so gefasst, so reif und erwachsen. »Aber meine Eltern haben mir das so erzählt. Ich hab sie nie gesehen. Ich glaub auch nicht, dass sie sonst irgendjemand gesehen hat.«

»Immer mit der Ruhe«, sage ich. »Erst einmal tief durchatmen.«

»Nein«, erwidert sie. »Wenn ich zu lange darüber nachdenke, werde ich es Ihnen nicht sagen. Dann bin ich raus. Die Familie, die dort lebt ...«

»Was ist mit ihnen?«

»Das sind die Belmonds.«

Es fühlt sich an, als sei die Luft plötzlich aus dem Raum gesaugt worden. Sie sieht mich immer noch an.

Fast wäre ich einen Schritt zurückgewichen. »Belmond«, wiederhole ich. »Wie in ...?«

Sie nickt. »Victoria Belmond. Die Frau, die Sie Anna nennen? Das könnte tatsächlich Victoria Belmond sein.«

ACHT

Ich weiß nicht, was ich sagen soll. »Was ist?«, fragt Debbie, als wir wieder draußen sind. »Was ist passiert?«

Ich antworte nicht. Der Mitarbeiter vom Parkservice fährt mein Auto vor. Als ich den Gang einlege, schwirrt mir der Kopf. Ich halte hinter der ersten Ecke und hole mein Handy heraus.

»Kierce?«

Ich rufe die »No Shit, Sherlock«-WhatsApp-Gruppe auf. Ich habe die Kontaktdaten von achtundzwanzig Kursteilnehmern. Ich suche die der besten zehn Kursteilnehmer heraus – die Pink Panthers, Golfer Gary, Leisure Suit Lenny, Debbie und ein paar andere – und nenne diese neue Gruppe »No Shit Elite«.

Mit etwas zittriger Hand tippe ich eine Nachricht ein:

Special Secret Class heute Abend um 21 Uhr

Gruppenprojekt: Wir werden versuchen, einen der berühmtesten ungeklärten Fälle des einundzwanzigsten Jahrhunderts zu lösen: die Entführung von Victoria Belmond. Ich erwarte von den Teilnehmern, dass sie den Fall recherchieren und sich darauf vorbereiten, Fakten, Hinweise und Theorien zu präsentieren.

Als ich auf Senden drücke, höre ich ein Ping. Debbies Handy. Sie liest die Nachricht auf dem Display.

»Was soll das, Kierce?«

Ich überlege gerade, was ich darauf antworten soll, als mein Handy klingelt. Es ist Arthur von White Shoe. Ich lege den Zeigefinger auf meine Lippen, um Debbie zu signalisieren, dass sie still sein soll. Sie nickt. Ich drücke auf Annehmen.

»Was gibt's?«, frage ich.

»Du musst in die Kanzlei kommen.«

»Du klingst nervös, Arthur.«

»Wann kannst du hier sein?«

»Pass auf, wenn Courtney Booth sich aufregt, weil ich ihr die Fotos nicht geschickt habe ...«

»Darum geht es nicht ...«

»Ich kann ihr jede Menge Fotos schicken, die nicht das zeigen, was ich ihr nicht zeigen will.«

»Es geht nicht um die Booth-Scheidung, Kierce.«

»Sondern?«

»Kelly Neumeier ist hier.«

Die Anwältin, die Tad Grayson aus dem Gefängnis geholt hat.

»Und?«

»Und sie hat mich gebeten, diesen Anruf zu tätigen. Sie ist mit Tad Grayson hier.«

»›Hier‹ heißt bei euch ...?«

»Bei uns in der Kanzlei, ja. Tad Grayson will mit dir reden.«

***

Tad Grayson sitzt auf demselben Stuhl, auf dem noch vor wenigen Stunden Peyton Booth saß. Geschiedene. Polizistenmörder. In diesem Raum wird wohl alles ausgehandelt, denke ich. Tads Hände – die Hände, die meine Verlobte umgebracht haben – liegen gefaltet auf dem langen Konferenztisch. Er blickt darauf. Kelly Neumeier streicht ihren grauen Bleistiftrock glatt und geht hinter ihm auf und ab.

Ich stehe mit Arthur vor der Glastür. Sie haben uns noch nicht gesehen.

»Ich geh mit rein«, sagt Arthur.

»Warum?«

»Du brauchst einen Berater.«

»Wieso sollte ich einen Berater brauchen?«, frage ich.

»Weil ich ein Übermaß an Vorsicht walten lassen möchte.«

»Du hast Angst, dass ich Dummheiten mache.«

»Absolut. Aber vor allem ...«, Arthur reagiert mit einem lässigen, beinah jugendlichen Achselzucken, »... möchte ich nicht, dass du da alleine reingehst. Ich möchte, dass du jemanden an deiner Seite hast, verstehst du?«

Ich bestätige das mit einem Nicken und bin dankbar. Wir versuchen beide, eine Sache auf die leichte Schulter zu nehmen, die alles andere als leicht ist. Mein Herz rast. Ich versuche, es zu beruhigen. Ich greife nach dem Türknauf und bemühe mich, lässig zu wirken. Allerdings war ich nicht mehr mit diesem Monster im selben Raum, seit ich vor Gericht gegen ihn ausgesagt habe. Als die Jury ihr Urteil gesprochen hat, war ich nicht da. Auch später nicht, als der Richter das Strafmaß verkündet hat. Dieser Mann hat meine Verlobte ermordet. Natürlich war ich wütend. Ich wollte ihn auf unendlich viele Arten in Stücke reißen. Aber damals empfand ich noch etwas anderes, wenn ich in der Nähe von Tad Grayson war: Angst. Eine diffuse, unbestimmte Angst. Ich weiß nicht, ob es an seiner offensichtlichen Psychose lag oder den privaten Umständen – oder eher daran, was ich ihm antun könnte. Diese Angst habe ich jedenfalls nicht mehr verspürt, seit ich damals den Gerichtssaal verlassen hatte, aber jetzt, als ich die

Tür öffne, als Tad Grayson den Blick hebt und mich ansieht, ist sie wieder da.

Kelly Neumeier ergreift als Erste das Wort. »Danke, dass Sie sich bereit erklärt haben, mit uns zu sprechen, Mr Kierce.«

Ich sage nichts. Arthur überragt mich wie ein zu hoch aufgeschossener Bambussprössling. Er stellt sich direkt neben mich, lehnt sich sogar kurz an mich, um mir zu zeigen, dass er für mich da ist. Es tröstet mich, was ich doch etwas überraschend finde. Dann kommt Neumeier auf mich zu und streckt mir die Hand entgegen, um sie zu schütteln.

»Lassen wir das«, sage ich.

Sie bleibt stehen, schaut auf ihre ausgestreckte Hand und zieht sie zurück. »Sollen wir uns nicht setzen?«

»Nein«, sage ich.

Ich sehe Tad Grayson an. Als sich unsere Blicke treffen, spüre ich, wie die Angst stärker wird, sich in den Brustkorb ausbreitet und mir das Atmen erschwert. Tads Augen sind nicht schwarz – das frühere Blau hat sich in ein stumpfes Gefängnisgrau verwandelt –, doch mir kommen sie dennoch schwarz vor. Die Temperatur im Raum sinkt. Ich bemühe mich, nicht zu blinzeln und den Augenkontakt zu halten, spüre aber, wie etwas ins Beben gerät und nachgibt.

Meine Stimme klingt zornig. »Was wollen Sie, Tad?«

»Ich hab sie nicht getötet.«

»Ja, ich habe Ihre Pressekonferenz gehört. Sie haben Dinge getan, auf die Sie nicht stolz sind. Sie haben ihr schreckliche SMS geschickt, darunter auch die, in der Sie ankündigen, ihr eine Kugel ins Gehirn zu jagen. Aber Sie haben sie nicht umgebracht. Wollen Sie mir sonst noch etwas sagen?«

»Meine Verurteilung«, sagte Tad langsam, »wurde ausgesetzt, nicht in einen Freispruch umgewandelt.«

»Aber – lassen Sie mich raten – Sie wollen Ihren Namen

reinwaschen«, sage ich mit vor Sarkasmus triefender Stimme, »denn, verdammt noch mal, Sie waren es ja gar nicht und der Mörder läuft immer noch frei herum!«

Tad zuckt nicht einmal mit der Wimper. »Ja«, sagt er. »Und nein.«

Ich blicke zu Arthur hoch, als wollte ich sagen: *Ist das nicht eine unglaubliche Scheiße?* Dann wende ich mich wieder unseren Kontrahenten zu. »Tad, was auch immer Sie für einen Schwachsinn erzählen, ich werde es Ihnen nicht abkaufen. Und ich glaube, Ihre Anwältin hier ...«, ich deute auf Kelly Neumeier, »... kauft es Ihnen auch nicht ab. Für sie geht es nicht darum, ob Sie schuldig oder unschuldig sind. Sie weiß, dass Sie es getan haben. Es geht um Verfahrensfragen und angeblichen Amtsmissbrauch.«

Kelly Neumeier gefällt das nicht. »Sprechen Sie nicht in meinem Namen, Mr Kierce.«

»Sie haben mich doch hierher bestellt.«

»Richtig«, sagt sie. »Glauben Sie, ich hätte das getan, wenn ich nicht der Ansicht wäre, dass das, was Mr Grayson Ihnen zu sagen hat, von Bedeutung ist?«

»Dann bitte ich um Entschuldigung Ms Neumeier. Offenbar habe ich mich geirrt, was Ihre Motive betrifft. Dann hat er Sie also auch eingewickelt.«

»Sie verstehen nicht, worauf ich hinauswill«, sagt Tad.

»Und worauf wollen Sie hinaus?«

»Das Urteil wurde ausgesetzt, nicht in einen Freispruch umgewandelt.«

»Ja, das sagten Sie schon.«

»Und das bedeutet«, sagt er, »dass ich erneut vor Gericht gestellt werden kann.«

»Und aus diesem Grund«, Neumeier ergreift das Wort, »habe ich meinem Mandanten geraten, nicht mit Ihnen zu reden. Er könnte sich sonst unnötig in Gefahr bringen. Ich habe ihm geraten, sich bedeckt zu halten oder die Gegend zu verlassen – zumindest vorübergehend. Da die rechtswidrig erlangten Beweise nun für nicht verwertbar erklärt wurden, ist er bis auf Weiteres auf freiem Fuß. Derzeit gibt es keine Möglichkeit, ihn wieder vor Gericht zu stellen, geschweige denn, ihn zu verurteilen. Befolgt mein Mandant also den Rat seiner Anwältin und hält einfach den Mund, so ist er aus dem Schneider. Trotzdem hat Mr Grayson meine Empfehlung ignoriert und darauf bestanden, mit Ihnen zu sprechen.«

Tad sieht mich flehend an. »Ich war's nicht, Kierce, und ja, ich weiß, dass Sie mir nicht glauben. Ich würde mir wünschen, dass Sie mir glauben, aber eigentlich ist es mir auch egal.«

»Was wollen Sie dann von mir?«

»Ich will, dass Sie mir helfen, Nicoles Mörder zu finden.«

»Sprechen Sie ihren Namen nicht aus.« Wut steigt in mir auf. »Sagen Sie *niemals* ihren Namen.«

»Ich werde alle Fragen beantworten, die Sie mir stellen«, plappert Grayson weiter. »Ich mache einen Lügendetektortest.« Er steht langsam auf und schleppt sich mit schweren Schritten auf mich zu. Wie ein alter Mann. Das gefällt mir. Mir gefällt es, dass er schwach und schwer mitgenommen ist. Er stapft weiter auf mich zu. Ich balle eine Faust. Ich will ihn schlagen, dabei gleichzeitig einen Schritt zurückweichen, aber auch keine Angst zeigen. Also bleibe ich, wo ich bin. Ich rühre mich nicht von der Stelle. Sehe, wie Tad Grayson sich mir nähert, bis wir uns von Angesicht zu Angesicht gegenüberstehen, so nah, dass ich die Verwesung riechen kann, die von ihm ausgeht.

»Und jetzt kommt das Beste«, sagt Tad Grayson. »Wenn die neuen Beweise, die wir finden, darauf hindeuten, dass ich der Täter bin, dann dürfen Sie sie für eine neue Anklage nutzen. Sie wollen, dass ihr Mörder hinter Gittern sitzt? Gut. Dann suchen wir ihn. Und wenn sich herausstellt, dass ich der Mörder bin ...«, er breitet die Arme aus, »... dann wissen Sie auch Bescheid. Neues Spiel – neues Glück, Kierce. Das ist Ihre einzige Chance, genügend Beweise zu sammeln, um mich wieder ins Gefängnis zu bringen.«

Alle stehen da und sehen mich an.

»Bei der ballistischen Prüfung wurde Ihre illegal erworbene Walther PPK als Mordwaffe identifiziert«, sage ich, weil ich ein Trottel bin und nicht anders kann. »Wie erklären Sie sich das?«

»Ich weiß es nicht.«

»Sie haben lange in einer Zelle gesessen und hatten viel Zeit, darüber nachzudenken. Keine Theorien?«

»Nur die offensichtliche: Der Mörder hat meine Waffe gestohlen und mir eine Falle gestellt.«

»Die Pistole, die Sie unter einem falschen Namen auf einer Waffenmesse in Pennsylvania gekauft haben?«

»Ja.«

»Wobei Sie eine Verkleidung getragen und versucht haben, Ihre Spuren zu verwischen.«

»Ja.«

»Gerade einmal eine Woche vor Nicoles Ermordung – und einen Tag, nachdem Sie ihr geschrieben haben, dass Sie ihr eine Kugel ins Gehirn jagen wollen?«

»Ja.«

»Eine Waffe – eine Walther PPK, um genau zu sein –, die in großer Entfernung von Ihrem Haus auf eine Art und Weise entsorgt wurde, dass sie niemand zu Ihnen zurückverfolgen konnte?«

Zum ersten Mal lächelt Tad Grayson. »Oh, das stimmt so nicht.«

»Was stimmt nicht?«

»Sie sagten, niemand hätte die Waffe zu mir zurückverfolgen können.« Sein Lächeln – das Lächeln mit den winzigen Tic-Tac-Zähnen – wird breiter. »Und trotzdem ist es der Polizei gelungen, genau das zu tun. Schon seltsam, finden Sie nicht?« Jetzt sind wir also angekommen. Wir beide. Stehen direkt vor dem Abgrund.

»Irgendwie«, fährt Tad fort, »hat die Polizei die Waffe doch gefunden und festgestellt, dass sie mir gehörte, obwohl ich, wie Sie sagten, eine Verkleidung trug und meine Spuren verwischt hatte.«

Ich kenne seine Erklärung für all dies längst. Seine lächerliche Geschichte besagt, dass der Zeitpunkt reiner Zufall war und er bereits seit Monaten geplant hatte, sich auf diese Weise (unrechtmäßig) eine Waffe zu besorgen, weil er bereits wegen einer Straftat verurteilt worden war und New Jerseys strenge Waffengesetze ihm nicht erlaubten, eine zu kaufen, was er jedoch als sein von der Verfassung garantiertes Recht betrachtete. Und ja, eine SMS mit einer Todesdrohung an Nicole zu schicken, war zugegebenermaßen falsch und entsetzlich, aber vielleicht war die Idee seinem Gehirn ja unbewusst entsprungen, weil er sich eine Waffe kaufen wollte. Als er die SMS mit der Drohung verschickte, stand er gerade an einer Tankstelle, um sein Auto für die Fahrt über die Staatsgrenzen aufzutanken, wo er die Walther PPK zu kaufen beabsichtigte. So ließe sich das alles wahrscheinlich erklären.

Ja, das war seine lachhafte Verteidigung.

Es bedarf kaum einer Erwähnung, dass die Geschworenen das nicht glaubten.

»Wenn wir nichts tun«, sagt Tad Grayson zu mir, »wissen wir genau, was dabei herauskommt: Der Mörder läuft weiter frei herum. Es wird niemals Gerechtigkeit für … für Ihre Verlobte geben. Oder für Sie selbst. Oder vielleicht für mich. Wenn wir ermitteln, gibt es drei Möglichkeiten: Erstens, nichts ändert sich. Zweitens, Sie finden genug neue Beweise, um jemanden zu verurteilen. Oder drittens, Sie finden genug neue Beweise, um mich zu überführen.« Er versucht wieder, Augenkontakt mit mir aufzunehmen, aber ich habe keine Lust dazu. Ich trete einen Schritt zurück. »So oder so, ich sehe nicht, dass Sie da ein größeres Risiko eingehen.«

»Mein Risiko besteht darin«, sage ich, »dass ich mich mit Ihnen in einem Raum aufhalten müsste.«

Neumeier gefällt das nicht. »Ist das eine Drohung?«

Arthur: »Absolut nicht. Aber verständlicherweise widert meinen Mandanten die Vorstellung an, sich im selben Raum mit dem Mann aufzuhalten, der seine Verlobte ermordet hat und gerade wegen eines Formfehlers freigelassen wurde.«

»Es ging nicht um einen Formfehler«, entgegnet Neumeier. »Das Gericht hat festgestellt, dass die meisten Beweise gegen Mr Grayson von der Polizei, bei der damals auch der ehemalige Detective Kierce tätig war, unter Missachtung eines von der Verfassung garantierten Rechts gewonnen wurden.«

»Dieser Beweis wurde nicht geführt«, kontert Arthur. »Der von dir präsentierte Fall ist eine klassische Association Fallacy, also ein Trugschluss, der darauf beruht, dass Detective Kierce in einer konkreten Situation polizeiliches Fehlverhalten nachgewiesen wurde, worauf du jetzt behauptest, dass er sich in jedem Fall, an dem er mitgearbeitet hat, dieses Fehlverhaltens schuldig gemacht hat. Die Entscheidung des Gerichts ist einfach unsäglich.«

Kelly Neumeier wird wütend. »Ist das dein Ernst, Arthur? Muss ich dich daran erinnern, dass du hier immer noch Juniorpartner bist?«

Ich habe genug und unterbreche die beiden mit einem energischen: »Sind wir jetzt fertig?«

Sie wissen nicht, wie sie darauf reagieren sollen.

»Folgender Vorschlag«, sage ich zu ihnen. Dann blicke ich direkt auf die Überreste des Mannes, der einmal Tad Grayson war. »Wenn Sie irgendwelche Beweise finden, die auf einen anderen Täter als Sie selbst hindeuten, höre ich Ihnen zu. Bis dahin, verpissen Sie sich.«

***

Arthur folgt mir zum Fahrstuhl. Ich drücke den Knopf, um den Aufzug zu holen, und warte auf ihn.

»Danke dafür«, sage ich zu ihm.

Arthur nickt. Seine Miene verfinstert sich.

»Was ist?«, frage ich.

»Aber reiß mir nicht den Kopf ab.«

»Erzähl.«

»Irgendwie glaub ich ihm.«

»Psychopathen sind gute Lügner«, sage ich.

»Ja, ich weiß.«

Der Fahrstuhl pingt, und die Tür öffnet sich.

»Kierce?«

»Was ist?«

»Du bist ein fantastischer Polizist. Wenn Grayson tatsächlich der Mörder ist, wirst du das herausbekommen, daher hätte ich kein Problem damit …«, Arthur malt mit den Fingern Anführungszeichen in die Luft, »… ihm bei den Ermittlungen zu helfen.«

Der Aufzug ist leer – wofür ich dankbar bin. Ich gehe hinein und warte, ohne ein weiteres Wort zu sagen, bis sich die Tür geschlossen hat.

NEUN

Auf der ersten Powerpoint-Folie steht: »Entführung Victoria Belmond«.
Die Pink Panthers, die drei Frauen, die ich wie gesagt auf Mitte siebzig schätze, machen den Anfang. Wir sind in unserem Seminarraum im ehemaligen Badehaus. Das Licht ist aus. Golfer Gary hat irgendeinen edlen Projektor mitgebracht, und die drei Pink Panthers haben das Bild auf die weißgraue Betonwand geworfen.
Die Chefin der Pink Panthers ist eine sehr groß gewachsene, schlanke Frau namens Polly. Ihr Hosenanzug hat den gleichen Gelbton wie die bekannten Ticonderoga-Bleistifte. Mit ihrer kurzen grauen, leicht pink eingefärbten Stachelfrisur sieht Polly aus wie ein riesiger Bleistift Härte 2. Pink-Panther-Polly könnte auch Pencil-Polly heißen.
Ich gebe den Menschen gerne Spitznamen.
Polly hat eine gute, klare Sprechstimme. Ich vermute, dass sie früher häufig Vorträge gehalten hat. »Victoria Belmond, Tochter der vermögenden Belmond-Familie, verschwand am 31. Dezember 1999 als Siebzehnjährige von einer Silvesterparty. Sie hatte gemeinsam mit einer Gruppe Freunde und Freundinnen von der Highschool einen Raum über McCabe's Pub im East Village gemietet.«
Lenny unterbricht: »Hey, da hab ich mal gekotzt.«
Gary sagt: »Ich auch. Erstes Uni-Jahr. Im hohen Bogen. Direkt auf die Jukebox.«

»Leute«, sage ich. Polly lässt sich von der Unterbrechung nicht beirren. »Die letzte bekannte Sichtung Victorias stammt von einer Überwachungskamera und zeigt sie, als sie um 23:17 Uhr die Bar verlässt.«

Eine andere Pink-Panther-Lady – ihren Namen weiß ich nicht mehr – drückt eine Taste auf der Fernbedienung. Auf der Betonwand erscheint ein verschwommenes Schwarz-Weiß-Foto. Wie bei Überwachungskameras üblich ist es von hoch oben aufgenommen worden.

»Ziemlich miese Qualität«, sagt Golfer Gary.

»Die Technik ist schon älter«, sagt Polly. »Es ist ein Standbild aus einer Videorekorder-Aufnahme. Einige Leute bestreiten auch, dass es sich um Victoria handelt.«

»Das Gesicht ist auch gar nicht zu sehen«, sagt Lenny.

»Nein«, sagt Polly, »aber es ist die Kleidung, die sie an dem Abend getragen hat. Und ihre Frisur. Die Größe stimmt auch. Ihre Freunde haben sie identifiziert, sodass die Polizei überzeugt war, dass dies die letzte Sichtung von Victoria Belmond vor ihrem Verschwinden ist.«

Golfer Gary hebt die Hand, als warte er darauf, aufgerufen zu werden. Ich runzle die Stirn in seine Richtung, und er nimmt die Hand wieder runter. »Mir gefällt das nicht«, sagt Gary.

»Was gefällt dir nicht?«, frage ich.

»Okay, erstens war das damals keine normale Silvesterparty – es war die Millenniums-Silvesterparty.«

»Richtig, und?«

»Wisst ihr noch, was in dieser Nacht los war?«

Die jungen Influencerinnen mustern uns mit leeren Blicken, als sprächen wir über die Eisenhower-Präsidentschaft.

»Also, das war eine Riesensache«, fährt Gary fort. »Das

Ende des zwanzigsten Jahrhunderts. Eigentlich sogar das Ende des zweiten Jahrtausends. Also nicht nur der Beginn eines neuen Jahrhunderts, sondern eines neuen Jahrtausends. Das neue Millennium und so weiter. Und Prince sang, »*we're gonna party like it's 1999*«. Die Erwartungen waren riesig. Alle hatten sich auf die Party ihres Lebens vorbereitet.«

»Also?«, sage ich, um uns wieder auf den richtigen Weg zu bringen.

»Also«, fährt Gary fort, »haben sich Victoria Belmond und ihre reichen Freunde – von denen die meisten wahrscheinlich minderjährig waren – einen Raum über einer Bar gemietet, damit sie feiern konnten, bis der Arzt kommt. Dort wollten sie sich auch live den Ball Drop auf dem Times Square ansehen, in einem Moment, wie er nur alle tausend Jahre stattfindet. Und was macht Victoria?« Gary deutet auf das projizierte Bild. »Dreiundvierzig Minuten vor dem großen Countdown verlässt sie einfach allein die Party. Findet ihr das nicht auch seltsam?«

Zustimmendes Gemurmel.

»Gutes Argument«, sage ich. Ich wende mich wieder an Polly und nicke ihr zu, damit sie fortfährt.

»Das ist das letzte bekannte Bild von Victoria Belmond«, sagt sie. »Keine auch nur ansatzweise glaubwürdige Quelle erinnert sich daran, sie später noch einmal gesehen zu haben. Vielleicht hat sie ein Taxi genommen. Vielleicht ist sie in die U-Bahn gestiegen oder getrampt. Oder jemand hat sie an Ort und Stelle entführt. Das weiß niemand. Bis heute nicht. Es gab keine Geldabhebungen am Automaten, keine Kreditkartenzahlungen, nichts. Es ist, als wäre Victoria Belmond vom Erdboden verschluckt worden.«

Es wird einen Moment lang still im Raum. Lenny bricht das Schweigen.

»Wann wurde Victoria als vermisst gemeldet?«, fragt er.

»Das ist Teil des Problems«, sagt Polly. »Anfangs hat niemand ihr Verschwinden bemerkt. Ihre Eltern waren für ein paar Tage nach Chicago gefahren. Victoria hat einen Bruder – Thomas –, der damals dreiundzwanzig Jahre alt war. Der ist irgendwann im Lauf der Nacht bei seiner Freundin gelandet. Das Personal hatte frei. Kurz gesagt, niemand hat nach Victoria gesehen, daher weiß auch niemand, ob sie in dieser Nacht nach Hause gekommen ist. Das Gleiche gilt auch für den nächsten Tag. Und für den übernächsten. Es war niemand zu Hause. Nach ihrer Rückkehr sind die Bediensteten davon ausgegangen, dass Victoria bei einer Highschool-Freundin übernachtet hat. Und selbst ihre Eltern haben sich bei ihrer Rückkehr aus Chicago zwar gefragt, wo sie war, Victoria war aber so reif und eigenständig, dass sich niemand größere Sorgen gemacht hat. Ihre Freunde hatten sich in Cornwall, ein Stück den Hudson hinauf, ein paar Skihütten gemietet, um das neue Jahr dort zu beginnen. Victorias Familie war davon ausgegangen, dass sie mit ihnen dort war.«

»Wann haben die Belmonds das erste Mal die Polizei kontaktiert?«

»Am Abend des 5. Januar. Und selbst da haben sie noch keine große Dringlichkeit gesehen. Victorias Vater, Archie Belmond, wirkte etwas besorgt, aber die Mutter, Talia, war davon ausgegangen, dass Victoria sich womöglich absichtlich von ihnen fernhält. Sie hatte mit ihrer Tochter gestritten, bevor sie zu der Party ging.«

»Worum ging's?«

»Ums College. Victoria hatte ein Angebot für die vorzeitige Zulassung an der Tufts University, vor allem, weil ihre beiden Eltern dort waren und über die Jahre einen Haufen Geld gespendet hatten. Victoria wollte aber lieber noch reisen. Und dann vielleicht gar nicht aufs College gehen. Angeblich hat ihre Mutter daraufhin einen Wutanfall bekommen.«

»Klassischer Familienstreit«, sagt Gary.

»Das war das Problem. Niemand hat sich wirklich Sorgen um sie gemacht. Falls es damals irgendwelche Spuren gab, sind die von Tag zu Tag weiter verblasst. Außerdem hat die Familie mehrere SMS von Victorias Handy erhalten. Da es so wirkte, als wären sie von Victoria, schien alles in Ordnung zu sein. Die Nachrichten selbst waren eher nichtssagend.« Das Dia wechselt, und Polly liest die Texte laut vor. »In einer steht: ›Frohes neues Jahr.‹ In einer anderen: ›Mir geht es gut, bin bald zurück.‹ Eine andere lautete: ›Mit C ...‹, wie der Buchstabe, ›... kurzfristig weggefahren, bin nächste Woche zurück.‹«

»Wer ist C?«, fragt Lenny.

»Ein weiterer Teil des Problems«, antwortet Polly. »Niemand konnte mit Sicherheit sagen, wer mit C gemeint war. Unter Victorias Freundinnen gab es zwei Chloes, eine Caroline und eine Cora. Es waren Weihnachtsferien, und, tja, in diesen wohlsituierten Kreisen läuten bei so etwas offenbar nicht sofort die Alarmglocken.«

»Oder die Eltern waren einfach unachtsam«, wirft Gary ein.

»Auch das wäre möglich«, stimmt Polly zu. »Ich versuche erst einmal, das Ganze nicht zu bewerten. Ich gebe nur die uns bekannten Fakten wieder.«

»Und das machst du wirklich gut«, lobe ich und hebe die Hand mit dem Daumen nach oben.

»Danke.«

»Die Nachrichten sind nicht von Victoria«, sagt Lenny. »Die sind vom Kidnapper.«

»Das ist inzwischen die gängige Theorie, ja. Die Nachrichten haben allerdings zu Verwirrung und Verzögerungen geführt. Die Entführung war in vielerlei Hinsicht ein perfektes Verbrechen. Alle sind mit der großen Feier und dem Jahr-2000-Problem beschäftigt. Die Eltern sind verreist. Der Bruder ist bei seiner Freundin. Da Schulferien sind, vermissen sie auch die Lehrer nicht. Alles in allem hat es fünf Tage gedauert, bis Victoria als vermisst gemeldet wurde – und selbst dann noch nahmen aus den bereits genannten Gründen nur wenige Menschen die Meldung ernst. Erst als aus den Tagen Wochen wurden, fingen alle an, sich immer mehr Sorgen zu machen, bis ...«

Polly nickt. Die andere Pink-Panther-Lady drückt wieder die Taste auf der Fernbedienung und eine leere Folie erscheint.

»... nichts weiter geschah.«

Polly macht eine Kunstpause, in der wir auf die leere graue Wand starren. Dann spricht sie weiter. »Keine Hinweise. Keine Sichtungen. Keine Zeugen. Keine Spuren. Keinerlei Lebenszeichen von Victoria Belmond. Aus Wochen wurden Monate. Die Legendenbildung nahm zu. Eine True-Crime-Dokumentation mit dem Titel ›Victorias Verschwinden‹ wurde ein großer Fernseherfolg. Die Fernsehshow *48 Hours* brachte eine zweistündige Sondersendung über das Verschwinden des reichen Mädchens an Silvester 1999. Ob in *20/20* oder auf *Investigation Discovery*, immer wenn etwas Neues ausgestrahlt wurde, gab es ein großes Bohei und irgendjemand behauptete, er hätte Victoria auf dem Flughafen, am Strand oder sonst irgendwo gesehen. Aber im Endeffekt ist dabei nie etwas herausgekommen. Die Zeit verging.«

Nach einem erneuten Tastendruck auf der Fernbedienung erscheint eine weitere Folie mit der Aufschrift:

Ein Jahr
Tastendruck: Fünf Jahre
Tastendruck: Zehn Jahre
Die Pink Panthers haben ein Gespür für Dramatik, und die Wirkung ist ziemlich erschütternd. Der Raum verfällt in ein respektvolles Schweigen. Polly steht da und beobachtet unsere Reaktionen.
Golfer Gary schüttelt den Kopf. »Ich habe Töchter«, sagt er.
Lenny: »Muss man sich mal vorstellen.«
Debbie: »Die arme Familie.«
»Alle haben die Hoffnung aufgegeben«, sagt Polly. »Der Schmerz wurde immer größer. Die Familie zog sich aus der Öffentlichkeit zurück. Am Anfang hatte sie viel Unterstützung bekommen, aber nach einer Weile begannen die Leute, schreckliche Anschuldigungen zu erheben.«
»Was für Anschuldigungen?«, fragt Debbie.
»Dass die Familie etwas mit Victorias Verschwinden zu tun hätte.«
»Was?«
»Die Belmond Corporation war in ein paar üble Geschäftsskandale verwickelt. Ein paar Leute begannen, Fragen zu stellen, und behaupteten, dass Victoria die ganze Sache auffliegen lassen wollte.«
»Dass sie ihre Familie verpfeifen wollte?«
»Ja«, sagt Polly. »Und diese Gerüchte breiteten sich dann immer weiter aus. Die Eltern hatten erst in letzter Minute beschlossen, nach Chicago zu fahren. Vielleicht nur um ein Alibi zu haben. Victorias Bruder Thomas hatte eine etwas unrühmliche Vergangenheit – Schulverweis, mehrere Anklagen wegen Körperverletzung, die dann aber zurückgezogen wurden, dazu ein paarmal Alkohol am Steuer. Zudem hatte er sie

an jenem Silvesterabend in die Stadt gefahren, sodass sich manche Leute fragten, ob er etwas damit zu tun hatte. Victorias Freund hat für die Belmonds gearbeitet. Wieso hat er nicht gemerkt, dass sie nicht mehr auf der Party war? Victoria war Teil der besseren Gesellschaft und kannte deren sämtliche Geheimnisse – vielleicht wollte jemand sie zum Schweigen bringen? Aber soweit wir das beurteilen können, hat die Polizei das alles nicht sehr ernst genommen. Es war eher Stoff für die Boulevardpresse.«

»Waren noch andere Theorien im Umlauf?«, fragt Gary.

»Die Üblichen. Ich glaube, nach ein paar Wochen ging die Polizei davon aus, dass Victoria tot war. Dass man sie an Ort und Stelle ermordet und ihre Leiche im Fluss versenkt oder im Wald vergraben hatte. Oder auch, dass sie von ihren Entführern in irgendeinem unterirdischen Gefängnis festgehalten wurde. So etwas in der Art. Andere glaubten, dass Victoria selbst dahintersteckte. Sie hatte sich mit ihrer Mutter gestritten und war deshalb vielleicht einfach weggelaufen.«

Ich stehe auf. »Das sind viele Theorien«, sage ich. »Erinnert sich jemand an unser Sherlock-Zitat über das Aufstellen von Theorien?«

Debbie hebt die Hand und sagt, ohne zu zögern: »Es ist ein kapitaler Fehler, eine Theorie aufzustellen, bevor man entsprechende Anhaltspunkte hat. Unbewusst beginnt man, Fakten zu verdrehen, damit sie zu den Theorien passen, statt die Theorien den Fakten anzupassen.«

Alle sehen sie verblüfft an.

»Sehr gut, Debbie«, sage ich. »Wir sollten also nicht in diese Falle tappen. Wir sollten weitere Fakten sammeln.« Ich sehe Polly an. »Was ist dann passiert?«

Wieder nickt Polly der anderen Pink-Panther-Lady zu. Ich wünsche, ich könnte mich an ihren Namen erinnern. Die nächste Folie erscheint. Es ist ein Foto von einem Diner, das direkt aus einem Norman-Rockwell-Gemälde mit kleineren Anleihen bei Edward Hopper stammen könnte. »Dies ist das Nesbitt Station Diner in Briggs, Maine. In Briggs gibt es nicht viel mehr als ein Hochsicherheitsgefängnis. Am 18. März 2011, elf Jahre und fast vier Monate nach Victoria Belmonds Verschwinden aus McCabe's Pub in Manhattan, rief eine Frau das FBI an, behauptete, Kellnerin im Nesbitt Station Diner zu sein, und berichtete, dass die Frau, die hinten in einer Ecknische sitze, sie an die vermisste Victoria Belmond erinnere. Das FBI nahm die Sache nicht sehr ernst, informierte aber die örtliche Polizei. Zwei Polizisten, die zufällig gerade in diesem Diner aßen, überprüften die Frau, die dort ganz alleine saß. Sie fragten sie, wer sie sei und ob sie sich ausweisen könne. Aber die junge Frau konnte oder wollte nicht sprechen. Ihr Kopf war kahl rasiert. Sie baten sie freundlich, ihre Taschen auszuleeren. Darin befand sich nur ein einziger Gegenstand ...«

Polly schluckt und nickt. Die Folie wechselt.

»Dieser.«

Es handelt sich um eine vergilbte dreispaltige Ausleihkarte einer Bibliothek, wie ich sie noch aus meiner Kindheit kenne, obwohl dieses System schon damals veraltet war. Man ging mit dem Buch, das man ausleihen wollte, zum Ausleihtresen. Die Bibliothekarin nahm die Karte heraus, stempelte das Rückgabedatum in die linke Spalte. Sie wies darauf hin, dass man für jeden Tag Verspätung bei der Rückgabe zehn Cent bezahlen musste. Dann schrieb man seinen Namen in die mittlere Spalte, zeigte seinen Bibliotheksausweis vor. Wenn man das Buch zurückbrachte, suchte die Bibliothekarin die Karte heraus und stempelte das aktuelle Rückgabedatum in die rechte Spalte.

Oben auf der Buchausleihkarte, die auf der Folie zu sehen ist, hatte jemand über das Wort »Autor« einen Namen getippt:

BELMOND, VICTORIA

In der nächsten Zeile stand der Buchtitel:

GEFANGEN

Darunter befanden sich, wie schon erwähnt, drei Spalten. Ganz links stand das Fälligkeitsdatum. Jemand hatte es hineingestempelt:

31.01.2000

Damals durfte man ein Buch einen Monat lang behalten. Am 31. Januar 2000 war Victoria genau einen Monat lang verschwunden.

Ins mittlere Feld, in das eigentlich der Name des Ausleihers gehört, hatte jemand gekritzelt:

BIBLIOTHEKAR

Und dann die letzte Spalte, das Rückgabedatum:

18.03.2011

Das Datum des Tages, an dem die junge Frau in diesem Diner angetroffen wurde, über elf Jahre nach Victorias Verschwinden. Darunter stand in Schreibschrift: *Ich weiß, dass die Strafgebühr hoch ausfallen wird, aber das Buch hat mir wirklich sehr gefallen. Bitte entschuldigen Sie die Verspätung.*
Wieder ist alles still. Die Temperatur im Raum ist um mindestens fünf Grad gefallen.
Schließlich murmelt jemand: »Mein Gott.«
Dann sagt Lenny: »Mann, das ist echt voll psycho.«
Polly fährt fort, ihre Stimme hat jetzt einen entsprechend unheilschwangeren Unterton. »Die Polizei verständigt die Eltern und bittet sie zu kommen. Victoria Belmond war siebzehn, als sie verschwand. Falls die Frau Victoria sein sollte, wäre sie zu diesem Zeitpunkt achtundzwanzig. Aber die Frau spricht immer noch nicht. Sie ist nahezu katatonisch. Als aber schließlich ihre Eltern und ihr Bruder eintreffen, beginnt sie unkontrolliert zu schluchzen. Niemand kann sie trösten. Und niemand kann sie zum Reden bringen. Bei einer gründlichen Untersuchung finden die Ärzte Hinweise auf Traumata und Misshandlungen, Einzelheiten werden jedoch nicht bekannt gegeben. Victoria hat sieben Kilo abgenommen, was natürlich keine große Überraschung ist. Zu Beginn begegnen einige Beamte der Frau auch mit Misstrauen.«

»In welcher Hinsicht?«, fragt Lenny.

»Sie vermuten, dass sie ein falsches Spiel spielt, halten sie für eine Hochstaplerin. Eine reiche Familie, und urplötzlich taucht die vermisste Tochter nach so vielen Jahren wieder auf. Und fairerweise muss man ja sagen, dass so etwas tatsächlich schon vorgekommen ist.«

»Ich erinnere mich an so einen Fall in Texas«, sagt Gary.

»Nicholas Barclay, oder?«, antwortet Polly. »Und der Junge war nur drei Jahre weg. Victoria wurde elf Jahre lang

vermisst, und selbst ihre eigene Familie war sich zunächst nicht sicher, ob sie es ist. Der Vater hatte wohl Zweifel. Die Mutter nicht.«
»Warum haben sie keinen DNA-Test gemacht?«
»Das haben sie«, sagt Polly. »Deshalb sagte ich ja ›anfangs‹. Damals hat es noch mehr als eine Woche gedauert, bis das Ergebnis eines DNA-Tests vorlag, das war natürlich eine schwierige Zeit, aber dann kam die Bestätigung, dass es sich bei der jungen Frau, die im Nesbitt Station Diner saß, tatsächlich um Victoria Belmond handelte.«
Schweigen.
Gary sieht mich an. »Ich verstehe da etwas nicht«, sagt er.
»Immer raus damit«, erwidere ich.
»Es waren elf Jahre vergangen. Ihr Kopf war kahl rasiert. Sie war dünner. Ihre eigene Familie erkannte sie kaum wieder. Aber eine ganz normale Kellnerin sieht sie und ruft das FBI an?«
»Gutes Argument«, sagt Polly. »Ist das noch jemandem aufgefallen?«
»Ja, uns«, sagt eine der jungen Influencerinnen, die bisher kein Wort gesagt haben. »Außerdem hat später keine Kellnerin des Diners zugegeben, diesen Anruf gemacht zu haben. Wir gehen davon aus, dass es der Entführer war.«
»Auf der Aufnahme ist allerdings deutlich eine Frauenstimme zu hören.«
»Dann ist dieser ›Bibliothekar‹ womöglich eine Frau?«
»Oder eine Frau, die mit dem ›Bibliothekar‹ zusammenarbeitet. Oder der Anrufer hat einen Stimmwandler verwendet. Die Technik war auch damals schon so gut, dass ein tiefer männlicher Bass wie ein kleines Mädchen klingen konnte.«
Ich versuche, sie wieder auf Kurs zu bringen. »Und wie ging es dann weiter, Polly?«

»Im Prinzip wissen wir nicht viel darüber. Irgendwann konnte Victoria Belmond wieder sprechen, doch es schien, als hätte es die letzten elf Jahre für sie nicht gegeben. Sie hatte keine Ahnung, wo sie war, wer sie dort hingebracht hat, und wusste auch sonst nichts über die Entführung.«

»Korrigiere«, sagt Gary. »Sie *behauptet*, nichts davon zu wissen.«

»Möglich«, sagt Polly. »Wir wissen nur, dass Victoria daraufhin von den besten Psychiatern behandelt wurde, die man für Geld kaufen kann. Aber darüber hinaus ist wirklich so gut wie nichts an die Öffentlichkeit gelangt. Die Familie hat darum gebeten, ihre Privatsphäre zu respektieren, was ja auch nachvollziehbar ist, und sie hatte die nötigen Mittel, um das durchzusetzen.«

»Aber es ist doch schon ... äh ... vierzehn Jahre her, dass Victoria Belmond wieder aufgetaucht ist«, sagt Gary.

»Richtig.«

»Und wo war sie die ganze Zeit?«

»Das liegt weiterhin im Dunkeln«, sagt Polly. »Victoria hat keine Interviews gegeben und sich auch sonst nicht öffentlich dazu geäußert. Offiziell ist der Fall weiterhin ungelöst. Keiner weiß, wer sie entführt hat. Keiner weiß, wo sie in diesen elf Jahren war. Die Familie ist superreich, hat Wohnsitze in mehreren Bundesstaaten und auch mindestens zwei im Ausland. Victoria könnte in irgendeinem versteckt gelebt haben – oder in keinem von ihnen. Das weiß niemand.«

»Seit dem ersten Verbrechen sind fast fünfundzwanzig Jahre vergangen«, sagt Golfer Gary kopfschüttelnd. »Der Fall ist nicht kalt, Kierce. Er ist tief im Eis festgefroren.«

Alle sehen mich an.

»Kommt schon«, sage ich und breite die Arme aus. »Wart ihr nicht auf der Suche nach einer Herausforderung?«

»Nach einer Herausforderung schon. Aber in dem Fall gibt es seit Jahren keine neue Entwicklung.«

Ich lehne mich auf meinem Stuhl zurück. »Oh, so würde ich das nicht sagen.«

ZEHN

Nachdem die Teilnehmer ihre Aufgaben bekommen haben, in die Nacht verschwunden sind und ich allein bin, rufe ich Marty an. Er meldet sich mit den Worten: »Hier ist viel zu tun. Ich habe immer noch nicht mehr als diese GmbH als Eigentümer des Anwesens in Connecticut. Wer auch immer dahintersteckt, versucht mit aller Macht, es geheim zu halten.«
»Ich glaube, es ist die Familie Belmond«, sage ich.
»Belmond, wie in ...?«
»Ja.«
»Oh«, sagt er. »Das wäre eine Erklärung.«
»Außerdem glaube ich, dass Victoria Belmond dort wohnt.«
An seinem Zögern erkenne ich, dass Marty nicht weiß, was er dazu sagen soll. »Verstehe. Wie kommst du darauf?«
Ich antworte mit einer Gegenfrage. »Hast du noch Freunde beim FBI?«
»Ich hatte nie Freunde beim FBI«, sagt Marty.
»Aber Kontakte dahin?«
»Ich kenne da einen Typen, der womöglich einen Typen kennt«, sagt Marty.
»Kann der dir die FBI-Akte über Victoria Belmond beschaffen?«
»Über die junge Frau, die vor dreißig Jahren entführt wurde?«
»Fünfundzwanzig«, korrigiere ich. Dann ergänze ich: »Ja.«

Vor dem Seminarraum hallen Schritte. Jemand kommt die Treppe herauf.

»Darf ich erfahren, was du mit der Akte willst?«

»Natürlich«, sage ich. »Es wäre möglich, dass ich den Fall lösen kann.«

»Die Entführung von Victoria Belmond?«

»Ja.«

»Du kannst den Fall vielleicht lösen?«

»Du klingst skeptisch«, sage ich.

Die Schritte klingen eher nach zwei oder vielleicht sogar drei Fußpaaren.

»Ein wenig vielleicht«, sagt Marty. »Möchtest du näher ausführen, wie du darauf kommst, eines der großen Rätsel unserer Zeit lösen zu können?«

Die Schritte nähern sich und werden lauter.

»Ich dachte, ihr hättet viel zu tun.«

»Kierce.«

»Ich habe nicht behauptet, dass es wahrscheinlich ist«, sage ich, »außerdem ist es eine wirklich lange Geschichte, die ich dir später erzählen werde, aber könntest du in der Zwischenzeit einen Blick in die Akte werfen?«

»Ich kann nichts versprechen.«

»Ein Versprechen hab ich nicht verlangt.«

»Nein. Nein, das hast du nicht.«

Die Schritte stoppen vor meiner Tür. Als ich das Telefonat beende, beugt Leisure Suit Lenny sich herein. Golfer Gary ist bei ihm.

»Hast du ein paar Minuten?«, fragt Lenny.

»Klar.«

Lenny zieht seine Hose hoch. Mir ist aufgefallen, dass er das oft macht. Ich weiß nicht, ob seine Taille zu umfangreich ist oder die Ausbuchtung seines Bauchs die Hose nach unten drückt, oder warum ich mir so seltsame Gedanken mache. Aber es irritiert mich. Er zieht sie hoch und betritt den Raum. Gary folgt ihm.

Gary fängt an. »Wir sind im Namen der Kursteilnehmer hier.«

Oh, das wird interessant. Ich lehne mich auf meinem Stuhl zurück und lege die Füße hoch. »Okay.«

»Wir würden gerne wissen«, fährt Gary fort, »warum du so großes Interesse am Fall Victoria Belmond hast.«

»Spielt das eine Rolle?«

»Wahrscheinlich nicht.«

»Das ist einfach eine unterhaltsame Seminarübung«, sage ich und versuche, locker zu klingen. »Recherche. Ermittlung. Überwachung.«

Gary verschränkt die Arme über dem Golfshirt mit dem Logo, das wie ein roter Korb auf einem Stock aussieht. Golfer sind seltsam. »Aber«, sagt er, »es steckt doch noch mehr dahinter, oder?«

Ich antworte nicht.

Lenny übernimmt. »Die Frau, die gestern Abend in unseren Kurs gestürmt ist. Die, der du gefolgt bist. Ich will ja nicht neugierig sein, aber ich habe die Tracker-App auch auf dem Handy. Du hast uns eben gebeten, eine Überwachung in der Nähe von Greenwich, Connecticut, durchzuführen, genau da, wo der Akku meines Peilsenders den Geist aufgegeben hat.«

Mann, ich werde nachlässig.

»Abschließend lässt sich festhalten«, sagt Gary und klingt dabei wie ein Fernsehdetektiv, der alle Verdächtigen im Salon versammelt hat, »dass du eine Frau gesehen hast, die in unser Seminar gekommen ist.«

»Eine Frau«, ergänzt Lenny, »die ungefähr im Alter von Victoria Belmond ist.«

Zurück zu Gary: »Die Frau ist abgehauen.«
Lenny: »Du hast sie mithilfe eines GPS-Trackers verfolgt.«
»Bis zu dem Ort, den wir jetzt überwachen und an dem wir nach Victoria Belmond Ausschau halten sollen.«
Beide schweigen und sehen mich an. Ich nicke anerkennend.
»Ich bin wirklich ein guter Lehrer, was? Ich muss unbedingt die Teilnahmegebühr erhöhen.«
Wieder zieht Lenny seine Hose hoch. »Also die Frau, die gestern Abend hier war, die, die ins Seminar gekommen ist. Hältst du es für möglich, dass ...«
»... dass sie Victoria Belmond ist?«, beende ich den Satz für ihn.
Das ist eine interessante Frage. Man sollte meinen, dass ich mir da sicher wäre. Natürlich gibt es im Internet Fotos von Victoria Belmond. Nicht so viele, wie man vermuten könnte. Aber genug. Auf den meisten ist sie im Teenageralter, sie sind also aus der Zeit, in der ich Anna kannte. Aus der Zeit nach ihrer Rückkehr gibt es deutlich weniger Fotos – eigentlich fast gar keine. Die Eltern haben die Presse gebeten, ihre traumatisierte Tochter in Ruhe zu lassen, und sie haben die Mittel, dieser Bitte Nachdruck zu verleihen. Wenn ich mir aber die Fotos der siebzehnjährigen Victoria ansehe, kann ich nicht mit Sicherheit sagen, ob es die Anna ist, die ich in Spanien kennengelernt habe – ich glaube aber schon, dass sie es ist. Sollte sie es nicht sein, sieht sie ihr jedenfalls ungeheuer ähnlich. Dass ich nicht mit absoluter Sicherheit sagen kann, ob es Anna ist, hat den folgenden, etwas seltsamen Grund. Ich kann Ihnen Anna zwar aus der Erinnerung beschreiben, aber ich *sehe* sie nicht mehr vor mir. Schnell: Denken Sie an eine alte Liebe, eine von ganz früher, eine, mit der Sie nur

eine Woche zusammen waren. Stellen Sie sie sich vor. Haben Sie sie vor Augen? Wie ein Foto? Nein – das habe ich auch nicht erwartet. So funktioniert das Gedächtnis nicht. Das Gedächtnis macht keine Fotos. Das Gedächtnis versucht, die Leerstellen zu füllen, und obwohl ich Ähnlichkeiten sehe, erlaubt mir mein Gedächtnis nicht, eine eindeutige Übereinstimmung zu erkennen.

Und so wird das Geheimnis immer größer. Ich war damals auch nicht unbedingt der aufmerksamste junge Mann. Nehmen Sie es mir nicht übel, aber ich kann mich zum Beispiel nicht an Annas Augenfarbe erinnern. Annas Haare waren anders, sie hatten eine andere Farbe und waren deutlich länger als Victorias, aber das hat nicht viel zu sagen. Außerdem trägt Victoria eine Brille. Anna tat das nicht.

Doch als ich Anna/Victoria in natura in meinem Seminarraum sah, war ich mir innerhalb von Sekundenbruchteilen sicher, dass sie es ist.

Verrückt.

»Wir gehen also davon aus«, fährt Gary fort, »dass Victoria Belmond gestern Abend in deinem Kurs aufgetaucht ist.«

»Möglich.«

»Und als sie dich gesehen hat, ist sie abgehauen.«

Ich lächle. Ich weiß, worauf sie hinauswollen, spiele aber mit. »Manche Menschen erschrecken, wenn sie mich sehen.«

»Das ist wahr«, sagt Lenny, »und vielleicht würden wir dir das auch abkaufen, wenn die Sache damit erledigt gewesen wäre.«

»Aber?«, sage ich.

»Aber du bist ihr nachgelaufen«, sagt Lenny.

»Hast sie gejagt«, präsisiert Lenny.

»Du hast nicht eine Sekunde gezögert. Ein irrer Ausdruck

ist über dein Gesicht gehuscht und zack, plötzlich hast du dich in einen Weltklassesprinter verwandelt.«

»Und seien wir mal ehrlich, Kierce, du läufst nicht gerne.«

»Ja, körperliche Aktivität ist nicht mein Ding«, gebe ich zu.

»Schlussfolgerung«, sagt Gary mit einem Gespür für Dramatik. »Dies ist nicht nur eine Seminararbeit. Du, Herr Lehrer, kennst – oder kanntest – Victoria Belmond.«

»Oder zumindest«, stellt Lenny klar, »hast du eine persönliche Verbindung zu ihr oder ihrem Fall.«

Ich sehe Gary an. Dann Lenny. Ich nicke, um zu zeigen, dass ich beeindruckt bin.

»Ich werde diese Behauptungen weder bestätigen noch dementieren«, sage ich, vor allem, weil ich gar nicht weiß, was ich dazu sagen soll, oder ob sie damit recht haben. »Aber nehmen wir mal an, es würde stimmen. Was dann?«

Gary tritt einen Schritt vor. Er greift sich einen Stuhl, schiebt ihn zu mir, dreht die Lehne nach vorne und setzt sich rittlings darauf. »Das ist ein Kurs voller neugieriger Möchtegern-Detektive.«

»Soll heißen?«

»Das soll heißen, dass wir dich alle gegoogelt haben, bevor wir hergekommen sind. Wir kennen deinen Background. Wir wissen natürlich, dass du ein ausgezeichneter Detective bei der Mordkommission des NYPD warst. Wir wissen, warum du deinen Job verloren hast. Und wir wissen auch, dass es in einem anderen Fall, in den du privat verwickelt warst, einen schweren Rückschlag gegeben hat.«

Ich versuche, darauf nicht gereizt zu reagieren. »Ich habe ihren Mörder gefunden«, sage ich etwas zu harsch.

»Und der läuft jetzt wieder frei herum«, sagt Lenny.

Da haben wir es. Die beiden Männer sehen mich an und warten auf eine Antwort. Ich drehe die Handflächen nach

oben, hebe sie und zucke quasi mit den Achseln.»Wenn ihr es nicht wollt, dann ...«
»Das haben wir nicht gesagt«, wirft Gary schnell ein.
»Wir finden aber, dass du die Wahrheit sagen solltest.«
»Weil uns das bei der Lösung des Falls helfen könnte.« Gary steht auf und stellt den Stuhl umständlich wieder an seinen Platz.»Wir werden dir so oder so helfen.«
»Weil wir dich mögen«, fügt Lenny hinzu.»Und weil wir dich für einen guten Menschen halten.«
»Wir wollten nur deutlich machen, dass wir keine Einfaltspinsel sind«, sagt Gary.»Wir gehen da mit offenen Augen ran.«
Sie warten darauf, dass ich etwas sage. Ich belasse es bei:»Danke.«
Das scheint ihnen zu reichen.

***

Molly und ich sitzen am Küchentisch. Das Frühstück ist so gut wie beendet.

Vielleicht liegt es daran, dass ich über das Vermögen der Belmonds nachdenke oder was auch immer, aber plötzlich kommt mir die Küche klein und veraltet vor. Ich will etwas Besseres für Molly und Henry. Ich will wieder eine Stelle mit festem Gehalt. Ich will nicht, dass sie sich Sorgen macht, schon gar nicht um Geld. Niemals. Das sind altmodische Gedanken, und Molly würde mit mir schimpfen, wenn sie wüsste, dass ich das überhaupt in Erwägung ziehe, aber eigentlich ist es meine Aufgabe, darauf zu achten, dass sie sich keine Sorgen darüber machen muss, ob wir unsere Rechnungen bezahlen können. Ich sage das nicht verbittert oder so ähnlich. Ein weiser (reicher) Mann hat mir einmal gesagt, das Beste daran, viel Geld zu haben, sei, dass man sich keine Sorgen ums Geld mache. Und genau das spüre ich gerade. Das will ich für uns. Für Molly.

»Es hat nichts mit uns beiden zu tun, dass ich gestern Nacht so spät nach Hause gekommen bin«, sage ich.

»Ich weiß.«

»Wirklich?«

»Ja, mein Dummerchen. Du liebst mich. Es steht dir in dein belämmertes Gesicht geschrieben.«

Ich kann mir ein Lächeln nicht verkneifen. »Das tut's wohl, was?«

Vergessen Sie, was ich eben gesagt habe. Welcher Mann ist reicher als ich?

»Also, was ist los?«, fragt sie.

Ich beschließe, es einfach zu erzählen. »Erinnerst du dich an den Fall Victoria Belmond?«

Ihre Miene verrät, dass sie damit nicht gerechnet hat. »Die reiche Tochter, die gekidnappt wurde?«

»Genau.«

»Du hast sie aber nicht entführt, oder?«

Galgenhumor. Ich liebe diese Frau.

»Äh, nein«, sage ich. »Aber ich könnte eine Affäre mit ihr gehabt haben.«

»Wow.« Molly legt den Kopf schräg. »Und wann war das?«

»Rund zwei Jahre nach ihrer Entführung.«

Sie wartet auf eine Pointe. Es kommt keine. »Ist das dein Ernst?«

»Ich bin vor zweiundzwanzig Jahren nach meinem College-Abschluss mit ein paar Jungs nach Europa gereist.«

»Das hast du schon erzählt ...«

»Ich weiß, ja.«

»... aber erst heute Morgen. Vorher habe ich nie etwas von

einem College-Abschluss-Trip mit irgendwelchen Jungs gehört. Das fand ich seltsam.«
»Das lag daran, weil ich nicht lange mit ihnen dort war«, sage ich.
»Warum nicht?«
»Ich habe ziemlich am Anfang der Reise ein Mädchen namens Anna kennengelernt. An der Costa del Sol in Spanien. Ich mochte sie, also habe ich den Jungs gesagt, dass sie ohne mich weiterfahren sollen, und bin bei ihr geblieben.«
Ich warte.
»Sami?«
»Und jetzt habe ich sie zum ersten Mal nach all den Jahren wiedergesehen.«
»Anna?«
»Ja.«
»Wann?«
»Vorgestern Abend. Sie ist in meinen Kurs gekommen. Aber dann ist sie weggerannt. Ich bin ihr gefolgt, aber ...«
Ich schüttle den Kopf. Ich bekomme nichts mehr heraus.
Molly legt mir die Hand auf den Arm. »Diese Anna«, sagt sie. »Du nimmst jetzt also an, dass sie Victoria Belmond gewesen sein könnte?«
Als ich es endlich schaffe zu nicken, lehnt Molly sich fassungslos zurück. Mein Nicken verwandelt sich in ein Kopfschütteln. Schließlich stoße ich hervor: »Ja, nein, vielleicht. Ich weiß es nicht. Ich versuche immer noch, mir die ganze Sache zusammenzureimen. Es ist ein ... es ist chaotisch.«
»Schon gut, alles okay. Mach dir keine Sorgen.«
Wieder schüttle ich den Kopf.
»Du warst jung«, sagt Molly. »Selbst wenn sie es war, hättest du es nicht wissen können. Woher hättest du das denn wissen sollen?«

Ich weiß nicht, was ich sagen soll.

Molly versucht es noch einmal. »In Spanien, hat dieses Mädchen – diese Anna – da versucht, dir ein Zeichen zu geben?«

Die Frage verwirrt mich. »Ein Zeichen?«

»Dass sie entführt wurde. Dass etwas nicht in Ordnung ist, oder dass sie dort festgehalten wurde?«

Jetzt verstehe ich. Molly glaubt, dass ich mich schuldig fühle, weil ich mich mit einem entführten Mädchen eingelassen habe, ohne zu merken, dass sie in Gefahr war. Daran habe ich seltsamerweise bisher noch gar nicht gedacht, aber vielleicht hat Molly ja recht.

Steckte Anna damals in Schwierigkeiten? Habe ich die Zeichen übersehen?

Mein Handy surrt. Es ist eine Textnachricht von Pink Panther Polly.

Auto hat gerade die Siedlung verlassen. Wir glauben, sie ist drin. Gary und ich folgen.

Mein Herz macht einen Satz – und ich auch. Molly sieht, dass ich aufspringe.

»Sami?«

»Sie ist unterwegs.«

»Was? Wer?« Und dann: »Victoria Belmond?«

Ich nicke. »Oder wer auch immer sie sein mag.«

»Woher weißt du das?«

»Von meinen Kursteilnehmern.«

»Was?«

Ich erkläre schnell, dass die Pink Panthers meine Kursteilnehmer eingeteilt haben, und sie jetzt reihum das Anwesen überwachen. Ethisch ist das vermutlich etwas fragwürdig,

aber auf jeden Fall effizient. Ich bin zwar nicht mehr bei der Polizei, lerne aber, auch so zurechtzukommen.
»Können wir das später zu Ende besprechen?«, frage ich.
»In ein paar Stunden weiß ich vielleicht, ob ich mir das Ganze nur einbilde.«
»Geh schon«, sagt Molly. »Aber eins noch.«
Ich drehe mich noch einmal zu ihr um.
»Das habe ich schon mal gesagt, Sami.«
»Ich höre.«
»Diese Anna oder Victoria oder wie immer sie heißt, taucht genau in dem Moment in deinem Leben auf, als Tad Grayson aus dem Gefängnis entlassen wird.«
Ich schüttle den Kopf. »Ich sehe da keinen Zusammenhang, Molly.«
»Dann musst du dringend noch einmal genauer hinsehen.«

ELF

Ich beeile mich, den nächsten Zug zu erwischen, der laut meiner App in drei Minuten fahren soll, und habe gerade den ersten Schritt die Treppe hinunter zur U-Bahn gemacht, als Polly mich anruft.
»Sie sind auf der Interstate«, sagt sie. »Ich glaube, sie fährt in die Stadt.«
»Seid ihr sicher, dass sie im Auto ist?«
»Wir gehen davon aus. Sie sitzt auf dem Rücksitz. Am Steuer sitzt ein Mann. Dunkelblauer Cadillac Escalade. Connecticut-Kennzeichen. Gary und ich folgen ihm. Ich schicke dir einen Marker, damit du weißt, wo wir sind.«
Ich blicke aufs Handy, als ich höre, dass der Marker eintrifft. Sie fahren auf der Interstate 95 nach Westen in Richtung George Washington Bridge. Wäre sie in der Umgebung von Greenwich geblieben, hätte ich hinfahren können, um sie anzusprechen. Aber jetzt, wo Vielleicht-Anna auf dem Weg hierher ist, warte ich lieber und verfolge, wohin sie fährt. Ich gehe in den Laden mit dem schlichten Namen Hot Bagel Shop und bestelle einen Sesam-Bagel mit einem Schmear – Molly hat mir das Wort beigebracht – aus Weißfischpaste und Frischkäse. Ich behalte die Marker im Auge, die Polly und Gary mir schicken. Als das Auto auf den Hutchinson River Parkway einbiegt, gehe ich davon aus, dass Polly recht hat und sie in die Stadt fährt.
Zwanzig Minuten später kommt die Bestätigung, als das

Auto auf die West 48th Street in Richtung Broadway abfährt. Wie erwartet herrscht Stop-and-Go-Verkehr, wobei das Stop überwiegt. Ich stehe immer noch am Tresen des Bagel-Ladens, als Polly schreibt: Foto kommt.
Ich checke mein WhatsApp. Das kleine Rädchen dreht sich, während das Foto scharf wird.
Eine Frau mit Baseballkappe und Sonnenbrille steigt aus einem Cadillac Escalade aus. Ihre unauffällige Kleidung besteht aus einer Bluejeans, einem grauen Sweatshirt und weißen Turnschuhen.
Es ist Anna/Victoria.
»Das ist sie doch, oder?«, fragt Polly.
»Ja.«
»Ich folge ihr zu Fuß«, sagt Polly. »Wir sind am Times Square. Gary behält den Escalade im Auge.«
»Ich bin unterwegs«, sage ich und eile zurück zur U-Bahn. Ich halte nach einem Zug Ausschau, der in Richtung Times Square fährt. Davon gibt es immer jede Menge. Ich steige in die U-Bahn und checke die App. Der Empfang ist hier unten ziemlich schlecht, sodass ich kein Update bekomme. Als ich an der Haltestelle 42nd Street / Broadway ankomme, gehe ich hinauf ins Sonnenlicht und die Kakophonie des Broadways. Die App erwacht wieder zum Leben.
Der Marker ist vier Blocks entfernt.
Ich rufe Polly an. »Was macht sie gerade?«
»Sie läuft einfach rum.«
»Was ist mit dem Wagen?«
»Moment, ich hole Gary mit rein.« Ein paar Sekunden vergehen. »Gary?«
»Der Fahrer hat den Escalade in einem Parkhaus abgestellt«, sagt Gary. »Ich glaube, er kommt auf euch zu.«
»Hast du ihn dir angesehen?«, frage ich.

»Negativ«, sagt Gary. »Ich dachte, es wäre klüger, in zweiter Reihe zu parken und bei der Tiefgarage zu warten. Damit ich sofort wieder hinter ihnen bin, wenn sie zurückkommen.«
»Kluger Gedanke«, sage ich.
»Danke, Teach.«
»Kierce«, sagt Polly, »wie weit bist du noch entfernt?«
»Keine drei Blocks mehr«, sage ich.
Ich blicke beim Gehen aufs Display, was auf dem Times Square nicht einfach ist. Es ist noch ziemlich früh am Morgen, aber die kostümierten Bettler oder wie auch immer man sie nennen mag, sind schon in Scharen unterwegs. Alle, die den Times Square in den letzten zehn Jahren besucht haben, wissen, dass sie von kostümierten Batmans, Spidermans, Schneemann Olafs, Minions, Elmos und Mickey Mouses überrannt werden, die darauf hoffen, dass sich Touristen gegen Gebühr oder Trinkgeld mit ihnen fotografieren lassen. Letztere finde ich immer besonders seltsam. Mickey Mouse ist doch eine Disney-Figur? Es geht gar nicht um New York City. Warum sollte man hier ein Foto mit Mickey Mouse machen wollen? Und diese kostümierten Kretins mögen zwar harmlos erscheinen, aber aus meiner Zeit bei der Polizei weiß ich, dass sie für eine Menge Kriminalität verantwortlich sind. Einige Touristen machen Fotos, ohne sich darüber im Klaren zu sein, dass Mickey dafür ein Trinkgeld erwartet, und wenn man nicht zahlt, zieht das oft Drohungen oder sogar Gewalt nach sich. Einige von denen, die sich in den Kostümen verstecken, werden übermäßig »handgreiflich«, wenn Sie verstehen, was ich meine, und es ist ein schmaler Grat zwischen schrullig und gruselig, oder vielleicht ist der Grat gar nicht so schmal, jedenfalls driftet die ganze Aktion zu oft in den Bereich des Gruseligen oder in die Kriminalität ab.

Ich wünschte, ich hätte meine Kopfhörer bei mir, hab ich aber nicht, und so muss ich das Handy die ganze Zeit ans Ohr halten.

»Oh, eins noch«, sagt Gary.

»Was?«

»Der Fahrer.«

»Was ist mit ihm?«

»Er geht ziemlich steifbeinig. Sein Blazer ist zu groß. Dazu sein unsteter Blick. Ich glaube, er ist bewaffnet.«

»Wahrscheinlich ist er gleichzeitig ihr Leibwächter«, sagt Polly.

»Wir wissen ja, dass die Belmonds großen Wert auf ihre Privatsphäre legen«, ergänzt Gary.

»Moment«, sagt Polly.

»Was ist?«, frage ich.

Polly sagt: »Ich bin auf der 42nd Street vor dem New Amsterdam Theater und ... Gary, trägt der Fahrer einem Kamelhaarblazer?«

Ich werde von zu vielen Leuten angerempelt, also drücke ich mich an die Scheibe eines Red-Lobster-Restaurants, die sich anfühlt, als hätte man zerlassene Butter draufgeschmiert. Ich klebe daran fest. Die Gäste starren mich an. Ein Blick aufs Handy zeigt mir, dass ich nur noch hundert Meter von Anna entfernt bin. Sie ist genau hier in der 42nd Street. Ich gehe schneller.

Und plötzlich sehe ich sie vor mir. Ich bleibe stehen.

Anna. Victoria. Wie auch immer.

Sie unterhält sich mit dem Fahrer im Kamelhaarblazer, den ich unter einem bestimmten Namen abgespeichert habe, einem blöden Spitznamen.

Gun Guy. Das ist der Gun Guy von vorgestern Nacht auf dem Anwesen.

Meine Hände ballen sich zu Fäusten. Ich schulde dem Kerl einen Magenschwinger.

Die beiden beenden ihr Gespräch unter der Markise. Eine große Menschenmenge strömt ins Theater. Gun Guy öffnet eine der Türen. Anna geht durch einen Metalldetektor – ein Metalldetektor, um ein Broadway-Musical zu besuchen, was für ein Land – und verschwindet im Theater. Gun Guy sieht ihr durch die Glastür hinterher. Dann dreht er sich zufrieden um und geht.

Ich sage ins Handy. »Polly?«

»Ich bleib an ihm dran.«

Gary fragt: »Hast du was gesehen, Polly?«

»Sie ist reingegangen, und ihr Ticket wurde gescannt«, sagt Polly. »Ich vermute, sie guckt sich das Musical an.«

Gary: »Ist es ›Hamilton‹?«

»Nein.«

»›Wicked‹?«

»Nein.«

»Soll ich weiterraten, Polly, oder verrätst du es mir einfach?«

»Leute«, sage ich.

Ich weiß nicht recht, was ich als Nächstes tun soll. Ich mache mich auf den Weg zum Schalter. Ein Kartenkontrolleur schickt mich durch einen Metalldetektor. Ich gehe zur Tageskasse. »Gibt es noch Karten?«, frage ich.

Um noch gelangweilter auszusehen, müsste der Mann hinter dem Fenster bewusstlos sein. Er seufzt und sagt: »Für wann?«

»Die aktuelle Vorstellung?«

»Ausverkauft.«

»Stehplätze?«

Er runzelt die Stirn. »Welcher Teil von ›ausverkauft‹ hat Sie verwirrt?«

»Mannomann, Sie gehören zu den Leuten, die mit Ihrem Lächeln die Welt schöner machen«, sage ich. »Vielen Dank, dass Sie mir gerade den Tag versüßt haben.«

Es gelingt ihm, die seelische Wunde zu verbergen, die mein ätzender Witz ihm versetzt hat. Ich gehe wieder raus und stelle mich unter die Markise. Früher gab es hier häufig Typen, meist in glänzenden Mets-Jacken, die einem noch ein Ticket verkaufen konnten. Die Zeiten sind vorbei. Selbst solch zuverlässige, wenn auch etwas schmierige Gelegenheiten, bei denen man einem fremden Mann zuflüstert: »Haben Sie noch ein Ticket über?«, sind durch Apps und das Internet ruiniert worden.

Also warte ich bis zum Ende der Vorstellung. Oder sollte ich sagen, also warten wir?

Polly folgt Gun Guy zum Yard House, wo er sich einen Burger, Pommes und ein Bier bestellt. Gary bleibt in seinem in zweiter Reihe geparkten Auto vor der Tiefgarage sitzen. Als Erstes gehe ich in einen dieser billigen Souvenirläden und kaufe mir ein Paar AirPod-Imitate. Ich kopple sie über Bluetooth und teste sie dann mit Polly und Gary. Die Höhen sind fürchterlich, aber ich kann die beiden gut verstehen. In den nächsten Stunden warte ich auf das Ende des Musicals. In der Pause versuche ich, mich hineinzuschleichen, werde aber abgewiesen. Ich nehme mir etwas Zeit, um über die ganze Situation nachzudenken. Nach allem, was man hört, lebt Victoria Belmond wie eine Einsiedlerin. Seit ihrer Rückkehr nach der Entführung hat sie kein Interview mehr gegeben. Gelegentlich versucht ein Journalist, sie ausfindig zu machen, aber die meisten von ihnen konzentrieren sich auf leichtere Beute. Wäre dies in den Siebziger- oder Achtzigerjahren des letzten Jahrhunderts geschehen, wie zum Beispiel bei Patricia Hearst, würde es sich vermutlich lohnen, die

Sache weiterzuverfolgen. Wahrscheinlich würden sich die Leute auch immer noch für Neuigkeiten über Victoria Belmond interessieren, aber es wäre kein Tagesgespräch mehr. Solche Geschichten fesseln unsere kollektive Aufmerksamkeit nicht mehr wie früher. Wir sehen nicht mehr alle gebannt zu, wie ein Kind aus einem Brunnen gerettet wird, in den es hineingefallen ist, und ich weiß gar nicht genau, ob das gut oder schlecht ist. Dazu kommt das Offensichtliche: Das große Geld macht den Weg frei. Die Familie Belmond war bereit und in der Lage, viel Geld in die Hand zu nehmen, um Victoria aus dem Rampenlicht fernzuhalten. Keiner weiß, ob sie sich überhaupt an die Zeit ihrer Gefangenschaft erinnert. Ist diese Zeit immer noch aus ihrem Gedächtnis gelöscht, oder hat sie das alles inzwischen verarbeitet, oder – verdammt – war die Amnesie sogar nur vorgetäuscht? Im Internet habe ich das Gerücht entdeckt, dass Victoria Belmond sich schließlich wieder an alles erinnert hat, und dass die wohlhabenden Belmonds, statt den Entführer verhaften zu lassen, eine Söldnertruppe angeheuert haben, um auf ihre eigene gnadenlose Art für Gerechtigkeit zu sorgen.

Ich bezweifle das, aber wer weiß?

Der Punkt ist, dass das alles schon Jahre her ist und keiner mehr ganz genau hinguckt, sodass solche Fahrten wie diese nach Manhattan für sie wohl kein großes Sicherheitsrisiko mehr darstellen. Wenn überhaupt, ist es besser, sich in aller Öffentlichkeit zu verstecken. Offenbar lebt sie ihr Leben auf ihre eigene zurückgezogene Art, wobei sie sich gelegentlich die Freiheit nimmt, das riesige Anwesen in Connecticut zu verlassen, um im Big Apple eine Broadway-Show anzusehen.

Ich frage mich, wie ihr Leben verlaufen ist. Ich frage mich, ob das wirklich meine Anna aus Spanien ist, oder ob es sich doch nur um eine Verwechslung handelt. Ich frage mich, was an diesem schrecklichen Morgen an der Costa del Sol wirklich passiert ist. Ich will nicht zu sehr in die Tiefe gehen, aber ein Teil von mir ist immer noch dort, in jenem Bett, wacht im grellen Sonnenlicht auf und schreit, schreit noch immer, schreit so laut, dass ich selbst jetzt, fast ein Vierteljahrhundert später, den Widerhall eher spüre als höre.

Verstehen Sie, was ich meine, wenn ich davon spreche, nicht zu sehr in die Tiefe zu gehen?

Nachdem ich auf meinen panischen Vater gehört hatte, zum Flughafen von Málaga geeilt und dort ins erste Flugzeug in die Vereinigten Staaten gestiegen war, fand ich keinen Schlaf mehr. Ich weiß nicht, ob es sich um eine posttraumatische Belastungsstörung oder etwas Ähnliches handelte, aber ich habe immer wieder davon geträumt, neben einem gesichtslosen toten Mädchen aufzuwachen. Ich konnte mein Leben nicht einfach fortsetzen. Also sah ich mir die spanischen Nachrichten an, suchte nach Neuigkeiten, fand aber nichts. Dann fing ich an zu trinken. Nur ein wenig, um einschlafen zu können. Ich hatte keinerlei Ehrgeiz mehr, also verschob ich das Medizinstudium um ein Jahr. Dann um ein weiteres Jahr. Dann wurde aus dem wenig Trinken viel Trinken. Ich habe nie angefangen, Medizin zu studieren. Ich habe alle meine Pläne aufgegeben, mein Lebensziel, Arzt zu werden, aus den Augen verloren, all das war in einer Flasche verschwunden wegen eines toten Mädchens, von dem ich jetzt weiß, dass es sehr lebendig ist.

Etwas mehr als zwei Stunden nach Beginn der Vorstellung pingt Polly mich an. Ich drücke auf die Antworttaste, und wir sind in einer Dreierkonferenz. Polly sagt: »Der Fahrer hat gerade seine Rechnung bezahlt. Er macht sich auf den Weg zurück zum Theater.«

Das heißt, dass ich hier nicht mehr einfach rumhängen

kann. Gun Guy würde mich sehen und wahrscheinlich erkennen. Ich gehe zum Kartenkontrolleur auf der anderen Seite der Markise, der nicht gesehen hat, wie ich in der Pause versucht habe hineinzukommen. »Dürfte ich Sie um einen Gefallen bitten?«, frage ich.

»Bitten dürfen Sie.«

»Ich war mit meiner Nichte Pammy in der Vorstellung letzten Donnerstag.«

Hinweis: Wenn Sie lügen, erwähnen Sie Einzelheiten. Namen. Daten. Fakten.

»Okay.«

»Ja, und Pammy fand es toll, und ich hatte gehofft, dass ich kurz reingehen und ihr ein Sweatshirt als Souvenir kaufen könnte.«

»Soweit ich weiß, gibt es die auch im Laden nebenan.«

»Schon«, sage ich, »aber das sind ziemlich billige Kopien. Außerdem – und mir ist klar, dass das ein bisschen sentimental ist – würde ich ihr gern das offizielle Sweatshirt des Theaters schenken. Sie wissen schon. Ein echtes Erinnerungsstück.«

Der Kartenkontrolleur kennt solche Geschichten bestimmt in und auswendig, er ist aber auch nur ein Mensch. »Sie müssen aber warten, bis die Leute herauskommen.«

»Selbstverständlich«, sage ich. »Also, am Verkaufsstand wird es bestimmt voll, kann ich dann vielleicht direkt nach Ende der Vorstellung rein?«

Es braucht noch etwas Überzeugungsarbeit, aber schließlich stimmt der Kartenkontrolleur zu. Als die Show zu Ende ist und die Menge sich von ihren Plätzen erhebt, lässt er mich rein. Ich eile zu den Souvenirverkäufern und tue so, als würde ich mir verschiedene Artikel ansehen. Im anschwellenden Strom der Theaterbesucher, die durch den Ausgang quellen,

verliert er das Interesse an mir. Ich sehe, dass das Parkett Seitenausgänge hat, und fürchte, dass Anna einen von ihnen nehmen könnte. Ich kämpfe gegen den Strom an, bis ich an einer Stelle stehe, von der aus ich alle Ausgänge sehen kann. Mit meinen neuen »AirTods« in den Ohren melde ich mich bei meinen Kursteilnehmern.
»Polly?«, sage ich.
»Bin da«, sagt sie.
»Wo ist der Fahrer?«
»Er geht vor dem Theater auf und ab. Unter der Markise.«
Gut. Das heißt, dass Anna höchstwahrscheinlich vorne rausgehen wird. Meine Augen scannen die Menge, während ich versuche, nicht aufzufallen. Ich will nicht, dass Anna mich zuerst sieht und wieder abhaut. Das irritiert mich übrigens immer noch. Anna – oder Victoria oder wer auch immer – ist in meinen Kurs gekommen. Nicht andersherum. Das kann kein Zufall sein. Dieser Kurs findet im alten öffentlichen Badehaus unten an der Lower East Side statt, da kommt man nicht zufällig vorbei – und schon gar nicht rein.
Sie wollte zu mir. Sie hat mich aufgesucht.
Der Menschenstrom aus dem Saal schwillt an und wird dann wieder lichter. Immer noch kein Zeichen von Anna. Ich frage mich, ob ich sie verpasst habe. Es gibt ja, wie schon gesagt, mehrere Ausgänge. Ich kann sie nicht alle im Auge behalten. Ich gehe näher an den Stehplatzbereich heran und blicke auf die Bühne hinunter.
Da entdecke ich sie.
Sie sitzt noch auf ihrem Platz, mit dem Gesicht zur Bühne, also mit dem Rücken zu mir. Es wirkt, als würde sie sich immer noch die Show ansehen. Oder irgendetwas anderes. Was, weiß ich nicht. Der dunkle kastanienbraune Vorhang ist geschlossen. Ich sehe ihr Gesicht nicht, frage mich aber,

was los ist, warum sie auf ihrem Platz sitzen bleibt. Hat sie keine Lust auf die Menschenmassen? Ist sie vom Musical überwältigt? Will sie einfach noch einen Moment lang die Pracht des kunstvollen Jugendstilinterieurs in sich aufzunehmen? Möchte sie die Zeit, die sie allein in diesem ruhigen Theater verbringen kann, auskosten, bevor Gun Guy sie wieder ihn ihre Gefängnisvilla verfrachtet?

Ich habe keine Ahnung, sehe aber keinen Grund zu warten. Ich gehe den Gang entlang auf sie zu. Ihr Platz ist erstklassig, mittig vorm Orchester in der achten oder neunten Reihe. Mindestens drei-, vierhundert Dollar wert. Ein paar Leute sind noch im Saal, vielleicht zwanzig oder dreißig Personen, aber niemand ist in Annas Nähe.

Ich flüstere ins AirTod-Mikrofon: »Ich schalte mein Mikro ab«, und drücke die Stummtaste.

Polly sagt: »Der Fahrer sieht auf die Uhr und wird langsam ungeduldig.«

Ich gehe weiter, Annas Platz ist der drittletzte in der Reihe. Ich gehe an den Plätzen entlang, setze mich schließlich neben sie. Sie erschrickt und sieht mich an.

»Anna«, sage ich.

»Gehen Sie weg!«

Sie will sich erheben. Ich lege meine Hand sanft, aber bestimmt auf ihren Unterarm und versuche so, sie zum Bleiben zu bewegen, ohne Gewalt anzuwenden. Das ist nicht einfach, und mir ist bewusst, dass ich hier wahrscheinlich eine Grenze überschreite.

Ich versuche es noch einmal. »Anna.«

»Warum nennen Sie mich immer so? So heiße ich nicht.«

Ich sehe ihr in die Augen. Ich habe nicht mehr den geringsten Zweifel, dass es sich um Anna aus Fuengirola handelt, weiß aber auch um die sehr menschliche Fähigkeit des

Geistes, uns unter Zuhilfenahme unserer eigenen Wünsche und Einschätzungen in die Irre zu führen. Also versuche ich, neutral zu bleiben.

»Wäre es Ihnen lieber«, sage ich, »wenn ich Sie Victoria nenne?«

Ihre Augen blitzen kurz auf. Ich habe einen Nerv getroffen.

»Wie haben Sie mich gefunden?«, flüstert sie.

»Ich bin Ihnen von meinem Kursraum aus gefolgt«, sage ich. »Haben Ihnen Ihre Security-Leute nicht gesagt, dass Sie mich hinausbefördert haben, als ich mich auf Ihrem Anwesen aufhielt?«

Verwirrung macht sich in ihrem Gesicht breit. »Wovon sprechen Sie?«

»Ihr Haus in Connecticut. Ich habe mich durch den Wald geschlichen, aber Ihr Fahrer ist mit ein paar Dobermännern und einer Pistole auf mich losgegangen.«

Anna schüttelt den Kopf. »Ich kenne Sie nicht«, sagt sie, ich höre aber den Zweifel in ihrer Stimme. Wieder will sie aufstehen. Als ich fester zugreife, starrt sie erst meine Hand, dann mich an. Ich habe keine Wahl. Ich muss sie loslassen. Sie steht auf. Das mache ich auch und folge ihr die Sitzreihe entlang in Richtung des gegenüberliegenden Gangs.

»Wir haben uns in Spanien kennengelernt«, sage ich.

»Ich war nie in Spanien.«

»In Fuengirola, um genau zu sein. An der Costa del Sol. Vor zweiundzwanzig Jahren.«

Sie geht weiter und schüttelt dabei den Kopf, als wollte sie sich selbst überzeugen.

»Sie täuschen sich.«

»Sie waren es«, sage ich. »Ich dachte, Sie wären tot.«

Das Kopfschütteln wird energischer.

»Sie haben sich Anna genannt. Wir sind uns auf der Tanzfläche der Discoteca Palmeras begegnet. Sie hatten in der Nähe eine Wohnung.«

Sie zögert.

»Ich habe die Daten überprüft«, sage ich. »Das war ungefähr drei Jahre nach Ihrer ...« ich weiß nicht, wie ich es ausdrücken soll, also entscheide ich mich für: »... nach Ihrem Verschwinden.«

In den Kopfhörern sagt Polly: »Der Fahrer spricht mit dem Kartenkontrolleur. Sieht aus, als würde er gleich reingehen.«

Mist.

Anna sagt zu mir: »Ich habe Sie noch nie gesehen.«

»Warum waren Sie dann in meinem Kurs?«

»Ich kann nicht länger bleiben«, sagt sie. »Er wird sich Sorgen machen.«

»Wer?« Die Frage ist vergebens. Ich habe eine Visitenkarte in der Hand, auf der nur mein Name und meine Telefonnummer stehen. »Nehmen Sie die.«

»Was? Nein.«

»Rufen Sie mich an«, sage ich.

Sie schüttelt den Kopf, nimmt die Visitenkarte aber. Dann sieht sie mich an und sagt: »Und das ist nicht gelogen? Sie kannten mich wirklich?«

Bevor ich das bestätigen kann, sagt Polly im Kopfhörer: »Der Fahrer ist jetzt drin.«

»Ihr Fahrer«, sage ich. »Er ist im Theater.«

»Ducken Sie sich!«, sagt sie panisch. Das tue ich. Ich knie mich hin und bleibe unten, als ich Gun Guys Stimme höre: »Hey, alles okay mit Ihnen?«

»Mir geht's gut«, sagt Anna schnell. »Ich ... es tut mir leid. Dieses Theater ist einfach so schön, weißt du?«

»Mhm«, sagt er. Und dann: »Lassen Sie uns lieber gehen.«

Anna nickt. Dann, bevor sie den Gang entlang verschwindet, sieht sie zu mir hinunter und flüstert: »Verraten Sie niemandem, dass Sie mich gesehen haben. Bitte.«

ZWÖLF

Polly beendet die Überwachung des Anwesens in Connecticut. Was sollte das jetzt auch noch bringen? Sie nimmt die U-Bahn-Line C Richtung Downtown zu ihrem Reihenhaus in Greenwich Village. Marty ruft an und sagt, dass er ein paar FBI-Informationen über die Victoria-Belmond-Entführung bekommen hat.

»Zum einen«, sagt er, »wurde der Fall nie aufgeklärt.«
»Hast du die Akte?«
»Einen Großteil.«
»Wo?«
»In meiner Wohnung.«

Er gibt mir die Adresse. Ich sage ihm, dass ich mich sofort auf den Weg mache. Golfer Gary bietet an, mich in die Stadt zu fahren, und ich akzeptiere. Gary fährt einen exklusiven Range Rover.

Wir fahren Richtung Norden zum Central Park. Vom Beifahrersitz aus mustere ich Gary im Profil. Ich schätze ihn auf Anfang fünfzig. Er hat einen klassischen Dad-Körper mit Bierbauch, dünnen Armen und hängenden Schultern. Als ich zwölf war, hat mir mein Vater etwas gesagt, was ich mir Tag für Tag ins Gedächtnis rufe. An einem Samstag im Frühsommer spazierten wir durch den Washington Square Park. Falls Sie dort schon einmal waren, wissen Sie, dass der Park ein Mikrokosmos der ganzen Welt ist, zusammengepfercht auf weniger als vier Hektar. Innerhalb

weniger Minuten trifft man dort jeden erdenklichen Menschentypus.
»Hoffnungen und Träume«, sagte mein Vater mit einem breiten Lächeln und streckte die Arme aus, als wollte er jemanden umarmen.
»Was soll das heißen?«, fragte ich.
Er beugte sich herunter, um mir in die Augen sehen zu können. »Das ist eine gute Faustregel: Wann immer du jemanden siehst – reich, arm, jung, alt, groß, klein, ganz egal –, du darfst eins nicht vergessen: Auch dieser Mensch hat Hoffnungen und Träume.«
Mein Vater hat das nicht weiter ausgeführt. Ich glaube immer noch, dass er das absichtlich nicht getan hat, weil es auf diese Weise eine unendliche Neugierde bei mir geweckt hat. Noch immer denke ich darüber nach, wenn ich jemanden ansehe. Ich glaube, mein Vater wollte mir klarmachen, was Einfühlsamkeit ist. Sie gehen auf der Straße an einem Mann vorbei. Vielleicht ist er wütend, wirkt bösartig oder schlägt sogar um sich. Oder jemand ist hässlich, dumm oder was auch immer. Irgendwie wollte mein Vater, dass ich daran denke, dass unter all diesen Auswüchsen ein menschliches Wesen mit Hoffnungen und Träumen steckt. Es ist ein simpler Gedanke. Hoffnungen und Träume. Und vielleicht wurden die Hoffnungen und Träume der Person mit dem unscheinbaren Äußeren im Laufe der Zeit zerstört. Was keine Rolle spielt. Denn Hoffnungen und Träume sterben nicht. Sie mögen irgendwo erstarrt sein, werden aber nie ganz verschwinden.
Vergessen Sie das nicht.
»Gary?«
»Hmm?«
»Wie sehen deine Pläne aus?«, frage ich.
»Pläne?«

Jeder Mensch hat Hoffnungen und Träume, denke ich, und damit hat auch jeder seine eigene Geschichte. Jeder Mensch, dem man begegnet, lebt seinen ganz persönlichen Roman, der sich von allen anderen unterscheidet.

»Wo wohnst du?«, frage ich. »Was machst du beruflich? Was hat dich veranlasst, in meinen Kurs zu kommen?«

»Hast du immer ein persönliches Interesse an deinen Kursteilnehmern?«

»Klar«, sage ich. »Besonders an denen, die mich in einem teuren Range Rover herumkutschieren und Shirts von noblen Golfclubs tragen.«

Er lächelt und steuert jetzt mit den Handgelenken. »Spielst du Golf?«

»Nie.«

»Woher weißt du dann, dass die Logos auf meinen Shirts von noblen Golfclubs sind?«

»Google.«

Er nickt.

»Du spielst oft, oder Gary?«

Sein Griff ums Lenkrad wird fester. »Das habe ich.«

»Nicht mehr?«

»Nicht mehr«, wiederholt er.

»Pass auf«, sage ich, »wenn du nicht darüber reden willst ...«

»Nein, ich versteh das schon«, sagt er. »Es ist seltsam, dass ich deinen Kurs besuche. Ich passe nicht ins normale Profil, aber wenn ich mir die anderen Teilnehmer so angucke, scheint es irgendwie auch kein klares Profil zu geben, oder?«

»Das ist eine ziemlich wilde Mischung«, stimme ich zu.

»Darf ich dich was fragen?«

Ich breite die Hände aus. »Ich bin wie ein offenes Buch.«

»Bist du verheiratet?«

»Ja, bin ich.«
»Kinder?«
»Ein Sohn. Ein Jahr alt.«
»Toll«, sagt Gary.
»Ja.«
»Ich hab dich gegoogelt, bevor ich in den Kurs gekommen bin.«
»Ja«, sage ich. »Das hast du schon erwähnt.«
»Es heißt, du wärst gefeuert worden, weil du gegen die Vorschriften verstoßen hast. Du hättest einen Zeugen gefährdet, indem du ihn auf ein Dach gejagt hast ...«
»PJ Dawson.«
»... außerdem sollst du etwas Unrechtmäßiges getan haben, was dazu geführt hat, dass jemand umgekommen ist.«
»Kommt da noch eine Frage, Gary?«, werfe ich ein. »Vergiss es. Ich erspare dir die Mühe. Ja, das stimmt.«
»Viele Leute waren der Ansicht, dass man dich vor Gericht hätte stellen müssen.«
»Diese Leute könnten recht haben«, sage ich. »Im Endeffekt ist es auf einen Deal herausgelaufen. Ich habe gekündigt. Dadurch habe ich sämtliche Pensionsansprüche verloren. Im Gegenzug haben sie mich nicht angeklagt.«
»Das tut mir leid«, sagt er.
»Ich hab richtig Mist gebaut«, erwidere ich. Und als ich das sage, rutscht er auf dem Sitz nach hinten und setzt sich gerade hin, ohne den Blick von der Straße zu nehmen. Ich beschließe, ihm einen sanften Stups zu geben. »Und wie sieht's bei dir aus, Gary? Frau, Kinder, irgendetwas?«
»Geschieden«, sagt Gary, und wieder sehe ich, wie ihm ein Schatten übers Gesicht huscht. »Zwei Töchter. Ellie ist neunzehn. Sie ist seit diesem Jahr auf der Clemson University. Tanya ist in ihrem letzten Highschool-Jahr.«

»Siehst du sie oft?«

Gary zuckt die Achseln. »Nicht so oft, wie ich es mir wünsche. Sie leben bei ihrer Mutter in Short Hills. Sagt dir das was?«

Short Hills ist eine noble Enklave in New Jersey. Das große Geld ist da zu Hause. »Ja, das kenn ich.«

»Wendy und ich haben unsere Mädchen dort großgezogen. Sie sind auf die Pingry School gegangen.«

»Teuer«, sage ich.

»Damals hatte ich meinen eigenen Hedgefonds. Wir haben in einer Sieben-Zimmer-Villa in der Dorset Lane gewohnt. Wendy und ich waren vierundzwanzig Jahre lang verheiratet.«

Er blickt mich an, dann wieder auf die Straße. »Liebt deine Frau dich?«

»Ja«, sage ich.

»Ich glaub nicht, dass Wendy mich je geliebt hat. Aber vielleicht bin ich da unfair. Ich hab ihr Leben zerstört. Das muss man so sagen. Ich dachte, wir würden drüber hinwegkommen. Aber das konnte sie nicht. Deshalb bin ich jetzt allein. Ich hab keinen Job. Wendy ist jetzt mit einem alten Freund von mir zusammen. Und den Mädchen ist es peinlich, mit mir gesehen zu werden. Also Tanya zumindest. Ellie kommt besser damit klar.«

»Tut mir leid.«

Er lächelt. »Ich hab richtig Mist gebaut.«

»Verrätst du mir, was du angestellt hast?«

»Das würdest du mir sowieso nicht glauben.«

»Ich bin ein ziemlich guter Zuhörer«, sage ich. »Und ich urteile nicht.«

»Aber du spielst kein Golf.«

Ich hebe die Hände in einer spielerischen Geste der Kapitulation. »Nimm's mir nicht übel. Aber ganz ehrlich, das ist ein total bescheuerter Sport, der viel zu viel Raum und Zeit in Anspruch nimmt.«

»Dem kann man kaum widersprechen«, sagt er. »Schon mal was von Vine Ridge gehört?«

Ich überlege. »Das klingt nicht völlig fremd.«

»Es ist ein exklusiver Golfclub. Da wurden auch schon mehrere PGA-Turniere ausgetragen, darunter die US Open vor zwölf Jahren.«

»Okay, ja, dann hab ich das wahrscheinlich aus dem Fernsehen.«

»Vine Ridge steht auf einer Stufe mit Augusta, Pine Valley, Merion und Winged Foot.«

»Okay«, sage ich noch einmal, obwohl mir diese Namen nichts sagen.

»Wendy und ich waren beide langjährige Mitglieder. Wendy sogar schon in der dritten Generation. Na ja, gewissermaßen. Frauen können nicht Mitglied werden. Ihr Großvater und ihr Vater waren es. Aber das ist ja irgendwie das Gleiche. Ich war ein wirklich guter Amateur-Golfer. Ich habe fürs Golf-Team von Amherst College gespielt. Da habe ich Wendy auch kennengelernt. Als wir nach unserer Hochzeit als Juniormitglieder beigetreten sind, war ich also offiziell das Mitglied. Weil eben nur Männer Mitglieder werden können. Verstehst du?«

»Ich glaub schon. Ist ein bisschen sexistisch.«

»Extrem sexistisch«, sagt er. »Aber Wendy war das egal. Sie hat Vine Ridge geliebt. Sie ist da ja auch gewissermaßen aufgewachsen. Sie hat schon als kleines Mädchen mit ihren Eltern und Großeltern, ihren Onkeln und Tanten jeden Sommer dort verbracht, verstehst du?«

»Klar«, sage ich.

»Wendy und ich sind drei- oder viermal pro Woche im

Club essen gegangen. Immer mit Freunden. Da haben wir oft zu sechst oder zu acht am Tisch gesessen. Alle haben viel gelacht und getrunken. Wendy hat im Club jeden Dienstag die Neun-Loch-Serie der Frauen und mittwochs Tennis gespielt. Ich war einer der besten männlichen Spieler im Club. Wir kannten einfach jeden.«

Gary atmet tief durch, greift bei einer Linkskurve aufwendig um.

»Vor drei Jahren habe ich gegen Richard Belthoff um die Vereinsmeisterschaft gespielt. Ich hatte zum ersten Mal das Finale erreicht. Vorher hatte ich zwei Jahre hintereinander im Halbfinale verloren, einmal gegen Richard wegen einer ziemlich umstrittenen Entscheidung. Er hat seinen Ball hinter einen Baum geschlagen, dann aber einen Free-Drop bekommen, weil er behauptete, sein Ball sei in einem Erdhörnchenloch gelandet. Ist doch nicht zu glauben, oder?«

»Nein«, sage ich, obwohl ich ihm nicht ganz folgen kann.

Gary schüttelt kurz den Kopf. »Richard und ich waren Freunde, aber wir waren auch beide sehr ehrgeizig. Ich werde versuchen, mich kurz zu fassen, denn es ist schwer, darüber zu reden, und wahrscheinlich interessiert es dich nicht.«

»O doch, das tut es.«

Gary lächelt und schüttelt den Kopf. »Es geht um die Clubmeisterschaft. Wir kommen ans achtzehnte Loch. Das ist das letzte. Und es stand unentschieden. Weißt du, es war ein Lochspiel. Da wird jedes Loch für sich gezählt, man kann es also gewinnen, verlieren oder unentschieden spielen. Ich hatte vier Löcher gewonnen, er hatte vier gewonnen und die anderen neun waren unentschieden ausgegangen. Es hing also alles an diesem letzten Loch, ein Par 3 über die Bäume. Es ist das Signature Hole von Vine Ridge, weil man das Grün vom Abschlag aus nicht sieht.«

»Jedenfalls ist Folgendes passiert. Ich habe zuerst abgeschlagen und hatte das Gefühl, dass ich gut getroffen hatte. Wegen eines kürzlichen Sturms waren die Bäume aber noch nicht geschnitten worden. Daher ragte noch ein Ast heraus. Wir haben gehört, wie mein Ball ihn getroffen hat. Ich war fix und fertig. Ich weiß noch, dass Richard sich ein Lächeln verkneifen musste. Erst war ich total niedergeschlagen, aber dann hab ich kurz nachgedacht und hatte wieder Hoffnung. Der Ball konnte trotzdem auf dem Fairway oder vielleicht in einem Sandbunker gelandet sein. Also eilten wir hinunter. Richards Ball lag am Rand des Grüns, aber es war trotzdem noch ein schwieriger Zwei-Putt. Wenn ich meinen Ball fand und einen ordentlichen Chip hinbekam, wäre alles in Ordnung. Aber ich fand ihn nicht. Wir dachten alle, dass der Ball von dem blöden Ast, der nicht mehr hätte da sein dürfen, abgeprallt und tief im Unterholz gelandet war. Würde der Ball nicht innerhalb von fünf Minuten gefunden, bekäme ich einen Strafschlag und das Spiel wäre im Grunde genommen vorbei. Richard Belthoff hätte gewonnen. Im Nachhinein betrachtet ... ich meine, wen kratzt das schon? Dein Name wird in eine Holztafel im Men's Grill graviert. Na super. Aber, na ja, ich wollte halt unbedingt gewinnen. Was weiß ich, warum. Ich war immer noch wütend darüber, dass Richard mich letztes Jahr mit der Erdhörnchen-Story betrogen hatte. Also dachte ich, das wäre der Ausgleich für das Jahr zuvor. Ich hätte damit ja noch nicht gewonnen. Mit etwas Glück stünde es nach dem achtzehnten Loch immer noch unentschieden. Dann würde es zu einem Extra-Loch im Sudden-Death-Modus kommen, was fair gewesen wäre, und ich hätte nicht wegen eines Zufallstreffers gegen einen blöd herausragenden Ast verloren.«

»Was hast du getan, Gary?«

»Mein Golfball ist ein Titleist Pro V1 mit meinen Initialen GG. Das mache ich immer so. Ich schreibe meine Initialen mit einem roten Stift drauf. So wissen alle, dass es mein Ball ist. Und natürlich haben alle Golfer ein oder zwei zusätzliche Bälle in der Tasche. Damit man nicht zurückgehen und seine Tasche durchwühlen muss, wenn man einen ins Unterholz oder ins Wasser schlägt.«
»Okay.«
»Als niemand hinsah, habe ich meinen Ersatzball aus der Tasche geholt und ihn hinter dem Sandloch auf der rechten Seite fallen lassen.«
Ich nicke. »Und was dann? Hast du behauptet, dass du ihn dort gefunden hättest?«
Er lächelt. »O nein, das hätte Verdacht erregt. Ich bin tiefer ins Unterholz gegangen, habe dort gesucht und so getan, als wäre ich ein toller Typ, der nette Kerl, der einfach nur Pech hatte, weil sein Ball unglücklich abgeprallt ist. Ja, so war ich. Der nette Kerl. Alle im Club mochten mich. Also habe ich mich verzogen und gehofft, dass jemand anders meinen Ball findet. Und tatsächlich hat Belthoffs Caddy Manny plötzlich gerufen: ›Hey, hier ist er.‹ Ich hab tatsächlich die Augen geschlossen, als Manny das rief. Ich hatte beinah gehofft, dass keiner ihn findet. Dann hätte ich immer noch zurückgehen und ihn wieder wegnehmen können. Aber als ich den Ball einmal dort fallen gelassen hatte ...«
»Und was ist dann passiert?«
»Ich tue ganz überrascht und erleichtert. Dann nehme ich mein Lob Wedge, mache zwei Probeschwünge und schlage den Ball aufs Grün. Ich will nicht prahlen, aber das war der Chip meines Lebens. Es ist nur noch ein Ein-Meter-Putt für das Par. Inzwischen sind sämtliche Clubmitglieder von der Aussichtsplattform zum letzten Loch heruntergekommen.

Sie haben Getränke in der Hand. Wendy ist da. Ihr Vater. Ihr Onkel. Vielleicht vierzig oder fünfzig von unseren Freunden. Und jetzt ist Richard an der Reihe. Er richtet seinen Putt aus. Manny hilft ihm beim Lesen des Grüns. Wenn er es schafft, gewinnt er, aber ich, na ja, es sind rund zehn Meter zum Loch. Höchstwahrscheinlich wird er es als Zwei-Putt spielen. Das bedeutet, dass ich meinen Ein-Meter-Putt machen muss, um das Sudden Death zu erzwingen, und dann fangen wir wieder bei null zu null an. Wir würden dann so lange spielen, bis ein fairer Sieger feststeht. Richard schlägt also seinen langen Putt. Es ist ein wirklich guter Schlag. Der Ball rollt genau aufs Loch zu, aber – puh – er bleibt kurz davor liegen. So sieben, acht Zentimeter davor. Die Zuschauer stöhnen auf und applaudieren dann höflich. Dann richten sich alle Blicke auf mich. Ich mache mich bereit. Ich muss diesen Ein-Meter-Putt lochen. Richard geht zu seinem Ball, um seinen Acht-Zentimeter-Tap zu spielen ...«

Er bricht ab. Tränen schießen ihm in die Augen.

»Gary?«

Er schüttelt den Kopf.

»Was ist passiert?«

Er blinzelt heftig. Er sieht aus, als würde er gleich anfangen zu schluchzen.

»Schon okay«, sage ich. »Wir können ...«

»Nein«, unterbricht er mich etwas zu laut. »Ich habe die Geschichte noch nie erzählt. Ich muss da jetzt durch.«

Ich warte.

Gary schluckt, seine Wangen zittern, und er stößt einen schweren Atemzug aus. »Richard will also seinen Acht-Zentimeter-Putt ins Loch tappen«, sagt er und fährt wieder hoch. »Und dann sieht er ihn.«

»Was sieht er?«, frage ich.

»Es liegt schon ein Ball im Becher.«
Er dreht den Kopf und sieht mich an. Ich fühle mit ihm. »Mein erster Ball«, sagt er, obwohl ich das schon vermutet hatte. »Mein erster Ball, den ich vom Tee geschlagen habe. Der, der den Baum getroffen hat. Ich glaube, es war wirklich ein Zufallstreffer am Ast, aber der Ball wurde nicht ins Unterholz gelenkt. Er ist aufs Grün gerollt und ins Loch gefallen. Ich hatte ein Hole-in-One geschlagen.«
Ich sage nichts.
»Richard bückt sich langsam und nimmt den Ball heraus. Meine Initialen sind ganz deutlich darauf zu erkennen. Alle schweigen ... und wissen Bescheid. Ich hatte ein Hole-in-One geschlagen – und mich als Betrüger geoutet.«
Gary schweigt jetzt. Ich fürchte, dass ich jetzt etwas Dummes oder Herablassendes sagen werde, wie: »ein unglücklicher Ausrutscher«, »hey, wir haben alle unsere Momente« oder »das ist doch eigentlich kein großes Ding«. Aber ich habe es verstanden. Noch bevor Gary es näher erklärt: Der Betrugsversuch hat das Leben, das er kannte, zerstört. Gary war auf der Stelle ein Aussätziger. Wir bauen gerne Menschen auf. Noch lieber ziehen wir sie jedoch in den Abgrund. Keiner wollte mehr mit ihm spielen. Sie wurden nicht mehr zum Essen eingeladen. Die örtliche Onlinezeitung, der *Short Hills Patch*, bekam Wind von der Sache und veröffentlichte sie. Ihre Freunde gingen auf Distanz. Gary schlug vor, dass sie umziehen und ganz neu anfangen sollten. Sie besaßen noch ein Haus am Old Marsh Golf Club in Florida, könnten dort hinziehen. Aber die Geschichte war schon bis Old Marsh durchgedrungen. Und Wendy liebte dieses Leben. Sie wollte es nicht aufgeben, doch es bot sich kein Ausweg. Also wählte Wendy die einzige Möglichkeit, die ihr blieb, um dieses Leben fortsetzen zu können: Sie ließ sich von ihm scheiden.

»Sie hat das Krebsgeschwür weggeschnitten, damit sie überlebt«, sagt Gary. Inzwischen hatte sie eine Beziehung mit einem von Garys alten Freunden angefangen – ironischerweise Richard Belthoffs Cousin –, dessen Frau vor Kurzem gestorben war. Dann hatte der Rest des Krebsgeschwürs gestreut. Viele von Garys Investoren waren Clubmitglieder gewesen. Viele von ihnen zogen ihr Geld aus seinem Hedgefonds ab.

Am Ende hatte Gary alles verloren.

»Meine Mitgliedschaft wurde natürlich auch gekündigt«, sagt Gary. »Ich spiele nicht mehr Golf. Aber aus irgendeinem Grund trage ich noch immer diese Kleidung. Vielleicht als Erinnerung. Zur Strafe. Mein persönliches Schandmal in Form schlechter Golfmode.«

Wieder will ich einfach sagen: »Du hast dich im Strudel der Ereignisse verheddert und einen kleinen Fehler gemacht«, weiß aber, dass ich ihm nicht so kommen darf, weil es eine Beleidigung wäre. Wollen Sie die harte Wahrheit hören? Im Leben geht es nicht um die großen Fehler. Es geht um die kleinen. Stellen Sie sich die dünne Auslinie beim Fußball oder einem anderen Spiel vor. Die alles entscheidenden Fehler werden direkt an dieser Linie gemacht, an dieser Linie, die jemand festgelegt hat, über die man dann immer wieder trampelt, sodass sie schließlich völlig zertreten ist, und plötzlich sehen Sie, wie der Ball diese Linie ganz knapp überquert hat, aber vielleicht erwischen Sie ihn ja noch rechtzeitig und können ihn wieder ins Spiel bringen, bevor es jemand sieht. Das sind die Fehler, die man nicht vergisst, die kleinen Fehler, die nicht hätten passieren dürfen – die Fehler, die dich nicht wieder loslassen und dein Leben verändern.

Also komme ich Gary nicht mit tröstenden Worten. Er ist am Boden zerstört. Ein paar Psychiater, die ich kenne, würden sagen, dass Gary das mit Absicht gemacht hat. Dieses Country-Club-Leben hat ihn erdrückt, und so sah er den einzigen Ausweg in einem Akt der Selbstzerstörung. Ich bezweifle, dass das der Fall war, aber warum soll man sich nicht auf diese Weise mit der Situation anfreunden?

»Gary«, sage ich.

»Ja.«

»Ich freu mich, dass du bei mir im Kurs bist.«

Er lächelt. »Ich mich auch, Mann. Ich mich auch.«

DREIZEHN

Marty wohnt in einem dreistöckigen Penthouse in The Beresford, dem berühmten Gebäude am Central Park West in der Nähe vom American Museum of Natural History. Als Marty dort einzog, habe ich den Preis auf StreetEasy gegoogelt. Ja, es geht mich nichts an, aber das ist nun einmal die Welt, in der wir leben. Ich habe die Regeln nicht gemacht. Es wurde für neunzehn Millionen Dollar angeboten, dann aber »deutlich unter« Marktwert verkauft, weil der vorherige Bewohner ein notorischer Messie und Krimineller war, der einen gestohlenen Vermeer in der Wohnung versteckt hatte. Also hatte Marty ein »Schnäppchen« gemacht und nur vierzehn Millionen gezahlt.

Nein, Marty, der noch keine dreißig ist, hat dieses Haus nicht von seinem Polizistengehalt gekauft. Er wurde reich geboren. Sehr reich. Seine Familie lebt in Houston und ist das, was wir früher Ölbarone nannten. Er ist quasi Ölbaron in vierter Generation.

Wir sitzen auf der Terrasse mit Blick auf den Central Park. Das Beresford ist bekannt für die achteckigen Türme, die an drei Ecken aus dem zweiundzwanzigstöckigen Gebäude ragen, nur an der Nordwestecke befindet sich aus irgendeinem Grund keiner. Einer dieser Türme gehört zu Martys Wohnung. Er ragt direkt neben uns auf.

»Du sollst wissen«, sagt Marty, »dass wir großzügige Ressourcen zur Verfügung stellen werden, um Tad Grayson erneut zu überführen.«

Ich antworte nicht. Ich will nicht behaupten, dass hieraus nicht echte Anteilnahme spricht, aber richtig reinhängen wird sich deswegen im Department niemand. Das ist keine Kritik. Das ist einfach der Lauf der Welt. Wenn Nicole Gerechtigkeit widerfahren soll, muss ich selbst dafür sorgen.

»Aber deshalb bist du nicht hier«, sagt Marty.

»Bin ich nicht.«

»Kommen wir also zur Sache. Der Victoria-Belmond-Fall ist mehr als bizarr.«

Marty reicht mir irgendeinen Power-Shake. Er ist grün. Marty liebt Power-Shakes, Sport und gesunde Ernährung, und so sieht er auch aus. Es ist schwer, sich einen körperlich perfekteren Menschen als Marty vorzustellen. Groß, gut aussehend, muskulös, umwerfend, während ich eher wie etwas aussehe, das ganz unten im Wäschekorb vergessen wurde. Aber in der kurzen Zeit als Partner beim NYPD waren wir ein gutes Team.

»Ich höre«, sage ich.

»Erstens ist die FBI-Akte unter Verschluss, versiegelt, geheim, privat, nicht im Computersystem. Nur die Top-Leute haben Zugang.«

»Hast du eine Idee, warum das so ist?«, frage ich.

»Eigentlich nicht, nein.«

»Wann werden FBI-Akten eigentlich unter Verschluss gehalten?«

»Willst du die offizielle Begründung? Sie lautet, dass der Inhalt der Akte, ich zitiere, ›von nachrichtendienstlicher Bedeutung ist und ein Bedrohungspotenzial davon ausgeht, sie also Auswirkungen auf die nationale Sicherheit hat.‹ Manche Dateien werden auch unter Verschluss gehalten, um Quellen oder Ermittlungsmethoden zu schützen oder um Beweise zu sichern. In diesem Fall geht es meiner Meinung nach jedoch um die Privatsphäre. Zu Dateien, die private Informationen über Einzelpersonen enthalten, wird der Zugang oft eingeschränkt, sofern die Betroffenen genug Einfluss geltend machen können. Aber wie ich schon sagte, der Fall Victoria Belmond ist sehr seltsam – das fängt schon mit der Nacht an, in der sie verschwand.«

»Inwiefern?«, frage ich.

»Wir haben da diese reichen Highschool-Abgänger, die für Silvester ein Zimmer über einer Bar mieten. Das weißt du, oder?«

»Ja.«

»Dann kommen wir zu zweitens: Niemand hat Victoria Belmond als vermisst gemeldet, weil ihre Eltern verreist waren und alle dachten, sie würde sich in irgendeiner von Freundinnen oder Freunden gemieteten Hütte aufhalten.«

»Das weiß ich auch.«

»Okay, und außerdem wissen wir beide, wie entscheidend die ersten achtundvierzig Stunden nach einer Entführung für die Ermittlungsarbeiten sind.«

»Richtig.«

»Hier hat es etwa drei- oder viermal so lange gedauert, bis die Strafverfolgungsbehörden die Sache endlich ernst nahmen. Und auch dann noch haben diese Highschool-Kids allesamt erst einmal nichts davon gesagt, dass sie in der Silvesternacht auf dieser Party waren. Als die Polizei schließlich Wind davon bekam, haben sie sich hinter Anwälten verschanzt. Oder ihre Eltern haben dafür gesorgt, dass sie sich hinter Anwälten verschanzten.«

»Verdächtig«, sage ich.

»Ja und nein. Die Kids waren minderjährig und haben die

Feier mithilfe gefälschter Ausweise ausgerichtet. Alle hatten gerade Studienplätze an verschiedenen Elite-Colleges bekommen, was, wie du weißt, für die Menschen in dieser Gesellschaftsschicht mehr als alles andere bedeutet.«

Ich verziehe das Gesicht: »Sie haben sich also Anwälte genommen, weil sie befürchteten, ihre College-Zulassungen zu verlieren?«

Marty lächelt. »Was? Fällt es dir schwer, das zu glauben?«

»Eigentlich nicht, nein.«

»Das machen die Reichen so – sie nehmen sich Anwälte. Vorsicht ist besser als Nachsicht. Die College-Zusage hätte wahrscheinlich schon gereicht, aber vielleicht haben sich die Eltern auch Sorgen gemacht, dass ihr Kind etwas Schlimmeres angestellt haben könnte.«

»Zum Beispiel?«

»Ich weiß nicht. Dass sie sich betrunken haben und in einen Streit mit Victoria geraten sind oder so etwas. Vergiss nicht, dass das noch ganz am Anfang war. Die meisten Leute dachten damals, dass Victoria entweder ausgerissen ist, oder dass man ihre Leiche irgendwo findet. Der juristische Rat der Anwälte lautete jedenfalls, dass sie den Mund halten sollten.«

»Und währenddessen«, sage ich, »wurde die Spur immer kälter.«

»Genau. Als das juristische Geplänkel erledigt war – Verzichtserklärungen, Vertraulichkeitsvereinbarungen und so weiter – und die Jugendlichen befragt wurden, kam nichts dabei heraus. Niemand erinnerte sich, gesehen zu haben, wie Victoria die Party verließ. Und es erinnerte sich auch niemand daran, ob es irgendeinen Zwischenfall gab, an dem sie beteiligt war.«

Ich überlege. »Victoria hatte doch einen Freund, oder?«

»Gewissermaßen. Trevor Rennie, ein Junge aus einem falschen Viertel, was in diesem Fall bedeutete, dass seine Eltern nur ein paar hundert Riesen im Jahr verdienten. Die Polizei hat Trevor unter die Lupe genommen, es sprach aber alles dafür, dass sie sich ein paar Wochen vor der Party getrennt hatten.«

»War Trevor auf der Party?«

»Ja, das war er, aber überleg doch mal, Kierce. Ich meine, jetzt, aus der Distanz.« Marty hebt die Hände. »Wie hätte es der Freund sein können? Oder sonst einer ihrer Mitschüler? Wenn ihre Leiche tatsächlich ein paar Tage später gefunden worden wäre, hätte man sich bestimmt auf diesen Trevor Rennie konzentriert. Aber das war ja nicht der Fall. Glaubst du wirklich, dass ein Highschool-Kid eine Klassenkameradin entführen und elf Jahre lang gefangen halten könnte? Elf Jahre, Kierce.«

Da war was dran. »Du hast recht«, sage ich. »Das passt nicht.«

»Ich halte noch einen weiteren Punkt für seltsam.«

»Erzähl.«

»McCabe's Pub war zwar bereit, darüber hinwegzusehen, dass es sich um Minderjährige handelte, sie konnten die Gesetzeslage aber nicht völlig ignorieren, weil sie damit ihre Lizenz aufs Spiel gesetzt hätten.«

»Worauf willst du hinaus?«

»Ich will darauf hinaus, dass die Person, die den Raum für die Party angemietet hat, volljährig sein musste. Und die durfte bei der Vertragsunterzeichnung auch keinen gefälschten Ausweis vorlegen oder so etwas.«

»Und wer hat den Raum angemietet?«

»Victoria Belmonds älterer Bruder Thomas.«

Ich denke darüber nach. »Interessant.«

»Oder auch völlig bedeutungslos«, sagt Marty. »Das FBI hat ihn damals vernommen. Thomas hat das Ganze bestätigt und gesagt, dass seine Schwester einen Volljährigen gebraucht hätte, um den Raum anzumieten, und dass er sich dazu bereit erklärt hatte. Angeblich standen Thomas und Victoria sich sehr nahe.«

»Thomas Belmond ist doch vorbestraft, oder?«

»Er hat als Jugendlicher immer wieder in Schwierigkeiten gesteckt. Trunkenheit am Steuer. Kleinere Drogendelikte. Ein paar Entziehungskuren. Festnahme wegen einer Kneipenschlägerei. Es gab Gerüchte, dass er Frauen gegenüber aggressiv geworden sei, wenn du weißt, was ich meine, aber das war alles vor MeToo, und vermutlich wurde das meiste davon mit Geld aus der Welt geschafft.«

»Was macht Thomas Belmond heute?«

»Er ist verheiratet und arbeitet im Familienunternehmen, aber ... Moment. Ich google das mal eben.« Marty beugt sich über seinen Laptop, tippt etwas hinein und nickt. »Ja. Laut seiner Biografie ist er Executive Vice President bei der Belmond Corporation und lebt mit seiner Frau Madeline und den beiden Töchtern Vicki und Stacy in Greenwich, Connecticut.«

Marty dreht den Laptop so, dass ich ihn sehen kann. Auf der Website ist auch ein Foto von Thomas in einem blauen Blazer mit grüner Krawatte. Ich habe ihn schon einmal gesehen. Thomas. Kurz: T. Der T-ster.

Kleiner-T.

Marty mustert mein Gesicht. »Du kennst ihn?«

»Ja«, sage ich. »Er hat gedroht, mich umzubringen.«

***

Seit fünfunddreißig Jahren treffen sich die Kierces jeden zweiten Donnerstagabend in einem chinesischen Restaurant in West Orange, New Jersey, zum Familiendinner. Nicht weit von dem Ort entfernt, an dem ich aufgewachsen bin. Nachdem mein Vater und meine Mutter in die Vereinigten Staaten eingewandert sind, lebten sie zuerst in Newark, bis sie schließlich in ein Zweifamilienhaus im nahe gelegenen Orange zogen. Das Haus teilten sie sich mit den Weinbergs. Sam Weinberg, der Patriarch, und mein Vater wurden bald beste Freunde. Die gesamte Weinberg-Großfamilie – Sam, Sams Eltern, seine Schwester, sein Bruder, ihre Kinder – traf sich samstagabends zum »Familiendinner« im Golden China im Essex-Green-Einkaufszentrum. Meistens kamen zwischen zehn und fünfzehn Personen. Mein Vater bewunderte die Weinbergs, fand die Idee toll und übernahm das Konzept für seine eigene Familie.

Auch wir haben im Golden China angefangen, als das dann schloss, probierten wir ein Shun Lee, das aber zu teuer war, und jetzt treffen wir uns im Moon Garden. Unsere Familie war nie so groß wie die der Weinbergs. Jahrelang waren wir nur zu viert – mein Vater, meine Mutter, meine ältere Schwester und ich. Auch heute Abend sind wir wieder zu viert – Molly, Henry, mein Vater und ich.

Dad bestellt immer das Gleiche – Dim Sum, Garnelen mit Hummersauce, Bratreis, Rippchen. Gelegentlich nimmt er noch etwas anderes, offenbar sagt es ihm aber nie so zu, dass es Eingang in seine reguläre Bestellung findet. Meine Mutter ist vor acht Jahren an Eierstockkrebs gestorben, was meinen Vater plötzlich zu einem begehrten Witwer machte. Das stört ihn keineswegs. Er hat viele Verabredungen, ist zu dem geworden, was wir früher einen Casanova nannten, und obwohl er uns fünf oder sechs seiner »Freundinnen« vorgestellt hat, wurde keine von ihnen jemals zum Familiendinner eingeladen.

»Sie sind schön und klug, und ich genieße ihre Gesellschaft«, sagte mein Vater einmal zu mir, nachdem er ein paar Woodford-Reserve-Bourbons zu viel getrunken hatte. Dann tippte er mit dem Zeigefinger auf seine Brust. »Aber mein Herz hat nur deine Mutter erreicht.« Mein Vater ist der Inbegriff von Grandezza. Er trägt altmodische Anzüge. Er hat einen dünnen, perfekt symmetrischen Schnurrbart, sein drahtiges Stahlwollhaar ist mit viel Pomade nach hinten gekämmt. Er hat immer einen Kamm in der Tasche. Er sieht aus wie ein Mann, der einer Frau die Tür aufhalten würde, auch wenn er es nicht tut.

Henry ist jedes Mal ganz aufgeregt, wenn er seinen »Pahpah« sieht – sein Gesicht leuchtet auf, und er strampelt wild mit den Füßen, als wollte sein Körper ausdrücken, was er noch nicht in Worte fassen kann. Molly verehrt meinen Vater ebenfalls und hat mir einmal erzählt, dass er für sie »letztlich den Ausschlag gegeben« hat. »Man hört oft, dass eine Frau mit den Jahren ihrer Mutter immer ähnlicher wird«, hatte Molly erläutert. Als sie meinen Vater kennenlernte, habe sie gehofft, dass das auch für Männer gelten würde. Das ist zwar eine schöne Idee, ich habe aber im Leben nie so etwas wie Grandezza besessen und komme auch sonst viel mehr nach meiner Mutter.

Ich versuche, nicht abgelenkt zu wirken, während ich die Hummersauce in meinen Bratreis rühre, aber mein Vater und meine Frau sind die beiden Menschen, die mich am besten kennen. Ich kann ihnen nichts vormachen. Henry sitzt im Hochstuhl, seine Hand ist voller Reis und aus seiner winzigen Faust quillt das Innere eines Dim-Sum-Knödels. Molly steht auf und nimmt ihn hoch.

»Ich geh ihn umziehen«, sagt sie.

»Das kann ich doch machen«, sage ich.

»Lass nur. Ich muss sowieso zur Toilette.«

Es ist eine jämmerliche Ausrede, aber ich verstehe sie. Sie will Dad und mir ein paar Minuten allein geben. Ich wollte eigentlich schon den ganzen Abend mit ihm reden, aber stattdessen habe ich mich die ganze Zeit davor gedrückt – schließlich meiden mein Dad und ich dieses Thema schon fast ein Vierteljahrhundert lang.

Dad nutzt die Gelegenheit. »Der Mörder von Nicole ist also wieder frei.«

Das ist nicht das Thema, das ich im Kopf hatte, aber: »Ja«, sage ich.

»Wie kommst du damit zurecht?«

»Gut.«

»Reizt es dich nicht, die Dinge selbst in die Hand zu nehmen?«

»Ob es mich reizt? Schon möglich. Werde ich diesem Reiz nachgeben? Auf keinen Fall.«

Dad kneift die Augen zusammen. Vermutlich glaubt er mir.

»Es ist noch was anderes, oder?«

Ich sehe ihn an. Ich sage kein Wort. Ich sehe ihn einfach nur an. Und er weiß es. »Ach, verdammt.« Er lehnt sich zurück und legt die Hand auf die Stelle unter seiner Fliege. »Erzähl.«

Das tue ich. Ich erzähle kurz von dem Kurs, dass Anna da aufgetaucht ist, dass ich ihr gefolgt bin und von unserem Treffen im Musical-Theater am Times Square. Dabei muss ich immer wieder an das Ferngespräch aus Spanien denken, und an die Panik in der sonst so ausgeglichenen Stimme meines Vaters:

»*Fahr einfach zum Flughafen. Jetzt sofort. Sprich mit niemandem. Nimm die nächste Maschine nach Hause. Oder irgendwohin in die USA. Ganz egal, in welche Stadt ...*«

Beim Zuhören tippt mein Vater mit dem Finger auf den Tisch. Als ich fertig bin, sagt er: »Ich will dir nicht zu nahetreten, aber bist du dir sicher, dass es dieselbe Frau ist?«
Ich antworte nicht.
Er klopft weiter. »Dir ist bestimmt klar, dass das eine gute Nachricht ist. Es bedeutet, dass du sie nicht ...«
Ich spüre, wie etwas in mir aufwallt, aber was er sagt stimmt. Ich hatte über die Wahrheit nachgedacht und alle Möglichkeiten in Betracht gezogen, nachdem ich vor der »Leiche« davongerannt war, nachdem ich festgestellt hatte, dass ich weder mein Portemonnaie noch mein Handy bei mir hatte, nachdem ich auf dem örtlichen Polizeirevier mit diesem Carlos Osorio gesprochen hatte, dem Polizisten, der mir zuerst nicht glaubte und später dann plötzlich doch mit mir reden wollte, wobei ich nie herausbekommen habe, warum, denn ...
»*Sprich mit niemandem. Nimm die nächste Maschine nach Hause. Oder irgendwohin in die USA. Ganz egal, in welche Stadt ...*«
»*Aber Dad ...*«
»*Du bist ein dunkelhäutiger Jugendlicher in einem fremden Land.*«
»*Aber vielleicht ...*«
»*Die Wahrheit interessiert niemanden. Du musst auf mich hören. Man wird dich beschuldigen. Ich geb dir meine Kreditkartennummer. Nimm die nächste Maschine.*«
Ich habe auf ihn gehört. Ich habe den nächsten Flug genommen, der mich nach Atlanta brachte. Als ich dort ankam, hatte mein Vater bereits eine Unterkunft bei meiner Tante in Tulsa arrangiert, bei der ich eine Weile bleiben konnte. Erst einen Monat. Dann zwei. Nur um auf Nummer sicher zu gehen. Wir haben ständig damit gerechnet, dass Carlos Osorio bei uns in New Jersey anruft, oder dass die Polizei dort mit

einer Art Auslieferungsbefehl vor der Tür steht, um mich nach Spanien zu bringen.

Doch das ist nie passiert.

Wir haben nie etwas von Osorio gehört. Wir haben nichts darüber gelesen, dass eine Leiche gefunden wurde. Und als ich aus Tulsa zurückkam, haben mein Vater und ich nie wieder darüber gesprochen.

Dad legt seine Essstäbchen zur Seite. »Deine Anna ist also in Wirklichkeit Victoria Belmond.«

»Sieht so aus.«

»Und wie erklärst du dir das Ganze?«

Ich denke wieder an Sherlocks Leitsatz, der davor warnt, zu schnell eine Theorie aufzustellen. »Ich weiß es nicht.«

»Als wir in dieses Land gekommen sind«, sagt mein Vater, »war die Entführung von Patty Hearst eine große Sache. Erinnerst du dich noch?«

Ich nicke. Daran hatte ich auch schon gedacht.

»Sie war neunzehn, als sie von Radikalen entführt wurde«, fährt Dad fort. »Schon nach kurzer Zeit hat sie negative Statements über ihre eigene Familie abgegeben und Banken überfallen. Irgendwann wurden zwei ihrer Entführer wegen Ladendiebstahls festgenommen. Sie ist aus dem Fluchtwagen gesprungen und hat mit einem Maschinengewehr auf den Laden gefeuert.«

»Ich erinnere mich.«

»Als sie gefunden wurde, behauptete Hearst – und das behauptet sie noch immer –, dass sie einer Gehirnwäsche unterzogen, dazu gezwungen und sogar vergewaltigt wurde. Trotzdem hat man sie verurteilt. Also kennt niemand die ganze Wahrheit. Etwas Ähnliches könnte Anna ... oder Victoria ... vielleicht auch passiert sein. Sie könnte dazu gezwungen worden sein. Sie hat eine Menge Drogen genommen. Das hast du mir selbst erzählt. Der Dealer – der, der dir gesagt hat, dass du abhauen sollst – könnte ihr Entführer gewesen sein. Oder er könnte mit den Entführern zusammengearbeitet haben, die das Mädchen womöglich gekidnappt und nach Spanien gebracht haben, um sie drogenabhängig zu machen.«

Ich nicke. An diese Möglichkeit habe ich auch schon gedacht, kann mich aber nicht dazu durchringen, sie zu glauben. Ja, wir hatten Drogen genommen. Ja, in das, was wir – oder zumindest ich – in dieser letzten Nacht genommen hatten, war vermutlich etwas Stärkeres gemischt worden. Aber Anna hatte kein Suchtverhalten gezeigt, und sie hatte auch keine Einstichstellen oder so etwas. Wenn sie süchtig gewesen wäre oder die ganze Zeit unter dem Einfluss irgendeines Narkotikums gestanden hätte, wäre mir das aufgefallen.

Oder?

Ihr bester und wohl auch einziger Freund damals war unser Dealer, ein Mann aus den Niederlanden, den alle Buzz nannten. Ich war davon ausgegangen, dass Anna sich mit Buzz' Hilfe finanzierte, dass sie für ihn Drogen verkaufte oder so etwas. Ich habe nicht so genau hingesehen. Ich war im Urlaub. Alles war neu für mich. Ich hatte Spaß. Hätte ich mehr tun müssen?

Buzz war derjenige, der meinen Schrei als Erster gehört hatte und ins Zimmer gestürmt war.

»*O mein Gott, was hast du getan ...?*«

Mein Vater legt mir die Hand auf den Unterarm. »Es ist okay, Sami.«

Ich kann kaum nicken.

»*Wenn sie ihre Leiche finden, wandern wir beide in den Knast ...*«

»Hast du es Molly erzählt?«, fragt Dad.

»Nicht alles.«
»Wann?«
»Gestern. Ich wollte nicht lügen.«
Dad nickt. »Was hat sie gesagt?«
»Sie hat Tad Grayson erwähnt.«
Mein Vater runzelt die Stirn. »Wieso?«
»Sie glaubt, dass es kein Zufall sein kann, dass Anna genau in dem Moment auftaucht, in dem Tad Grayson entlassen wird.«
Dad überlegt angestrengt, und ich erkenne in diesem Moment meinen Gesichtsausdruck in seinem Gesicht. »Ich seh da keine Verbindung.«
»Das habe ich auch gesagt.«
»Das heißt aber nicht, dass es keine Verbindung gibt«, sagt er. »Vielleicht können wir da schnell ein bisschen recherchieren.«
»Recherchieren?«
»Wo war Tad Grayson, als du in Spanien warst? Ist er je in Spanien gewesen? Könnte er Victoria Belmonds Lebensweg irgendwann gekreuzt haben?«
Ich verziehe das Gesicht. »Und wie weiter? Dann müsste er Victoria schon Jahre, bevor wir uns begegnet sind, entführt und nach Spanien verschleppt haben. Und nach seiner Rückkehr hatte er eine Affäre mit der Frau, der ich später einen Heiratsantrag gemacht habe. Und die hat er dann umgebracht, während er Victoria Belmond noch acht oder neun Jahre gefangen gehalten hat?«
Mein Vater lehnt sich zurück. Er hat sich einen Old Fashioned bestellt. Das ist sein Drink. Bedächtig nimmt er einen Schluck. »Ich hätte da einen anderen Vorschlag.«
»Und der wäre?«
»Es ist so ähnlich wie das, was ich dir damals gesagt habe.«

»Du hast mir gesagt, ich soll mein Leben fortsetzen und die Sache vergessen.«

Dad lächelt. Es ist ein schönes Lächeln, genau wie meins.

»Richtig.«

Ich will ihm nicht sagen, was ich gerade denke, weil es ziemlich übel ist. Darüber hinaus kann ich es nicht ausstehen, wenn Menschen ihre Eltern für ihre Probleme verantwortlich machen. Tatsächlich habe ich damals aber auf Dad gehört. Ich habe versucht, Spanien hinter mir zu lassen. Ich habe versucht, das Ganze zu vergessen. Und wie macht man das als Mann? In meinem Fall – und da bin ich sicher nicht allein – vergisst man mithilfe einer Art psychoaktiver Substanz. Auch hier werde ich nicht so jämmerlich sein und meinem Vater die Schuld an meinem Alkoholkonsum geben. Aber ist es in Ordnung, wenn ich einen Teil der Schuld auf das schiebe, was in dieser heißen Sommernacht an der Costa del Sol passiert ist?

»Wir sollten alle nach Florida ziehen«, sagt mein Vater. »Nach St. Petersburg. Ganz ehrlich. Für dich ist hier nichts mehr zu holen. Das NYPD hast du hinter dir gelassen. Tad Grayson hast du hinter dir gelassen. Und jetzt, wo du weißt, dass sie lebt und dass es ihr gut geht, kannst du auch diese Anna hinter dir lassen. Wir fangen noch mal neu an. Erinnerst du dich an meinen Freund Akash? Er hat da unten einen privaten Sicherheitsdienst eröffnet. Er sagte, er könne einen Mann mit deiner Erfahrung gebrauchen. Das Einstiegsgehalt ist sechsstellig.«

Molly kommt langsam zum Tisch zurück. Sie hält Henry im Arm, der mich anlächelt, mir seine Arme entgegenstreckt und sich in typischer Babymanier in ihren Armen nach vorne lehnt. Die klassischerweise zu erwartende Antwort wäre jetzt vielleicht, meinem Vater zu sagen, dass ich das nicht tun werde, dass ich nicht wieder davonrenne, dass ich die Stellung halten werde, dass dies mein Zuhause ist, dass ich hier geboren und aufgewachsen bin ... und so weiter. Aber das wäre reine Dickköpfigkeit.

»Ich denk drüber nach«, sage ich.

»Okay.«

»Und ich rede natürlich mit Molly drüber.«

»Natürlich. Aber ich habe da noch einen Vorschlag. Bis du dich entschieden hast, lässt du die Vergangenheit einfach ruhen.«

»Das hat mich fertig gemacht«, sage ich, ohne nachzudenken, und bereue die Worte schon in dem Augenblick, in dem sie meinen Mund verlassen haben, und noch bevor ich sehe, dass mein Vater zusammenzuckt, als hätte ich ihm eine Ohrfeige geben.

»So hab ich das nicht gemeint«, sage ich schnell.

»Es ist in Ordnung.«

»Ich meine nur ... Du hast mich nicht dazu erzogen, vor Schwierigkeiten davonzulaufen.«

»Doch, das habe ich«, sagt mein Dad und lächelt wehmütig. »Aber deine Mutter hat das leider nicht getan.«

VIERZEHN

Später in dieser Nacht, um zwei Uhr morgens, sagt Molly: »Ich hab dich absichtlich mit deinem Vater allein gelassen.«
Wir beide liegen im Dunkeln auf dem Rücken in unserem Bett.
»Ich weiß.«
»Hat es geholfen?«
»Er meint, wir sollten noch einmal neu anfangen.«
Schweigen.
»Er weiß von einem Job bei einem privaten Sicherheitsdienst in Florida, den ich kriegen könnte. Ist offenbar gut bezahlt.«
»Was hältst du davon?«
»Ich bin mit einer wundervollen Frau verheiratet und habe einen Sohn mit ihr. Das ist nicht nur meine Entscheidung.«
»Das klingt aber schon ein wenig von oben herab.«
Ich lächle in der Dunkelheit. »Das ist mir auch in dem Moment aufgefallen, als die Worte über meine Lippen gekommen sind.«
»Ich hab nicht verlangt, dass du eine Entscheidung triffst.«
»Ich weiß.«
»Ich wollte wissen, was du davon hältst.«
»Okay«, sage ich. »Es gibt Vor- und Nachteile.«
»Wollen wir sie durchgehen?«
»Um zwei Uhr nachts?«

»Da wir offenbar sowieso beide nicht schlafen können«, sagt sie, dreht sich auf die Seite und legt mir ihre warme Hand auf die Brust. »Pro: das Wetter.«
»Die Kälte mögen wir beide nicht«, stimme ich zu.
»Die Winter scheinen immer länger zu werden.«
»Dabei haben wir unser ganzes Leben hier verbracht.«
»Kommt das in die Contra-Spalte?«, fragt sie.
»Ich denke schon.«
»Wir sind von hier«, sagt sie. »Wir sind hier aufgewachsen. Uns gefällt es hier.«
»Obwohl wir die Winter nicht mögen.«
Molly fährt fort: »Mehr Pros: Die Miete in Florida wäre billiger.«
»Viel billiger.«
»Du hättest einen gut bezahlten Job. Ich könnte mir einen Job suchen.«
»Beides richtig.«
»Henry könnte in einem richtigen Garten spielen.«
Ich lege den Kopf schräg. »Ist das ein Pro?«
»Das NYPD wäre kein Thema mehr«, fährt sie fort. »Du könntest deine Vergangenheit hinter dir lassen.«
Schweigen.
»Sami?«
»Man kann nicht vor seiner Vergangenheit davonlaufen«, sage ich.
»Natürlich kann man das. An der Redensart ›Aus den Augen, aus dem Sinn‹ ist schon was dran. Du bleibst derselbe – aber eben derselbe Mensch in einer anderen Umgebung, das ist, als würde man ein neues Element zu einer chemischen Verbindung hinzufügen. Ich weiß, dass du deine Dämonen hast, Sami. Das haben wir alle.«
»Du nicht«, sage ich. »Du bist perfekt.«

»Mann, da hab ich dir ganz schön was vorgemacht. Und ich hab gesagt, dass du deine Vergangenheit hinter dir lassen sollst, nicht dass du vor ihr wegrennen oder flüchten sollst. Aber die Sache ist die: Ich verstehe, dass du mit Dämonen zu kämpfen hattest. Das hatte ich auch. Aber egal, was für schreckliche Dinge wir durchgemacht haben, es hat dazu geführt, dass wir beide, du und ich, jetzt hier sind. Es hat dazu geführt, dass ich ein Baby habe und mit dem wunderbarsten aller Männer zusammenlebe. Und du bist wundervoll, Sami. Also die Fehler, der Schmerz, sogar der Tod – vielleicht haben wir aus alldem etwas gelernt ...«

Ihre Hand liegt immer noch auf meiner Brust. Ich lege meine Hand auf ihre, und wir verschränken die Finger.

»Nehmen wir mal an«, sage ich, »dass ein Teil dessen, was ich gelernt habe – ein Teil dessen, was mich ›wunderbar‹ macht –, darin besteht, dass ich es nicht loslassen kann?«

Sie braucht eine Sekunde. »Touché.«

»Willst du nach Florida?«, frage ich.

»Nein, verdammt.«

»Dann hat sich die Sache erledigt«, sage ich.

Um fünf Uhr morgens gelingt es mir endlich einzuschlafen – und pünktlich um sechs Uhr wacht Henry weinend auf. Ich flüstere meiner Liebsten zu, dass sie im Bett bleiben soll, dass ich mich um den Kleinen kümmere, und Molly antwortet, ohne die Augen zu öffnen, mit einem leisen Grunzen. Ich stelle die Füße auf den Boden, nehme das Handy vom Nachttisch und gehe zu Henry. Mein Sohn ist ein glückliches Baby. Sogar sein Weinen ist eher besänftigend als schrill, es soll seine Eltern nicht aufschrecken, sondern sie sanft wecken. Als ich mich über sein Bettchen beuge, weiß Henry, dass sein Grundbedürfnis gestillt werden wird, und beruhigt sich. Er lächelt mich an, gurrt und wickelt mich bildlich gesprochen um den Finger. Ich nehme ihn hoch, wechsle seine Windel, trage ihn in die Küche und setze ihn in seinen Hochstuhl. Ich werfe ein paar Cheerios auf sein Tablett, und während ich sein Frühstück zubereite, blicke ich auf mein Handy. Die ersten beiden Textnachrichten sind von Arthur und um 06:04 Uhr eingegangen. Die erste Nachricht lautet:

Töte nicht den Boten.

Das gefällt mir nicht. Ich scrolle weiter zur zweiten Nachricht:

Auf Tad Graysons Wunsch leite ich diese Nachricht an dich weiter:

»Sagen Sie Kierce, dass ich ihm die Beweise zeigen will. Er möchte bitte in die Wohnung meiner Mutter, City Blvd 198B in Staten Island kommen. Ich bin den ganzen Tag da. Ein Anruf wäre gut, damit ich weiß, ob er kommt.«

Ich drücke auf »Antworten« und schreibe Arthur:

Warum muss ich zu ihm? Soll er doch zu mir kommen.

Die tanzenden Punkte zeigen mir, dass Arthur eine Antwort tippt. Dann ist sie da:

Er hat die Palliativpflege für seine Mutter übernommen. Sie hat nicht mehr lange zu leben.

Tad Grayson und seine verlogene sterbende Mutter sind mir egal. Um das auszudrücken, suche ich das Geigen-Emoji und tippe: Sag ihm, er soll sich verpissen und ein trauriges Lied auf der kleinsten Geige der Welt spielen, ich klicke aber nicht auf »Senden« und lösche den Text schließlich in einem Anfall von Reife. Dann fange ich noch einmal an:

Wenn er Beweise hat, warum konnte er mir das nicht gestern sagen?

Das habe ich ihn auch gefragt

Und was hat er geantwortet?

Er sagte: »Das kann ich ihm nur bei mir zu Hause zeigen. In der Kanzlei geht das nicht.«

Wieder verziehe ich das Gesicht. Ich sehe Henry an. Henry ahmt mich nach und runzelt ebenfalls die Stirn. Ich sage: »Schon klar, was?«
Das bringt Henry zum Lachen.
Mein Handy pingt. Arthurs Textnachricht lautet:

Gehst du hin?

Ich antworte: Sag ihm, ich bin heute Abend pünktlich um sechs da.

Das ist eine Lüge. Warum sollte ich ihm die Möglichkeit geben, sich vorzubereiten?
Ich beeile mich. Ich hoffe, dass Molly inzwischen aufgewacht ist. Das ist sie nicht. Also mache ich es. Vorsichtig. Henry ist es auch. Sie stöhnt kurz, versteht aber, was los ist. Ich lege Henry auf ihre Brust, dusche, ziehe mich an. Dann gehe ich zur U-Bahn in Richtung Staten-Island-Fähre.

Um acht Uhr morgens stehe ich auf dem City Boulevard auf Staten Island und starre das Haus an, in dem das Monster Tad Grayson aufgewachsen ist. Man könnte es höflich als »verwittert« bezeichnen, aber es sieht eher aus, als würde es sich häuten oder gar vollständig auseinanderfallen. Das Haus ist eigenartig asymmetrisch, sieht ein bisschen so aus, als hätte ein Kind im Vorschulalter es gemalt. Alle Rollos sind heruntergezogen, außer beim Fenster oben rechts, das statt mit Glas mit Brettern abgedichtet ist. Das Viertel ist stolz auf die kleinen Vorgärten, die so grün und adrett sind, als wollte ein Profigolfer hier ein Interview geben. Nicht so bei den Graysons. Das Unkraut ist hier so hoch gewachsen, dass es mit den Achterbahnen im Six-Flag's-Vergnügungspark fahren dürfte, die nur für Erwachsene zugelassen sind. Ich könnte sagen, dass der Betonweg zum Haus ein paar Risse hat, richtiger wäre jedoch, dass die Risse mit kleinen Betonstückchen aufgefüllt sind.

Ich gehe vorsichtig zur Tür und überlege, wann ich die letzte Tetanusspritze bekommen habe. Ich suche nach einer Klingel. Fehlanzeige. Als ich klopfe, wobei ich darauf achte, mir nicht die Knöchel aufzuschürfen oder einen Holzsplitter abzubekommen, platzen Farbspäne ab. Ich warte. Nichts. Ich klopfe noch einmal und höre Tad Graysons Stimme: »Augenblick.«

Als er die Tür öffnet, bin ich erneut überrascht, wenn nicht gar erfreut darüber, wie ausgemergelt und schrecklich Grayson aussieht. Er röchelt beim Atmen leicht, als wäre er gerade gerannt. Er trägt Gummihandschuhe und hält eine weiße Plastiktüte in der Hand. Der Geruch ist gleichzeitig höchst menschlich wie Übelkeit erregend.

»Sie wollten mir etwas zeigen?«, frage ich.

»Ich dachte, Sie kommen pünktlich heute Abend um sechs.«

Ich sage nichts.
»Ich hätte es wissen müssen«, sagt Tad Grayson seufzend. Er tritt einen Schritt zurück. »Ich helfe Mom gerade beim Anziehen. Sie müssen einen Moment warten.«
Wie aufs Stichwort höre ich eine alte Frau krächzen: »Tad?«
»Ich bin gleich wieder da, Mom.«
Mit einer Geste fordert er mich zum Eintreten auf. Ich überlege, was ich am besten mache. Der Gedanke, diese heruntergekommene Wohnung zu betreten, gefällt mir nicht. Ich könnte draußen an der viel frischeren Luft warten, habe aber in meiner Zeit als Detective gelernt, dass man die Einladung eines Verdächtigen in seine Wohnung immer annehmen muss, solange man nicht damit rechnet, sich in ernste Gefahr zu begeben. Die Wohnung eines Menschen verrät viel über ihn. Sie ist sein Lebensumfeld, zeigt wofür er sich entschieden hat und oft auch seine Stimmung. Man weiß nie, was jemand verbergen will.
Also trete ich ein.
Der winzige Windfang geht direkt ins Wohnzimmer über. Das Sofa ist zu einem Doppelbett ausgezogen. Wahrscheinlich hat Tad hier letzte Nacht geschlafen. Das ausgezogene Bett nimmt den ganzen Raum ein, also bleibe ich einfach stehen – auf die abgewetzten Möbel hätte ich mich sowieso nicht setzen wollen. Der Fernseher ist ein altes Röhrengerät mit einer Hasenohren-Antenne. Die schwachen Glühbirnen in den Lampen tauchen alles in gelbes Licht. An den Wänden hängen mit Fingerabdrücken verschmierte Bilderrahmen mit verblichenen Fotos. Ich sehe sie mir an. Die meisten zeigen eine vierköpfige Familie – Mutter, Vater, zwei Jungen. Ein Foto wurde im Vorgarten dieses Hauses aufgenommen, als der Rasen noch eher wie

der bei den Nachbarn aussah, ein anderes in diesem Zimmer mit genau diesem Fernseher. Ich weiß, dass der Vater vor Jahren gestorben ist. Ich erinnere mich auch daran, dass Tad Grayson einen Bruder namens Nathan hatte. Nathan war ein paar Jahre vor dem Mord nach Los Angeles gezogen. Soweit ich weiß, ist er nach Tads Verhaftung nicht hergekommen, um seinen Bruder zu unterstützen. Bleibt noch die Mutter, Patricia. Ich kenne sie aus der Gerichtsverhandlung, wobei sie auf den Fotos noch deutlich jünger aussieht als damals.

Ich höre die Toilettenspülung und fließendes Wasser. Dann zwei gedämpfte Stimmen – vermutlich Tads und die seiner Mutter. Er klingt fürsorglich, tröstend, beruhigend. Ihre Stimme klingt verzweifelt, verwirrt, verängstigt. Ich bin nicht gern hier. Es ist düster und bedrückend, und das ganze Haus riecht nach Desinfektionsmittel und Tod. Ein Geruch, der mich seltsamerweise an Henrys Windeln erinnert und der doch genau die gegenteilige Wirkung auf mich hat.

Der Lebenszyklus illustriert am Beispiel menschlicher Exkremente.

Das Atmen fällt mir schwer.

Hinten wird die Schlafzimmertür geöffnet, und Tad Grayson kommt herausgeschlurft. Seine Augen sind jetzt gerötet, wovon, weiß ich nicht. Es ist mir auch egal.

»Sie stirbt«, sagt er.

Ich antworte nicht.

»Ich hatte schon vor einiger Zeit eine befristete Haftunterbrechung beantragt, Freigang aus dringenden familiären Gründen. Nur für ein oder zwei Tage. Damit ich mich von ihr verabschieden kann. Wissen Sie, was man mir damals gesagt hat?«

Ich antworte nicht.

»Sie sagten, ich könnte vielleicht befristeten Urlaub bekommen, um ihre Beerdigung zu besuchen.« Er schüttelt fassungslos den Kopf. »Absurdes System, oder? Die Beerdigung ist ein dringender familiärer Grund. Sich zu verabschieden, wenn die Person noch lebt, wenn sie einen noch hört, man sie trösten und vielleicht einen Schlussstrich ziehen kann, das ist zu viel verlangt.«

Er sieht mich an, als erwarte er, dass ich ihm zustimme.

»Nicoles Mutter ist vor vier Jahren gestorben«, erwidere ich. »Ganz am Ende hat sie immer wieder den Namen ihrer einzigen Tochter gerufen. Es war das traurigste Geräusch, das ich je gehört habe.«

Wir stehen uns einen Moment lang gegenüber.

»Wo ist der Beweis dafür, dass Sie es nicht waren?«, frage ich.

»Verraten Sie mir, wie man etwas beweisen soll, dass *nicht* geschehen ist, Kierce?«

»Das wollten Sie mir sagen?«

»Nein«, erwidert er. »Ich wollte Ihnen gar nichts sagen.«

Ich trete einen Schritt zurück. »Ich kann Ihnen nicht folgen.«

»Meine Mutter will Ihnen etwas sagen. Deshalb habe ich Sie hergebeten.«

Er dreht sich zu ihrer Zimmertür um und legt die Hand auf den Knauf. Dann guckt er mich noch einmal kurz an, um sich zu vergewissern, dass ich bereit bin. Ich will da wirklich nicht reingehen. Ich kann so etwas nicht gut. Aber wer kann das schon? Ich bin nicht gern mit kranken Menschen zusammen. Außerdem habe ich ein bisschen Angst vor Keimen, und hier wimmelt es nur so davon.

Trotzdem folge ich ihm ins Krankenzimmer seiner Mutter.

Ich erwarte, dass sie an Tausende Maschinen angeschlossen

ist. Das ist sie aber nicht. Sie sitzt aufrecht im gemachten Bett, die Bettdecke auf den Beinen. Ihr Haar ist dünn und grau. Ich sehe die Kopfhaut. Ihre Haut ist aschfahl. Ihre Augen wirken zu groß, zu hell, zu blau, als sie uns mit dem Blick folgt. Ich versuche die Frau, die ich jetzt vor mir sehe, mit der Frau von den Fotos im Wohnzimmer zu vergleichen, mit der Frau, die mir vor all den Jahren im Zeugenstand beim Prozess gegen ihren Sohn begegnet ist. Abgesehen von diesen blauen Augen, die mich anstarren und zu durchbohren versuchen, genau wie sie es damals im Zeugenstand gemacht haben, finde ich kaum Übereinstimmungen.

Ich wende den Blick nicht ab.

»Tad?«, sagt seine Mutter.

»Ja, Mom.«

»Hast du unserem Gast etwas zu trinken angeboten?«

Ich regle das. »Hat er nicht, ich bin kein Gast, und ich will nichts trinken.«

Ihr Blick wandert zu ihrem Sohn hinüber. »Warte bitte draußen.«

Das scheint Tad zu überraschen. »Mom?«

»Bitte, Tad«, und obwohl ihre Stimme schwach ist, glaube ich, dass er darin noch die Härte hört, die er aus seiner Kindheit gewohnt war. »Warte draußen.«

Tad geht und schließt die Tür hinter sich. Ich rühre mich nicht. Die Gerüche sind allgegenwärtig, kämpfen hier aber gegen ein Zitronenduft-Spray an, was das Ganze nur noch schlimmer macht. Neben dem Bett steht ein Stuhl. Ich setze mich nicht darauf. Ich rühre mich nicht. Ich bleibe einfach stehen.

»Tad war hier bei mir«, sagt sie, »an dem Abend, als Nicole erschossen wurde.«

Das ist mir nicht neu.

»Ja, ich war im Gerichtssaal, als Sie Ihre Aussage gemacht haben, wissen Sie noch? Ansonsten gab es nichts, was dieses Alibi untermauert hat, das Sie ihm gegeben haben. Kein Anwohner dieser Straße hat Tad an diesem Abend gesehen. Damals haben Ihnen die Geschworenen nicht geglaubt. Und ich glaube Ihnen jetzt auch nicht.«
»Ich werde sterben.«
»Ich weiß«, sage ich. »Das ändert aber nichts. Nur weil Sie die Aussage, die Ihren Sohn aus dem Gefängnis holen soll, auf dem Totenbett machen, hat sie kein größeres Gewicht. Ein anderer Zeuge hat Ihren Sohn in der Nähe des Tatorts gesehen zur gleichen Zeit, in der er laut Ihrer Aussage hier gewesen sein soll.«
»Brian Ansell«, sagt sie.
»Richtig.«
Sie schließt die Augen, atmet tief ein und sagt: »Ich habe lange darüber nachgedacht.«
»Und?«
»Ansell hat im Zeugenstand gelogen. Das habe ich jedenfalls lange gedacht.«
»Und jetzt?«
»Inzwischen frage ich mich eher ...«, sagt sie mit brüchiger Stimme, während sie versucht, sich weiter aufzurichten. Ich gehe nicht hin und helfe ihr. »Haben Sie je darüber nachgedacht, ob er vielleicht reingelegt wurde?«
Ich sage nichts.
»Tad ist nach Pennsylvania gefahren, um eine Waffe zu kaufen«, fährt sie fort. »Vielleicht hat das jemand erfahren. Vielleicht ist ihm jemand gefolgt, hat die Waffe gestohlen und sich wie er gekleidet.«
»Mrs Grayson«, sage ich. »Ich glaube, ich gehe jetzt lieber.«

»Sie war zwei Tage vor ihrer Ermordung hier. Wussten Sie das?«

Ich erstarre.

»Nicole, meine ich. Sie hat mich besucht.«

Ich versuche, meinen Puls zu beruhigen. »Was wollte sie?«

»Tad hat verrückt gespielt. Nicole hat ihn nicht mehr geliebt. Das wussten wir beide. Aber sie mochte ihn immer noch. Nicole ... sie war so ein Mensch.« Einerseits möchte ich sie zum Schweigen bringen. Andererseits will ich alles hören, was diejenigen, die Nicole kannten, über sie erzählen, denn – so ungeheuerlich es auch erscheinen mag – die Welt hat sich weitergedreht.

Und sie hat – was noch ungeheuerlicher ist – die Distanz zwischen mir, der Liebe ihres Lebens, und ihr dabei ständig weiter vergrößert.

»Nicole und ich standen uns nahe«, sagt Mrs Grayson. »Das wissen Sie doch, Sami.«

Ich mag es nicht, wenn sie mich mit meinem Vornamen anspricht. Es macht mich wütend. Aber ich muss mich zusammenreißen. Der Mann, der Nicole ermordet hat, steht direkt vor der Tür. Durch seine Entlassung aus dem Gefängnis und Victorias/Annas Rückkehr ist meine Gefühlslage extrem labil. Mir ist bewusst, dass ich nicht klar denken kann.

»Also ...«, ich bemühe mich, die damalige Situation zu analysieren, »... Nicole ist zu Ihnen gekommen, weil sie besorgt war wegen der Gewaltandrohungen, mit denen Ihr Sohn sie überzog – Ihr Sohn, der sich gerade die Waffe gekauft hatte, mit der sie getötet wurde. Habe ich das richtig verstanden?«

Keine Antwort.

»Ich weiß nicht, wie ich es Ihnen sagen soll, Mrs Grayson, aber diese Informationen sind kaum geeignet, ihn zu entlasten.«

»Das war nicht das Einzige, was sie gesagt hat.«

»Aha?«

»Nicole hat mir von einem Fall erzählt.«

»Von einem Fall«, sage ich und ziehe skeptisch eine Augenbraue hoch.

»Ja. Sie hat gegen jemanden ermittelt, von dem sie meinte, dass er ihr Schaden zufügen könnte.«

»Wie praktisch«, sage ich. »Mrs Grayson ...«

»Patricia.«

»Mrs Grayson«, sage ich, »Nicole war Polizistin. Wir haben all ihre Fälle untersucht, um festzustellen, ob es jemanden gab, der als Täter in Frage kommen würde. Wir sind jeder in diese Richtung führenden Spur nachgegangen. Dabei ist nichts herausgekommen.«

»Es war kein offizieller Fall«, sagt Mrs Grayson.

Ich versuche, nicht die Augen zu verdrehen. »Was Sie nicht sagen.«

»Es war eine Privatangelegenheit. Es ging um ihre Familie.«

»Sie ist also zu Ihnen gekommen, um Ihnen mitzuteilen, dass Ihr Sohn sie bedroht hat ...«

»Vor Tad hatte sie keine Angst. Sie wusste, dass er harmlos ist.«

»... und dann erzählt sie Ihnen: ›Ich beschäftige mich übrigens mit einem Fall, der nicht von der Polizei untersucht wird, der aber meine Familie betrifft und mir große Angst einjagt.‹ Ist es so ähnlich gelaufen?«

Ihre hellen Augen verdunkeln sich.

»Und, nur damit ich das richtig verstehe«, fahre ich fort, »Sie haben nie jemandem von diesem Besuch erzählt, richtig?«

»Ja, das ist richtig«, sagt sie. »Und Sie wissen auch, warum.«

Ich breite die Arme aus. »Das weiß ich wirklich nicht.«

Sie hustet in ein Taschentuch. Sie dreht sich um und blickt auf das Wasser neben dem Bett. Ich weiß nicht, ob sie erwartet, dass ich es ihr reiche. Ich rühre mich nicht. »Wenn ich der Polizei erzählt hätte, dass Nicole wegen Tads SMS bei mir war, hätten die Staatsanwälte jedes meiner Worte so verdreht, dass sie es gegen ihn verwenden können. So wie Sie es jetzt auch gerade machen. Aber hören Sie mir zu. Ich werde nicht mehr lange leben. Tad war in dieser Nacht bei mir. Ich habe nie etwas anderes gesagt. Nicht ein einziges Mal. Irgendjemand ... vielleicht jemand, gegen den Nicole ermittelt hat und vor dem sie Angst hatte ... darauf müssen Sie sich konzentrieren. Sie müssen herausfinden, woran Nicole da gearbeitet hat.«

Ich nicke, will hier jetzt dringend raus. »Ist sonst noch etwas?«

Patricia Grayson ist zunehmend erschöpft. Ihr Kopf liegt wieder auf dem Kissen. Sie sieht mich nicht mehr an, sondern starrt nach oben an die Decke. »Was, wenn Sie sich irren?«

Ich antworte nicht.

»Was wäre, wenn Sie meinen Sohn achtzehn Jahre lang in diese Gefängnishölle gesteckt und aus ihm diese leere Hülle gemacht hätten, die Sie hier sehen, weil Sie der Wahrheit nicht ins Auge blicken wollten? Und was wäre, wenn der winzige Teil von Ihnen, der jetzt Bescheid weiß, der weiß, dass Sie ihm großes Unrecht zugefügt haben, gerade verhindert, dass Sie es sich eingestehen, weil das für Sie einfach zu schrecklich wäre? Wie wollen Sie damit leben, wenn sich herausstellt, dass Tad es nicht getan hat?«

Ich sage nichts.

»Ich bin eine sterbende Frau. Dies ist mein Geständnis auf dem Totenbett. Mein Sohn war in der Nacht, in der Nicole ermordet wurde, bei mir. Er hat es nicht getan.«

FÜNFZEHN

Ich sage kein Wort zu Tad Grayson. Ich eile einfach aus dem Haus und zur Fähre zurück nach Manhattan. Die Luft am New Yorker Hafen tut gut – auf der fünfundzwanzigminütigen Fährfahrt sauge ich sie tief in mich hinein. Nachdem ich die Fähre an der South Street in Lower Manhattan verlassen habe, gehe ich am East River entlang in Richtung Norden. Wie lange, weiß ich nicht. Ein paar Stunden ganz sicher. Ich habe keine Eile. Ich muss nirgends hin. Molly ist mit Henry zu einer Art Mami-und-ich-Stunde in den Central Park gegangen. Sie sind bestimmt noch nicht wieder zu Hause. Also gehe ich weiter und versuche so, die Tristesse und den Gestank des Grayson-Hauses abzuschütteln.

Ich lasse mir das, was Tad Graysons Mutter gesagt hat, immer wieder durch den Kopf gehen. Alles. Immer wieder. Sie hat gelogen, um ihren Sohn zu retten, genau wie sie es im Zeugenstand getan hat. Das weiß ich.

Ich muss aber zugeben, dass in dem, was sie sagt, dennoch ein Hauch von Wahrheit liegen könnte.

Ich weiß nämlich, dass Nicole Patricia Grayson mochte. Während der Scheidung von Nicoles Eltern, die so viel Streit mit sich gebracht hatte, war Patricia Grayson sehr nett zu Nicole gewesen, die dann auch bei mehr als einer Gelegenheit liebevoll über sie gesprochen hatte. Sie hätte es schwer gehabt, hatte Nicole mir erzählt. Ihre krumme Nase, die eingefallenen Wangen ... die Fäuste ihres Mannes, Tad Graysons

Vater, hatten so einige Verwüstungen in ihrem Gesicht angerichtet. Es würde mich daher tatsächlich nicht überraschen, wenn Nicole Patricia Grayson besucht hätte. Ich weiß, dass Nicole manchmal mit ihr mittagessen war. Ich weiß auch, dass Nicole Patricia Grayson zu unserer Abschlussfeier an der NYPD-Akademie eingeladen hatte.

Nicole hat mir nie von Tads Droh-SMS erzählt. Ich verstehe natürlich, warum nicht. Sie hatte Angst, dass ich etwas unternehmen würde. Sie wollte es selbst regeln.

Und wie hätte Nicole das geregelt? Sie hätte durchaus versuchen können, Tad über seine Mutter zu erreichen. Vielleicht hatte sie sich an Patricia gewandt, um gemeinsam einen Weg zu finden, Tad zu helfen, bevor er zu weit ging.

In diesem Fall hatten die beiden offensichtlich versagt.

Ich weiß nicht, wie ich damit umgehen soll. Tad Grayson hat Nicole umgebracht. Dafür gibt es jede Menge Beweise. Aber vielleicht bin ich ja einfach nur dickköpfig? Erst vor Kurzem wurde ein Serienmörder gefasst, der unschuldigen Personen die Schuld in die Schuhe geschoben hatte, von denen viele lebenslange Gefängnisstrafen absaßen, als der wahre Mörder gefasst wurde. Ist Patricia Graysons Überlegung also wirklich so weit hergeholt? Wenn ich das objektiv betrachte – wenn ich einen Schritt zurücktrete und versuche, die Fakten mit kühlem Blick und mit Abstand zu betrachten ...

Nein, tut mir leid, an meiner Meinung ändert das nichts.

»Wie wollen Sie damit leben, wenn sich herausstellt, dass Tad es nicht getan hat?«

Sehr gut, danke. Ich habe mich an die Beweise gehalten. Ein Mann, der sitzen gelassen wurde, hat der Frau, die ich geliebt habe, schreckliche SMS geschickt. Er hat gedroht, ihr eine Kugel in den Kopf zu jagen. Er hat sich eine Waffe gekauft. Mit dieser Waffe wurde die Frau erschossen. Lauter Fakten, die selbst Tad nicht bestreitet. Selbst wenn er nicht abgedrückt hat ...

Moment mal. Ziehe ich diesen irren Gedanken wirklich in Betracht?

Nein, das tue ich nicht. Patricia Grayson lügt, um ihren Sohn zu schützen. Aber vielleicht kann ich das zu meinem Vorteil nutzen. Indem ich beweise, dass sie lügt, indem ich in ihrer Nähe bleibe, ihr zuhöre und einfach abwarte, bis sie sich bei der Verteidigung ihres Sohns verheddert und dann womöglich eine tiefere Wahrheit, mit der ich ...

Habe ich mich zu früh verabschiedet? Soll ich noch einmal zu ihr zurückgehen?

Darüber denke ich nach, als ich die Tür zu meiner zum Glück mietpreisgebundenen Wohnung aufschließe. Ich bin überrascht, als ich Stimmen in der Küche höre. Die eine ist natürlich Mollys, und als ich näherkomme, sehe ich auch die zweite Person. Es ist Victoria Belmond. Victoria sitzt meiner Frau gegenüber am Tisch. Sie trinken Tee. Für Molly ist Tee eine ernste Angelegenheit. Sie brüht ihn frisch auf, kauft die Zutaten auf dem örtlichen Bauernmarkt und zieht auch selbst ein paar Kräuter auf der Fensterbank. Sie nimmt sich Zeit. Sie weiß, wie man die Fasern der Minze perfekt aufbricht, indem man die Blätter zwischen den Fingern rollt. Sie benutzt Holzlöffel, kein Metall. Sie stellt den Timer, um die Kräuter zur richtigen Zeit herauszunehmen – normalerweise nach zwölf Minuten. Sie hat auch einen Stößel zum Zerkleinern der Blätter. Wir haben Siebe, Teebereiter, luftdichte Behälter, diverse Kannen.

Beide Frauen sehen mich gleichzeitig an. Ich mag mich selbst nicht für meinen ersten Gedanken. Sie werden ihn nicht gutheißen, aber hey, es geht um die ungeschminkte Wahrheit, oder? Mein erster Gedanke – und ich verteidige mich sofort, indem ich betone, dass es ein flüchtiger, instinktiver, keineswegs bewusst gefasster Gedanke – ist, dass diese beiden Frauen schön sind und dass ich mit beiden geschlafen habe. Was soll man machen? Entschuldigen Sie, dass ich mich nicht dafür entschuldige. Unter allen anderen Umständen hätte ich mich wahrscheinlich damit gebrüstet.

Molly sagt als Erste etwas – nämlich das, was ohnehin offensichtlich ist. »Wir haben Besuch.«

»Entschuldigung«, sagt Victoria. »Ich hätte vorher anrufen sollen, aber dann hätte ich vermutlich die Nerven verloren.«

»Schon okay.«

Das sind Mollys Worte, nicht meine. Molly streckt auch die Hand aus und legt sie Victoria tröstend auf den Unterarm. Victoria hat beide Hände um die Teetasse gelegt, als bräuchte sie Wärme. Sie blickt auf und schenkt meiner Frau ein dankbares Lächeln. Molly lässt ihre Hand noch ein, zwei Sekunden auf ihrem Arm liegen, dann steht sie auf.

»Ich lass euch beide allein, damit ihr euch unterhalten könnt«, sagt Molly.

»Nein, bleiben Sie«, erwidert Victoria. »Wahrscheinlich ist es sogar gut, wenn Sie dabei sind.«

Molly weiß nicht recht, was sie darauf sagen soll. Sie sieht mich an. Ich weiß auch nicht recht, was ich davon halten soll, bestätige aber mit einem Nicken, dass es in Ordnung ist. Langsam setzt sie sich wieder.

Wir verfallen in Schweigen. In der Ecke steht ein Stuhl. Ich überlege, ob ich ihn heranziehen und mich zu ihnen setzen soll, für den Moment bleibe ich aber lieber stehen. Ich

weiß nicht, ob ich das Wort ergreifen oder Victoria Zeit lassen soll. Ein paar Sekunden vergehen. Victoria führt ihre Teetasse mit beiden Händen an die Lippen. Wir geben ihr Zeit und Raum. Als sie die Tasse wieder abstellt, sieht sie mich an.
»Ich kenne Sie nicht«, sagt sie.
Ich antworte nicht. Sie wird nicht den ganzen Weg hergekommen sein, um mir das zu sagen. Also warte ich.
»Zumindest erinnere ich mich nicht an Sie. Aber da ist etwas ... ich weiß nicht recht, wie ich es bezeichnen soll. Ein Déjà-vu ist es nicht. Aber da ist etwas ... Vertrautes. Irgendetwas zieht mich zu Ihnen.« Sie lächelt unsicher und schüttelt den Kopf. »Ich kann das nicht richtig ausdrücken.«
Wieder legt Molly ihre Hand auf Victorias Unterarm. »Sie machen das gut.«
»Ich meine nicht, dass ich mich zu Ihnen auf *diese* Weise hingezogen fühle. Ich meine – und das klingt bestimmt etwas seltsam – sogar eher im Gegenteil. Als ob ich Ihnen in irgendeiner Form Trost spenden könnte. Können Sie damit etwas anfangen?«
Beide sehen mich an und warten. Ich schlucke, weil ich nicht weiß, was ich dazu sagen soll. Ich versuche, einen Schritt nach dem anderen zu machen. »Sie waren neulich in meinem Kurs.«
»Richtig.«
»Können Sie mir sagen, warum?«
Victoria Belmond starrt auf die Teetasse. »Ich habe Ihr Foto in den Nachrichten gesehen. Da stand, dass Sie gefeuert wurden und dass ein Mörder wegen Ihres Fehlverhaltens freigelassen werden soll.«
Molly lehnt sich in ihrem Stuhl zurück, als es für uns beide klick macht. Wir hatten versucht, den Zusammenhang zwi-

schen der Entlassung Tad Graysons und dem Wiederauftauchen »Annas« in meinem Leben zu finden. Jetzt haben wir ihn.

»Nachdem ich Ihr Foto einmal gesehen hatte, konnte ich an nichts anderes mehr denken. Als würde es mich irgendwie rufen. Ich habe auch immer wieder gedacht – und verstehen Sie mich nicht falsch –, dass ich Ihr Gesicht mag.« Sie sieht meinen Gesichtsausdruck. »Was ist?«

»Das haben Sie damals auch gesagt«, erwidere ich. »Bei unserem ersten Treffen.«

»Wirklich?«

»Ja.«

»Sie sagten, wir hätten uns in einem Club in Spanien kennengelernt.«

»In Fuengirola«, sage ich. »In der Discoteca Palmeras.«

»Und als wir uns da begegnet sind, habe ich gesagt, dass ich Ihr Gesicht mag?«

»Ja. Sie sagten, es hätte Charakter.«

Molly lächelt. »Das verstehe ich total. Hat es auch, oder?«

»Es strahlt Liebenswürdigkeit aus.«

»Genau«, sagt Molly. »Und es wirkt vertrauenswürdig.«

Nicht grienen, ermahne ich mich.

»Dann habe ich Sie gegoogelt«, fährt Victoria fort. »Ich habe mir alles angesehen, was ich finden konnte. Da habe ich das mit dem Abendkurs entdeckt. Also habe ich mir gedacht, na ja, ich geh einfach mal in den Kurs, und wenn ich Sie persönlich sehe, fällt mir ja vielleicht irgendetwas wieder ein. Ich weiß nur so wenig über ...« Sie spricht nicht weiter, schließt die Augen, öffnet sie wieder und setzt noch einmal an. »Ich habe mich gefragt, ob es etwas in mir auslösen würde, wenn ich Sie persönlich treffe.«

»Und hat es das?«, frage ich.

»Nein. Als Sie auf mich aufmerksam geworden sind, bin ich einfach ausgeflippt. Ich bin weggerannt. Ich habe einen Fahrer. Meine Familie mag es nicht, wenn ich alleine ausgehe. Also bin ich zum Auto gerannt und habe ihm gesagt, dass er mich nach Hause bringen soll. Ich habe immer noch keine Ahnung, wie Sie mir folgen konnten.«

Ich sehe im Moment keine Notwendigkeit, den GPS-Tracker zu erwähnen.

»Also«, sagt Molly, »wie können wir Ihnen helfen?«

Victoria wendet sich mir zu. »Können Sie mir alles erzählen, an das Sie sich erinnern?«

»Über Fuengirola?«

»Ja.«

Als ich zögere und Molly ansehe, lacht meine Frau und sagt: »Schon gut, Sami. Ich weiß, dass ich nicht deine Erste war.«

»Okay, ich würde dir aber trotzdem nicht zuhören wollen, wenn du über einen Ex sprichst.«

»Das liegt dann wohl daran, dass ich reifer bin als du«, sagt Molly. Und dann: »Hast du vor, in sexuelle Details zu gehen?«

»Nein.«

Molly fordert mich mit einer ausladenden Handbewegung auf fortzufahren.

Also erzähle ich so gut ich kann, von meiner Reise mit den Lacrosse-Bros, wie ich Anna in der Discoteca Palmeras kennengelernt habe, von ihrer Wohnung in Fuengirola, von den faulen Tagen am Strand, von den nächtlichen Partys, von der einzigen Person, mit der sie sonst noch etwas zu tun zu haben schien, dem holländischen Drogendealer Buzz. Ich suche in ihren Augen nach Anzeichen dafür, dass sie sich erinnert, sehe aber keine. Ich sehe eine Frau, die aufmerksam und interessiert zuhört, was mich sofort zurück in die Vergangenheit bringt. Anna war eine tolle Zuhörerin. Wir haben uns bis spät in die Nacht unterhalten, wobei sie mir Geschichten und Eingeständnisse von Schwächen und Unzulänglichkeiten entlockte (nein, die nicht), und so verwundbar hatte ich mich einer Frau gegenüber noch nie gezeigt. Meiner Erfahrung nach mögen Frauen es, wenn Männer ihre Schwächen und Verletzlichkeiten eingestehen, wollen aber nicht, dass Männer schwach wirken. Ich weiß nicht, ob das ein Widerspruch ist, aber so ist es nun einmal.

»Erzählen Sie mir mehr über Buzz«, sagt sie.

Ich versuche es, weiß aber eigentlich nicht viel. Ich beschreibe sein Aussehen und erwähne, dass er einen starken niederländischen Akzent hatte.

»Wie alt war er denn ungefähr?«

»Älter als wir. Fünfunddreißig, vielleicht vierzig. Er kam mir damals alt vor.«

Ich verstumme, warte. Jetzt ist es so weit, und ich weiß immer noch nicht, wie ich damit umgehen soll.

Als könnte sie meine Gedanken lesen, fragt Victoria: »Und wie haben wir das Ganze dann beendet?«

Irgendwie bin ich doch noch ein Polizist. Man gibt nichts, ohne etwas dafür zu bekommen. Wenn man einen Verdächtigen verhört, gibt man nicht alles preis, was man weiß. Natürlich nicht. Man hält etwas in der Hinterhand – um den Verdächtigen zum Reden zu bringen oder ihn vielleicht in eine Lüge zu verstricken. Ich glaube zwar, dass Victoria Belmond ehrlich ist, bin mir aber keineswegs sicher.

In diesem Teil des Gesprächs sollte sie eigentlich entspannt sein, womöglich fühlt sie sich aber in die Defensive gedrängt, wenn ich weiter stehen bleibe. Also greife ich nach dem Stuhl in der Ecke und stelle ihn an den Tisch, achte dabei aber darauf, dass er näher bei Molly als bei Victoria steht. Ich will Victoria Raum geben.

Ich bemühe mich, nicht wie ein Polizist zu klingen. Ich lächle so entwaffnend wie möglich und versuche, ihr das Gesicht zu zeigen, von dem sie gesagt hat, dass sie es mag. »Darf ich Ihnen zuerst ein paar Fragen stellen?«

Sie blinzelt, sagt dann aber: »Selbstverständlich.«

»Sie sind Victoria Belmond, richtig?«

»Ja.«

»Woran erinnern Sie sich?«

»Was Sie betrifft?«

»Das wäre ein Anfang.«

»An gar nichts. Wie ich schon sagte. Es tut mir leid. Ich erinnere mich nicht an Sie. Ich erinnere mich weder an Sie, noch an Spanien, noch an diesen Buzz, noch an irgendetwas anderes aus dieser Zeit. Ich will Sie nicht entmutigen, aber nichts von dem, was Sie erzählt haben, kommt mir in irgendeiner Form bekannt vor.«

»Aber deshalb sind Sie hergekommen?«

»So ist es.«

»Sie hatten gehofft, dass ich vielleicht ein paar Erinnerungslücken füllen kann, aus der Zeit, als Sie ... vermisst wurden.«

»Ja. Aber es geht auch noch um etwas anderes. Und das ist immer noch so.«

»Was meinen Sie?«, frage ich.

»Es ist so, wie ich schon sagte. Als ich Ihr Bild gesehen habe – und als ich bei Ihnen im Kurs war –, habe ich das Bedürfnis verspürt, Ihnen zu sagen, dass alles okay ist.«

Ich spüre wieder, wie die Erinnerungen an die Vergangenheit in mir aufsteigen und mir die Tränen kommen. Molly sagt: »Sami?«, aber ich winke ab. Ich bin gerührt und fühle mich ihr verbunden, und ehrlich gesagt ist eine große Last von mir abgefallen, seit ich sie gesehen habe und weiß, dass sie lebt.

Victoria legt den Kopf schräg. »Woher kommt dieses Gefühl?«

»Ich weiß es nicht«, sage ich, aber beide Frauen sehen mich sofort an, als hätten sie die Lüge durchschaut. Ich versuche, meinen inneren Polizisten heraufzubeschwören. »Können Sie mir sagen, woran Sie sich sonst erinnern? Nicht nur, was mich betrifft.«

Victoria führt die Teetasse wieder an die Lippen, doch diesmal zittert ihre Hand. Molly sieht, dass die Tasse fast leer ist. Sie steht auf, geht zu ihrer Kanne und fängt an, neuen Tee zuzubereiten.

»Wissen Sie, wie man mich gefunden hat?«, fragt Victoria.

»In einem Diner in Maine«, sage ich.

»Ich war wohl katatonisch. Ich kam mir vor, als würde ich hinter einer Duschwand leben oder so etwas. Ich habe zwar mitbekommen, wie die Leute mit mir gesprochen haben, die Worte waren aber kaum zu hören. Ich habe sie nicht verstanden. Außerdem hatte ich den Eindruck, dass ich geantwortet – oft sogar geschrien habe, mich aber niemand gehört hat. Ich kannte niemanden. Ich wusste nicht, wer ich war. Auch die Gesichter der Menschen habe ich nicht richtig gesehen. Zu Anfang kannte ich nicht einmal meinen Namen. Ich wusste überhaupt nichts. Erst als ich meine Eltern und meinen Bruder gesehen habe, ist allmählich etwas zu mir durchgedrungen. Aber es war so, als wäre alles, was ich dachte oder fühlte, zersplittert, als wäre ich ein zerbrochenes Glas, das man nicht wieder zusammensetzen konnte. Aber irgendwann habe ich wenigstens die Scherben wahrgenommen, die mir verraten haben, dass ich einmal ein Glas war. Ich kann das nicht so gut erklären.«

»Sie machen das gut«, sagt Molly.

»Sie wollen wissen, woran ich mich aus diesen elf Jahren erinnere«, sagt Victoria, »also werde ich es Ihnen sagen.« Sie sieht mir direkt in die Augen. »An nichts. Nein, schlimmer als nichts. So würde ich es beschreiben. Nichts wäre ... in Ordnung. Es wäre nur eine Leerstelle. Als wäre ich einfach mit achtzehn nach einer Silvesterparty ins Bett gegangen und dann mit knapp dreißig wieder aufgewacht. Das wäre nichts. Aber bei mir blitzt manchmal die Erinnerung auf. An die Dunkelheit. An verbundene Augen. Ich erinnere mich, dass ich öfter geschlagen wurde. Nach meiner Rückkehr sagten die Ärzte, dass man mir in dieser Zeit die Nase gebrochen und einen Wangenknochen zertrümmert hat. Ich weiß noch, dass ich Angst hatte. Ich hatte wohl die ganze Zeit über Angst. An Spanien erinnere ich mich nicht, habe aber manchmal Visionen von blendender Sonne. Natürlich war ich in psychiatrischer Behandlung. Man hat viel Geduld mit mir gehabt. Sie haben versucht, mir zu helfen, das, was geschehen ist, zu verarbeiten. Aber etwas in meinem Gehirn hat nicht zugelassen, dass ich mich dorthin begebe.«

Wieder legt Molly ihr die Hand auf den Arm. »Es tut mir so leid.«

»Jetzt ist es in Ordnung.« Victoria ringt sich ein Lächeln ab. »Das ist alles lange her.«

Molly steht auf und schenkt ihr noch einen Tee ein. Sie sieht mich fragend an, will wissen, ob ich auch einen möchte. Ich schüttle leicht den Kopf. »Gibt es sonst noch etwas?«, frage ich.

»Zum Beispiel?«

»Hat die Polizei je herausbekommen, wer Sie entführt hat?«

»Nein.«
»Hat sie irgendwelche brauchbaren Hinweise gefunden?«
»Nein«, sagt sie.
»Also läuft die Person, die dafür verantwortlich ist ...«
»... immer noch frei herum? Ich weiß es nicht. Sie könnte auch tot sein. Das wurde zumindest mal vermutet.«
»Was? Dass der Kidnapper gestorben ist?«
Wieder sieht sie mir in die Augen. »Dass ich ihn getötet habe. Dass ich ihn getötet habe und geflohen bin.«
Molly sinkt auf ihren Stuhl. Wir sitzen schweigend am Küchentisch.
»Die Zeit verging«, fährt Victoria fort, sie klingt jetzt nachdenklich. »Nach einer Weile hat sich die Polizei um andere Dinge gekümmert. Und alle anderen haben das auch getan.«
»Und Sie?«
»Ich habe es versucht. Aber die Anschuldigungen haben einfach nicht aufgehört.«
»Was meinen Sie damit?«, fragt Molly. »Welche Anschuldigungen?«
»Es gibt noch andere Theorien«, sagt Victoria jetzt in einem fast beiläufigen Ton.
Molly hakt nach. »Über Ihre Entführung?«
»Ja. Viele.«
»Welche zum Beispiel?«
»Zum Beispiel die, dass ich nie entführt wurde«, antwortet sie, wobei das kleine Lächeln immer noch ihre Lippen umspielt. »Dass ich nie in Gefahr war. Dass ich mir die ganze Sache ausgedacht habe. Dass ich mit einem Mann durchgebrannt bin. Oder dass ich mit einem Mann durchgebrannt bin, der sich dann gegen mich gewendet hat. Oder – für die Leute, die etwas behutsamer mit mir umgehen – dass ich eine

Art psychischen Zusammenbruch erlitten habe und die ganze Zeit an einer Amnesie litt. Denn warum sollte jemand ein Mädchen aus einer wohlhabenden Familie entführen und kein Lösegeld verlangen? Aber vielleicht haben sie das ja auch getan. Vielleicht haben die Kidnapper von meinen Eltern Lösegeld gefordert. Vielleicht haben meine Eltern es sogar bezahlt und dem FBI nichts davon gesagt. Und mir auch nicht.«

»Glauben Sie an eine dieser Theorien?«, frage ich.

Sie zuckt die Achseln, sagt dann aber: »Nein. Ich will damit nur verdeutlichen, dass das FBI auch nicht weiß, was es glauben soll. In einem Moment verlasse ich eine Party und im nächsten, puff, sind elf Jahre vergangen und ich sitze in einem Diner.«

Wir lassen das sacken. Dann hören wir aus dem Nebenzimmer ein leises Geräusch. Henry ist wach. Molly lächelt und steht auf, um ihn zu holen.

Als wir allein sind, legt Victoria/Anna ihre Hand auf meine. »Das stimmt doch, oder?«

Ich sage nichts.

»Als ich Ihr Foto gesehen habe, hat mir etwas gesagt, dass ich zu Ihnen gehen und Ihnen sagen muss, dass alles okay ist. Da ist doch etwas dran, oder?«

»Ja.«

»Und ist es das? Ist es okay?, meine ich. Oder zumindest besser. Hat es Ihnen geholfen, mich zu sehen?«

Es gelingt mir zu nicken. »Ja«, sage ich. »Es hat mir geholfen.«

»Ich habe Ihnen irgendetwas angetan. In Spanien.«

»Das spielt keine Rolle mehr«, sage ich.

Sie lächelt mich an, und es ist das echteste Lächeln, das ich je bei ihr gesehen habe. »Dann reicht es vielleicht«, sagt sie.

»Hat es Ihnen auch geholfen?«, frage ich. »Mich wiederzusehen?«
Sie überlegt einen Moment lang. »Ja«, sagt sie dann. »Ich weiß nicht, wie oder warum. Aber ich bin viel gelassener geworden.« Sie hebt ihr Handy, checkt die Uhrzeit, wischt zu einer Taxi-App. »Ich muss los.«
Sie steht auf. Ich begleite sie zur Tür. Molly und Henry folgen uns. Victoria liebkost Henry noch einen Moment lang und umarmt Molly zum Abschied. Der Uber-Wagen ist da.
»Niemand weiß, dass ich hier bin«, sagt Victoria.
»Wie meinen Sie das?«, fragt Molly. »Werden Sie beobachtet?«
»Sie machen sich Sorgen um mich«, korrigiert sie. Dann sieht sie mich an. »Ich glaube, wir sollten uns nicht wiedersehen, Sami.«
Sie steigt in das wartende Auto und winkt mir zu. Ich winke zurück – und während ich das tue, wird mir etwas klar.
Sie belügt mich.

SECHZEHN

Ich sitze mit Henry auf dem Küchenboden und lese ihm aus unserem Lieblingsbuch vor. Es ist eine etwas zerkaute Pappausgabe von P.D. Eastmans Klassiker *Bist du meine Mutter?*. Mein Vater hat es mir vorgelesen, als ich klein war. Es ist die fesselnde Geschichte von einem frisch geschlüpften Vogelbaby, das glaubt, von seiner Mutter verlassen worden zu sein, und sich deshalb auf die Suche nach ihr macht (zu Fuß – es ist noch zu jung zum Fliegen). Das Vogelbaby stellt die titelgebende Frage einem Kätzchen, einer Henne, einem Hund, einem Auto, einem Boot und landet schließlich auf dem Angst einflößenden Zahn einer riesigen Baggerschaufel. Es ist ein gruseliges und geniales Buch. Wenn man darüber nachdenkt, ist *Bist du meine Mutter?* unser erster Kontakt zu dem, was man Horror nennt.

Molly hat fertig geduscht und kommt in meinem Bademantel ins Wohnzimmer. Wir sind ungefähr gleich groß, und ich liebe es, wenn sie meinen Bademantel, meine Hemden oder Boxershorts benutzt. Das ist eine andere Art von Intimität.

Molly fragt: »Alles okay?«
»Ja.«
»Das war ...«
»... bizarr«, beende ich den Gedanken für sie.
»Ja. Sie tut mir leid.«
Henry streckt die Hand aus und zieht am Buch. Er will da-

mit sagen, dass ich weiterlesen soll. Wir sind an der Stelle, an der das Vogelbaby auf dem Kopf eines großen Hundes sitzt. Ich weiß nicht, was für eine Rasse das ist. Ich habe einmal versucht, es zu googeln, konnte aber nichts finden. Ich habe einen mehr oder weniger unbenutzten Social-Media-Account, also habe ich auch dort nachgefragt. Die häufigsten Antworten lauteten Bloodhound und Basset Hound. Im Zeitverschwenden kann ich es mit den Besten aufnehmen.

Molly setzt sich zu uns. »Weißt du, was ich besonders eigenartig fand?«

»Erzähl.«

»Du entdeckst eine Ex-Freundin in deinem Kurs. Eine Frau, mit der du nur ein paar Tage, vielleicht eine Woche zusammen warst. Du hast gar nicht so richtig gesagt, wie lange das mit euch beiden ging.«

»Fünf Tage«, sage ich.

»Fünf Tage«, wiederholt Molly. »Und jetzt, über zwanzig Jahre später, entdeckst du sie in deinem Kurs – und als sie geht, besteht deine Reaktion darin, sie zu verfolgen und illegal ihr Grundstück zu betreten. Ich weiß noch, dass du eine Beziehung mit Jayme Ratner hattest, bevor wir uns kennenlernten. Wenn sie in deinem Kurs auftauchen und wieder gehen würde, würdest du dann auch so einen Aufriss machen?«

»Nein.«

Und dann erzähle ich es ihr. Ich erzähle ihr, dass ich im blutgetränkten Bett aufgewacht bin. Ich erzähle ihr vom blutigen Messer in meiner Hand. Ich erzähle ihr, wie Buzz plötzlich hereingeplatzt ist und zu schreien anfing: »*O mein Gott, was hast du getan? Raus mit dir. Wenn sie ihre Leiche finden, wandern wir beide in den Knast. Sie werden glauben, dass du sie umgebracht hast und ich ... verschwinde einfach!*«

Mir ist schon vor langer Zeit klar geworden, dass die Drogen, die Anna von Buzz bekommen hatte, erheblich stärker gewesen sein mussten als die, die wir vorher genommen hatten. Ich stand noch unter dem Einfluss von Drogen oder K.-o.-Tropfen, und so war es für Buzz ein Leichtes mich so schnell loszuwerden. Ich habe eingewilligt. Er hat mich aus der Wohnung gezerrt. Ich bin die Treppe hinunter und auf die Straße gestürmt, und dann bin ich einfach gerannt. Ich weiß nicht mehr viel darüber, nur noch, dass ich immer wieder gegen Dinge gestoßen, irgendwann am Strand gelandet und ohnmächtig geworden bin. Und als ich dann wieder aufwachte, wusste ich nicht, was ich tun sollte. Ich war verwirrt, hatte Angst und wollte einfach nur weg. Ich wollte das alles vergessen und es als einen schlechten Traum abtun. Im Prinzip wäre das auch kein Problem gewesen – ich hätte mich einfach wieder den Lacrosse-Bros anschließen und die Backpacker-Tour fortsetzen können …

Aber das konnte ich nicht.

Schon als dummer Jugendlicher war mir klar, dass ich das einfach nicht konnte.

Also bin ich aufs örtliche Polizeirevier in der Avenida Condes de San Isidro. Ich habe dort mit einem jungen Polizisten namens Carlos Osorio gesprochen. Aber als ich ihm erzählte, dass eine junge Amerikanerin namens Anna ermordet worden war, hörte ich, dass die Worte selbst in meinen eigenen Ohren völlig absurd klangen. Teil des Problems war auch, dass mir immer noch alles wie ein Albtraum vorkam. Das lag wahrscheinlich an den Drogen. Oder vielleicht – was weiß ich –, vielleicht war es ja auch nie passiert.

Nur dass ich genau wusste, dass es passiert war.

Ein weiterer Teil des Problems war, dass ich Inspektor Osorio belogen hatte – zumindest durch Weglassen. Ich war ein Jugendlicher pakistanischer Abstammung in einem Touristenort, in dem es von weißen Europäern nur so wimmelte. Ich war nicht so dumm, ihm einfach zu sagen: »Ach ja, ich bin mit einem blutigen Messer in der Hand aufgewacht«, also habe ich Osorio sogar in dem Moment belogen, als ich versuchte, ihn davon zu überzeugen, dass ich die Wahrheit sage. Und das hat er wohl gemerkt.

Schließlich willigte Osorio ein, mit mir zu Anna zu gehen. Ihre Wohnung lag allerdings in einem unübersichtlichen Gebäudekomplex, in dem alles gleich aussah, sodass die Suche eine Weile dauerte. Als wir die Wohnung dann schließlich fanden – mittlerweile einen ganzen Tag nachdem ich sie verlassen hatte –, war alles sauber und leer. Osorio sah mich vorwurfsvoll an. Ich wollte dagegenhalten. Ich wollte einwenden, dass Buzz aufgeräumt haben musste, wie er es angekündigt hatte, aber dann wurde mir klar, dass Buzz vermutlich das Messer mit meinen Fingerabdrücken hatte, und Sie dürfen nicht vergessen, dass das alles zweiundzwanzig Jahren her ist – Besitz und Konsum illegaler Drogen in einem fremden Land konnten damals eine gesalzene Gefängnisstrafe nach sich ziehen.

Was sollte ich also tun?

Ich wusste es nicht.

Ich bin für die Nacht in mein Hostel am Stadtrand zurückgekehrt, um über alles nachzudenken. Dann habe ich meinen Vater vom Münztelefon aus angerufen und habe ihm erzählt, was passiert war. Währenddessen erreichte mich eine dringende Nachricht von der Rezeption, die besagte, dass Inspektor Osorio mich unverzüglich auf dem Revier sprechen wollte.

»Geh nicht hin«, sagte mein Vater.

»Ist das dein Ernst?«

»Du hast die Nachricht nie erhalten. Sprich mit niemandem. Lass deine Sachen da. Nimm die nächste Maschine in die USA. Ganz egal, in welche Stadt ...«

»Aber Dad ...«

»Du bist ein dunkelhäutiger Jugendlicher in einem fremden Land.«

Als ich fertig bin, kaut Henry immer noch auf dem Buch herum. Molly versucht, das Ganze zu verdauen.

»Na ja, jetzt wissen wir also, dass sie nicht tot war«, sagt Molly.

»Ja.«

»Das muss eine große Erleichterung sein.«

Ich nicke, weil ich meiner Stimme nicht traue.

»Hast du ihren Puls gefühlt?«

»Nein.«

»Weil dieser Buzz einfach reingeplatzt ist, als du geschrien hast?«

»Ja.«

»Als hätte er darauf gewartet, dass du aufwachst?«

»Ja«, sage ich wieder.

»Darüber hast du dir bestimmt auch schon Gedanken gemacht.«

»In den letzten gut zwanzig Jahren habe ich alle Möglichkeiten in Erwägung gezogen. Aber ich glaube nicht, dass mein Verstand mir erlaubt hat, das zu denken, was sich jetzt als die Wahrheit herausgestellt hat.«

»Und das wäre?«

»Ich wurde abgezogen. Ich hatte eine Menge Geld dabei. Und ein Handy. Als ich aus der Wohnung stürmte, habe ich gar nicht bemerkt, dass beides verschwunden war. Das war ihre Masche. Anna und Buzz waren Trickbetrüger. Und ich war ihr Opfer. Annas Aufgabe bestand darin, sich dem Opfer zu nähern. Dann betäubten sie das Opfer und täuschten vor, dass es sie umgebracht hatte. Sie waren sich sicher, dass ihr Opfer einfach fliehen würde, dass es keinen Aufstand geben würde. Niemand würde zur Polizei gehen, Anzeige erstatten oder sonst irgendetwas. Im Allgemeinen tat das Opfer vermutlich einfach das, was mein Vater vorgeschlagen hat. Es würde sich aus dem Staub machen, ohne einen Blick zurückzuwerfen. Und falls das Opfer den Vorfall doch meldete, wären sie bereits auf und davon.«

»Klingt ziemlich aufwendig«, sagt Molly. »Hätten sie dich nicht einfach in der ersten Nacht ausrauben können?«

Ich schüttele den Kopf. »Mein Geld lag im Schließfach meines Hostels. Das war die erste Nacht, in der ich es bei mir hatte. Ich wollte bei ihr einziehen.«

Molly sitzt da. Eine Träne rollt ihre Wange hinab. Als ich sie ansehe, spüre ich, wie zwei Hände nach meinem Herzen greifen und es zerbrechen. Ich glaube, ich habe meine Frau noch nie so traurig gesehen.

»Molly?«

»Das hast du mir nie erzählt.«

»Ich habe es niemandem erzählt. Nur meinem Vater.«

Molly schluckt. »Nicole?«

Wieder schüttele ich den Kopf. »Nicht einmal Nicole. Nicht einmal meiner Mutter.«

»Von diesem einschneidenden Erlebnis in deinem Leben«, sagt Molly, die weit entfernt zu sein scheint, »hast du mir nie etwas erzählt.«

»Es tut mir leid«, sage ich. »Ich hatte es vergraben.«

Sie verzieht das Gesicht. »Du hattest es nicht vergraben.«

»Ich wollte nicht, dass es in unserem Leben eine Rolle spielt.«

Sie antwortet nicht. Sie sitzt einfach nur da und bricht mir das Herz.

»Molly?«
»Vielleicht solltest du heute Nacht bei deinem Vater schlafen.« Ich spüre, wie das, was von meinem Herzen übrig ist, in meiner Brust zerspringt. Ihre Stimme klingt nicht wütend. Ich wünschte, sie täte es.
»Ich will meinen Vater nicht beunruhigen«, sage ich.
»Dann vielleicht in einem Hotel oder bei einem Freund. Nur heute Nacht.«

***

Am Ende lande ich bei Craig, ausnahmsweise einmal nicht nur, um mein Auto abzuholen. Eigentlich wollte ich bei Marty schlafen – was weiß Gott eine noblere Unterkunft gewesen wäre –, aber ich habe in letzter Zeit nicht viel Zeit mit Craig verbracht und mache mir Sorgen, weil er womöglich einsam ist. Craig ist begeistert. Er ist zum Supermarkt gegangen und hat Guacamole, Salsa, Tostito-Chips – »die schälchenförmigen, ich weiß noch, dass du die magst« – und Black Cherry Coke gekauft. Craig hat immer Brandy im Haus. Davon nimmt er gern einen Schuss in seine Black Cherry Coke. Das klingt in Ihren Ohren vielleicht eklig, was aber nur daran liegt, dass es das auch ist.

Craig hatte im Laufe des Tages ein Fußballspiel zwischen Manchester City und Fulham aufgenommen, das wir uns ansahen. Ich gucke gerne Soccer oder Fußball oder wie immer Sie es auch nennen wollen, besonders wenn die Teams mich nicht weiter interessieren. Wenn man für eine Mannschaft ist, wird es schnell anstrengend, wenn einem der Ausgang der Partie aber egal ist, hat Fußball beste Zen-Qualitäten, das sanfte Vor und Zurück, das Hin und Her, ohne – und das kann ich als Amerikaner gar nicht genug betonen – Auszeiten oder Werbepausen, von der Halbzeit mal abgesehen. Ich wünschte, das wäre auch bei anderen Sportarten möglich, aber hey, ich bin nicht so naiv zu glauben, dass es dabei nicht ausschließlich ums Geld ginge. Alt wie ich bin, kann ich mich noch an die Zeit erinnern, als Sportwetten verboten waren. Wie lange ist das her? Vielleicht zehn Jahre? Inzwischen laufen jedenfalls mehr Werbespots für Wettanbieter als für Bier.

Wenn es mir wichtiger wäre, würde ich das verurteilen.

Craig hat einen Sohn. Er heißt Michael, ist erwachsen und wohnt in San Francisco. Sein Haus ist voller Familienfotos. Craigs verstorbene Frau Cassie ist auf jedem von ihnen zu sehen. Ich weiß nicht, wie ich das sagen soll, ohne unfreundlich zu erscheinen, aber Cassie war eine in jeder Hinsicht durchschnittlich aussehende Frau – aber vielleicht will ich so auch einfach nur betonen, dass wir alle jemanden haben sollten, der uns so sieht, wie Craig Cassie gesehen hat.

Craig schläft im Sessel ein. Er hat das Gästezimmer – Michaels früheres Zimmer – für mich hergerichtet. Ich lege mich hin und starre an die Decke und höre Craig im Nebenzimmer in seinem Sessel schnarchen.

Um Mitternacht surrt mein Handy. Es ist Molly. Ich gehe ran und frage: »Alles okay bei dir?«

»Ich kann nicht schlafen«, sagt sie.

»Ich auch nicht.«

»Wir gehen nicht wütend ins Bett«, sagt Molly.

»Ich bin nicht wütend.«

»Ich auch nicht. Komm nach Hause, Sami. Ich will dich hier bei mir haben.«

»Es tut mir leid, dass ich dir nicht von Spanien erzählt habe.«

»Das ist mir egal. Ich will nur, dass du zu uns nach Hause kommst.«

»Craig schläft schon.«

»Weck ihn auf und sag ihm, dass du nach Hause fährst. Oder schreib ihm einfach einen Zettel. Bitte.«

Ich lasse mich nicht zweimal bitten. Craig hat Verständnis und schläft sofort wieder ein. Meine App sagt, dass die U-Bahn Verspätung hat, also verprasse ich mein Geld für ein altmodisches Yellow Cab. Mein Vater war Taxifahrer. Dann hat er in Taxi-Medaillons investiert – also in damals streng limitierte Taxi-Lizenzen. Sie waren enorm wertvoll – in Spitzenzeiten kosteten sie fast eine Million Dollar pro Stück. Er hat den Großteil seiner Ersparnisse hineingesteckt und gute Gewinne gemacht. Dann kamen Uber und andere Ride-Sharing-Apps auf, die Medaillons sind von einer Million auf vielleicht hunderttausend Dollar gefallen, und mein Vater hat so ziemlich alles verloren.

Es ist spät nachts, daher ist es ein bisschen wie russisches Roulette, was für einen Fahrer man erwischt. Meiner ist ein gesprächiger Mann namens Dmitri Scull, er ist dünn, unrasiert und aufgedreht. Er erzählt, dass er früher in der Werbebranche tätig war.

»Ich hab eine tolle Kampagne für Verizon entwickelt«, sagt Dmitri.

Ich unterhalte mich gern mit Taxifahrern. Ich finde es schade, dass nur noch so wenige mit einem sprechen. Fast alle haben ihre Kopfhörer auf und reden stundenlang mit jemandem zu Hause, und ich frage mich oft, wer sie so sehr liebt. Vielleicht ist es wie bei Cassie. Man findet die Liebe überall, wenn man sie sucht. »Hab ich die Anzeige vielleicht mal gesehen?«, frage ich.

»Nein, sie wurde nicht verwendet. Aber es war eine brillante Idee. Soll ich Ihnen davon erzählen?«

»Klar.«
»Kennen Sie Bruce Springsteen?«
»Nicht persönlich.«
»Sein Song ›The Rising‹.« Dann singt Dmitri ihn für mich.
»*Come on up for the rising* ...«
»Kenn ich«, sage ich.
»Man ändert also nur ein Wort im Text«, erklärt er. »›The Rising‹ wird zu Verizon.«
Ich lächle und singe. »*Come on up for Verizon* ...«
»Genau.«
Den Rest der Fahrt singen wir es zusammen: »*Come on up for Verizon, come on up, lay your hands in mine* ...«
»Eingängig, oder?«
»Brillant«, stimme ich zu.
Molly öffnet die Tür, bevor ich anklopfen kann. Sie trägt das leuchtend rote Nachthemd, das mir schon immer am besten gefallen hat. Ich frage mich, ob sie es deshalb trägt, ob sie sich also noch umgezogen hat, oder ob es einfach an der Reihe war. Dann frage ich mich, warum ich mir solche unsinnigen Fragen stelle. Sie umarmt mich. Ich erwidere ihre Umarmung mit allem, was ich habe. »Es tut mir leid«, sage ich noch einmal. Sie bringt mich mit einem Kuss zum Schweigen. Ich küsse sie zurück. Sie riecht nach Geißblatt und Neutrogena Gesichtsseife, und dieser Kombination kann kein Mann widerstehen.

***

Am Morgen greife ich nach meinem Handy und sehe mir meine Textnachrichten an. Die erste ist von einer Nummer, die ich nicht kenne.

Molly sieht gut aus in Rot.

Ich schrecke auf. Molly schläft neben mir. Ich mache einen Screenshot und schicke ihn Marty.

Stell fest, wessen Nummer das ist.

Ich weiß, dass sie nichts finden werden. Mit einer dieser überall erhältlichen Burner-Apps ist es extrem einfach, anonyme Textnachrichten zu verschicken. Aber vielleicht bekommt Marty trotzdem etwas über die Nummer heraus.
Außerdem habe ich eine ziemlich klare Vorstellung davon, wer sie geschickt hat.
Tad Grayson.
Das denke ich zumindest, bis ich auf Zehenspitzen vom Bett zum Schlafzimmerfenster gehe und auf die Straße blicke. Als hätte ich nicht schon genug um die Ohren, parkt an der Ecke ein dunkelblauer Cadillac Escalade mit einem Nummernschild aus Connecticut.
Der Wagen der Belmonds.
Als ich in die Klamotten schlüpfe, regt Molly sich. »Was ist denn?«
»Schon gut, Schatz. Leg dich wieder hin.«
»Du behandelst mich schon wieder von oben herab?«
Sie hat recht. Ich sage: »Victoria Belmonds Wagen steht auf der Straße.«
»Glaubst du, dass sie hier ist?«
»Sie hat nicht geklingelt, also wohl nicht.«
»Das letzte Mal ist sie mit einem Uber-Wagen gekommen, ohne jemandem etwas zu sagen.«
»So ist es.«
»Und was macht ihr Wagen dann hier?«

»Genau das werde ich jetzt fragen.«
»Solltest du nicht lieber die Polizei rufen?«, fragt Molly.
»Und was soll ich denen sagen? Ein teures Auto parkt in unserer Straße?«
»Das ist schon ziemlich verdächtig«, sagt Molly grinsend.
»Ich mach das schon.«

Wir vereinbaren, dass Molly vom Fenster aus zusieht und das Telefon in der Hand hält, falls etwas schiefgeht. Ich habe eine Pistole. Ich bewahre sie verschlossen, versteckt und weit oben auf, und ich kenne die Statistiken über Waffen, die in der Wohnung aufbewahrt werden, daher werde ich sie wahrscheinlich aus der Wohnung entfernen, sobald Henry sich selbstständig bewegen kann. Andererseits war ich Polizist und wurde intensiv im Umgang mit Schusswaffen geschult. Ich kenne die Vor- und Nachteile. Ich weiß, was ich tue.

Soll ich sie herausholen? Vorsicht ist besser als Nachsicht? Ich beschließe, die Waffe nicht mitzunehmen. Ich gehe auf die Straße. Als Erstes sehe ich gegenüber an der Ecke einen verdächtig aussehenden Mann mit einem Gesichtstattoo, schmutzigblonden Haaren, einer ausgeblichenen Jeansweste und einer verspiegelten Sonnenbrille. Er hat eine verräterische braune Papiertüte in einer Hand. (Für diejenigen, die nicht wissen, was ich meine: In der Tasche befindet sich höchstwahrscheinlich eine Flasche Schnaps.) Als ich vorbeigehe, hebt er die Hand, als wollte er mit mir anstoßen. Ich nicke ihm kurz zu, bin mir nicht sicher, was ich von ihm halten soll. Verdächtig aussehende Gestalten, die schon am frühen Morgen trinken, sind in dieser Gegend nicht ungewöhnlich, aber irgendetwas an diesem Kerl versetzt meine Spiderman-Sinne in Alarm.

Ich biege rechts ab. Als ich den blauen Cadillac Escalade sehe, wird die Fahrertür geöffnet. Gun Guy steigt aus. Er lächelt mir zu und winkt. Beste Kumpel. Schnell blicke ich zu meinem Fenster hinauf. Molly ist da. Ich drehe mich wieder zu dem Zottelkopf um. Er stolpert davon, ist fast außer Sichtweite. Ich gehe auf Gun Guy zu. Er lächelt immer noch.

»Nett, Sie wiederzusehen«, sagt er, als ich näherkomme. Ich bin versucht, ihm einen Tiefschlag zu verpassen. Ich hätte das Recht dazu, weiß aber nicht, was das hier mitten auf der Straße nach sich ziehen würde. Als ich mich dem Auto nähere, öffnet er die hintere Tür, damit ich einsteigen kann. Ich blicke hinein, um zu sehen, wer da ist. Niemand.

»Haben Sie mir heute Morgen eine Textnachricht geschickt?«, frage ich.

»Nein«, sagt er. »Ich erledige meine Angelegenheiten lieber von Angesicht zu Angesicht.«

»Warum sind Sie hier?«

»Ich wurde beauftragt, Sie zum Anwesen zu bringen.«

»Zum Anwesen der Belmonds?«

Er lächelt wieder und deutet auf die offene Tür. »Warum steigen Sie nicht ein?«

»Meine Mami hat mir gesagt, dass ich nicht zu Fremden ins Auto steigen darf.«

»Ach, kommen Sie, Mr Kierce. Wir sind doch inzwischen alte Freunde, oder? Bitte. Machen Sie es sich bequem.«

»Verzichte«, sage ich und gehe zurück Richtung Haustür. Ist das ein Bluff? Ich bin mir selbst nicht ganz sicher. Ich glaube nicht, dass ich in Gefahr bin. Er weiß, dass ich ein Polizist war. Was kann er schon machen? Mich irgendwo hinfahren und meine Leiche verstecken? Wahrscheinlich will er mich wirklich zu den Belmonds bringen. Warum oder auf wessen Verlangen, weiß ich nicht. Aber neugierig bin ich schon. Trotzdem hoffe ich, dass er sich durch meine Ablehnung gezwungen sieht, weitere Informationen preiszugeben.

Gun Guy soll ein Paket abholen und abliefern. Wenn es ihm nicht gelingt, wird ihm das vermutlich als Versagen ausgelegt.

»Ihr Vater hat mich geschickt«, sagt er.

Ich bleibe stehen. Ich frage nicht, wessen Vater. Hier findet gerade ein Tänzchen um die Namen statt. Ich bin durchaus bereit, mich ein wenig im Takt der Musik zu wiegen.

»Was will er?«

»Diese Information übersteigt meine Gehaltsklasse.«

»Warum ruft er mich nicht an?«

»Übersteigt meine Gehaltsklasse.«

Ich drücke die erste Nummer meiner Kurzwahltasten. Als Molly rangeht, sage ich ihr, dass ich mit Gun Guy (den ich ihr gegenüber nicht so bezeichne) auf Wunsch von Victorias Vater einen Ausflug machen werde. Sie besteht darauf, dass wir zu FaceTime wechseln und es anlassen, um auf Nummer sicher zu gehen. Ich stimme zu, obwohl ich mir keine Sorgen mache. Molly hat das Nummernschild des Escalade gesehen, ich habe Fotos von Gun Guy gemacht, und wir wissen, für wen er arbeitet.

Als wir das Anwesen in Connecticut erreichen, öffnet sich das schmiedeeiserne Tor langsam. Auf der langen Zufahrt verabschiede ich mich von meiner geliebten Frau. Erst nach einer vollen Minute kommt das Haus in Sicht. Es ist natürlich riesig. Stattlich. Der klassisch graue Stein ist mit ein paar viktorianischen Elementen verziert, trotzdem könnte ich nicht sagen, ob es sich um ein historisches Gebäude in einem sehr guten Zustand handelt oder um ein neueres, das im Stil einer prachtvolleren Epoche errichtet wurde.

Als wir auf die Haustür zugehen, wird sie von innen geöffnet und ein mir wohlbekannter junger Mann tritt heraus.

Arthur von der White Shoe Kanzlei.

Ich müsste überrascht sein, ihm hier zu begegnen – und das bin ich wohl auch –, aber es ist eher so, als würden all meine Welten aufeinanderprallen und in einem winzigen Raum zusammengepfercht. Als das Auto hält, öffne ich selbst die Tür, noch bevor Gun Guy die Gelegenheit dazu bekommt. Arthur kommt mir mit ausgestreckter Hand entgegen. Ich schüttele sie – wieso auch nicht?

»Du arbeitest für Belmond?«, frage ich.

»Nein«, sagt Arthur. »Ich arbeite für dich.«

»Warum bist du dann hier? Oder eher: Warum bin ich hier?«

»Ich bin auf Mr Belmonds Bitte gekommen«, sagt Arthur.

»Aber um mich zu vertreten?«

»Ja. Mr Belmond möchte, dass wir ein paar grundsätzliche Dinge klären, bevor er sich mit dir trifft. Er war der Ansicht, dass es der Sache dienlich sein könnte, wenn er dir eine adäquate juristische Konsultation für alle eventuell aufkommenden Fragen anbietet.«

Ich starre ihn an. »Mhm. Und jetzt noch mal auf Englisch?«

»Mr Belmond möchte sich mit dir treffen.«

»Ja, so weit habe ich das verstanden.«

»Vor diesem Treffen möchte er jedoch sicherstellen, dass ihr beide ...«, Arthur blickt nach oben, als suche er nach dem Wort, »... abgesichert seid.«

»Moment, woher wusste Belmond überhaupt, dass wir uns kennen?«

Arthur setzt eine Miene auf, die mir wieder ins Bewusstsein ruft, dass es für einen Mann mit Belmonds Kontakten absolut kein Problem darstellt, an diese Information heranzukommen. Und er hat natürlich recht.

»Mr Belmonds erste Rechtsberaterin ist Leonore Spikes.«

»Sollte ich den Namen kennen?«

»Es ist zwar nicht wichtig, aber ja, eigentlich schon. Miss Spikes hat ein NDA aufgesetzt.« Dann fügt er hinzu: »Das steht für Non-Disclosure-Agreement, also eine Vertraulichkeitsvereinbarung.«

»Ich weiß, was ein NDA ist, Arthur.«

»In diesem Fall ist es sowohl stark standardisiert als auch extrem unflexibel. Du darfst über nichts, was mit diesem Treffen zu tun hat, sprechen. Du darfst nicht über die Belmonds sprechen. Du darfst nichts über die Familie Belmond oder die aus dem Treffen resultierenden Interaktionen mit den Familienmitgliedern verlautbaren.«

Ich runzle die Stirn. »Hast du gerade ›verlautbaren‹ gesagt?«

»Ich bin voll im Profimodus.«

»Und warum sollte ich diese Vertraulichkeitsvereinbarung unterschreiben?«

»Aus drei Gründen. Erstens, weil deine Unterschrift eine Vorbedingung für das bevorstehende Treffen ist.«

»Das ist kein Grund.«

»Zweitens: Es gibt Dinge, über die er dich eventuell in Kenntnis setzen würde. Er will sicher sein, dass du darüber schweigst.«

Wieder runzle ich die Stirn. »Auch das ist kein echter Grund. Und drittens?«

»Drittens: Mr Belmond ist bereit, für deine Unterschrift einhunderttausend Dollar zu zahlen.«

Das sitzt. Arthur versucht, eine ernste Miene aufrechtzuhalten.

»Einhunderttausend Dollar«, wiederhole ich.

»Ja.«

»Nur dafür, dass ich eine Vertraulichkeitsvereinbarung unterschreibe?«

»Ja.«

Ups. Belmond will ganz ohne Zweifel, dass ich den Mund halte. Und ich weiß nicht einmal genau, worüber. Ich nehme an, dass es um Spanien geht. Aber wieso weiß er überhaupt davon? Hat seine Tochter es ihm erzählt?

»Und wenn ich mich weigere zu unterschreiben?«

»Dann wirst du unverzüglich von Prinz Charming nach Hause gefahren. Die Familie wird keinen weiteren Kontakt zu dir aufnehmen, auf welcher Ebene auch immer. Wenn du dich in ihre Nähe begibst, wird ihr Anwalt eine einstweilige Verfügung beantragen, und sie sind so gut vernetzt, dass sie die auch bekommen werden.«

Ich versuche, das Ganze zu durchdenken. »Die hundert Riesen sind echt?«

»Vollkommen echt«, sagt Arthur. »Ihre Anwältin hat sogar darauf bestanden, dass das Geld unverzüglich auf dein Konto bei der Bank of America überwiesen wird, sobald du den Vertrag unterschreibst – also noch bevor du dich mit Belmond triffst.«

»Ich könnte das Geld gut gebrauchen«, sage ich.

»Ich weiß.«

»Ich habe das Gefühl, dass ich gekauft werde.«

»Das nehme ich auch an, ja. Willst du darüber reden?«

Ich überlege. Das Einzige, wovon ich etwas weiß, ist Spanien. Was könnte ich damit anfangen? Ich kann ja nicht einmal beweisen, dass die junge Frau – meine Anna – Victoria Belmond war. Ich vermute es. Ich nehme an, dass es so war. Beweise habe ich jedoch nicht. Selbst wenn ich der Familie schaden wollte, wie sollte ich das machen? Damit an die Presse gehen? Und was könnte ich denen erzählen? Vielleicht könnte ich auf die Art Ärger machen oder einen Skandal auslösen. Vielleicht reicht diese kleine Sorge den Reichen schon.

Und hunderttausend Dollar wären ein geringer Preis, um sicherzustellen, dass so etwas nicht passiert.

Einhunderttausend Dollar, Ladys and Gentlemen.

Mannomann, das Geld könnte ich wirklich gut brauchen. Ich bin pleite. Ich ersaufe in Schulden. Außerdem bin ich neugierig. Warum will Belmond sich mit mir treffen? Wenn ich mich weigere zu unterschreiben und zurückfahre, wird meine Untersuchung darüber, was vor zweiundzwanzig Jahren mit mir – und vor allem mit Victoria – geschehen ist, in einer Sackgasse enden. Wenn ich aber unterschreibe, wenn ich reingehe und mit ihm rede ...

Einhunderttausend Dollar, Ladys and Gentlemen.

»Ich unterschreibe«, sage ich.

Das ist die einzige Möglichkeit. Nur so erfahre ich mehr. Und wenn bei dem Treffen nichts herauskommt ...

Einhunderttausend Dollar, Ladys and Gentlemen.

Und es kommt noch etwas hinzu. Wenn sie versuchen, etwas Schlimmes zu vertuschen, ein Verbrechen, das meiner Meinung nach verfolgt werden muss, werde ich einen Weg finden, die Vereinbarung zu brechen. Verklagt mich doch, ihr Arschlöcher. Ich habe sowieso kein Geld, außer ...

Ich werde es nicht noch einmal sagen.

Arthur öffnet die riesige Eingangstür und führt mich hinein.

»Moment«, sage ich, »machst du das pro bono?«

Arthur sieht mich an, als hätte ich ihn gefragt, ob es den Osterhasen wirklich gibt. »Ich arbeite nicht umsonst, Kierce, aber mach dir keine Sorgen. Auch das habe ich für dich in dieser Sache ausgehandelt – die Anwaltskosten.«

»Kluger Schachzug«, sage ich.

»Eben. Vor allem, weil du eh nicht in der Lage gewesen wärst, mich zu bezahlen, wenn du nicht unterschreiben würdest.«

SIEBZEHN

Im Haus sieht es nicht so aus, wie ich erwartet hatte. Weder Marmor noch Gold, keine kitschigen Säulen, keine Picassos oder Ähnliches. Es ist eher von der Smithsonian Institution inspiriert als vom Gilded Age. Vom Eingangsbereich gelangt man nicht etwa in ein Wohnzimmer oder einen Ballsaal, sondern in eine atemberaubende zweistöckige Bibliothek, die an *Die Schöne und das Biest* erinnert, nur dass sie, na ja, größer ist. Sie enthält signierte Erstausgaben von Dickens, Fitzgerald, Hemingway und Harper Lee. Ich erinnere mich, dass die Notiz, die Victoria bei sich hatte, als sie gefunden wurde, von jemandem geschrieben wurde, der sich selbst als »Bibliothekar« bezeichnete. Hat das etwas zu bedeuten? Wahrscheinlich nicht. Reiche Leute haben Bibliotheken. Ist so ein Ding von denen.

Mittendrin stehen ein Stegosaurus-Skelett und ein Raumanzug des Kosmonauten Juri Gagarin. Und die Luke einer Apollo-Kapsel, die auf dem Mond gelandet ist. Den Originalbriefwechsel zwischen John Adams und Thomas Jefferson findet man hier ebenfalls. Ich weiß das, weiß, worum es sich bei diesen Dingen handelt, weil jedes einzelne Stück hier mit einem kleinen Schild versehen ist.

Zwei Frauen erwarten uns hinten in der Bibliothek an einem hölzernen Bibliothekstisch. Auch vorne und in der Mitte der Bibliothek stehen Tische, ich vermute aber, dass man uns hierhergeschickt hat, um mit den Ausstellungsstücken Eindruck zu schinden. Wenn das beabsichtigt war, hat es geklappt, auch wenn ich denke: *Was bringt es uns, wenn Sie mich mit Ihren überteuerten Artefakten beeindrucken?*

Eine schwarze Frau in einem perfekt geschnittenen Kostüm erhebt sich und streckt mir die Hand entgegen. Ich habe sie schon mal gesehen, weiß aber nicht, wo. Vielleicht in irgendeiner Talkshow, vielleicht war sie mal in den Nachrichten oder so etwas. Sie sieht so aus – was auch immer das heißt. Sie strahlt Professionalität aus.

»Lenore Spikes«, sagt sie mit einer beruhigenden UKW-Radio-Stimme zu mir. »Ich bin die Chefjustiziarin und Vizepräsidentin von Belmond Industries. Dies ist Jill McClain. Sie ist Notarin und wird Ihre Unterschrift beurkunden. Ihre Bankdaten hat Ihr Anwalt uns bereits gegeben, sodass wir das Geld innerhalb weniger Sekunden auf Ihr Konto transferieren können.«

Wir setzen uns an den Tisch. Ich unterschreibe. Lenore Spikes versendet eine Nachricht auf ihrem Handy.

»Das Geld ist überwiesen«, sagt sie und steht auf. »Sollen wir?«

»Einen Moment.«

Ich rufe meine Bank-App auf. Ich benutze sie nicht sehr oft, daher brauche ich ein paar Minuten für die Anmeldung. Ich sehe mir den Kontostand an. Er ist bereits aktualisiert. Weil ich weiß, dass Molly den Kontostand oft besorgt checkt, schicke ich ihr eine kurze Textnachricht:

Ja, es sind 100 000 Dollar mehr auf dem Konto. Ich erklär dir das später.

Ich füge ein Herz-Emoji hinzu. Molly antwortet fast sofort mit doppelten Ausrufezeichen.

Arthur zieht mich zur Seite. »Ich warte hier, falls du mich brauchen solltest.«

»Ich werde dich nicht brauchen.«

»Ich rechne hier stundenweise ab, und Belmond zahlt.«

»Andererseits ist es vielleicht auch nicht ganz ausgeschlossen.«

Arthur klopft mir auf die Schulter. »Guter Junge.«

Lenore Spikes führt mich einen Korridor entlang. »Wissen Sie etwas über Archie?«

Archie Belmond. Victorias Vater. »Eigentlich nicht.«

»Sie sind aus Newark, richtig?«

»Ich bin dort geboren, ja.«

»Archie auch. Im Beth Israel Hospital. Aufgewachsen ist er in einem Nachbarort. In Irvington. Arme Familie. Sein Vater war Anstreicher, seine Mutter machte die Aktenablage in einem winzigen Buchhalterbüro. Auf der Highschool war Archie ein Mathegenie. Mit siebzehn hatte er die Idee für ein Monitoring-System in Privatwohnungen, mit dem Gesundheitsdienstleister die Symptome und Vitalparameter der Bewohner überwachen konnten. Sie haben doch sicher diese Geschichten gehört, über Leute, die ihr Unternehmen in einer Garage gründen?«

Ich nicke.

»Archies Familie hatte keine Garage. Auch kein Auto. Ein Hausmeister des örtlichen YMCAs hat ihm einen ungenutzten Kellerraum zur Verfügung gestellt. Ohne Klimaanlage und praktisch unbeheizt. Dort hat Archie das Unternehmen gegründet, das man heute als Belmond Industries kennt. Als Archie groß herauskam, hat er dem Hausmeister zehn Prozent an seiner Firma übereignet. Diesen Teil der Geschichte werden Sie nicht kennen. Archie wollte das nicht an die große Glocke hängen, und der Hausmeister wollte nicht, dass die

Sache bekannt wird. Haben Sie das coole Zeug in der Bibliothek gesehen?«
Ich nicke.
»Davon bleibt nichts länger als zwei Monate im Haus. Darum auch die Schilder. Die Belmonds verleihen die Exponate an Museen. Sie sind ständig im Umlauf. Die Familie kauft das alles auch nur aus Privatsammlungen und macht es so für die Öffentlichkeit zugänglich – oft zum ersten Mal. Die Belmonds haben eine der größten wohltätigen Stiftungen im den Vereinigten Staaten gegründet. Das ist nicht bekannt, weil Archie nicht in der Öffentlichkeit stehen will – besonders dann nicht, wenn es darum geht, dass er Gutes tut. Er spendet und besteht darauf, dass es weder Danksagungen noch Bankette gibt und dass auch keine Gebäude nach ihm benannt werden. Das ist nicht sein Stil.« Und weiter: »Sie werden sich sicher fragen, warum ich Ihnen das alles erzähle.«
Ich zucke die Achseln.
»Sie denken, dass Sie auf wohlstandsverwöhnte reiche Menschen treffen. Das tun Sie nicht. Sicher haben Sie sich ein Bild von den Belmonds gemacht. Dieses Bild ist falsch. Archie ist mit leeren Händen aufgewachsen. Er hat seine Frau Talia in Princeton kennengelernt. Sie stammt aus Columbus, Ohio, und hat dort mit einem Stipendium der American Legion studiert. Sie war die Erste aus ihrer Familie, die auf die Universität gegangen ist. Ihr Vater hat bei der Post gearbeitet. Es sind gute Menschen. Und trotz des ganzen Prunks hier, haben sie eine Menge durchgemacht.«

Lenore Spikes biegt nach links ab und geht den Korridor hinunter in einen Raum mit einer hohen Kathedralendecke aus Holz. »Wollen Sie das kitschige Ende meiner Geschichte auch noch hören?«

»Klar.«

»Der Hausmeister, dem zehn Prozent der Firma gehören, hat eine Tochter. Sie hat Jura studiert und arbeitet jetzt als Chefjustiziarin des Unternehmens.«

»Sie haben recht«, sage ich.

»Inwiefern?«

»Das ist kitschig.«

Sie lächelt und öffnet die Tür. Ich betrete einen Glaspavillon mit einer riesigen Kuppel und beeindruckend viel Blattwerk. Die vier Belmonds – Vater (Archie), Mutter (Talia), Sohn (Thomas, der Kleiner-T), Tochter (Victoria) – stehen im Raum verteilt, als hätte ein Regisseur sie so platziert, bevor der Vorhang sich hebt. Victoria steht ganz rechts und ringt die Hände. Als ich sie ansehe, schenkt sie mir ein zaghaftes Lächeln. Was die anderen drei betrifft, so weiß ich wirklich nicht mehr über sie, als was mir Lenore Spikes gerade mitgeteilt hat. Die Pink Panthers haben mir einen biografischen Abriss geschickt. Thomas, der einen Drink in der Hand hält, ist verheiratet, hat zwei Töchter, wohnt um die Ecke und arbeitet für Belmond Industries in der schwer fassbaren Position eines Vizepräsidenten der Marketing-Abteilung. Nach allem, was man hört, ist er ein anständiger Kerl, das, was man früher eine Stütze der Gesellschaft nannte. Ich weiß aber auch, dass er als Jugendlicher harte Zeiten durchgemacht hat und mehrfach verhaftet wurde, was, wenn er aus armen Verhältnissen stammen würde, Gefängnisstrafen zur Folge gehabt hätte. Aber wenn man reich ist, geht das alles als jugendlicher Überschwang durch und man kommt so davon. Ich missgönne das dem Mann nicht. Ich missbillige nur, dass andere nicht die gleichen Chancen bekommen.

Die Mutter, Talia Belmond, erhebt sich aus einem dunkelgrünen Ohrensessel. Sie steht dort in beinahe majestätischer

Haltung, ihre vollständig ergrauten Haare sind zu einem Pferdeschwanz nach hinten gebunden, was die blauen Augen und die hohen Wangenknochen betont. Sie trägt etwas, das wie ein weißes Herrenhemd mit Button-Down-Kragen aussieht – ich weiß nicht, wie ich auf Herrenhemd komme, sieht eine weiße Bluse mit Button-Down-Kragen nicht genauso aus? –, mit hochgekrempelten Ärmeln, sodass die knorrigen Unterarme zu sehen sind.

Und schließlich ist da Archie, der Familienpatriarch, der als Erster zu mir kommt und mich begrüßt. Er ist der joviale Typ, etwas weich in der Mitte, lächelt breit und hat eine Glatze. Er streckt eine pummelige Hand aus, schüttelt meine genüsslich und stellt sich vor. Seine Frau tut es ihm gleich. Als sein Sohn auf mich zukommt, lasse ich die Hand sinken.

»Tut mir leid wegen neulich Abend«, sagt Thomas, Kleiner-T, zu mir.

»Ja, das war blöd«, sage ich. »Drohen Sie allen, die Ihr Grundstück betreten, damit, sie umzubringen?«

»Wir sind sehr auf unsere Sicherheit bedacht«, sagt Thomas. »Aber wir hätten Ihnen nichts getan.«

»Ihr Mann hat mich geschlagen, also ist das gelogen«, sage ich.

»Ich meinte ...«

»Sie wohnen nicht hier, stimmt's, Thomas?«

»Nein, tu ich nicht.«

»Was wollten Sie dann in dieser Nacht hier?«

Er erstarrt. »Ist das Ihr Ernst?«

»Ja.«

»Meine Familie wohnt hier.«

»Und daher haben Sie beschlossen, dem Sicherheitsdienst beizutreten?«

»Ja, im Prinzip war das so. Ich war zu Besuch, und dann

ging der Sensor los. Es ist schon eine ganze Weile her, dass jemand unbefugt das Grundstück betreten hat.«

»Und Ihre übliche Reaktion besteht darin, solche Eindringlinge körperlich anzugreifen und Morddrohungen auszusprechen?«

»Sie haben das Grundstück unbefugt betreten.« Thomas sieht zu seinem Vater hinüber. Archie Belmond räuspert sich, setzt ein unbeholfenes Lächeln auf und sagt: »Ich glaube, ihr geht jetzt lieber, damit ich mich alleine mit Mr Kierce unterhalten kann. Ich wollte nur, dass ihr ihn alle kennenlernt, damit ihr wisst, dass wir die Sache, über die wir gleich reden werden, gemeinsam angehen.«

Ich weiß nicht genau, was er damit sagen will, frage aber nicht nach. Die Familie verlässt den Pavillon. Zuerst Talia, die kein Wort gesagt hat, dann Thomas. Bevor er geht, sagt er: »Tut mir leid, was passiert ist. Wirklich.«

Das klingt ehrlich, ich antworte aber trotzdem nicht, sondern versuche, Anna in die Augen zu schauen – ich weiß, dass ich sie manchmal Victoria nenne, aber in meinem Kopf wird sie wohl immer Anna bleiben –, doch sie meidet jeden Blickkontakt. Sie verlässt den Raum als Letzte, und bevor sie die Tür hinter sich schließt, sieht sie mich endlich an und nickt mir fast unmerklich zu.

Jetzt bin ich allein mit Archie Belmond. Ich fand es interessant, was Lenore Spikes über den Mann erzählt hat. Ich bin immer davon ausgegangen, dass die Reichen anders aussehen und sich anders verhalten – und meistens tun sie das ja auch. Nicht besser oder gar außergewöhnlich. Man erkennt sie auch nicht immer an offensichtlichen Äußerlichkeiten wie teurer Kleidung oder Schmuck. Archie Belmond trägt Jeans und einen blauen Pullover. Keine Ahnung, ob die Sachen aus dem Kaufhaus oder einer teuren Boutique stammen. Aber meistens sieht man es irgendwie. Bei ihm könnte ich es nicht sagen. Archies Aussehen und Verhalten bieten mir keine Hinweise. Er ist angenehm unauffällig.

»Danke, dass Sie so kurzfristig kommen konnten«, sagt er. »Entschuldigung auch für diesen ganzen juristischen Vorlauf. Lenore haben Sie ja bereits kennengelernt?«

»Ja.«

»Dann verstehen Sie es vielleicht. Sie nimmt es mit diesen Dingen ganz genau.«

»Klar«, sage ich.

»Ich werde versuchen, nicht noch mehr von Ihrer Zeit zu vergeuden. Ich weiß, dass Sie mit Victoria gesprochen haben. Ich weiß, dass Sie glauben, ihr womöglich in Spanien begegnet zu sein, als sie ...« Er bricht ab, schließt die Augen.

Ich überlege, ob ich ihn hier korrigieren soll, dass es nicht um *glauben* geht, und ich seiner Tochter auch nicht *womöglich* begegnet bin, aber was würde das bringen?

»Seit ihrer Rückkehr sind vierzehn Jahre vergangen. Das wissen Sie doch, oder?«

»Ja, das tue ich.«

»Ich will ehrlich zu Ihnen sein – Sie sind nicht der Erste, der eine solche Vertraulichkeitsvereinbarung unterschrieben hat. Wir haben im Laufe der Jahre Dutzende von Ermittlern beauftragt – die ersten natürlich schon damals, als Vic vermisst wurde. Das FBI ist auch drangeblieben. Ich will gar nicht behaupten, dass sie nicht alles getan hätten. Sie haben ein Kind, stimmt's?«

»Ja«, sage ich.

»Niemandem liegt Ihr Kind so sehr am Herzen wie Ihnen. Das wissen Sie doch, oder?«

»Das tue ich.«

»Also haben wir unsere eigenen Leute angeheuert. Und

dann, als Victoria endlich wieder da war ... hatte sie elf Jahre ihres Lebens verloren. Sie waren einfach weg. Komplett verschwunden. Und ich bin mir gar nicht sicher, ob ich mir wünschen soll, dass sie sich wieder an diese Jahre erinnert – wohl eher nicht –, aber die Person oder die Personen, die ihr das angetan haben, wurden nie gefasst. Sie haben nicht dafür bezahlt. Und damit können Talia und ich nicht leben.«

Er hat ein Glas mit etwas, das wie Eistee aussieht, vor sich stehen. »Hat man Ihnen etwas zu trinken angeboten?«

»Ich brauche nichts«, sage ich.

»Ich habe gehört, dass Sie als Polizeibeamter mehrfach ausgezeichnet wurden«, fährt Belmond fort.

»Das war einmal.«

»Und jetzt sind Sie Privatdetektiv.«

»Ich habe keine Lizenz.«

»Arthur sagte, dass Sie für ihn Aufträge übernehmen.«

»Das ist richtig.«

»Dann möchte ich, dass Sie für mich einen Auftrag übernehmen. Oder für uns, um genau zu sein. Für die ganze Familie.«

»Sie sagten, Sie hätten schon andere Ermittler engagiert.«

»Das stimmt.«

»Ich nehme an, dass es sich um große Detekteien handelte, die ganz andere Möglichkeiten haben.«

»So ist es.«

»Warum sollte ich dann mehr herausbekommen?«

Archie Belmond wendet den Blick ab, trinkt einen kleinen Schluck und sagt: »Keiner von ihnen hat etwas von Spanien gewusst.«

Ich nicke bedächtig. »Dann glauben Sie mir, dass ich ihr begegnet bin?«

»Victoria hat Sie aufgesucht, nachdem sie Ihr Bild gesehen hat, nicht umgekehrt. Ja, daher glaube ich Ihnen.«
Deshalb bin ich also hier.
Er trinkt einen kräftigen Schluck Eistee. »Ging es Victoria gut?«, fragt er. »Ich meine, als Sie bei ihr in Spanien waren. Hat sie gelitten oder …?«
»Nein«, sage ich. »Sie hat nicht gelitten.«
Er nickt, schließt die Augen und trinkt noch einen Schluck.
»Wenn Sie nichts dagegen haben, möchte ich kurz über den geschäftlichen Teil sprechen.«
»Fahren Sie fort.«
»Talia und ich möchten Sie einstellen, damit Sie untersuchen, was mit meiner Tochter geschehen ist. Sie werden für uns arbeiten. Sie werden mich, und nur mich, darüber informieren, was Sie in Erfahrung bringen. In der Vertraulichkeitsvereinbarung wird die gesamte Arbeit, die Sie für mich leisten, als anwaltliche Ermittlungstätigkeit bezeichnet, sodass Sie der gesetzlichen Schweigepflicht unterliegen und nicht gezwungen werden können, jemanden über irgendwelche Erkenntnisse zu informieren. Ich möchte, dass Sie mir alles erzählen, was Sie herausbekommen – und später, wenn wir fertig sind, wenn wir alles darüber wissen, was mit unserer Tochter geschehen ist, möchte ich, dass Sie sich komplett aus dem heraushalten, was wir mit diesen Informationen machen.«
Ich überlege. »Nehmen wir an, ich hätte großes Glück. Nehmen wir an, ich finde die Entführer.«
»Dann sagen Sie es nur mir.«
»Was ist mit der Polizei?«
»Das ist meine Entscheidung. Alle Arbeitsergebnisse gehören mir. Ich kann damit zur Polizei gehen. Ich kann es aber auch lassen.«

»Ich weiß nicht recht, ob mir das gefällt.«
»Es tut mir leid, Mr Kierce, aber dieser Punkt ist nicht verhandelbar. Ich werde meine noch immer traumatisierte Tochter nicht erneut den Medien oder langwierigen Gerichtsprozessen aussetzen. Ich werde nicht zulassen, dass sie noch einmal zum Opfer gemacht wird, von wem auch immer. Haben wir uns verstanden?«

Ich schweige.

»Wenn Sie die Personen gefunden haben, die sie entführt haben, sagen Sie es mir. Das ist alles. Das ist Ihre Aufgabe. Was danach passiert, geht Sie nichts an. Das ist dann allein meine Entscheidung.«

Er scheint von Selbstjustiz zu sprechen. Davon, das Recht in die eigenen Hände zu nehmen. Ich verstehe seine Sichtweise. Die Wahrscheinlichkeit, dass ich die Verantwortlichen finde, ist sehr gering – aber die Wahrscheinlichkeit, dass ich nach all diesen Jahren ausreichend Beweise finde, um sie festzunehmen und hinter Gitter zu bringen, ist verschwindend gering.

Belmond will die Sache selbst in die Hand nehmen.

Ich verstehe das. Aber es gefällt mir nicht.

Archie Belmond beendet mein Zögern. »Lassen Sie uns über die Einzelheiten und die Vergütung sprechen«, sagt er. »Ich möchte Sie für die nächsten drei Monate anstellen, in denen Sie sich ausschließlich darum kümmern herauszufinden, was mit Victoria passiert ist. Sie bekommen dafür eine halbe Million Dollar plus sämtliche anfallende Spesen.«

Ich versuche, ihn nicht mit überquellenden Augen und offenem Mund anzustarren, glaube aber nicht, dass mir das wirklich gelingt.

Eine halbe Million Dollar, Ladys and Gentlemen.

Dazu kommen die Hunderttausend, die ich schon »verdient« habe, indem ich hergekommen bin.

»Die Hälfte des Geldes wird Ihnen heute überwiesen«, fährt er fort. »Die andere Hälfte erhalten Sie in drei Monaten, wenn die Sache beendet ist.«

Ich bin ein moralischer Mensch und habe meine Skrupel und alles, aber mal ehrlich? Fünfhundert Riesen? Das ist nicht nur viel Geld – das ist *lebensverändernd* viel Geld. Es bedeutet, dass meine Familie ein besseres (oder zumindest leichteres) Leben führen kann. Ich wäge die Vor- und Nachteile ab, die es mit sich bringt, wenn ich diesen Job annehme, und die Vorteile überwiegen eindeutig. Mir schwirrt der Kopf. Ich weiß nicht, ob ich objektiv bin oder Dollarzeichen vor den Augen habe, aber wenn ich Nein sage, verliere ich vermutlich den Kontakt zu den Belmonds und erfahre nichts Neues – und das will ich nicht. Ja, mir ist klar, dass Archie Belmond mich in gewisser Weise kaufen will. Wenn ich zustimme, kann ich meine Spanien-Geschichte niemandem mehr erzählen ... aber wem sollte ich sie schon erzählen? Wer würde mir glauben oder sich dafür interessieren? Was könnte ich überhaupt preisgeben? Andererseits macht Belmond genau das, oder? Er zahlt dafür, dass das, was in Spanien passiert ist, geheim bleibt. Oder nicht? Weiß er schon Bescheid? Hat Victoria sich erinnert? Erinnert sie sich schon die ganze Zeit?

Wenn ich dieses Angebot ablehne, werde ich es nie erfahren.

Die Chancen stehen gut, dass meine Ermittlungen sowieso ins Leere laufen. Ich bin gut, sogar verdammt gut, aber so gut nun auch wieder nicht. Aber wenn ich sein Angebot ablehne bin ich raus. Dann ist Schluss. Wenn ich es aber annehme, wenn ich am Ball bleibe, wenn ich weiter ein bisschen herumdribbeln kann, habe ich wenigstens eine kleine Chance.

Oh, und eine halbe Million Dollar, Ladys und Gentlemen. Eine halbe Million!

Ich räuspere mich. »Ich brauche Zugang zu allem – Verwandten, alten Freunden, Polizeiakten, Ermittlungsberichten.«

»Selbstverständlich«, erwidert Belmond. »Im Gegenzug bitten wir Sie, so diskret wie möglich vorzugehen.«

»Sie wollen nicht, dass ich Aufmerksamkeit errege. Alles klar.«

»Sind Sie dabei?«

Ich nicke. »Ja, ich bin dabei.«

»Fantastisch. Fangen wir sofort an, wenn es Ihnen nichts ausmacht. Was ist damals in Spanien passiert?«

ACHTZEHN

Ich bin mir nicht sicher, ob ich über Spanien reden soll, wenn Victoria nicht dabei ist, doch Archie Belmond erklärt: »Vic hat Sie nicht darum gebeten, weil sie noch nicht sicher ist, ob sie es überhaupt hören will.«
Also erzähle ich es ihm. Ich erzähle von dem Treffen in der Discoteca Palmeras, den Lacrosse-Bros und alldem. Natürlich gehe ich nicht auf die unanständigen Einzelheiten der Nächte ein, die wir in ihrer Wohnung verbracht haben. Mir ist zwar klar, dass der Rest des Geschehens im Vergleich etwas lahm erscheinen mag, aber der Mann ist ihr Vater. Ich betone immer wieder, vielleicht um ihn zu beruhigen, dass Victoria/Anna nie in Not zu sein schien. Wir hatten Spaß, sage ich ihm. Ich habe mich in sie verliebt und angenommen, dass sie sich auch in mich verliebt hatte, aber wir waren nur Kids auf dem europäischen Äquivalent des Springbreak.
»Und wie ist die Sache zu Ende gegangen?«, fragt Archie Belmond.
Und an dieser Stelle treffe ich eine Entscheidung, die mich überrascht. Ich hatte damit gerechnet, dass ich ihm die Wahrheit sagen würde. Schließlich zahlt der Mann mir gutes Geld. Er hat dabei genauso viel zu verlieren wie ich. Wir arbeiten zusammen mit demselben Ziel – herauszufinden, was wirklich mit seiner Tochter passiert ist, und ganz nebenbei auch, was mir an jenem Morgen in Spanien widerfahren ist. Aber etwas in meinem Gehirn – ein alter, primitiver Instinkt – sagt

mir, dass es unklug wäre zu gestehen, dass ich mit einem blutigen Messer in der Hand neben der vermeintlichen Leiche seiner damals vermissten Tochter aufgewacht bin.

Und was sollte es auch bringen? Als Polizist habe ich gelernt, dass man mit Informationen nicht einfach nach Belieben um sich schmeißt. Man hält so viel zurück, wie man kann. Oder wie mein Vater es gesagt hätte: Man kann später immer noch etwas sagen, kann aber nichts »ungesagt« machen. Stattdessen erzähle ich Archie Belmond etwas, das man großzügig als eine Halbwahrheit bezeichnen könnte. Ich erzähle ihm, dass ich betrogen wurde – von seiner Tochter und ihrem Partner Buzz, dass ich aufgewacht bin und mein Geld weg war und dass wir uns nie wieder gesehen haben.

»Bis sie in Ihren Kurs gekommen ist«, sagt Archie, als ich fertig bin.

»Ja.«

»Sie sagen, sie hätte Sie ausgeraubt.«

»Sie oder Buzz. Oder beide zusammen.«

Archie Belmond reibt sich das Kinn. »Eins verstehe ich daran nicht.«

Ich warte.

»Als Vic in Ihrem Kurs erschien, haben Sie sofort gewusst, wer sie ist.«

Keine Antwort von mir.

»Sie haben sie seit einem Vierteljahrhundert nicht gesehen. Ihre Haare sind anders. Sie ist älter geworden. Und auch sonst hat sie sich sehr verändert. Und obwohl sie am anderen Ende des Seminarraums gestanden hat, haben Sie sofort gewusst, dass diese Mittvierzigerin das Mädchen ist, das Sie in Spanien kennengelernt haben. Wieso?«

»Das ist eine berechtigte Frage«, sage ich.

Darüber habe ich auch schon nachgedacht, allerdings habe ich ihm ja nicht die ganze Geschichte erzählt. Er hat nur eine geschönte Version gehört. Vielleicht erinnert man sich nicht an ein Mädchen, mit dem man eine Affäre hatte oder das einen ausgenommen hat. Aber man erinnert sich *auf jeden Fall* an ein Mädchen, das einen glauben gemacht hat, dass es ermordet wurde – und zwar von dir in einem von Drogen und Alkohol hervorgerufenen Gewaltrausch. Aber ich gebe ihm eine andere Antwort, an der wahrscheinlich auch etwas wahr ist.

»Vielleicht, weil sie weggelaufen ist, als ich sie gesehen habe«, sage ich. »Ich glaube nicht, dass ich sie sofort erkannt habe. Aber als sie losrannte, hat es Klick gemacht.«

Es stehen bereits so viele Halbwahrheiten im Raum, dass selbst ich nicht mehr sicher bin, wie viel Einfluss das auf die ganze Sache hat.

»Und was ist jetzt Ihr erster Schritt?«, fragt Archie.

»Ich möchte mit Ihrer Frau sprechen.«

***

Ich treffe Talia Belmond im Tennis-Outfit an, als sie auf dem Weg zum Platz ist. Ich frage sie, ob wir uns vor dem Spiel noch unterhalten können. Sie sieht etwas länger als nötig auf ihre Uhr. Ohne den Blick davon abzuwenden, sagt sie: »Darf ich Ihnen eine Frage stellen, Mr Kierce?«

»Natürlich.«

»Ist es dumm, was wir machen?«

»Ich kann Ihnen nicht folgen«, sage ich, was vielleicht nicht ganz der Wahrheit entspricht.

»Dass wir nicht aufhören. Dass wir immer weiter in der Vergangenheit herumwühlen.«

»Sie wollen erfahren, was mit Ihrer Tochter passiert ist«, sage ich. »Das ist ganz normal.«
»Uns geht es gut«, sagt Talia Belmond. »Als Familie. Uns allen. Auch Victoria. Sollen wir die schlafenden Hunde nicht lieber ruhen lassen?«
»Ist das eine rhetorische Frage?«
»Ich würde gerne Ihre Meinung hören.«
»Bei dem Geld, das Sie mir zahlen, mag das eigennützig klingen«, erwidere ich. »Aber nein, man soll schlafende Hunde nicht einfach ruhen lassen – wenn Sie entschuldigen, dass ich hier die Metaphern vermische –, aber ich habe schon viele Leute gesehen, die versucht haben, die Vergangenheit zu begraben. Das funktioniert eine Weile lang. Aber ganz egal, was da begraben wurde, irgendwann kriecht es wieder aus dem Boden.«
Sie nickt. »So sehe ich das auch«, sagt sie. »Als ob das, was damals passiert ist, immer noch hier wäre, immer noch bei uns, als ob es sich im Schrank versteckt oder, ja, irgendwo in der Erde verscharrt ist, und wenn wir es nicht selbst ausgraben, wird es uns irgendwann überraschend attackieren.«
»Klingt nachvollziehbar.«
»Ich mache mir allerdings Sorgen«, sagt sie. »Weil es auch um seelische Verletzungen geht, um einige sogar.«
»Sie wissen, dass ich früher Polizist war.«
»Ja, selbstverständlich«, sagt sie.
»Polizisten machen das häufig, sie versuchen, die seelischen Wunden aufzudecken, um Antworten zu finden. Das tut weh. Man muss das Ganze langsam und behutsam angehen. Wie bei einer archäologischen Ausgrabung, bei der man Bürsten statt Schaufeln verwendet, weil alles so zerbrechlich ist. Aber wissen Sie, was ich dadurch gelernt habe, dass ich das so oft gemacht habe?«

»Sagen Sie es mir.«
»Nichts heilt eine seelische Verletzung besser als eine Lösung und ein Abschluss.«
Talia Belmond sieht mir ins Gesicht. »Gilt das auch für Ihr eigenes Trauma?«
Ich schweige.
»Kommen Sie, Mr Kierce. Glauben Sie, ich wüsste nicht, dass Sie ein persönliches Interesse daran haben, hier Antworten zu finden?«
»Ja, das habe ich«, gebe ich zu. »Vielleicht haben Sie recht. Vielleicht bin ich derjenige, der eine Lösung und einen Abschluss braucht.«
»Klingt eher so, als bräuchten wir das beide«, sagt sie. »Also schießen Sie los. Stellen Sie Ihre Fragen.«
Ich springe direkt ins kalte Wasser. »Sie waren in jener Silvesternacht nicht zu Hause.«
»Das ist richtig.«
»Können Sie mir sagen, wo Sie waren?«
»Ich war in Chicago. Mein Vater war gerade ins Hospiz gekommen, und ich wollte noch etwas Zeit mit ihm verbringen.«
»Hat Ihr Mann Sie nicht begleitet?«
»Nein, er ist hiergeblieben.«
»Ist er auf irgendeine Silvesterparty gegangen?«
»Er war zu Hause.«
»Es war das Ende des Jahrtausends. Des Millenniums. Sie haben doch sicher eine Menge Einladungen zu Partys bekommen. Hatten Sie geplant, an einer teilzunehmen, bevor Ihr Vater ins Hospiz kam?«
»Warum ist das wichtig?« Bevor ich erklären kann, dass ich mich frage, ob jemand hätte glauben können, dass das Haus leer war, unterbricht sie mich, indem sie eine Hand

hebt. »Archie und ich haben nie groß Silvester gefeiert. Wir sind nicht weggegangen. Irgendwie sind wir sogar ein bisschen stolz darauf. Meistens haben wir um Mitternacht schon geschlafen. Aber in dem Jahr? Archie war ein wenig besorgt wegen des Jahr-2000-Problems. Erinnern Sie sich daran?«

Ich nicke. »Niemand wusste genau, was passieren würde, wenn die Computer von 1999 auf 2000 umsprangen.«

»Genau. Die Leute hatten Angst, dass die Computersysteme nicht in der Lage wären, zwischen 1900 und 2000 zu unterscheiden, dass es Chaos und Stromausfälle geben könnte und so weiter. Wir haben zwar nicht wie andere Vorräte angelegt, aber Archie ist zur Sicherheit zu Hause geblieben, damit er bei den Kindern ist.«

Das alles entsprach fast wortwörtlich dem, was Archie mir bereits gesagt hatte, einschließlich des Satzes, dass sie nie groß Silvester gefeiert haben. Dieses Echo stört mich nicht, erinnert mich aber daran, dass ihnen diese Fragen damals wahrscheinlich sehr oft gestellt worden waren.

»Na ja, als er schließlich sicher war, dass das Jahr-2000-Problem keine größeren Schwierigkeiten verursacht hatte, ist Archie in unser Flugzeug gestiegen und zu mir nach Chicago geflogen.«

»Wissen Sie noch, um welche Zeit er angekommen ist?«

»Nein, tut mir leid. Es war sehr spät. Wahrscheinlich drei oder vier Uhr morgens? Ich weiß nur, dass ich neben ihm aufgewacht bin.«

»Wo haben Sie übernachtet?«

»Im Four Seasons, glaube ich«, sagt sie, jetzt aber etwas genervt von meinen Fragen. »Ist das denn wirklich wichtig?«

Das ist es nicht. »Sie sind dann noch ein paar Tage geblieben?«

»Ja. Aber der Zustand meines Vaters hat sich stabilisiert, also sind wir wieder nach Hause geflogen.« Ich weiß bereits, dass ihr Vater drei Wochen später gestorben ist. Aber es gibt keinen Grund, das anzusprechen.
»Kann ich die nächsten Fragen kurz beantworten?«, fragt sie. »Nein, ich hatte nicht das Gefühl, dass etwas nicht stimmt. Ich war damit beschäftigt, mich um meinen Vater zu kümmern. Dass ich nichts von Victoria gehört habe, war nicht ungewöhnlich. Von Thomas habe ich auch nichts gehört. Das ist fünfundzwanzig Jahre her. Ich hatte kein Handy. Ich gehörte zu den letzten Verweigerinnen. Damals mochte ich keine Handys, und jetzt mag ich sie noch weniger. Archie hat Ihnen wahrscheinlich erzählt, dass er ein paar SMS von Victorias Handy bekommen hat. In einer stand ›Frohes neues Jahr‹. Er hat sie mir gezeigt. Thomas hat auch eine von ihr bekommen.«

»Wann haben Sie angefangen, sich Sorgen zu machen?«

»Das ist es ja.«

»Was ist was?«

»Am 3. Januar habe ich sie auf ihrem Handy angerufen. Sie ist nicht rangegangen, aber das war eine andere Zeit. Damals hatte niemand sein Handy ständig bei sich. Also habe ich mir nicht viel dabei gedacht. Ich habe mir Sorgen um meinen Vater gemacht. Ich will damit sagen, dass man erwartet, dass die Sorge einen ganz unvermittelt überfällt. Aber so war das damals nicht. Es war wie ein Sog, der ganz langsam immer stärker wurde. Ich habe angefangen, mich zu ärgern, dann habe ich mir Sorgen gemacht, und schließlich bin ich ein wenig in Panik geraten. Selbst als wir die Vermisstenanzeige bei der Polizei aufgegeben haben, war ich noch unsicher, ob das überhaupt nötig war. Victoria konnte ungestüm sein, sogar rebellisch. Ich nahm an, dass sie einen Mann kennengelernt hatte und für ein paar Tage mit ihm durchgebrannt war. Oder sie war bei einer anderen Freundin, an die wir nicht gedacht hatten. Sie denken, eine Mutter müsste es besser wissen, richtig? Sie müsste eine Art sechsten Sinn haben, der sich in einer solchen Situation meldet. Aber ich habe nichts bemerkt. Vielleicht weil ich abgelenkt war. Oder es war eine Art Selbstschutz, weil ich unbewusst die Wahrheit erkannt hatte und sie nicht wahrhaben wollte.«

Ihre Schuldgefühle strömen schubweise heraus. Es gibt keinen Grund, darauf herumzureiten. Offensichtlich hatte der Entführer diese SMS verschickt, oder er hatte sie gezwungen, sie selbst zu verschicken. Dann muss dem Täter wohl klar geworden sein, dass man den Standort des Handys orten konnte, also hat er damit aufgehört und das Handy vermutlich entsorgt. Trotzdem war es clever, diese SMS zu schicken. Sie hielten die elterlichen Sorgen in Schach, verschafften ihm Zeit, worauf die Spur schließlich erkaltete.

»Was ist?«, fragt sie.

»Würde es seltsam klingen, wenn ich vorschlage, dass wir elf Jahre überspringen und an dem Tag fortfahren, an dem sie wieder nach Hause kam?«

Sie lächelt. »Ein wenig.«

»Bevor ich das tue, können Sie mir irgendetwas über diese elf Jahre sagen, das mir weiterhelfen könnte?«

»Nein«, sagt sie schnell. »Die meiste Zeit war ich wie betäubt. Jeden Tag bin ich aufgewacht und konnte nicht glauben, dass das mein Leben sein sollte, dass ich aufstehen und mir die Zähne putzen musste, und dann, ich weiß nicht, nach ein oder zwei Jahren hatte ich wieder Appetit. Es gab Tage, an denen ich mich fast gut gefühlt habe, als würde ich wieder leben, und dann habe ich mich daran erinnert, dass sie immer noch weg war. So kam zum täglichen Schmerz noch der

Selbsthass, weil ich sie einen Moment lang vergessen hatte, mich kurz an etwas erfreut oder gelächelt hatte, es kam mir wie ein ungeheuerliches Vergehen vor.«

Ich schweige.

»Ich habe mir vorgestellt, dass ich Victoria treffe. In Fleisch und Blut. Hat Archie Ihnen das erzählt?«

Er hatte es kurz erwähnt, aber ich will sie nicht unterbrechen, also schüttele ich kurz den Kopf.

»Kennen Sie die Szenen in Fernsehserien, in denen ein Typ ein vermisstes Mädchen sucht, vielleicht seine Freundin oder so, und er glaubt, sie in einer Bar oder einem Club zu sehen, läuft zu ihr, tippt ihr auf die Schulter, woraufhin sie sich umdreht, und dann ist sie es gar nicht?«

»Natürlich.«

»Das war eine Zeit lang mein Leben. Einmal alle drei bis vier Monate, oder was weiß ich, wenn ich in New York City war, hätte ich schwören können – *schwören* –, dass Victoria auf der anderen Straßenseite war. Aber ich habe es nie rechtzeitig geschafft, zu ihr zu kommen. Oder sie war in einer Menschenmenge bei einem Konzert im Madison Square Garden, verschwand aber, bevor ich bei ihr war. Einmal war ich überzeugt, dass Victoria eine Barista in einem Starbucks war. Ich bin nach Hause gerannt und habe den armen Archie mit mir zum Starbucks geschleppt. Ich habe ihn gezwungen, jede Barista zu überprüfen. Er hat dem Manager sogar Geld dafür gegeben, dass er uns die Fotos der Baristas gezeigt hat, die nicht im Dienst waren. Archie war so gut zu mir. Er hat versucht, mir zu helfen, ein Ventil zu finden. Wir haben Vic's Place gegründet. Wissen Sie, was das ist?«

Ich nicke. »Eine Wohltätigkeitsorganisation für Mädchen in schwierigen Situationen?«

»Ja. Wenn wir anderen Mädchen helfen, wenn etwas Gutes

aus dem entsteht, was unserer Tochter widerfahren ist, na ja, entsteht dann nicht vielleicht eine Art kosmisches Gleichgewicht? Also haben wir Vic's Place gegründet. Ich habe dort auch ehrenamtlich mitgearbeitet. Sehr viel sogar. Und hin und wieder – wahrscheinlich können Sie sich denken, worauf ich hinauswill – habe ich dort ein Mädchen gesehen und war mir absolut sicher, dass es Victoria war. Deshalb bin ich zweimal in der Woche zur Therapie gegangen.« Sie bricht ab, schüttelt den Kopf. »Es wird nicht klar, worauf ich hinauswill, oder?«

»Ich finde, Sie machen das gut.«

»Ich will damit sagen, dass Therapeuten Traumata aus der Vergangenheit ausgraben. Psychiater machen das natürlich auch. Wie waren meine Eltern? Wurde ich als Kind je sexuell missbraucht? Was ist mit diesem Onkel, der so ein kleiner Lüstling war? So in der Art. Aber es war nichts von alledem. Ich hatte keine psychischen Probleme – ich wollte nur wissen, wo meine Tochter war. War sie tot? Lag sie irgendwo begraben? Hatte man sie im Meer versenkt? Wurde sie in irgendeinem Keller festgehalten – oder hatte sie einen Schlag auf den Kopf bekommen und ihr Gedächtnis verloren? Vielleicht ging es ihr ja gut und sie arbeitete gleich um die Ecke als Barista bei Starbucks. Die Ungewissheit war eine Qual. Also habe ich mir natürlich – *natürlich* – eingebildet, sie zu sehen. Und dann, eines Tages ... nach elf Jahren ...«, jetzt standen ihr Tränen in den Augen, »... ist dein Baby endlich wieder zu Hause.«

Ich versuche, die Sache so behutsam wie möglich anzugehen. »Können Sie mir etwas darüber erzählen?«

»Ich habe es nicht geglaubt. Welche Ironie, oder? Ich war immer diejenige, die sich eingebildet hatte, sie zu sehen, als man mir dann aber erzählte, dass man in diesem Diner eine

Frau mit kahl geschorenem Kopf gefunden hatte, war meine Angst zu groß, es zu glauben. Und als ich ihr das erste Mal begegnet bin, war ich nicht sicher, ob sie wirklich mein Baby war. Sie hat nichts gesagt. Die Polizei hat ihr eine Menge Fragen gestellt, aber sie hat nichts gesagt. Tagelang nicht. Wir haben sie mit nach Hause genommen. Archie hat darauf bestanden. Wir haben sie rund um die Uhr betreut. Und wir haben sofort einen DNA-Test gemacht. Man hat mir Blut abgenommen. Das war Archies Idee. Der Test hat bestätigt, dass sie Victoria ist. Rund um die Uhr habe ich bei ihr gesessen, bin ihr nicht von der Seite gewichen. Nicht eine Minute lang. Ich hatte Angst, dass sie verschwinden könnte. Oder dass ich aufwache und alles nur ein Traum war, wie die anderen Male. Am vierten Tag hat sie dann zum ersten Mal etwas gesagt.«

»Wissen Sie noch, was das war?«

»Natürlich. Victoria hatte ein riesiges Bett in ihrem Zimmer. Ich durfte neben ihr liegen. Wir sahen fern. Es lief *Der Preis ist heiß*. Ich habe ihre Hand gehalten, und sie hat gesagt: ›Bist du meine Mutter?‹«

Ich neige den Kopf. »Das war das Erste, was sie gesagt hat?«

Talia Belmond nickt. Die Tränen laufen ihr jetzt die Wangen hinab. »Es ist nicht, was Sie denken. Sie hat mich nicht gefragt, als wüsste sie es nicht. Es war keine Frage.«

»Sondern?«

Talia schluckt. »Es war ihr Lieblingsbuch. Als sie drei war. Ich habe ihr jeden Abend daraus vorgelesen. Ein altes Bilderbuch mit dem Titel *Bist du meine Mutter?* von P.D. Eastman. Erinnern Sie sich daran?«

»Ja«, sage ich.

»Und als Victoria klein war, hat sie, wenn ich sie abends

zugedeckt habe, nicht gesagt: ›Lies mir was vor‹, sie hat nur gesagt …«

»… ›Bist du meine Mutter?‹«

Talia blinzelt. »Da wusste ich es. Das war eindeutiger als jeder Bluttest. Das war jedenfalls der Anfang. Sie hat dann allmählich zu reden angefangen. Es hat eine ganze Weile gedauert, aber irgendwann war sie wieder bei uns. Es war das Schönste, was ich je erlebt habe. Es gibt ein altes Sprichwort: Ein Elternteil ist nur so glücklich wie sein traurigstes Kind.«

Ich denke darüber nach. »Tiefgründig«, sage ich und meine es auch so.

»Ja. Und deshalb möchte ich wissen, was mit Victoria passiert ist, Mr Kierce. Aber die Sache ist, dass meine Tochter gerade wirklich glücklich ist. Dieses Glück ist aber sehr zerbrechlich. Unser aller Glück. Es kann platzen wie eine Seifenblase.«

»Und Sie haben Angst, dass ich diese Blase zum Platzen bringe.«

»Das habe ich, ja.«

»Ich werde mich bemühen, das nicht zu tun.«

Mein Handy klingelt. Wie schon gesagt, habe ich es fast immer lautlos gestellt, außer für bestimmte Leute. Auf dem Display sehe ich, dass Molly anruft. Ich entschuldige mich und gehe in eine Ecke, während ich das Telefon ans Ohr halte.

»Molly?«

»Wo bist du?«

»Immer noch bei den Belmonds. Ist alles okay?«

»Nein«, sagt sie. »Jemand stalkt uns.«

NEUNZEHN

Laut der Navigations-App ist das Anwesen der Belmonds zweiundvierzig Minuten von dem Ort in der Lower East Side entfernt, an dem Molly ihren Marker gesetzt hat. Gun Guy bleibt auf dem Gas, was ich sehr zu schätzen weiß. Ich telefoniere weiter mit Molly. Sie ist mit Henry bei Katz's Deli, dem berühmten New Yorker Feinkostgeschäft und Café, das von sich behauptet, das älteste Deli in New York zu sein. Die Speisekarte ist umfangreich, aber wenn man etwas anderes als eine Variante des Pastrami-Sandwichs bestellt, hat man es verdient, mit Häme und Spott überschüttet zu werden. Ich sage ihr, dass sie dortbleiben, nicht weggehen, die Tür im Auge behalten und darauf achten soll, dass sie unter Leuten bleibt. Ich rufe Marty an, aber er ist auf dem Junggesellenabschied eines Freundes an der Küste New Jerseys. Ich würde auch Craig anrufen, aber was kann er schon tun? Ich überlege, ob ich die Polizei anrufen soll, aber was sollte das bringen?

Sie ist in einem belebten Restaurant. Sie sind sicher.

Laut meinem Navi bin ich jetzt noch vierunddreißig Minuten entfernt.

»Wann hast du gemerkt, dass du verfolgt wirst?«, frage ich.

»Ich hab ihn gesehen, als ich die Wohnung verlassen habe«, sagt Molly. »Und dann wieder, als ich aus dem Duane-Reade-Drogeriemarkt kam.«

»Wie sieht er aus?«

»Wie ein Bilderbuch-Bösewicht. Sonnenbrille, obwohl es bedeckt ist. Lange Haare.«

Ich setze mich auf. »Halstattoo und Jeansjacke?«

»Du kennst ihn?«

»Er war draußen, als Belmond mich abholen ließ. Ist er noch vor der Tür? Siehst du ihn noch?«

»Ich bin nicht mehr am Fenster.«

Ich checke das Navi. Noch vierundzwanzig Minuten. Ich will ein Foto von dem Mann, andererseits soll Molly kein Risiko eingehen. Ich sage ihr, sie soll an Ort und Stelle bleiben. Fünf Minuten später erhalte ich eine Textnachricht auf meinem Handy:

> In diesem blauen Outfit gefällt Molly mir nicht so gut.

»Molly?«

»Ja?«

»Was hast du an?«

»Dies scheint mir nicht der richtige Zeitpunkt für einen Flirt zu sein, Sami.«

»Ich will nicht ...«

»Ich weiß, schon gut. Manchmal brauche ich einfach einen Lacher, okay? Das hilft. Ich trage den blauen Overall.«

Eine weitere Textnachricht kommt an:

> Ihre Frau hat eine tolle Figur. Sagen Sie ihr, dass ich es mag, wenn sie sie extra für mich präsentiert.

Ich atme tief durch und versuche, ruhig zu bleiben.

»Was ist los?«, fragt sie.

»Ich habe eine weitere Textnachricht bekommen«, sage ich.

»Lies sie vor.«
Ich will nicht, will mir aber auch nicht wieder anhören müssen, dass ich sie von oben herab behandle. Also lese ich sie vor. Als ich fertig bin, fragt Molly: »Werde ich von meinem Stalker etwa wegen meiner Kleiderwahl gedisst?«
»Ich liebe es, wenn du diesen Overall trägst.«
»Aber du magst ja auch alles, was ich trage«, sagt sie.
»Sami?«
»Ja?«
»Wie weit bist du noch weg? Langsam wird es mir unheimlich.«
»Zwölf Minuten. Soll ich die Polizei rufen?«
»Nein. Hier sind gerade zwei Streifenpolizisten im Laden.«
»Das ist gut. Bleib einfach, wo du bist.«
»Wer ist das deiner Meinung nach?«
»Ich habe keine Ahnung.«
Ich habe die ganze Zeit leise gesprochen, weil ich Gun Guy nicht traue. Woher soll ich wissen, ob er nicht direkt mit dem Zottelkopf zusammenarbeitet. Ich versuche, ihn heimlich zu beobachten, um zu sehen, ob er sein Handy anfasst, eine Nachricht schickt oder so etwas. Bisher hat er das nicht getan. Vielleicht hat er ein paar Worte gehört, aber nichts von dem, was ich gesagt habe, wird ihm viel helfen.
Sechs Minuten noch.
Ich stelle das Handy auf stumm und beuge mich vor.
»Haben Sie Ihre Waffe dabei?«, frage ich ihn.
»Hab ich«, sagt er. »Und ja, ich habe einen Waffenschein. Nein, Sie können sie sich nicht ausleihen.«
»Was ist mit Ihrer anderen Waffe?«
»Andere Waffe?« Er gluckst. »Ach, meinen Sie die, die wir Ihnen angeblich unterschieben wollten, als wir Sie im Wald gefunden und gedroht haben, Sie umzubringen?«

»Ja«, sage ich. »Die meine ich.«
»Das war nur ein Bluff, Kierce.«
War es das? »Ich arbeite jetzt auch für die Belmonds.«
»Das habe ich gehört. Meine Waffe können Sie sich trotzdem nicht ausleihen.«
»Wie lange arbeiten Sie schon für die Familie?«
»Lange.«
»Als Sie vor meiner Wohnung gewartet haben, ist Ihnen da ein Typ mit einem Gesichtstattoo und langen Haaren aufgefallen?«
»Der, der Ihr Haus beobachtet hat?«
»Ja.«
»Er war schon da, als ich kam.«
»Wann war das?«
»Zwanzig Minuten bevor Sie rausgekommen sind.«
»Stand er die ganze Zeit da?«
»Ja. Nicht, dass ich lauschen würde, aber ist das der Typ, der Ihre Frau verfolgt?«
»Ja.«
»Er hat wahrscheinlich gesessen.«
»Wie kommen Sie darauf?«
»Er hat ein Tattoo auf seinem Augenlid. Fünf Punkte«, sagt Gun Guy. »Angeordnet wie die Fünf auf einem Würfel. Die vier Punkte außen stehen für die Mauern, der in der Mitte für den, der einsitzt. Er ist entweder ein Sträfling oder ein Möchtegern-Sträfling. Auf mich macht er aber nicht den Eindruck eines Möchtegerns.«
»Sie scheinen sich auszukennen.«
»Ich wurde nicht nur wegen meines guten Aussehens eingestellt.«
»Ach, kommen Sie«, sage ich. »Das hat bestimmt geholfen.«

Er lächelt. »Tut mir leid wegen des Tiefschlags und der Todesdrohung.«

»Ist das der Beginn einer wunderbaren Freundschaft?«

»Herrje, ich hoffe nicht.«

»Wissen Sie, wofür die Belmonds mich engagiert haben?«

»Ich kann es mir denken.«

»Haben Sie irgendwelche Einblicke, die mir helfen könnten?«

»Keinen einzigen.«

»Wie ist Victoria so?«

»Ich wurde nicht nur wegen meines guten Aussehens eingestellt«, wiederholt er. »Ich bin auch ein Muster an Diskretion.«

»Sie haben wirklich einiges zu bieten, das steht fest.«

»Erstaunlich, dass ich immer noch Single bin«, sagt er. Und dann: »Was machen Sie, wenn Sie diesen tätowierten Typen finden?«

»Ich befrage ihn«, sage ich.

»Sie sind kein Polizist mehr.«

»Er stalkt meine Frau.«

Gun Guy nickt. »Gutes Argument. Soll ich für alle Fälle in der Nähe bleiben?«

Ich vertraue ihm immer noch nicht – oder sollte ich besser sagen, ich sehe keinen Grund, ihm zu vertrauen? Andererseits wäre ein bisschen Unterstützung nicht schlecht. Wir einigen uns darauf, dass er mich absetzt und mit dem Auto in der Nähe herumfährt, falls ich ihn brauche.

Als wir zwei Blocks vom Katz's entfernt sind, steige ich hinten aus. Die Straßen sind voll, eine Mischung aus Einheimischen und Touristen auf der Suche nach Billigkopien von Designerkleidung und Pastrami. Ich habe keine Kopfhörer dabei, also sage ich Molly, wo ich bin und dass ich mich auf den Weg mache, und nehme dann das Handy herunter. Als ich näherkomme, werde ich langsamer. Keine Spur vom Zottelkopf. Ich stehe an der Ecke der Avenue A, wo früher das Boulton & Watt war. Katz's Deli ist auf der gegenüberliegenden Seite der Houston Street. Ich sehe mich um. Immer noch keine Spur vom Zottelkopf. Es ist eine Dreiviertelstunde her, dass Molly das Deli betreten hat. Er könnte gegangen sein. Oder er versteckt sich woanders.

Ich habe mal wieder keinen richtigen Plan.

Ich entferne mich ein paar Schritte von der Ecke und sage zu Molly: »Ich seh ihn nicht.«

»Sollen wir dann gehen?«, fragt sie.

Das weiß ich auch nicht. Ich könnte Molly sagen, dass sie das Katz's verlassen und darauf achten soll, ob ihr jemand folgt, bin aber nicht bereit, meine Frau und meinen Sohn als Köder zu benutzen.

»Nein«, sage ich.

Ich sage ihr, dass ich reinkomme und sie abholen werde, zuerst aber noch ein paarmal um den Block gehen will. Ich schalte das Telefonat auf Gun Guy um. »Haben Sie ihn irgendwie zu Gesicht bekommen?«

»Negativ«, sagt er.

In den nächsten zwanzig Minuten suche ich die Straßen ab. Es ist eine heikle Sache, da er ja weiß, wie ich aussehe. Aber ich sehe ihn nicht. Ich checke regelmäßig meine Textnachrichten, obwohl ich das Handy so eingestellt habe, dass ich benachrichtigt werde, wenn etwas reinkommt. Aber es gibt kein neues Statement zur Garderobe meiner Frau.

Wie lange kann ich das machen?

Molly sagt: »Henry wird unruhig. Und mit ›unruhig‹ meine ich, dass wir dreißig Sekunden vor einer kompletten thermonuklearen Kernschmelze stehen.«

Es reicht. Mehr kann ich nicht tun. Ich sage Gun Guy, dass ich die Sache abblase. Er sagt: »Roger.« Ich gehe ins Katz's, wo Molly und Henry in der hinteren Ecke sitzen, Molly mit dem Gesicht zur Tür, damit sie sieht, ob der Zottelkopf hereinkommt. Als ich eintrete, lächelt sie mich an. Ich eile zu ihr und nehme Henry in dem Moment auf den Arm, als er gerade in Tränen ausbricht. Daddys Anblick verhindert das zumindest fürs Erste. Mein Sohn lächelt mich an, und ich denke an Talia Belmond und daran, dass sie elf Jahre lang nicht wusste, wo ihr Kind ist, und allein der Gedanke daran macht mich fertig.

»Was ist?«, fragt Molly.

Ich schüttle den Kopf. Meine Frau steht auf. Sie hat eine Papiertüte in der Hand.

»Was ist das?«, frage ich.

»Pastrami-Sandwich mit Roggenbrot, Senf und koscheren Dill-Gurken«, sagt sie.

Mein Lieblingssandwich. »Ich liebe dich.«

»Ich könnte jetzt antworten, dass ich dich auch liebe, glaube aber, dass dieses Sandwich es besser ausdrücken kann.«

»Der Weg zum Herzen eines Mannes führt durch seinen Magen«, sage ich.

»Nicht eher durch eine Stelle etwas weiter unten?«

Ich lächle sie an. Je nervöser sie wird, desto mehr Witze reißt sie. »Alles wird gut«, versichere ich ihr.

»Ich weiß.«

Wir machen uns auf den Heimweg. Der Zottelkopf (oder soll ich ihn lieber Tattoo-Gesicht nennen?) weiß sowieso, wo wir wohnen, also ist es sinnlos, ihn abzuhängen oder so etwas. Ich schaue mich heimlich weiter nach ihm um. Zweimal warte ich, nachdem wir um eine Ecke gebogen sind. Manchmal drehe ich mich ohne Vorwarnung und mitten im Satz um und gucke, ob ich ihn hinter uns erwische. Nachdem ich mich zum dritten Mal umgedreht habe, sagt Molly: »Hör bitte auf damit. Du siehst aus, als hättest du einen Anfall.« Als wir wieder zu Hause sind, durchsuche ich die ganze Wohnung gründlich. Keiner da. Molly kommt herein und legt mein Sandwich auf einen Teller. Auf dem Sandwich ist so viel Fleisch, dass ich am liebsten fragen würde, ob es einen Cholesterinsenker dazugab. Es ist ein alter Witz, aber es gibt Gründe für Katz's Berühmtheit.

»Also«, sagt sie, »erzähl mal, was die Belmonds wollten.«

Das tue ich. Als ich ihr von dem Geld erzähle, nimmt sie ihr Handy aus der Tasche und checkt die Bank-App.

»O mein Gott«, sagt sie.

»Okay?«

»Es ist ...« Sie beißt sich auf die Unterlippe und blinzelt die Tränen weg. Ich strecke die Hand aus und lege sie auf ihre. Sie wendet sich kurz ab. Es fällt mir schwer, das mit anzusehen. Sie hat mir nie das Gefühl gegeben, dass ich dumm oder schlecht wäre oder Schuldgefühle haben müsste, weil die Polizei mich rausgeworfen hat, obwohl ich eindeutig schuld daran war. Ich weiß das. Ich kann meine Ausbrüche auf mein gesteigertes Gerechtigkeitsbedürfnis zurückführen und darauf, dass ich noch einen draufsetzen wollte. Aber es war leichtsinnig und dumm von mir.

Worauf will ich hinaus?

Der Verlust meines Arbeitsplatzes hat uns in eine prekäre finanzielle Lage gebracht. Wir haben alles verloren. Wir stecken bis über beide Ohren in Schulden. Molly will nicht, dass ich mich deshalb schlecht fühle, sie tut so, als wäre das kein großes Ding, kämpft sich stolz und tapfer durch den Rechnungsstapel, wie so viele von uns. Aber in diesem Augenblick, in dem ich sehe, wie ergriffen sie von unserem neuen Kontostand ist, sodass sie mich nicht einmal ansehen kann, wird mir

klar, welchen Tribut meine Fehler von der Frau, die ich liebe, gefordert hat.
»Es ist echt«, sage ich.
Wir sitzen eine Weile da und halten Händchen, während sie immer wieder auf unseren Kontostand blickt, der sich von einem niedrigen vierstelligen Betrag in einen sechsstelligen verwandelt hat. Schließlich sagt sie: »Wenn du weiter meine Hand festhältst, kannst du das Sandwich nicht essen.«
»Ich kann es mit einer Hand versuchen.«
»Das würde eine Riesensauerei werden.«
Sie lässt mich los. Ich nehme einen Bissen.
»Es fühlt sich richtig an, Sami«, sagt sie. »Der Job. Das Geld. Es fühlt sich gut an. Wie Kismet. Auch du willst wissen, was damals passiert ist. Das wäre auch für dich ein Abschluss. Und für ihre Familie sowieso. Und vielleicht ist es auch für diese arme Frau ein Abschluss, das weiß ich nicht. Es ist das Richtige. Aber das Geld, ist es falsch, dass ich mich darüber freue?«
»Das ist nicht falsch.«
Ich beiße noch einmal ins Pastrami-Sandwich. Doch es ist mir im Moment zu viel. Ich wickle es wieder ein und lege es in den Kühlschrank, und als ich das tue, surrt mein Handy. Es wird kein Name aus meinen Kontakten angezeigt, aber ich erkenne die Nummer. Ich überlege, ob ich ins andere Zimmer gehen soll, um den Anruf anzunehmen, entscheide mich dann aber dagegen.
Ich drücke auf Annehmen und sage: »Hallo?«
»Einfach unglaublich, dass du noch die gleiche Nummer hast.«
»Hi, Ella«, sage ich. Und dann: »Genau wie du.«
Ella ist die ältere Schwester meiner ermordeten Verlobten Nicole. Ich habe lange nichts mehr von ihr gehört, wahr-

scheinlich, weil wir uns gegenseitig an Nicole erinnern, und darauf können wir beide verzichten. Die einzige Verbindung zwischen uns war unsere Liebe zu Nicole. Mit ihrem Tod gab es auch keinen Grund mehr, Kontakt zu halten.

»Sie haben ihn also laufenlassen«, sagt sie.

»Vorerst.«

»Und es ist deine Schuld.«

Ich erspare mir die Antwort.

Ella sagt: »Mich hat keiner angerufen, um es mir zu sagen.«

»Das hätte man tun sollen.«

»Wäre schön gewesen, wenn mich jemand vorgewarnt hätte«, sagt Ella. »Ich habe es erfahren, weil ein Reporter zu mir in den Salon gekommen ist, der eine Stellungnahme von mir wollte.«

Ella ist Inhaberin eines Friseursalons in Queens mit dem schönen Namen Love is in the Hair.

»Entschuldige«, sage ich.

»Deshalb ruf ich nicht an.«

»Okay.«

»Er ist vor dem Salon herumgeschlichen.«

»Tad Grayson?«

»Ja.«

Ich umklammere das Handy fester. »Was meinst du mit ›herumgeschlichen‹?«

»Was könnte ich damit wohl meinen?«, blafft sie. »Er hat draußen vor dem Laden gestanden und reingesehen. Ich bin drinnen dabei, Delia die Haare zu färben und bei ihr eine Waxing-Behandlung zu machen, blicke dabei aus dem Schaufenster, und da steht er.«

»Was hast du getan?«

»Ich bin rausgegangen, um ihn zur Rede zu stellen.«

»Und?«

»Und er ist abgehauen. Ich habe die Polizei gerufen. Die haben gesagt, dass ich eine einstweilige Verfügung erwirken könnte, dafür aber beweisen müsste, dass Gefahr im Verzug ist oder so.«
»Entschuldige.«
»Hör auf damit«, sagt Ella. Und dann: »Ich hab gehört, dass du verheiratet bist und ein Kind hast.«
»Einen Sohn«, sage ich. »Er heißt Henry.«
»Schön. Sie hätte es schon noch begriffen. Nicole, meine ich. Hätte deinen hässlichen Arsch hinter sich gelassen, bevor sie dir das Jawort gegeben hätte.«
Ich entscheide mich zu schweigen. Ella war immer der Ansicht, ich wäre nicht gut genug für Nicole. Das war ich auch nicht, aber andererseits bin ich auch nicht gut genug für Molly.
»Ich hab die Pressekonferenz im Fernsehen gesehen«, sagt Ella.
Ich sage immer noch nichts.
»Tad wirkte ziemlich überzeugend.«
»Sind Psychopathen oft.«
»Hältst du ihn noch für gefährlich?«
»Ja.«
»Für uns?«
»Ja ...«
In diesem Moment sehe ich aus dem Fenster, an unserer Feuerleiter vorbei auf die Straße. An der Ecke steht Zottelkopf an einen Laternenpfahl gelehnt und starrt lächelnd zu mir in den zweiten Stock hinauf.

ZWANZIG

Ich zögere nicht.
»Ich ruf zurück«, sage ich zu Ella und lege auf. Ich öffne das Fenster zur Feuerleiter. Molly steht auf. »Sami?«
»Bleib hier. Ich seh ihn.«
»Warte«, sagt Molly.
Das tue ich nicht. Ich bin schon auf der Feuerleiter. Komisch. Ich war noch nie hier draußen. Zum einen hat es bei uns noch nicht gebrannt. Zum anderen wirkt die Treppe vor unserem Fenster rostig, instabil und wenig einladend. Als meine Füße darauf stehen, stelle ich fest, dass dieser Eindruck in keinem Punkt getrogen hat. Sie wackelt so sehr, dass ich befürchte, sie könnte sich vom Mauerwerk lösen, sodass ich in die Tiefe stürze. Natürlich tut sie das nicht.
»Sami?«
Wieder Molly. Ich habe es verstanden. Ich soll es lassen. Der Zottelkopf könnte bewaffnet und gefährlich sein. Ich bin impulsiv, wahrscheinlich leichtsinnig, und wenn ich früher in diesem Zustand etwas unternommen habe, ist selten etwas Gutes dabei herausgekommen. Ich verstehe das, kann aber nicht anders. Ich habe gelesen, dass uns das Modell des Menschen als rationales Wesens, das seine eigenen Entscheidungen aus freiem Willen heraus trifft, einfach nicht treffend beschreibt. Wir glauben das vielleicht. Aber wir haben das *nie* getan. Wir handeln irrational.

Schieben wir es also darauf.

Der Zottelkopf hat gesehen, dass ich hinter ihm her bin, und ist bereit abzuhauen. Und er hat einen Vorsprung. Es wird schwierig, ihn einzuholen, und selbst wenn ich es schaffe – er ist größer als ich. Was ich hier tue, ist ziemlich sinnlos. Ich hätte in der Wohnung bleiben sollen. Ich hätte ein Foto von ihm machen, es an Marty schicken oder die Polizei rufen sollen. Das wäre vernünftig gewesen.

Aber hätten die Cops überhaupt etwas unternommen? Wären sie rechtzeitig gekommen? Oder wäre er ihnen wieder durch die Finger geschlüpft?

Ich löse die Halterung der Feuerleiter, damit sie auf den Boden gleitet, die verhakt sich aber in der rostigen Führung. Ich springe darauf und hoffe, dass sie sich durch mein Gewicht löst. Sie rührt sich nicht. Ich habe keine Zeit zum Experimentieren. Halb klettere ich, halb rutsche ich runter, hänge mich an die unterste Sprosse und lasse mich auf den Boden fallen. Es ist höher, als ich erwartet habe. Ich lande hart und muss mich abrollen, statt auf den Beinen zu bleiben.

Zottel ist stehen geblieben und sieht mir ein paar Sekunden lang zu, ist wohl vor Überraschung kurz erstarrt, begreift dann aber, was los ist, dreht sich um und rennt weiter. Er ist rund, pummelig und beim Laufen bewegen sich seine Arme wie diese von Ventilatoren aufgeblasenen Lufttänzer vor Autohäusern und Mobilfunkshops. Ich sollte wieder in die Wohnung zurückgehen, das wäre vernünftig, aber als ich an die Textnachrichten über Mollys Kleidung denke, die ihr Angst eingejagt haben – *meiner Molly Angst eingejagt haben* –, sorry, Mann, da finde ich es unvernünftig, ihn nicht zu verfolgen.

Er hat Molly eingeschüchtert. Er hat Molly dazu gebracht, mich zu Hilfe zu rufen.

Das kann ich nicht durchgehen lassen.

Es überrascht vielleicht niemanden, aber ich bin keine Sportskanone. Damit will ich nicht sagen, dass ich der Letzte war, der beim Brennball ausgewählt wurde oder so. Ich war einfach mittelmäßig. Meine Hand-Augen-Koordination ist nicht besonders gut, und meine Beinarbeit kann man als mangelhaft bezeichnen, aber ich bin schnell und ausdauernd. Und das reicht im Moment. Ich rapple mich auf und sprinte ihm nach.

Der Zottelkopf hat einen Block Vorsprung, ist aber langsam und schwerfällig. Die schwingenden Nudelarme scheinen ihn eher zu bremsen als ihm Schub zu verleihen. Ich schwöre, dass ich Fettspritzer aus seinen langen Haaren im Gesicht spüre, als ich näherkomme. Er biegt nach rechts ab, nimmt die Kurve zu schnell und verliert fast den Halt. Er sieht mich über die Schulter hinweg an. Sein Gesicht ist tiefrot, seine Brust hebt und senkt sich heftig.

Ich komme näher.

Auch mir steigt das Blut in den Kopf.

Die Rivington Street ist voller Menschen. Ein paar drehen sich um und starren uns an. Die meisten tun es nicht. Ich bin versucht, ihn zu stoppen, indem ich rufe, dass ich von der Polizei bin. Das stimmt aber nicht, und ich weiß auch nicht, welchen Effekt es überhaupt hätte.

Außerdem hole ich auf.

Zottel biegt in die Clinton Street in Richtung Delancey Street ein. Er kommt am Clinton's Exotic Plus and Deli vorbei, einem Laden, an dem ich schon hundertmal vorbeigeschlendert bin. Ich weiß aber nicht, ob ich mir tatsächlich mein Sandwich von demselben Typen machen lassen will, der Vapes und Wasserpfeifen verkauft. Aber wahrscheinlich bin ich der Einzige, der das so sieht. Molly meint jedenfalls immer, ich müsste meinen Horizont erweitern.

Ich gewinne weiter an Boden.

Plötzlich verschwindet er links in einem Laden, dem Lot-Less-Closeout. Stellen Sie sich darunter etwas noch weniger Glamouröses als ein Dollar-Tree-Billigkaufhaus vor, was, wie ich weiß, nicht ganz einfach ist. Molly kauft gelegentlich Reinigungsmittel und Geschenktüten im Lot-Less. Man mag dort ein paar Dollar sparen, das ist es aber nicht wert. Der Zottelkopf packt den Türgriff. Das reicht mir. Ich stürze mich mit gestrecktem Körper waagerecht in der Luft liegend auf ihn. Ich schlinge meine Beine um seine Knie und bringe ihn zu Fall, wie ein Cornerback, der mitten auf dem Feld seinen Gegner tackled. Er grunzt, als er auf dem Pflaster aufschlägt.

Dann schreit er: »Was zum ...?«

Ich versuche, mich auf ihn zu setzen. Er wehrt sich, tritt nach mir. Er trifft zwar nicht, aber ich bekomme ihn auch nicht richtig in den Griff. Wir kommen wieder hoch.

Zottel hebt eine Hand und zeigt, dass er versucht, zu Atem zu kommen. Als er das geschafft hat, keucht er: »Lassen Sie mich zufrieden.«

»Wer bist du? Warum verfolgst du meine Frau?«

»Ich muss Ihnen gar nichts sagen.«

»Doch, musst du.«

»Und wenn nicht?«

Ich habe keine Antwort parat. Das entlockt ihm ein Grinsen.

»Ich werde jetzt gehen«, sagt Zottel. »Sie werden mich nicht aufhalten.«

Er tritt einen Schritt vor. Ich versperre ihm den Weg. Das sieht wahrscheinlich ein bisschen komisch aus, denke ich. Ein paar Leute starren uns an. Er ist viel größer als ich, aber ich werde ihn auf keinen Fall gehen lassen.

»Warum stalkst du meine Frau?«
Zottel macht einen Schritt zur Seite, ich mache einen Schritt zur Seite. Dann macht er einen Schritt auf mich zu. Ich versuche, nicht zurückzuweichen. Es ist einer dieser Momente, in denen einer darauf wartet, dass der andere handgreiflich wird. Wir stehen jetzt voreinander, mein Kinn auf seiner Brust.
»Aus dem Weg«, sagt er.
»Was soll das alles?«
»Ich muss Ihnen gar nichts sagen.«
Er kommt mir immer näher, schiebt mich mit seinem Gewicht ein kleines Stück zurück. Ich weiß nicht, was ich tun soll. Ich habe ihn »geschnappt«, aber was mache ich jetzt? Er will einfach gehen. Soll ich ihn etwa festhalten? Ihm am helllichten Tag die Antwort aus dem Leib prügeln? Wenn ich ihn daran hindern will, einfach zu gehen, muss ich mehr Gewalt anwenden. Er ist kräftig. Er hat die Tattoos. Wahrscheinlich hat er eine Zeit lang im Gefängnis gesessen. Aber das stört mich natürlich alles nicht. Ich weiß, dass ich gewinne, wenn es handgreiflich wird.

Das klingt vielleicht großkotzig, ist es aber nicht.

Ich versuche, stehen zu bleiben. Er geht einen weiteren Schritt vorwärts. Ich verliere das Gleichgewicht und stoße ihn zurück. Mehr braucht es nicht. Er lächelt und greift an. Ich lasse ihn.

Und das ist der Moment, in dem ich die Beherrschung verliere.

Ich habe schon gesagt, dass das nicht großkotzig war. Und hier ist der Grund. Als Kämpfer habe ich nur eine Stärke, die aber sehr effektiv ist: Ich gerate völlig außer Kontrolle. Ich bin unerbittlich, unaufhaltsam. Ich stürze mich immer wieder auf dich wie ein kleiner pakistanischer Terminator. Der

Zottelkopf schlägt mir hart auf die Wange. Er tänzelt zurück und meint, der Kampf wäre vorbei. Ich blinzle nicht einmal. Ich schlage einfach immer wieder zu. Er trifft mich im unteren Rippenbereich. Vielleicht ist eine gebrochen, ich weiß es nicht. Aber ich höre nicht auf. Das ist meine Superkraft. Ich habe mich schon oft geprügelt. Ich verliere nicht, weil Aufgeben für mich nicht in Frage kommt. Ich spüre keinen Schmerz, wenn das Adrenalin durch meine Adern pumpt. Zottel versucht, sich von mir abzuwenden, weil er merkt, dass er sich zu viel vorgenommen hat. Ich springe ihm auf den Rücken. Er gerät ins Stolpern und fällt auf die Knie. Ich halte mich fest, bis sein Gesicht aufs Pflaster schlägt.

Dann greife ich in seine Haare und schlage sein Gesicht auf den Gehweg. Ich ziehe den Kopf an den fettigen Haaren wieder hoch, beuge mich vor, sodass mein Mund an seinem Ohr ist.

»Was soll das? Was willst du von meiner Frau?«

Er lächelt, und ich sehe Blut auf seinen Zähnen. »Fick dich.«

Wieder schlage ich sein Gesicht aufs Pflaster.

Ich ziehe den Kopf hoch, um es noch einmal zu tun. Und dann rammt mich jemand von der Seite.

»Polizei! Keine Bewegung! Hände auf den Rücken!«

Jemand anderes stürzt sich auf mich. Zwei uniformierte Polizisten gehen dazwischen.

»Nein«, sage ich. »Hören Sie …«

Ich liege mit dem Gesicht nach unten. Ein Polizist springt etwas hoch und landet mit dem Knie auf meiner Wirbelsäule. Ich kenne die Technik. Ich habe sie auch schon angewandt. Es tut weh.

»Hände auf den Rücken!«

Ich bin versucht, ihm zu sagen, dass ich Polizist bin, aber wenn sie herausfinden, dass ich keiner mehr bin, habe ich vermutlich ein Problem. Außerdem hören sie sowieso nicht zu. Ich lasse mir Handschellen anlegen. Ich frage mich, ob der Zottelkopf weglaufen wird. Aber er ist noch da. Er lächelt nur.

»Der Kerl ist irre, Mann«, sagt Zottel. »Er kommt einfach und macht Jagd auf mich.«

Der Beamte sieht mich an. »Sir?«

»Er hat meiner Frau Textnachrichten geschickt. Er hat sie gestalkt.«

»Haben Sie dafür irgendwelche Beweise?«, fragt der Polizist.

»Er ist völlig durchgeknallt«, sagt der Zottelkopf. »Ich habe den Kerl noch nie im Leben gesehen. Ich stehe an der Ecke Avenue C, und plötzlich rennt er wie ein Irrer hinter mir her. Haben Sie gesehen, was er mit mir gemacht hat?«

Zottel zeigt auf seinen blutenden Mund.

»Sir«, sagt der Beamte zu ihm, »wollen Sie Anzeige erstatten?«

»Nein, nein. Ich will nur nach Hause.« Er zwinkert. »Ich habe eine heiße Frau und einen kleinen Jungen, die mich erwarten.«

Wut steigt in mir auf. »Er lügt.«

Der Cop seufzt genervt in typischer Polizistenmanier. »Und ich frage Sie noch einmal: Haben Sie irgendwelche Beweise?«

»Bringen Sie uns aufs Revier«, sage ich. »Meine Frau wird es Ihnen erzählen.«

»Was genau wird sie uns erzählen?«

»Dass er sie gestalkt hat.«

»Wie hat er sie gestalkt?«
»Heute Morgen stand er vor unserer Wohnung. Dann ist meine Frau spazieren gegangen und hat gesehen, dass er ihr gefolgt ist. Und eben habe ich gesehen, dass er zu ihrem Fenster hinaufgestarrt hat.«
»Das ist Quatsch«, sagt Zottel.
»Er hat auch zwei Textnachrichten geschickt.«
»Sir«, fragt der Polizist mich, »kennen Sie diesen Mann?«
»Nicht namentlich ...«
»Kennt Ihre Frau diesen Mann?«
»Nein.«
»Denn die Tatsache, dass Ihre Frau denselben Mann auf den Straßen von New York City gesehen hat, ist kein Verbrechen, selbst wenn es Absicht gewesen sein sollte. Haben Sie das verstanden? Können Sie beweisen, dass dieser Mann Ihnen diese Textnachrichten geschickt hat?«
»Nehmen Sie uns einfach mit aufs Revier.«
»Nein, Sir, wir werden weder unsere Arbeitszeit noch sonstige Ressourcen dafür verschwenden, zwei Idioten auf die Wache zu bringen. Heute ist Ihr Glückstag. Wir lassen Sie beide mit einer Verwarnung davonkommen. Sie ...«, er zeigt auf den Zottelkopf, »... sehen zu, dass Sie verschwinden. Und zwar sofort. Und Sie ...«, er zeigt auf mich, »... leisten uns noch ein paar Minuten Gesellschaft und gehen dann in die entgegengesetzte Richtung. Haben wir uns verstanden?«
»Besorgen Sie sich seinen Namen und seine Adresse«, sage ich.
»Kein Interesse. Und wenn wir sie hätten, würden wir sie Ihnen nicht verraten.« Dann wendet er sich an den Zottelkopf. »Gehen Sie.«
Das lässt Zottel sich nicht zweimal sagen. Er rennt mit schwingenden Nudelarmen los.

Als sie mir die Handschellen abnehmen, greife ich schnell nach meinem Handy, um ein Foto zu machen. Einen Moment lang habe ich Angst, die beiden Polizisten könnten erschrecken und denken, ich würde nach einer Waffe greifen, aber sie rühren sich nicht. Doch als ich mein Handy hochhalte, sind Zottelkopf und seine Nudelarme verschwunden. Einen Moment später sind auch die Cops weg. Ich stehe auf. Ein pakistanischer Mann tritt aus der Tür und sagt zu mir:
»Schalten Sie Ihr AirDrop ein.«
»Warum?«
»Bitte machen Sie's einfach.«
Ich schalte es ein. Der Mann klickt auf ein Symbol auf seinem Handy – und ein Foto von Zottel erscheint auf meinem, klar wie der Tag. Der Mann lächelt mir zu.
»Danke«, sage ich zu ihm.
Er nickt und verschwindet wieder im Laden.

***

Auf dem Rückweg zu meiner Wohnung schicke ich eine WhatsApp-Nachricht an meine besten Kursteilnehmer und berufe für den Abend ein Treffen ein. Ich rufe auch meinen Vater an und bitte ihn, den Abend mit Molly und Henry in unserer Wohnung zu verbringen, weil ich Unterricht habe und sie nicht allein lassen will. Ich starre auf das Foto von Zottelkopf, das mein Freund vom Lot-Less gemacht hat, und zoome auf die Gesichtstattoos.
Die fünf Punkte.
Gun Guy hat recht. Er war im Gefängnis.
Ich überlege, ob ich Marty das Foto vom Zottelkopf schicken soll, damit er seine Identität feststellt, aber das funktioniert nur im Fernsehen, nicht im wirklichen Leben. Ich hatte

schon viele Fälle – zu viele, um sie alle aufzuzählen –, bei denen wir kristallklares Überwachungsmaterial von Verdächtigen hatten, die auf frischer Tat ertappt wurden, wir aber trotzdem nicht herausbekommen haben, wer sie waren. Man muss die Bilder ins Internet stellen oder im Fernsehen senden. Dann kriegt man Namen. Sicher haben Sie in den Lokalnachrichten oder auf einem Social-Media-Kanal auch schon einmal die körnigen Überwachungsfotos in einem dieser »Die Polizei braucht Ihre Hilfe«-Berichte gesehen.

Trotzdem schicke ich Marty das Foto und bitte ihn, bei der Identifizierung zu helfen.

Zwei Sekunden später ruft Marty an. »Worum geht's dabei?«

»Der Typ hat Molly verfolgt.« Ich berichte, was passiert ist. Er stimmt mir zu, dass die Chancen, ihn zu finden, gering sind, will aber sehen, was er tun kann.

Dann füge ich hinzu: »Ich habe einen ziemlich dicken Auftrag bekommen.«

»Nice«, sagt er. »Von wem?«

»Den Belmonds.«

Marty schweigt.

»Keine Reaktion?«

»Du erzählst mir aus heiterem Himmel, dass du den Fall Victoria Belmond lösen könntest, bittest mich sogar, dir Informationen darüber zu beschaffen, und schwupps, stellt die Familie dich ein.«

»So ist es.«

»Entweder war das eine Art Initiativbewerbung«, sagt Marty, »oder du verschweigst mir, welche Verbindung du wirklich zu diesem Fall hast.«

Jetzt schweige ich.

»Ich tippe auf Letzteres«, sagt Marty.

Ich weiß nicht recht, wie viel ich ihm verraten soll. »Ich hab sie womöglich gesehen in der Zeit, als sie verschwunden war.«
»Victoria Belmond?«
»Ja.«
»Als man sie entführt hatte?«
»Ja.«
»Wo?«
»In Spanien. Ich hatte gerade meinen Abschluss am College gemacht. Ich habe ein Mädchen in einem Club kennengelernt. Wir haben ein paar Tage zusammen rumgehangen. Ich glaube, das war sie.«
»Verstehe«, sagt Marty langsam. »Das ›ich glaube‹ können wir doch wohl streichen, oder? Du bist dir ziemlich sicher, dass sie es war, stimmt's?«
»Ja, bin ich.«
»Wow. Es besteht also die realistische Möglichkeit, dass du diesen Fall löst.«
»Wie realistisch das tatsächlich ist, kann ich nicht sagen.«
»Aber falls du einen Polizisten brauchst, für eine offizielle Verhaftung, weißt du ja, wo du mich findest.«
Ich will nicht auf die ganze Sache mit der Vertraulichkeitsvereinbarung eingehen – habe ich sie schon verletzt, indem ich Marty das erzählt habe? – oder darauf, dass ich einen Teil meiner großzügigen Entlohnung dafür erhalte, die Strafverfolgungsbehörden aus der Sache herauszuhalten. »Was entwickelst du plötzlich für einen Ehrgeiz, Marty?«, sage ich. »Ich wusste gar nicht, dass das in dir steckt.«
»Du hast ja keine Ahnung«, sagt er.
Als wir das Telefonat beendet haben, beginne ich ein neues, diesmal mit Lenore Spikes. Ich möchte, dass sie die Übernahme der Reisekosten zusagt. Ich nenne ihr auch den wich-

tigsten Punkt bei dieser Sache und rechne mit einer Ablehnung, doch Lenore sagt nur: »Kein Problem, ich kümmere mich darum. Noch etwas?«
»Eigentlich sind es sogar noch zwei Dinge«, sage ich.
»Schießen Sie los.«
»Ich muss Thomas Belmond befragen.«
»Wie wäre es heute Abend?«
»Ich gebe einen Kurs, daher könnte ich nicht vor zehn da sein.«
»Das ist okay, wenn es für Sie okay ist. Thomas wird zu Hause sein.«
»Okay«, sage ich.
»Was noch?«
Ich nehme das Handy in die andere Hand. »Ich muss mich noch einmal mit Victoria treffen.«
Sie zögert.
»Miss Spikes?«
»Lenore«, sagt sie schnell. »Nennen Sie mich Lenore. Ihnen ist bewusst, dass sie sich an nichts erinnern kann?«
»An ein paar Dinge erinnert sie sich schon.«
»Die Familie will nicht, dass sie ...«, sie sucht einen Moment lang nach den richtigen Worten, »... sich zu sehr aufregt.«
»Ich auch nicht.«
»Ich melde mich bei Ihnen. Mehr kann ich nicht für Sie tun.«
Sie legt ohne ein weiteres Wort auf.
Molly erwartet mich, und ich erzähle ihr von meiner Begegnung mit dem Zottelkopf. Als ich fertig bin, sage ich zu ihr: »Ich habe so was wie einen Plan.«
»Wofür?«
»Für uns.«

»Ich bin ganz Ohr.«

»Heute Abend gebe ich meinen Kurs. Früh. Und hinterher muss ich noch zu Thomas Belmond rausfahren.«

»Okay.«

»Der Gedanke, Henry und dich allein zu lassen, gefällt mir nicht, also habe ich meinen Vater eingeladen.«

Molly zieht eine Augenbraue hoch. »Echt jetzt? Deinen Vater?«

»Nur bis ich wieder da bin.«

»Du hast deinen Vater eingeladen, weil du dir Sorgen um uns machst.«

»Ja.«

»Und was bitte schön soll dein Vater hier tun? Wenn der Typ zurückkommt, schlägt dein Vater ihn dann in die Flucht? Dein Vater, Sami. Der kann sich nicht einmal aus einer nassen Papiertüte herauskämpfen.«

»Da ist was dran«, sage ich.

»Aber zum Glück haben dein Sohn und ich deinen Vater sowieso gerne zu Besuch.«

»Aber vielleicht sollte ich noch jemanden suchen, der das Haus im Auge behält. Vielleicht kann ich Marty bitten, auf der Straße zu parken oder so.«

»Wir kommen schon zurecht. Wir bleiben einfach zu Hause.«

Ich überlege.

»Du hast gesagt, du hättest ›so etwas wie einen Plan‹«, sagt Molly.

»Das stimmt.«

»Bestand dieser Plan darin, dass dein Vater uns beschützt?«

»Nein«, sage ich lächelnd. »Der Plan ist brillant.«

Wieder zieht sie eine Augenbraue hoch. Ich liebe es, wenn sie das tut. »Erzähl.«

»Wir packen die Koffer«, sage ich.
»Oooh, sprich weiter.«
»Für dich, Henry und mich.«
»Wir machen einen Ausflug?«
»Das tun wir«, sage ich. »Morgen Abend geht's los.«
»Und wohin fahren wir?«
Mein Lächeln wird breiter. »Nach Spanien an die Costa del Sol.«

EINUNDZWANZIG

Als ich anfange, die Papiere an die Klasse zu verteilen, fragt Golfer Gary: »O Mann, ist das ein unangekündigter Test?«

»Ich hasse unangekündigte Tests.«

»Das ist nicht fair, Kierce«, jammert Lenny. »Niemand hat uns gesagt, dass wir lernen müssen.«

»Das ist kein Test«, sage ich. »Es ist eine Vertraulichkeitsvereinbarung. Ich habe einen Fall. Und ich dachte, dass ihr vielleicht Lust habt, euch daran zu beteiligen.«

»Gewissermaßen als Hilfsdetektive?«

»So in der Art.«

»Kriegen wir ein Abzeichen?«, fragt Raymond.

Er war mir bisher nicht aufgefallen und stand auch nicht auf der Teilnehmerliste. »Was machst du hier, Raymond?«

»Ja, genau«, sagt er kichernd. »Als würden Sie keine Hilfe brauchen.«

Ich sehe Debbie an. Sie zuckt die Achseln. »Er ist mir gefolgt«, sagt sie.

»Es gibt keine Abzeichen«, sage ich. »Lest euch das durch. Wenn ihr einverstanden seid, Polly ist Notarin. Sie wird eure Unterschriften beglaubigen.«

»Und wenn wir nicht einverstanden sind?«

»Dann muss ich euch bitten zu gehen«, sage ich. »Mein Klient besteht auf absolute Diskretion. Wenn Ihr damit nicht zurechtkommt, dann tschüss.«

Es überrascht nicht, dass keiner geht. Sie lesen das Dokument kaum, das Lenore Spikes mir zur Verfügung gestellt hat – mit Ausnahme von Raymond, der ein Monokel herausgeholt hat wie die Werbefigur von Planters Peanuts. Die anderen stellen sich sofort an, um zu unterzeichnen. Polly beurkundet alles sorgfältig. Raymond fragt: »Kann ich eine Definition für das Wort ›die‹ im letzten Absatz bekommen?«
»Es bedeutet, dass es dir freisteht, zu gehen, wann immer du willst, Raymond.«
»Der war witzig, Kierce.«
Raymond unterschreibt, Polly beglaubigt. Das waren alle.
»Okay, um welchen Fall geht es?«, fragt Debbie.
»Eigentlich sind es zwei«, sage ich.
Sie warten.
»Den ersten Fall kennt ihr bereits.«
»Victoria Belmond?«, fragt Polly.
»Ja.«
»Wer ist unser Auftraggeber?«
Unser. Schon beim Wir. »Das ist vertraulich. Immer. Alles an diesem Fall ist vertraulich. Ethisch. Moralisch. Und juristisch. Haben wir uns verstanden?«
»Werden wir dafür bezahlt?«, fragt Raymond.
»Nein. Das ist Teil des Kurses. Ich habe Aufgaben für jeden von euch. Na ja, für dich nicht, Raymond.«
»Ist auch besser«, sagt Raymond. »Lass mich das im Alleinflug angehen.«
»Wie eine Hexe am Flugzeugflügel«, sage ich.
Das gefällt Raymond. Er bildet aus Zeigefinger und Daumen eine Pistole und senkt den Daumen. »Exactomundo.«
»Was für Aufgaben?«, fragt Gary.
»Hauptsächlich geht es um Hintergrundarbeit und Recherche. Vielleicht kommt auch noch etwas Überwachung dazu.«

»Und der zweite Fall?«, fragt Polly.

Ich schlucke, denn es fällt mir schwer, das auszusprechen. »Der Mord an Nicole Brett.«

Schweigen.

Sie wissen es alle.

Ich dachte, einer von ihnen würde eine Frage stellen. Aber das tut keiner. Sie warten einfach schweigend.

Ich räuspere mich. »Ein Mann namens Tad Grayson wurde wegen dieses Mordes verurteilt, er wurde aber vor Kurzem wegen einer Formalität aus dem Gefängnis entlassen. Wenn wir genug neue Beweise finden, können wir die Staatsanwaltschaft Manhattans vielleicht dazu bringen, noch einmal Anklage zu erheben. Als Tad Grayson sie niederschoss, war Nicole Brett eine hochdekorierte junge Polizistin beim NYPD. Sie war …«

Meine Stimme versagt. Ich atme tief durch.

Polly steht auf. »Wir wissen, wer sie war, Kierce.«

Ich schaue in die ernsten mitfühlenden Gesichter und sage nur: »Ich verteile kurz die Aufgaben.«

***

Thomas Belmonds umgebautes Farmhaus ist aus Stein gebaut, geschmackvoll, prächtig, sauber und so eingerichtet, als wäre alles für einen Sonderbericht im Architectural Digest hergerichtet. Auch Thomas und seine Frau Madeline passen gut hinein. Thomas sieht aus, als käme er gerade von einer Yacht in Hyannis Port. Er ist braun gebrannt, wirkt jugendlich und gesund. Er trägt sein blaues Oxford-Hemd über der Jeans und Slipper ohne Socken. Sein strahlendes Gesicht ist mehr als nur glatt rasiert. Seine Frau Madeline passt perfekt zu ihm. Sie ist hübsch, blond und schlank, hat eine tadellose Haut und tadellose Zähne. Keiner von beiden trägt seinen

Pullover um den Hals gebunden, auch wenn das meinem Empfinden nach durchaus zu erwarten gewesen wäre.

Als ich eintreffe, hüpft eine der beiden Töchter die Treppe herunter. »Carly holt mich in zwei Minuten ab«, sagt sie zu ihren Eltern, ohne mich zu bemerken. »Stacy ist oben und lernt. Sie schreibt morgen eine Mathearbeit.«

Dann sieht Vicki mich, und noch bevor ihre Eltern sie dazu auffordern können, kommt sie zu mir herüber und streckt mir die Hand entgegen. »Hi, ich bin Vicki.«

»Ich bin Sami Kierce.«

»Freut mich, Sie kennenzulernen, Mr Kierce.«

Vicki lächelt mich mit dem perfekten Lächeln ihrer Mutter an. Ich erwidere das Lächeln. Eine frische Brise umweht sie, sie gehört zu den Menschen, bei denen man das Gefühl hat, dass alles im Raum besser wird, wenn sie ihn betritt. Ihre Eltern strahlen verständlicherweise. Aus den Lebensläufen, die die Pink Panthers vorbereitet haben, weiß ich, dass Vicki achtzehn Jahre alt und im letzten Highschool-Jahr ist. Mir fällt auf, wie jugendlich und lebhaft sie schon bei diesem ersten Zusammentreffen wirkt, und dass sie sich gerade in der gleichen Lebensphase befindet wie ihre Tante Victoria bei ihrem Verschwinden.

»Wann bist du zurück?«, fragt ihr Vater.

»Ich bin nicht lange weg. Wir gucken bei Jamie den *Bachelor*.«

Vicki umarmt ihre Eltern. Und das ist keine pflichtbewusste Routine. Es ist eine echte Umarmung. Sowohl Thomas als auch Madeline schließen die Augen und saugen es in sich auf. Das Ganze kommt mir fast ein bisschen unwirklich vor, als wäre ich Zeuge einer Aufführung. Aber es ist keine Show, die sie für mich aufführen. Sie sind einfach so.

»Nett, Sie kennenzulernen, Mr Kierce«, sagt Vicki und geht zur Haustür.

»Ebenfalls«, sage ich.

Einen Moment später ist Vicki verschwunden. Wir stehen da, als wäre gerade ein Tornado durchgezogen und hätte alles unversehrt gelassen.

»Bitte«, sagt Madeline. »Lassen Sie uns ins Wohnzimmer gehen.«

Sie setzen sich auf die Polstergarnitur mit Blumenmuster. Ich nehme auf einem passenden Sessel gegenüber Platz.

»Möchten Sie etwas trinken, Mr Kierce?«, fragt Madeline.

Ich erwidere, dass sie mich Sami nennen soll und dass ich das Gleiche nehme wie sie. Wie sich herausstellt, ist es Eistee. Eigentlich ist zu spät für Eistee, ich habe aber festgestellt, dass es viele Leute entspannt, wenn man ihre Gastfreundschaft annimmt.

Thomas schlägt ein Bein über das andere, stellt es dann aber sofort wieder zurück. Er versucht zu lächeln, was ihm aber misslingt. Dann sagt er: »Ich weiß nicht, was ich davon halten soll.«

»Wovon genau?«, frage ich.

»Dass wir dieses Fass wieder aufmachen. Wir alle wollen wissen, was passiert ist, aber ...«

Er stoppt. Madeline ergreift seine Hand. Ich sehe die Sorge in ihrem Gesicht.

»Vergessen Sie's«, sagt Thomas und ringt sich ein immer noch zögerliches Lächeln ab. »Sie können mich alles fragen. Was wollen Sie wissen?«

»Können Sie mir etwas über die Silvesternacht erzählen?«

Das zögerliche Lächeln verschwindet aus seinem Gesicht, als hätte ich ihm gerade gesagt, dass sein Hund gestorben ist. Madeline sieht ihn besorgt an.

»Thomas?«, sagt sie.
»Es ist meine Schuld, Mr Kierce«, sagt er. »Das wissen Sie wahrscheinlich.«
»Ich bin nicht hier, um Schuldzuweisungen zu machen.«
»Victoria hat mich in der Nacht angerufen. Ich bin nicht rangegangen.« Er ist so aufgewühlt, dass ich befürchte, Madeline könnte mich bitten zu gehen.
»Lassen Sie uns ganz vorn anfangen«, sage ich. »Victoria und ihre Freunde wollten das neue Jahrtausend in McCabe's Pub in New York City feiern. Sie brauchten jemanden, der mindestens fünfundzwanzig war, um den Raum anmieten zu können. Ist das richtig?«
Thomas nickt. »Das war verantwortungslos von mir.«
»Aber nachvollziehbar«, sage ich und versuche, wie ein verständnisvoller Kumpel zu wirken. »Mein großer Bruder hat mir immer Bier gekauft, als ich in der Highschool war. Ich wusste das zu schätzen.«
Das stimmt zwar nicht, aber Sie verstehen schon, was ich tue.
»Ich war damals ein Wrack«, sagt Thomas. »Ich nehme an, Sie haben sich ein wenig mit der Vorgeschichte vertraut gemacht.«
»Hab ich.«
»Dann wissen Sie ja, dass ich zu viel getrunken habe. Ich bin viermal mit Alkohol am Steuer erwischt worden. Und auf dem College wurde ich wegen Besitzes einer geringen Menge Drogen angeklagt.«
»Thomas, ich bin nicht hier, um diese Sachen wieder aufzuwärmen. Aber Sie sagten, dass das, was passiert ist, Ihre Schuld wäre. Können Sie mir sagen, was Sie damit meinen?«
Er atmet tief durch.

Madeline flüstert: »Das ist schon okay, Schatz.« Sie sieht mich mit einem ziemlich finsteren Blick an. »Es fällt ihm schwer ...«, sagt sie, »... wieder über all das sprechen zu müssen.«

»Tut mir leid«, sage ich und meine es ernst. Thomas scheint ziemlich verstört zu sein, und ich möchte das nicht noch verstärken. Die Nachbarn sagen, dass Thomas ein guter Mann ist. Er arbeitet in mehreren Wohltätigkeitsorganisationen mit. Er hat nie wieder Ärger gehabt. Ich bin immer noch sauer über sein Verhalten, als ich das Grundstück unbefugt betreten habe, verstehe aber, dass man für einen geliebten Menschen eine gewisse Überfürsorglichkeit an den Tag legen kann. Ich sage das jetzt einfach mal so, mit dem erheblichen Vorbehalt, dass es sich dabei um ein vorschnelles Urteil handelt – und dass vorschnelle Urteile oft falsch sind: Ich glaube, dass der Mann vor mir ein guter Mensch ist. Vielleicht lag es an der Umarmung der Tochter, vielleicht an der Art, wie sich seine hübsche Frau um ihn sorgt. Das Verschwinden seiner Schwester hat ihm offensichtlich einen schweren Schlag versetzt. Ich verstehe das, und ich fühle mit ihm. Das bedeutet aber nicht, dass ich mich zurücknehme. Ein guter Detective erkennt Empfindlichkeiten und nimmt Rücksicht darauf, lässt sich davon aber nicht verunsichern.

Ich wende mich wieder Thomas zu und warte.

»Ich habe Vic zu dieser Party gefahren«, sagt er. »Sie und eine von ihren Freundinnen – Caroline, glaube ich – wollten früh dort sein, um alles vorzubereiten.«

»Vorbereiten?«

»Den Raum dekorieren, Neujahrsposter aufhängen und solche Sachen.« Thomas lächelt seine Frau an, während er weiter mit mir spricht. »Vic war so. Sie hat immer Verantwortung übernommen. Hat sich immer um andere geküm-

mert.« Er wendet sich wieder mir zu. »Soll ich Ihnen noch etwas Schreckliches erzählen?«
Ich weiß nicht, was ich darauf antworten soll, also sehe ich ihn einfach interessiert an.
»Ich war schon halb betrunken, als ich sie hingefahren habe.«
»Hat sie das Ihrer Ansicht nach gewusst?«
»Dass ich etwas getrunken hatte? Wahrscheinlich. Es war mir aber einfach egal. Vic war meine dämliche kleine Schwester. Ich war viel zu sehr mit mir selbst beschäftigt, um mitzukriegen, wie es ihr geht, wenn Sie wissen, was ich meine?«
Ich betätige das mit einem Nicken.
»Das war damals eine finstere Phase. Meine Freundin Lacy hatte mir gerade den Laufpass gegeben. Ich war in einen Abwärtsstrudel geraten.« Jetzt lächelt er. Es ist kein zögerliches Lächeln mehr, aber vielleicht das traurigste, das ich je gesehen habe. »Und Victoria wusste das.«
»Was meinen Sie damit?«
»Vic wusste, wie schlecht es mir ging. Als wir zum Pub gefahren sind. Sie hat versucht, mich zum Bleiben zu überreden.«
»In McCabe's Pub?«
»Ja. Sie sagte, sie würde sich Sorgen um mich machen und wollte nicht, dass ich allein bleibe. Also hat sie mich immer wieder gebeten, dass ich mit auf ihre Party kommen soll.«
Das traurige Lächeln ist immer noch da. »Und ehrlich gesagt hätte ich es fast getan. Ich weiß noch, wie sie einen letzten Versuch gestartet hat, als ich sie vor McCabe's abgesetzt hab, und ich hätte fast zugestimmt, aber ich meine, wenn es überhaupt etwas Erbärmlicheres gibt, als an Silvester allein zu sein, dann ist es, mit fünfundzwanzig zur Highschool-Party seiner kleinen Schwester zu gehen.«

Gutes Argument. »Sie sagten, Sie hätten sich von Ihrer Freundin getrennt.«

»Ja, sie hat mit mir Schluss gemacht. Am Tag zuvor.«

»Es geht um Lacy Monroe, richtig?«

»Ja.«

»Dem FBI haben Sie aber gesagt, dass Sie in dieser Nacht bei ihr waren.«

»Das war ich auch. Das ist es ja gerade. Nachdem ich meine Schwester abgesetzt hatte, bin ich nach Hause gefahren, habe mich allein in unser kleines Heimkino gesetzt und da meinem Selbstmitleid gehuldigt. Ich habe mir einen alten Spielfilm angesehen. Ich habe viel getrunken. Ich hab ein paar Drogen genommen. Ich war also völlig dicht. Irgendwann hat Lacy mich dann angerufen.«

Ich nicke. »Laut der FBI-Akte war das um ein Uhr einundzwanzig«, sage ich.

»Das kommt wohl hin.«

»Was hat Lacy gesagt?«

»Es war ein klassischer Anruf im Suff. Sie vermisst mich, sie liebt mich, es täte ihr leid und sie will mich zurück. Sie kennen die Nummer.«

»Nur zu gut«, sage ich.

Thomas richtet sich ein wenig auf. »Ich hoffe, es ist nicht unsensibel, wenn ich sage, dass ich das weiß. Als Mom Sie einstellen wollte, haben unsere Security-Leute einen kurzen Backgroundcheck gemacht. Sie sagten, Sie hätten getrunken.«

»Das habe ich«, sage ich.

»Aber Sie sind jetzt seit ein paar Jahren trocken.«

»Das stimmt.«

»Gut«, sagt Thomas. »Das freut mich. Es ist kein leichter Weg.«

Ich weiß nicht, ob diese Verbindung echt ist, die er zwischen uns schafft, oder ob er mich damit manipulieren will. Es ist mir auch egal. »Nachdem Lacy also angerufen hatte«, fahre ich fort, »sind Sie zu ihr gefahren?«

»Ja. Ein paar Tage später hat sie sich dann endgültig von mir getrennt. Unsere ganze Beziehung war das, was man heute korrekterweise als toxisch bezeichnet.«

»Okay«, sage ich. »Sie erwähnten vorhin, dass Ihre Schwester Sie in dieser Nacht auch angerufen hat.«

Er schluckt. »Das ist richtig.«

»Den Telefonaufzeichnungen zufolge war das um 23:04 Uhr, ein paar Minuten bevor die Kamera sie beim Verlassen von McCabe's Pub erfasst hat.«

Er schweigt. Auch Madeline schweigt.

»Und«, ergänze ich, »das Telefonat hat nur eine Minute gedauert.«

»Das liegt daran, dass ich nicht rangegangen bin«, sagt Thomas. Er schließt die Augen. Wie schon gesagt habe ich in solchen Situationen schon sehr gute schauspielerische Leistungen gesehen, und ich sage nicht, dass ich ihm jedes Wort abnehme, ich zweifele aber nicht daran, dass sein Bedauern echt ist.

Madeline sieht ihren Mann an, der den Kopf gesenkt hält, und wieder sehe ich die Sorge in ihrer Miene.

»Vielleicht sollten wir eine kleine Pause einlegen?«, schlägt Madeline vor.

»Nein«, sagt Thomas. »Mir geht's gut, wirklich. Wir müssen da durch, okay?«

Sie nickt. »Natürlich.«

»Ich habe den Anruf meiner Schwester nicht angenommen«, sagt er.

»Okay«, sage ich.

»Ich weiß nicht, ob ich zu betrunken war, um ranzugehen, oder ob ich so sehr in meinem Selbstmitleid versunken war, dass ich meine kleine Schwester einfach ignoriert habe, oder, was weiß ich, vielleicht wollte ich, dass die Leitung frei ist, falls Lacy anruft.« Er stoppt und atmet tief durch. »Ich weiß es nicht. Ich kann mich nicht daran erinnern. Ich weiß nur, dass ihr Anruf auf der Mailbox gelandet ist.«

»Was hat sie gesagt?«, frage ich.

Die Frage scheint ihn zu überraschen. »Was sie auf die Mailbox gesprochen hat?«

»Ja.«

Er schüttelt den Kopf. »Nichts.«

Ich warte darauf, dass er es näher ausführt. Durch Warten kommt man manchmal an die wichtigsten Informationen.

»Ich habe nur jede Menge Partylärm im Hintergrund gehört.«

»Auf der Mailbox?«

»Ja.«

»Aber sie hat nichts gesagt?«

»Zumindest habe ich nichts verstanden. Vielleicht wollte Vic auflegen. Vielleicht hat sie nicht gemerkt, dass die Leitung noch offen ist.«

Ich überlege und versuche, die Einzelheiten im Kopf zusammenzusetzen. Victoria ist auf einer großen Millenniumsparty in New York City, die sie mitorganisiert hat. Irgendetwas passiert. Ihre Reaktion besteht darin, dass sie ihren Bruder anruft. Er geht nicht ran. Dann rennt sie auf die Straße hinaus, wo sie von der Überwachungskamera erfasst wird.

»Wann haben Sie die Mailbox abgehört?«, frage ich.

»Sie meinen, wann ich die Nachricht abgespielt habe?«

»Ja. Wann haben Sie diese Nachricht mit dem Partylärm gehört?«

»Ich weiß es nicht. Die Sache ist die, dass ich meine Mailbox fast nie abhöre. Es könnte Tage später gewesen sein.«

»Aber wann genau, wissen Sie nicht mehr?« Madeline scheint genervt zu sein von der Richtung, die die Befragung nimmt. »Was hat das damit zu tun?«

»Ich will wissen, wie das Ganze abgelaufen ist«, sage ich. »Zum Beispiel, ob Sie die Nachricht gehört und sich gedacht haben, dass das seltsam ist. Haben Sie Ihre Mailbox abgehört, bevor oder nachdem die Familie anfing, sich um Victoria Sorgen zu machen. So etwas.«

»Was für einen Unterschied macht das?«, fragt Madeline.

»Wahrscheinlich keinen«, gebe ich zu. »Aber so geht man bei einer Ermittlung vor. Man versucht, den zeitlichen Ablauf zu klären, und guckt dann, wo etwas nicht passt.« Ich wende mich wieder an Thomas. »Wissen Sie noch, wann Sie die Mailbox das erste Mal abgehört haben?«

»Nein, das weiß ich nicht.«

Er überlegt noch kurz und ergänzt dann: »Aber ich kann mich nicht daran erinnern, dass ich dem Anruf irgendeine Bedeutung beigemessen hätte, also muss es gewesen sein, bevor wir angefangen haben, uns Sorgen um sie zu machen.«

»Ich gehe davon aus, dass Sie die Nachricht nicht mehr haben?«

»Von vor fünfundzwanzig Jahren? Nein, tut mir leid.«

»Haben Sie eine Idee, warum Victoria angerufen haben könnte?«

»Mir scheint das offensichtlich zu sein.« Eine Träne löst sich aus seinem Auge und rollt seine Wange hinab. »Auf der Party ist irgendwas vorgefallen, und sie wollte abgeholt werden.«

Wieder bricht er ab. Madeline flüstert ihm ein paar beruhigende Worte zu, ich glaube aber nicht, dass er sie gerade hören kann. Da ich keine Folgefragen habe, schweige ich.

Nach einer Weile fährt Thomas fort: »Victoria war eine Teenagerin, und anstatt auf sie aufzupassen, anstatt sich um sie zu kümmern, waren wir alle mit unserem eigenen Kram beschäftigt. Ich war ganz in mein Drama mit Lacy vertieft. Mom hat sich die ganze Zeit um meinen Großvater gekümmert. Ich kann mir so viele Ausreden einfallen lassen, wie ich will – Victoria hat uns eine SMS geschickt, wir dachten, sie wäre bei Freunden, oder so etwas –, aber warum haben wir uns keine größeren Sorgen gemacht, als sie nicht nach Hause kam?«

Ich rutsche im Sessel nach hinten. »Was war mit Ihrem Vater?«

»Was soll mit ihm gewesen sein?«

»Sie sagten, ›wir waren alle mit unserem eigenen Kram beschäftigt‹. Über Ihre Probleme mit Lacy haben wir gesprochen. Ihre Mutter hat sich um ihren kranken Vater gekümmert. Was war mit Ihrem Vater?«

Thomas runzelt die Stirn. »Dad hatte wohl einfach viel zu tun. Außerdem hat er Mom mit meinem Großvater geholfen. Wenn Sie damit andeuten wollen …«

»Ich will gar nichts andeuten«, sage ich. »Er war am Silvesterabend zu Hause, richtig?«

»Ja.«

»Haben Sie ihn überhaupt gesehen?«

»Nein. Ich war eigentlich die ganze Zeit im Heimkino.«

»Und später, als Sie sich auf den Weg zu Lacy gemacht haben?«

»Da hab ich ihn auch nicht gesehen, nein. Vielleicht war er da auch schon auf dem Weg nach Chicago. Warum fragen Sie …?«

Zeit, einen anderen Gang einzulegen. »Ich würde gern noch etwas anderes fragen.«

Thomas räuspert sich. »Natürlich.«

»Sie sind inzwischen trocken?«

»Bin ich. Seit fünfundzwanzig Jahren.«

»Das würde bedeuten, dass Sie genau zu dem Zeitpunkt zu trinken aufgehört haben, als Ihre Schwester verschwunden ist.«

»Man muss erst ganz unten sein, bevor man sich Hilfe sucht. Das wissen Sie ebenso gut wie ich, oder? Vielleicht war es etwas melodramatisch, als ich eben gesagt habe, dass es meine Schuld war, aber die Wahrheit ist, wenn ich damals nüchtern gewesen wäre, hätte die Sache einen anderen Verlauf genommen. Also habe ich mir Hilfe gesucht. Ich bin in eine Entzugsklinik gegangen. Ich bin in die Kirche eingetreten. Ich habe Madeline kennengelernt. Wir haben zwei Kinder. Unsere Älteste haben Sie gerade gesehen. Wir haben sie Victoria genannt – Vicki – nach meiner Schwester. Aber so seltsam es auch klingen mag, es ist ein bisschen wie Covid.«

»Wie Covid?«, wiederhole ich. »Inwiefern?«

»Ich weiß, dass das ein seltsamer Vergleich ist, aber wissen Sie noch, wie es uns allen anfangs ging, als die Welt wegen Covid zum Stillstand kam? Als hätte sich alles für immer verändert. Als würde nichts je wieder wie vorher sein – und jetzt, nur ein paar Jahre später, puff, kann man sich kaum noch daran erinnern. So ähnlich ist es uns ergangen, als Victoria nach Hause zurückgekommen ist. Ich weiß nicht, ob es Verdrängung ist oder nur eine neu empfundene Dankbarkeit gegenüber dem Leben, aber meinen Eltern geht es fantastisch, Madeline und mir geht es fantastisch – selbst Victoria scheint glücklich zu sein. Ich wage zu behaupten ... und ich weiß, wie das klingt ... dass wir jetzt alle besser dran sind. Wenn man so etwas Furchtbares durchmacht, lernt man die wichtigen Dinge im Leben mehr zu schätzen. So ist das mit Tragödien. Sie sind grausam und schrecklich, aber eben auch fantastische Lehrmeister. Man darf sich so furchtbare Ereignisse zwar nicht schönreden, die Wahrheit ist aber, dass ich nicht weiß, wo ich ohne sie heute wäre. Ich hätte Madeline nicht kennengelernt. Es gäbe keine Vicki, keine Emily. Fluch oder Segen, ich weiß es nicht.«

Ich lehne mich zurück und schlage die Beine übereinander. Ich gebe seinen Worten Zeit, sich zu setzen.

»Haben Sie eine Theorie darüber, was mit Ihrer Schwester passiert ist?«, frage ich dann.

»Ich hatte eine. Ich meine, bevor wir Sie kennengelernt und das von Spanien erfahren haben. Ich dachte, jemand hätte sie entführt und eingesperrt.«

»Und jetzt?«

»Jetzt«, sagt Thomas und umklammert die Hand seiner Frau, »befürchte ich, dass etwas Schlimmeres passiert ist.«

ZWEIUNDZWANZIG

Die Reiseagentur der Belmonds weiß, was sie tut. Sie hat für uns einen frühen Check-in im Fünf-Sterne-Hotel Higueron in Fuengirola arrangiert. Molly erschrickt, als wir die Suite betreten.
»Oh. Mein. Gott.«
Ich lächle. »Okay?«
In einem Arm halte ich Henry. Den anderen lege ich um Molly, während wir aus dem offenen Fenster blicken. Vor uns liegt das Mittelmeer, ausgebreitet wie eine schimmernde Decke, durchs Fenster weht eine leichte Brise. Molly schließt die Augen und saugt alles auf. Wir riechen die salzige Luft.

Ich für meinen Teil habe kein Déjà-vu zum letzten Besuch in Spanien – der Unterschied zwischen dem Gedränge im Hostel, wo die Lacrosse-Bros die Gemeinschaftstoilette blockieren, und dieser opulenten Luxussuite mit Meerblick, in der ich mit meiner Frau und meinem Kind wohne, ist einfach zu gewaltig.

»Vielleicht sollten wir hierherziehen«, sagt Molly.
»Nach Spanien?«
»In diese Hotelsuite.«
»Wir würden uns langweilen.«
Molly legt den Kopf schräg. »Wirklich?«
Ich folge ihrem Blick aus dem Fenster. »Ja, schon«, sage ich. »Aber es würde eine Weile dauern.«
»Wann musst du zu deinem Termin?«

Ich blicke auf die Uhr. Es ist mir gelungen, mit Carlos Osorio, dem jungen Polizeiinspektor, bei dem ich vor zweiundzwanzig Jahren Anzeige erstattet habe, im Gewand eines Privatdetektivs im Auftrag der Familie Belmond (also gewissermaßen im passenden Gewand), einen Termin zu vereinbaren. Osorio ist noch auf demselben Revier, inzwischen aber zum Comisario aufgestiegen, was, auch wenn man kein Sprachwissenschaftler oder großartiger Ermittler ist, den Schluss nahelegt, dass es Kommissar bedeutet.

»Ich habe noch eine Stunde«, sage ich.

Sie tritt näher an mich heran. »Weißt du, was gut gegen den Jetlag sein soll?«

»Äh, dein Sohn ist wach.«

»Ein Spaziergang in der Sonne, mein Dummerchen.«

»Oh.«

»Guck nicht so enttäuscht. Das ist schön.«

Und so ist es dann auch. Eine Stunde später lasse ich meine Frau und meinen Sohn an einem herrlichen Infinitypool auf einem sogenannten balinesischen Bett zurück. Vergessen Sie die Suite – ich glaube, Molly könnte auf diesem Bett leben, ohne sich jemals zu langweilen.

Als das Taxi mich am El Puerto Hotel absetzt, baut sich das Déjà-vu nicht langsam auf, es schlägt mir mit aller Kraft ins Gesicht. Natürlich hat sich einiges verändert, vieles aber auch nicht. Ich werfe einen Blick auf den jetzt belebteren Strand und könnte schwören, dass dort ein paar Jugendliche, die aussehen wie Anna und ich, an derselben Stelle auf einer Decke liegen, an der wir damals auch gelegen haben. Die Erinnerungen stürzen so schnell auf mich ein, dass ich fast den Kopf einziehe. Es ist ein mächtiger Ansturm, eine stroboskopische, kaleidoskopische Diashow, und ich weiß nicht, ob es gute oder schlechte Erinnerungen sind. Ich versuche, die

Fassung zu wahren, mich auf die Arbeit zu konzentrieren und daran zu denken, dass auch Anna womöglich ein Opfer war. Doch wenn ich daran denke, was hinterher passiert ist, wie mich diese Geschichte aus der Bahn geworfen hat, werde ich auch auf sie wütend.

Vor zweiundzwanzig Jahren, als ich Carlos Osorio den »Mord« gemeldet habe, war ich ein glatt rasierter, dürrer Bursche. Jetzt bin ich zerknittert und bärtig und sehe ganz anders aus als damals. Osorio tut das nicht, wohl weil er schon in seiner Jugend wie eine alte Seele wirkte. Die Jahre sind Comisario Osorio gut bekommen. Abgesehen von den ergrauten Schläfen hat er sich nicht verändert.

Wir schütteln uns die Hände und gehen in sein Büro. Er bietet mir einen Espresso an, verspricht, dass er gegen den Jetlag hilft, und obwohl ich nicht weiß, ob das stimmt, kann ich sagen, dass das, was er mir vorsetzt, wie Düsentreibstoff wirkt. Außerdem schmeckt es fantastisch. Er kommt sofort auf den Punkt.

»Welches Interesse haben denn die Belmonds an Fuengirola?«, fragt er. »Ich hätte erwartet, dass sie sich eher für Marbella interessieren.«

Meine Kursteilnehmer haben herausgefunden, dass Osorio drei Jahre lang in Cambridge studiert hatte, bevor er zur Polizei ging. Das erklärt den perfekten britischen Akzent.

»Erkennen Sie mich?«, frage ich.

Er mustert mein Gesicht. »Müsste ich?«

»Wir sind uns schon einmal begegnet«, sage ich. »Vor über zwanzig Jahren. Ich heiße Sami Kierce.«

Er lehnt sich zurück, verschränkt die Finger und legt die Hände auf den Bauch. »Ich dachte, Sie wären im Auftrag der Belmonds hier.«

»Das bin ich auch. Vor zweiundzwanzig Jahren war ich

einer der vielen jungen Touristen, die hier in den Hostels übernachtet haben. Ich war zu Ihnen gekommen, weil ich glaubte, dass ein Mädchen, mit dem ich damals irgendwie zusammen war, ermordet worden war. Sie haben es erst abgetan, weil ich high oder betrunken war, mich dann aber schließlich zu ihrer Wohnung begleitet.«

»Und dort war keine Leiche«, beendete er den Gedankengang.

»Erinnern Sie sich daran?«

»Eigentlich nicht, nein. Aber wenn eine dagewesen wäre, würde ich mich wohl erinnern, oder?«

»Auch wieder wahr.«

Osorio hat eins dieser weltverdrossenen Gesichter, die fast ausschließlich wir Polizisten zu kultivieren scheinen. Seine Haut hat eine ledrige Bräune, die man nur durch jahrelange Sonneneinstrahlung bekommt. »Was wollen Sie, Mr Kierce?«

»Das überrascht Sie alles absolut nicht, oder?«

Osorio reibt sich das Kinn. »Sie waren damals als amerikanischer Student nach Spanien gekommen, stimmt's?«

»Ich hatte gerade meinen Abschluss gemacht.«

»Und haben mit Freunden eine Rucksacktour durch Europa gemacht?«

»So in der Art.«

»Und als Sie mir ihre Geschichten erzählt haben, sind Sie da bei der Wahrheit geblieben? Oder haben Sie ein paar wichtige Details ausgelassen?«

»Ich habe ein paar wichtige Details ausgelassen«, sage ich.

Osorio streicht sich übers Kinn. »Glauben Sie immer noch, dass Sie an diesem Tag die Leiche einer ermordeten Frau gesehen haben?«

»Nein.« Dann ergänze ich: »Also erinnern Sie sich doch an mich?«

Osorio gibt keine Antwort. »Sie haben wahrscheinlich schon herausgefunden, dass Sie betrogen wurden.«

»Und Sie haben es sofort gewusst«, sage ich.

»Ja. Es war kein ungewöhnliches Verbrechen, auch wenn Ihr Fall schon etwas ungewöhnlich war.«

»Inwiefern?«

»Es gab unterschiedliche Varianten dieser damals gängigen Betrugsmasche. Eine junge Frau verführt einen jungen Touristen. Das Opfer, wenn Sie so wollen. Sie wartet, bis dieses Opfer sich wohlfühlt, und bestiehlt es dann. Allerdings wurde sie bei dieser Masche anschließend oft angezeigt. Und das Opfer konnte sie identifizieren. Dann konnte sie nicht weitermachen oder musste zumindest den Ort wechseln. Also sind einige Betrüger, sagen wir mal, kreativer geworden. Sie haben eine Krankheit der Frau oder etwas Schlimmeres vorgetäuscht, und das Opfer glauben lassen, dass es daran schuld war, sodass das Opfer in Panik floh und den Vorfall nicht anzeigte. Schließlich musste es fürchten, im Gefängnis zu landen. Klingt das vertraut?«

»Das tut es.«

Osorio grinst. »Deshalb haben Sie mir auch nicht alles erzählt. Sie hätten sich sonst selbst belastet, stimmt's?«

»Ja, das stimmt«, gebe ich zu.

»Die meisten dieser Betrugsmaschen waren schlichter. Die Frau täuschte eine Drogenüberdosis vor. Der Komplize sagte so etwas wie ›Du hast die Drogen gekauft‹ oder ›Wenn wir sie ins Krankenhaus bringen, verhaften sie dich wegen Drogenbesitzes. Verschwinde lieber‹. Also entschied sich das Opfer für den Ausstieg. Für die junge Frau haben die Männer sich eigentlich nie interessiert. Ihnen ging es nur um den Spaß oder den Sex. Diese Masche, der sie zum Opfer gefallen sind – eine tote Frau mit einem Messer in der Brust oder so

etwas –, das haben wir ziemlich selten erlebt. Wer weiß, vielleicht wurden in Wahrheit viel mehr Männer auf diese Weise betrogen, aber Sie waren einer der wenigen, vielleicht sogar der Einzige, der sich trotzdem moralisch verpflichtet gefühlt hat, den vermeintlichen Mord zur Anzeige zu bringen.«
»Ja, ich bin ein toller Kerl«, sage ich und denke an das letzte Mal, als ich in diesem Polizeirevier war. »Das hätten Sie mir sagen können. Sie hätten mir die Last von der Seele nehmen können.«
»Das wollte ich ja«, antwortet er. »Ich habe eine Nachricht in Ihrem Hostel hinterlassen. Aber Sie sind in Ihre Heimat geflohen, wissen Sie noch?«
»Sie hätten trotzdem anrufen können.«
»Ich hatte Ihre Nummer nicht. Sie hatten mir auch nicht die ganze Wahrheit gesagt. Ich habe mich nicht verpflichtet gefühlt, dem nachzugehen.«
»Vielleicht hat ja auch jemand bei der Polizei Schmiergeld bekommen.«
»Oh, davon weiß ich nichts. Aber Strandorte wie dieser leben vom Tourismus. Nachrichten über Verbrechen zu verbreiten, ist nicht unbedingt Teil unserer Geschäftsphilosophie.«
»Sie haben also lieber weggesehen.«
»Das ist jetzt sehr melodramatisch, Mr Kierce. Aber lassen Sie uns realistisch bleiben. Wenn Sie geblieben wären, hätten wir die Verantwortlichen, die hinter diesem Bagatelldelikt standen, womöglich dingfest machen können. Denn mehr war es nicht. Die Frau war ja eigentlich nicht tot, vergessen Sie das nicht. Vielleicht wären die beiden angeklagt worden, wenn Sie eine Aussage gemacht hätten – andererseits hätten sie dann zugeben müssen, dass Sie in einem fremden Land im Besitz illegaler Drogen waren … Sehen Sie, worauf ich hinauswill?«

»So klar wie das Mittelmeer«, sage ich.
»Darf ich Sie etwas fragen?«
»Nur zu.«
»Was hat das mit den Belmonds zu tun?«, fragt Osorio. »Oder haben Sie den Namen nur vorgeschoben, um einen Termin bei mir zu bekommen?«
»Nein, ich habe ihn nicht vorgeschoben«, sage ich.
Osorio breitete die Hände aus. »Was dann?«
»Die junge Frau, die mich betrogen hat – die, von der ich glaubte, dass sie ermordet worden wäre.«
»Was ist mit ihr?«
»Es war Victoria Belmond.«
Osorio blinzelt, denkt darüber nach. »Die entführte Tochter?«
»Ebendiese«, sage ich. »Das FBI hatte elf Jahre lang keine Ahnung, wo sie war. Jetzt wissen wir, dass sie drei Jahre nach ihrem Verschwinden in Fuengirola war und mindestens einen jungen naiven Touristen ausgenommen hat.«

Osorio lehnt sich zurück. »Ich weiß gar nicht, was ich dazu sagen soll. Sind Sie sicher, dass es dieselbe Frau ist?«
»Ja.«
»Haben Sie sie getroffen?«
»Erst kürzlich zum ersten Mal.«
»Ich vermute, dass Sie gefragt haben, ob sie Sie bestohlen hat?«
»Sie behauptet, sich nicht an diese elf Jahre erinnern zu können.«

Wieder reibt Osorio sich das Kinn. »Ich habe so etwas gelesen«, sagt er. »Aber kommen Sie. Amnesie? Das muss doch eine Lüge sein, oder?«
»Ich weiß es nicht«, sage ich. »Aber ich brauche Ihre Hilfe.«

»In welcher Hinsicht?«
»Sie hat diese Masche nicht allein durchgezogen. Sie hatte einen Komplizen. Er nannte sich Buzz.«
Osorio zieht eine skeptische Augenbraue hoch. »Buzz?«
»Ja. Er war auch ihr Drogendealer.«
»Wahrscheinlich eher ihr Aufpasser«, sagt Osorio.
»Soll heißen?«
»Wissen Sie, vor zweiundzwanzig Jahren – das war, bevor wir uns wirklich mit Menschenhandel und dem ganzen Drumherum auskannten. Aber es lief folgendermaßen: Sie wissen sicher, dass viele junge Frauen – und auch Männer – gezwungen werden, als Sexsklaven zu arbeiten.«
»Ja.«
»Es ist ein Geschäftsmodell des organisierten Verbrechens. Dabei geht es natürlich um diverse illegale Operationen. Nicht nur um Prostitution, sondern auch um andere Einnahmequellen.«
»Zum Beispiel?«
»Zum Beispiel erzählt man einer mittellosen, verzweifelten jungen Frau, die Arbeit sucht, dass sie in einem Touristengebiet einen Job bekommt, etwa als Kellnerin oder als Barkeeperin in einem Club. Dort angekommen, nimmt ihr Aufpasser ihr den Pass ab und zwingt sie, in einem anderen Metier zu arbeiten – naheliegend ist die Sexarbeit. Einige der Mädchen werden aber auch zum Betteln auf die Straße gesetzt. Anderen wird beigebracht, wie man Taschen- oder Ladendiebstahl begeht oder Männer ausnimmt. Und wieder andere führen ausgeklügelte Betrugsmaschen durch.«
»Wie bei mir.«
»Genau.«
Ich versuche, diese Informationen zu einem Bild zusammenzusetzen. Wurde Victoria entführt und dann in ein Leben

der Kleinkriminalität gezwungen? Mir scheint das weit hergeholt. Sie war gewiss nicht mittellos oder verzweifelt. Und was ist mit ihrer Amnesie? Ist die echt? Ist sie eine Tarnung? Ich denke noch einmal über den Anfang nach, über die Silvesterparty über McCabe's Pub.

Irgendetwas hat Victoria in dieser Nacht dazu gebracht, ihren Bruder anzurufen.

Irgendetwas hat sie dazu gebracht, die Party zu verlassen. Aber was?

Was könnte eine allem Anschein nach zufriedene junge Frau aus einer wohlhabenden Familie von ihrer Millenniumsparty mit reichen Highschool-Freundinnen und -Freunden in New York an die Costa del Sol geführt haben, wo sie dann naive Touristen um Kleckerbeträge erleichtert hat?

»Ich erinnere mich noch daran, wie die Belmond-Tochter gefunden wurde«, sagt Osorio. »War das nicht in einem Restaurant oder so etwas?«

»Ja, in einem Diner.«

»Und wie kann ich Ihnen helfen?«

»Wir müssen Buzz finden.«

»Zweiundzwanzig Jahre später?«

»Ein seltsamer Typ«, sage ich. »Vermutlich war ich weder sein erstes noch sein letztes Opfer.«

Osorio versteht, worauf ich hinauswill. »Sie glauben, dass er vorbestraft ist.«

»Ich halte es für wahrscheinlich. Wir fangen in dem Sommer an, in dem es passiert ist. Ich kann Ihnen eine grobe Beschreibung geben. Weißer Mann. Etwa ein Meter achtzig groß, vielleicht fünfundneunzig Kilo. Sein Alter würde ich auf vierzig schätzen. Er hatte einen niederländischen Akzent, und irgendwann hat Anna auch mal erwähnt, dass er aus Amsterdam stammt. Keine Ahnung, ob das stimmt. Als ich ihm begegnet bin, hatte er violett gefärbte Haare und trug einen Nasenring. Er hat sich als DJ ausgegeben.«

Osorio notiert alles. »Hat dieser Buzz erwähnt, in welchem Club er gearbeitet hat?«

»Nein.«

»Vor zweiundzwanzig Jahren«, sagt Osorio. »Das wird noch nicht im Computer sein. Wir führen die Akten erst seit 2008 digital, die älteren haben wir noch auf Papier.«

»In Aktenordnern mit Polizeifotos?«

»Genau.«

»Kommen wir da ran?«

»Sie sind in einem Lager in Málaga.«

»Wie lange dauert das?«

»Können Sie in zwei Stunden wieder hier sein?«

»Klar.«

Ich stehe auf, um zu gehen.

»Es war grausam«, sagt Osorio. »Diese Masche. Sie waren noch ein Jugendlicher und dachten, Sie hätten etwas Schreckliches getan. Es hat Sie verfolgt.«

Ich sage nichts.

»Das hätte ich sehen müssen. Aber ich war auch fast noch ein Jugendlicher. Und ich hatte, wie schon gesagt, Ihre Telefonnummer nicht. Aber ich hätte sie herausbekommen können. Und das hätte ich tun müssen. Ich hätte Sie anrufen und Ihnen die Wahrheit sagen müssen. Es tut mir leid.«

Ich traue meiner Stimme nicht, also nicke ich so, dass er es hoffentlich als Dank versteht, und gehe.

DREIUNDZWANZIG

Ich gehe zum Strand und ziehe meine Schuhe und Socken aus. Der Sand ist hart und körnig wie Muschelschrot. Die Strände in New Jersey sind viel feiner. Sorry, aber so ist es. Auch die Wellen sind da besser. Ich bleibe nicht lange. Ich ziehe die Schuhe wieder an und gehe hinüber zur Discoteca Palmeras. Dort starre ich an der Fassade hoch. Ich empfinde nichts dabei, wahrscheinlich, weil ich den Club damals nie am Tag von außen gesehen habe. Daher kann ich auch nicht sagen, ob er sich in den letzten zwanzig Jahren verändert hat. Sind Sie jemals in einem Club geblieben, bis er schließt, die Lichter angehen und alles ganz anders wirkt? Es ist ein ernüchternder Anblick, wenn man einen Club seines Make-ups und seiner stimmungsvollen Beleuchtung beraubt und ihn dem grellen Morgenlicht aussetzt.

Ich konzentriere mich auf den Fall – darauf, die Wahrheit darüber herauszufinden, was Victoria Belmond und in geringerem Maße auch mir widerfahren ist –, kann aber nicht umhin, an den finanziellen Glücksfall zu denken, der mich aufgerichtet hat wie dieses Kirchenlied über *Angel's Wings*. Ich will eigentlich nicht, dass das eine Rolle spielt. Ich will nicht, dass das Geld mich verändert oder so etwas. Aber ich fühle mich leichter und weiß, dass es Molly genauso geht. Wahrscheinlich war uns gar nicht bewusst, wie sehr die Schulden uns belastet haben, was die schwere Bürde, die auf uns lag, in uns angerichtet hat, körperlich, geistig und emotional. Ich würde mir wünschen, dass es wie in »Danny's Song« von Loggins and Messina wäre, in dem es heißt: »*Even though we ain't got money, I'm so in love with you honey*«, aber in der Realität ist das alles viel komplizierter.

Soll heißen, ich muss aufpassen, dass das Geld mir nicht den Blick vernebelt.

Ein junger Mann sieht, dass ich auf den Eingang des Clubs starre. Er geht vorbei, ohne mir auch nur zuzunicken, und schließt die Tür auf.

»Buenos días«, sage ich.

Ich spreche fließend Spanisch. Nicht so gut wie Osorio Englisch spricht, aber ziemlich gut. Wie viele amerikanische Jugendliche habe ich das Fach an der Highschool belegt, und dort nur sehr wenig gelernt. Aber nach meinen Erlebnissen hier, nach dem Vorfall mit Anna, habe ich plötzlich den Wunsch entwickelt, Spanisch sprechen zu können. Sie könnten das eventuell auf eine Art absonderliche Reaktion auf das Trauma zurückführen, das ich hier erlitten habe, und mir eine küchenpsychologische Erklärung für meinen Wunsch auftischen, die Sprache des Landes zu erlernen, das mir solche Angst eingejagt hat. Vermutlich hätten Sie recht. Wahrscheinlich ist es wirklich so einfach. Oder etwas in mir wusste, dass ich eines Tages zurückkehren würde, um nach einer Antwort zu suchen.

Ich bin heute sehr tiefgründig.

Der junge Mann – ich schätze ihn auf zwischen zwanzig und fünfundzwanzig Jahre – nickt.

»Ich bin früher ein paarmal hier gewesen«, sage ich auf Spanisch. »Als ich hier vor zweiundzwanzig Jahren zu Besuch war.«

Er wirkt nicht beeindruckt.

»Wissen Sie, ob hier noch jemand von damals ist?«, frage ich.

»Vielleicht mein Opa.«
»Können Sie mir sagen, wo ich ihn finde?«
»In Mijas auf dem Friedhof Santa María«, sagt der junge Mann. Er schüttelt den Kopf. »Vor zweiundzwanzig Jahren.« Er gluckst. »War da Franco nicht noch an der Macht?«
Großartig. Ich habe Jahre damit verbracht, Spanisch zu lernen, nur um die sarkastischen Bemerkungen dieses Jugendlichen verstehen zu können.

Ich versuche, das alte Wohnhaus zu finden, in dem das alles damals passiert ist. Es ist verschwunden, wurde mit den anderen durch neuere Hochhäuser ersetzt. Vermutlich gut, dass der Schandfleck weg ist, denke ich, obwohl ein kleiner Teil in mir gehofft hat, dass es noch da ist und ich Osorio davon überzeugen kann, seine Spurensicherung reinzuschicken, damit sie alles abtupfen und nach … na ja, ich weiß jetzt ja, dass es kein Blut war, also was soll's?

Ich gehe zum Strand zurück und suche mir ein Lokal, das nicht zu touristisch aussieht. Ich bestelle zwei Gerichte – die leicht panierten Boquerones mit Tomaten und die Paella nach Art des Hauses, die nichts mit dem zu tun hat, was wir amerikanischen Banausen unter Paella verstehen. Wahrscheinlich sollte ich das nicht tun, aber es wäre fast kriminell, diese Köstlichkeiten ohne ein Glas Rioja Blanco aus der Viura-Traube zu genießen. Also bestelle ich mir eins.

Ich rufe Molly an. Sie meldet sich in einem melodischen Singsang. Und auch das ist wieder nicht nur der Tatsache geschuldet, dass wir in einem Fünf-Sterne-Hotel in Spanien untergebracht sind. Es liegt am Geld.

»Wo bist du?«, frage ich.
»Auf dem balinesischen Bett.«
»Demselben?«
»Wir haben uns nicht groß bewegt.«

»Wie geht's Henry?«
»Er macht ein Nickerchen. Oder sollte ich sagen, er hält eine Siesta?«
»Es klingt, als wärst du schon eine halbe Spanierin.«
»Das passt doch, oder? Ich trinke auch etwas namens Tinto de Verano.«
»Was ist das?«
»Himmlisch.«
Ein Anruf kommt rein. Ich sage Molly, dass es Osorio ist, und schalte um.
»Kommen Sie wieder her«, sagt Osorio.
Ich bezahle die Rechnung und eile zum Revier. Osorio führt mich in einen Raum, in dem sie wahrscheinlich ihre Vernehmungen durchführen. Auf dem Tisch liegt ein Stapel dicker Aktenordner. Ein großer Stapel. Auf dem obersten Ordner stehen die Worte »Fotos de Detenidos«. Ich brauche keine Spanischkenntnisse, um zu verstehen, was das bedeutet.
»Wie sind sie geordnet?«, frage ich.
»Nach Datum.«
»Gibt es weitere Kategorien wie Verbrechens- oder Personenbeschreibungen?«
»Nein, tut mir leid.«
»Gibt es einen eigenen Ordner für Ausländer?«
»Nein, auch das nicht.«
»Also nur nach Datum«, sage ich.
»Ich fürchte schon.«
Ich atme tief durch. »Okay.«
»Wollen Sie etwas trinken?«
Ich bin versucht, nach einem Rioja Blanco zu fragen. »Nein, danke.«
»Melden Sie sich, wenn Sie etwas brauchen.«

Ich bin davon ausgegangen, dass die Suche Stunden dauern würde. Das tut sie nicht. Nach einer Viertelstunde habe ich ihn.

Ich habe am 11. Juli 2003 begonnen, dem Tag, an dem ich aus Spanien geflohen bin, weil ich davon ausgegangen bin, dass Buzz und »Anna« auch nach mir noch aktiv waren. Die Polizeifotos ähneln denen in den USA – zwei Fotos vom Gesicht, eines von vorne, das andere im Profil.

Ich hatte mich gerade eingearbeitet und einen Rhythmus gefunden, als ich fündig wurde.

Buzz trägt immer noch die lila Stachelhaare und den Nasenring. Es ist ein Datum auf dem Foto, das ihn demnach gut ein Jahr, nachdem er mich ausgenommen hatte, zeigt. Unter dem Polizeifoto ist kein Name angegeben. Auch kein Grund für die Festnahme. Nur eine Nummer – 9 039 384.

Ich nehme den großen Aktenordner, lasse die Seite aufgeschlagen und gehe damit in Osorios Büro.

»Ich hab ihn«, sage ich.

Osorio sieht mich über seine Lesebrille hinweg an. »Lassen Sie mal sehen.«

Ich reiche ihm den Ordner. Er studiert das Foto einen Moment lang.

»Erkennen Sie ihn?«

»Er kommt mir nicht völlig unbekannt vor«, sagt Osorio. »Aber damals gab es eine Menge Typen, die wie dieser Haufen Scheiße aussahen.«

»Wissen wir, weshalb er verhaftet wurde?«

»Aus Datenschutzgründen dürfen wir hier weder den Namen anführen, noch die Straftaten, die er begangen hat. Artikel 18.4 der spanischen Verfassung schützt personenbezogene Daten, einschließlich Polizeifotos und Vorstrafen.«

»Was bedeutet das?«

»Das bedeutet, dass die Öffentlichkeit keinen Zugang dazu hat.«

»Aber Sie sind nicht die Öffentlichkeit.«

»Stimmt, aber Sie. Also treten Sie etwas zurück und blicken Sie nicht über meine Schulter.«

Osorio tippt die Nummer in seinen Computer und beginnt zu lesen. Ich warte.

»Und?«

»Er heißt Harm Bergkamp.«

»Harm?«

»Passender Name, oder? Er ist niederländischer Staatsbürger. Zum Zeitpunkt seiner Verhaftung war er sechsunddreißig Jahre alt. Das war gut ein Jahr nach Ihrer Abreise. Er hat ein ziemlich umfangreiches Vorstrafenregister, alles Bagatelldelikte. Diebstahl und Ähnliches. Das habe ich Ihnen ja vorhin schon gesagt. Selbst wenn wir ihn damals verhaftet hätten, was hätten wir ihm schon vorwerfen können – Diebstahl in Höhe von weniger als tausend Dollar und was noch? Vortäuschen eines tödlichen Unfalls?«

»Und weshalb wurde er dann doch verhaftet?«

»Körperverletzung.« Osorio blinzelt und liest. »Offenbar war unser Freund Harm in einem Zimmer des Hotels El Puerto in eine Schlägerei verwickelt.«

»Wurde er vor Gericht gestellt?«

Er schüttelt den Kopf. »Sämtliche Anklagen wurden fallen gelassen.« Er liest weiter. »Oh, das ist interessant.«

»Was?«

»Laut den Akten war der Mann, den er angegriffen hatte, ein Amerikaner namens Frank Ache. Bergkamp hat sich auf Notwehr berufen und sagte aus, Ache hätte zuerst seine Freundin angegangen, eine Frau namens ...« Er blickt zu mir auf. »Anna Marigold.«

Boom.

Er liest weiter. Ich bin ungeduldig.

»Was noch?«, frage ich.

»Geben Sie mir eine Sekunde.«

Ich ziehe mein Handy heraus und google Anna Marigold. Nichts Interessantes. Ich gehe auf die Bildersuche. Eine Auswahl von Stoffmustern mit Ringelblumenblüten erscheint, die von einer Frau namens Anna Spiro entworfen wurden. Ich setze den Namen in Anführungszeichen – »Anna Marigold« –, bekomme aber immer noch nichts. Aber habe ich wirklich erwartet, so irgendetwas Sinnvolles herauszubekommen? Nein. Ich versuche es mit »Harm Bergkamp«, die Treffer sind aber alle auf Niederländisch. Ich klicke mich durch ein paar davon, sie scheinen sich aber alle auf einen Mann dieses Namens zu beziehen, der 1876 gestorben ist.

Schließlich holt Osorio tief Luft, lehnt sich zurück und reibt sich das Gesicht. »Okay, das Ganze ist folgendermaßen abgelaufen.«

Ich stecke mein Handy ein und beuge mich zu ihm hinüber.

»Es war die gleiche Masche wie bei Ihnen. Anna hat Ache in der Discoteca Palmeras kennengelernt. Sie hat vorgetäuscht, eine Überdosis Drogen genommen zu haben. Nicht, dass sie tot war. Aber eben völlig weggetreten. Wenn ich das richtig verstanden habe, war das Problem, dass Bergkamp aufgehalten wurde und nicht rechtzeitig in der Wohnung war. Also hat dieser Frank Ache sie geschüttelt und einfach nicht damit aufgehört. Anna hat versucht, die Augen geschlossen zu halten und so zu tun, als wäre sie bewusstlos. Aber wie hält man das durch? Also hat Ache herausbekommen, dass sie das Ganze nur vortäuscht und sein Geld schon verschwunden und irgendwo versteckt war, woraufhin er ausgerastet ist und angefangen hat, auf sie einzuprügeln.«

Die gebrochene Nase, denke ich. Der zertrümmerte Wangenknochen. War das der Grund?

»Als Harm Bergkamp ankommt, sieht er, dass sie in Schwierigkeiten steckt. Er stürzt sich auf Frank Ache, um ihn zu stoppen. Das ist die Körperverletzung. Es wird extrem hässlich. Der Sicherheitsdienst des Hotels geht dazwischen. Bergkamp und Ache werden festgenommen. Anna Marigold muss ins Krankenhaus.«

Er hält inne und liest weiter.

»Und weiter?«, frage ich.

»Das war's. Die Anklage wurde fallen gelassen. Ich vermute, dass beide Seiten kein Interesse daran hatten, die Sache weiterzuverfolgen.«

»Wie schwer wurde Anna verletzt?«

»Das steht hier nicht. Hier steht nur, dass sie in Málaga ins Krankenhaus eingeliefert wurde.«

»Können wir Unterlagen von dort bekommen?«

»Nach so langer Zeit? Das bezweifle ich. Und was wollen Sie auch damit? Es werden keine Fotos drin sein.«

»Und wie«, frage ich, »kommen wir jetzt an den aktuellen Aufenthaltsort von Harm Bergkamp?«

VIERUNDZWANZIG

Zurück in den USA brauche ich drei Tage, um Harm mithilfe von Polly und den Pink Panthers aufzuspüren, und zwar ausgerechnet in Nashville, Tennessee. Oder sollte ich Buzz sagen? Oder Buzzy? Harm Bergkamp nennt sich jetzt – passen Sie auf – Buzzy Berg. Er dreht Low-Budget-Horrorfilme an Drehorten wie lokalen Brauereien und leer stehenden Gebäuden. Seine Filme sind durchweg grauenvoll und drei Stufen unter dem, was früher als Direct-to-Video auf den Markt kam. Ich habe versucht, mir einen Film von ihm mit dem Titel *Bed, Bloodbath and Beyond* anzusehen, komme aber mit Splatter nicht gut klar, und das ist so ziemlich das Einzige, was der Film zu bieten hat.

Wieder nutze ich den Namen Belmond und behaupte diesmal, dass die Familie Interesse hat, einen seiner Filme zu finanzieren. Das schafft sofort Freiräume in Buzzys Terminkalender, wobei ich nicht glaube, dass er wirklich so beschäftigt ist. Buzzy ist nicht so busy, wenn Sie verstehen, was ich meine. Ich lasse diese Alliteration jedenfalls mal einen Moment lang wirken.

Buzzy schlägt vor, dass wir uns im Gaylord Opryland Resort treffen. Er sagt mir allerdings nicht, dass das Gaylord das größte Hotel der Welt ist, das nicht zu einem Kasino gehört. Ja, der Welt. Ich habe es nachgeschlagen, bevor ich hergekommen bin. Es hat fast dreitausend Zimmer und eine

Fläche von über dreihunderttausend Quadratmetern. Im Zentrum befindet sich eine große mit einer Glaskuppel überdachte Fläche, die mit Bäumen und Pflanzen überladen ist, sodass man das Gefühl hat, im größten Terrarium der Welt gefangen zu sein. Ich wünschte, Molly und Henry wären bei mir, aber sie haben beschlossen, noch ein paar Tage in Spanien zu bleiben. Wer könnte es ihnen verdenken?

Ich treffe Buzz am Schiffsanleger, von dem aus die Bootstour über den Fluss startet, der durch das Gebäude fließt – keine Ahnung, wohin die Tour führt, und es interessiert mich auch nicht. Obwohl die lila Haare und der Nasenring einem kahl rasierten Kopf und einem Ohrring weichen mussten, erkenne ich den Mann sofort.

»Buzzy Berg«, sagt er und streckt die Hand aus, die sich wie ein nasser Fisch anfühlt.

»Samuel Pierce«, sage ich, was aus leicht nachvollziehbaren Gründen einer meiner beliebtesten Decknamen ist. Ich habe mich nicht als Sami Kierce angemeldet, weil er damals meinen Namen kannte und sich vielleicht noch daran erinnert. Er zögert einen Moment lang, und ich bilde mir ein, in seinen Augen kurz ein Erkennen aufblitzen zu sehen. Trotzdem lächelt er breit und führt mich auf einen Weg, der unter einem Wasserfall hindurchläuft.

Mir fällt auf, dass Buzz stark humpelt. Das hat er damals nicht getan.

»Wir bereiten gerade eine Szene vor«, erklärt er.

Mit wir sind Buzzy und ein Typ mit einem ZZ-Top-Bart und einer Kamera in der Hand gemeint, den Buzzy mir als Dale vorstellt. Dale schenkt mir keine große Aufmerksamkeit, und ich erwidere den Gefallen. Meine Aufmerksamkeit, meine volle Aufmerksamkeit, gilt gerade der blutüberströmten Frauenleiche auf dem Bett, der ein Messer in der Brust

steckt. Schnell wende ich den Kopf ab. Buzzy sieht es und kichert.
»Sämtliche Requisiten und Spezialeffekte sind von mir«, sagt er. »Gute Arbeit, oder?«
»Ja«, sage ich und frage dann: »Wo haben Sie das gelernt?«
»Überall. Das war meine erste Liebe.« Und dann: »Mach fünf Minuten Pause, Dale.«
Das lässt sich Dale nicht zweimal sagen.
»Erzählen Sie mir mehr darüber«, sage ich.
»Worüber?«
»Wie Sie ins Business eingestiegen sind. Wie Sie Ihr Handwerk von der Pike auf gelernt haben.«
»Ich bin aus Holland. Hören Sie wahrscheinlich an meinem Akzent.«
»Kaum«, sage ich. Und das stimmt. Er klingt jetzt fast wie ein Amerikaner. »Wie lange leben Sie schon in den Staaten?«
»Ach herrje. Das sind jetzt schon mehr als zwanzig Jahre.«
»Und vorher?«
»In Europa. Angefangen habe ich als Produktionsassistent. Unglaublich, oder? Ich hab mich ganz schön hochgearbeitet.«
»Wo in Europa?«, frage ich.
»Überall. Aber das ist schon lange her. Ihr Timing ist wunderbar, weil ein paar gute Freunde von mir aus Hollywood in meiner neuen Horror-Romantikkomödie *Romeo und Ghouliet* mitspielen wollen. Das kommt daher, weil mein letzter Film den Gore Award gewonnen hat. Den kennen Sie ja wahrscheinlich. Jedenfalls, ich will hier ja kein Namedropping betreiben, aber ich habe mit Lenny DiCaprio gesprochen.«
»Lenny?«
»So nennen seine Freunde ihn. Sie glauben doch nicht, dass seine Freunde ihn Leonardo nennen, oder?«
Buzzy gluckst.

»Ich dachte, sie nennen ihn Leo«, sage ich.

Das Kichern verstummt, er fängt sich aber wieder. »Nein, nein, Leo nennen seine in der Öffentlichkeit stehenden Freunde ihn. Aber wenn man ihn privat näher kennenlernt ...« Ich muss auf den Punkt kommen. »Eigentlich heißen Sie Harm Bergkamp, richtig?«

Das Lächeln flackert. »Klar, natürlich. Aber wer benutzt in der Branche schon seinen echten Namen? Wussten Sie, dass Vin Diesel in Wirklichkeit Mark Sinclair heißt? Michael Caine heißt Maurice Micklewhite? Judy Garland hieß Frances Gumm? Gumm. Können Sie sich *Der Zauberer von Oz* mit Frances Gumm als Dorothy vorstellen? Da klingt Buzzy Berg doch wohl auch besser, oder?«

»Auf jeden Fall«, stimme ich zu, obwohl es wie der Name eines Hollywoodagenten klingt.

»Genau. Es ist ein guter Name. Wenn man in diesem Leben etwas erreichen will, muss man eine Vision entwickeln. Buzzy Berg ist der Name eines großen Filmproduzenten. Also habe ich eine Vision dazu entwickelt, ich habe ihn mir zu eigen gemacht, und ...«, er breitete seine Hände aus, »... jetzt stehen wir hier, Mr Pierce.«

»Kierce«, sage ich.

»Wie bitte?«

»Mein Nachname ist Kierce. Wie Pierce, aber mit einem K. Und mein Vorname ist Sami.« Ich buchstabiere ihn. Ich sehe, wie eine Regung über sein Gesicht huscht – vielleicht ein fünfprozentiges Erkennen. Ich fahre fort. »Wir sind uns vor zweiundzwanzig Jahren begegnet. In Spanien an der Costa del Sol.«

»Ach.« Jetzt sieht er mich an. Alles an ihm verändert sich. Ist es Angst, Wut, Groll, Bedauern – ich weiß es nicht. »Nehmen Sie das auf?«, fragt er.

»Nein.«
»Jetzt erinnere ich mich an Sie. Es ging um ein paar Hundert Dollar in einem anderen Land vor fast einem Vierteljahrhundert. Juristisch ist das längst verjährt.«
»Ich weiß.«
»Sind Sie hier, um sich zu rächen?«
»Nein, auch das nicht.«
»Warum dann?«
»Ich suche ein paar Antworten. Weiter nichts. Dann lasse ich Sie zufrieden.«
»Und wenn ich ablehne?«
»Ich würde lieber keine Drohungen aussprechen müssen.«
»Und ich möchte meine elende Vergangenheit nicht noch einmal durchleben. Also frage ich noch einmal: Was ist, wenn ich ablehne?«
»Ich werde alles, was in meiner Macht steht, daransetzen, Sie unglücklich zu machen. Die Leute, die dieses Treffen arrangiert haben. Die Belmonds. Wissen Sie, wer das ist?«
»Natürlich.«
»Ich stelle diese Fragen in ihrem Auftrag, nicht für mich selbst.«
»In ihrem Auftrag?«
»Ja. Und mit denen wollen Sie es sich ganz sicher nicht verscherzen.«
Er runzelt die Stirn. »Wieso sollte meine Vergangenheit in irgendeiner Beziehung zu den Belmonds stehen?«
»Wenn Sie ablehnen«, fahre ich fort und ignoriere seine Frage vorerst, »werden sie ihre enormen Ressourcen, ihren Einfluss und ihre Verbindungen nutzen, um Ihnen das Leben schwer zu machen.«
»Ich versteh das alles nicht«, sagt Buzz.
»Erzählen Sie mir von Anna.«

Ein schwaches Lächeln huscht über sein Gesicht. »Sind Sie sicher, dass Sie das im Auftrag der Belmonds fragen?«
»Ich bin sicher«, sage ich so bestimmt, wie ich kann. »Erzählen Sie mir von Anna.«
»Sie hat Ihnen gefallen, stimmt's?« Das Lächeln hat jetzt etwas Grausames an sich. »Wie kommen Sie darauf, dass ich wissen könnte, wo sie jetzt ist?«
»Ich habe nicht gefragt, wo sie jetzt ist«, sage ich. »Ich möchte, dass Sie mir alles über sie erzählen. Ihren vollen Namen. Wo sie aufgewachsen ist. Wie Sie beide sich kennengelernt haben.«
»Warum?«, fragt er.
»Wie wäre es, wenn Sie damit anfangen, wie Sie sie kennengelernt haben?«
Er lehnt sich zurück. »Das würde wirklich einen tollen Film abgeben, wenn ich ehrlich bin. Aber da verzichte ich wohl lieber.«
»Sie haben recht«, sage ich. »Ein alter Betrugsfall wird niemanden interessieren. Aber eine Entführung – die unaufgeklärte Entführung einer Prominenten –, das wäre etwas ganz anderes.«
»Wovon zum Teufel reden Sie?«
Er scheint wirklich überrascht zu sein. Er ist davon ausgegangen, dass mein Interesse an Anna privater Natur ist, aber auch als der Name Belmond fiel, suchte er nicht nach Ausflüchten und startete keine Ablenkungsmanöver, wie man es erwarten würde, wenn er etwas mit der Entführung zu tun hätte. Tatsächlich hatte ich die Belmonds vor allem aus diesem Grunde gebeten, ihn anzurufen. Der Plan sah folgendermaßen aus: Wenn er in die Entführung verwickelt war, wenn er Annas echte Identität kannte, würde der Anruf der Belmonds ihn höchstwahrscheinlich in Panik versetzen. Lenore

Spikes hatte ihn von ein paar Privatdetektiven beschatten lassen, die seine Verfolgung aufgenommen hätten, hätte er die Flucht ergreifen sollen. Aber das tat er nicht. Vielmehr freute er sich auf das Treffen. Das bedeutete, dass er entweder nicht direkt in die Entführung verwickelt war – oder dass er echt Eier hatte und den ultimativen Bluff durchzog.

»Erzählen Sie mir einfach, was Sie über Anna wissen.«

»Wir beide waren Teil des Programms.«

»Welches Programms?«

»Ich kenne Annas Vorgeschichte nicht genau. Aber im Prinzip lief es immer gleich. Es gab eine Vermittlungsagentur. Sie suchten schutzlose junge Frauen. Auch junge Männer. Sobald sie ankamen, wurden sie von einer Gruppe von Männern trainiert – harte, skrupellose Typen. Na ja, trainieren ist irgendwie das falsche Wort. Sie wurden brutal misshandelt. Müssen Sie das wirklich alles hören?«

»Muss ich nicht«, sage ich.

»Die Leute glauben, dass diese Mädchen alle aus Osteuropa oder solchen Gegenden kommen. Das stimmt nicht. Diese Agenturen suchen hilflose Jugendliche, um die sich keiner kümmert, um die sich niemand einen Dreck schert. Solche, die niemand vermisst, wenn sie verschwinden. Davon gibt es mehr, als Sie glauben. Überall ...«

»Und Anna war eine von ihnen?«

Er nickt. »Sie haben aus uns beiden ein Team gemacht. Unser Job bestand darin, Touristen auszunehmen. Wie Sie, zum Beispiel.«

Ich weiß, dass es für den Fall nicht relevant ist, trotzdem kann ich mir die Frage nicht verkneifen. »Und warum haben Sie das nicht getan?«

»Was haben wir nicht getan?«

»Mich einfach ausgenommen?«

»Haben wir doch.«
»Sie wissen, was ich meine.«
Er nickt. Er versteht, worauf ich hinauswill. »Wir hatten Stil. Anna und ich. Wir haben immer versucht, ein bisschen mehr daraus zu machen. Klingt grausam, ich weiß. Ich habe meine Kunst perfektioniert.« Er deutet auf die »tote« Frau auf dem Bett. »Das ist die Wahrheit. Meine Spezialeffekte. Außerdem war das höchst effektiv. Wenn man jemanden überzeugt, dass er einen Mord begangen hat ... 'tschuldigung, aber es hat auch Spaß gemacht.«
Ich fahre in ruhigem Tonfall fort. »Aber es war riskant.«
»Eigentlich nicht. Ich bin immer schnell ins Zimmer gekommen, damit niemand die Lebenszeichen checken kann. Außerdem wurden die Leute unter Drogen gesetzt. Ihnen haben wir wohl ein bisschen viel gegeben. Es hat ewig gedauert, bis Sie aufgewacht sind. Und dann musste ich Sie fast aus dem Zimmer tragen. Aber selbst, wenn jemand Verdacht geschöpft hätte, was konnte er schon tun? Uns anzeigen? Einmal bin ich erwischt worden. Da habe ich mit einem anderen Mädchen gearbeitet. Die Polizei hat nur gelacht. Wie lautet die Anklage, wenn man so tut, als ob man tot ist?«

Osorio hatte etwas Ähnliches gesagt. »Und was ist mit Anna passiert?«, frage ich.

»Ich weiß es nicht. Die Mädchen sind irgendwann verbraucht. Dann lassen sie sie gehen. Oder sie hauen vorher ab. Oder sie enden im Gefängnis oder sterben.«

»Und ihren richtigen Namen hat Anna Ihnen nie verraten?«

»Sie sagte, sie heiße Anna Marigold. Sie hat erzählt, dass sie in der Nähe der Penn State University aufgewachsen ist. Dass ihre Mutter früh gestorben ist und sie mit einer Schwester zurückgelassen hat. Die Schwester hat einen Mann gehei-

ratet, der Anna in jeder Form missbraucht hat. Irgendwann hat sie eine Chance genutzt und ist abgehauen.« Er zuckt die Achseln. »Das kann die Wahrheit gewesen sein, sie kann mich aber ebenso gut auch belogen haben. Ich weiß es nicht.«
»Aber das hat Anna Ihnen so erzählt?«
»Das hat mir Anna erzählt, ja. Ich habe damals mit vier Mädchen gearbeitet.«
»Sie meinen, dass Sie ihr Aufpasser waren?«
»Nennen Sie es, wie Sie wollen, es trifft es sowieso nicht. Aber wir hatten damals immer vier Nummern gleichzeitig laufen. Nach Ihnen haben wir noch ein halbes Jahr weitergemacht, dann hat Anna eine Weile ausgesetzt.«
»Ausgesetzt?«
»Ja.«
»Warum?«
»Spielt keine Rolle. Irgendeine Krankheit.«
Als er das sagt, verändert sich kurz sein Gesichtsausdruck. Auf eine Art, die mir nicht gefällt.
»Jedenfalls ist Anna rund ein Jahr, nachdem das mit Ihnen war – ich weiß nicht mehr ganz genau, wie lange sie weg war –, zu mir zurückgekommen und wir haben weitergemacht. Sie hat sich dann aber mit dem falschen Mann eingelassen. Oder dem falschen Jungen, um genauer zu sein. Er war siebzehn und hatte jede Menge Geld. War also einer von den Typen, die wir am liebsten ausgenommen haben. Wir wussten aber nicht, dass seine Familie zur Mafia gehörte. Das ist dann total aus dem Ruder gelaufen. Sie wurde verprügelt. Ich wurde verhaftet. Aber dieser Typ, seine Familie war unerbittlich. Sie haben uns gejagt. Ich weiß auch nicht, was mit ihr passiert ist. Ehrlich gesagt dachte ich immer, dass Anna tot sei – und Ihr Besuch jetzt, na ja, dann ist sie wohl entkommen. Ich bin danach auch aus dem Geschäft ausgestiegen.«

Wir schweigen beide eine Weile.
»Sie sagten, sie wäre über eine Vermittlungsagentur gekommen?«
»Da kamen alle Mädchen her. Es war natürlich keine echte Agentur. Unsere Wirtschaft beruht auf Beschiss, das ist Ihnen doch klar, oder? Gucken Sie tagsüber manchmal fern? Kaufen Sie Gold, kaufen Sie Versicherungen, die Sie nicht brauchen. Jeder bescheißt auf seine Art. Diese Agenturen hatten früher kleine Stände in Einkaufszentren. Sie haben Leute angesprochen und gesagt: ›Hey, du bist hübsch, du könntest Model werden. Du brauchst nur eine professionelle Modelmappe, die wir dir für eine geringe Gebühr erstellen können.‹ Eine Betrugsmasche. Und manchmal haben sie dabei auch andere Mädchen entdeckt, Mädchen, die verletzlicher waren.«
»Wissen Sie noch, wie die Agentur hieß?«
»Radiant Allure. Komisch, dass ich mich daran erinnere.«
»Können Sie mir sonst noch etwas über Anna sagen?«
»Ich weiß, was Sie von mir halten müssen. Aber es steckt mehr dahinter. Ich hatte meinen eigenen sadistischen Aufpasser. Ich war früher im Waisenhaus. Sie haben mir versprochen, dass ich auf eine Filmschule in Spanien gehen kann. Ich sollte Produktionsassistent bei einem echten spanischen Spielfilm werden. Und als dann mit diesem Mafia-Sohn alles danebenging, hat mein Aufpasser ihnen verraten, wo sie uns finden. Sie haben mich festgehalten. Drei Männer. Sie haben mich auf den Bauch gedreht. Zwei haben sich auf meine Beine gesetzt. Der dritte hat sich mit gespreizten Beinen auf meinen Rücken gesetzt und mich an den Haaren festgehalten. Der vierte Mann ...« Er hält inne und leckt sich die trockenen Lippen. »Er hatte eine Metallsäge. Er hat meine Achillessehne durchgesägt. Ich war vier Monate im Krankenhaus. Dann bin ich hierhergezogen.«

Ich sage nichts.

»Ich erzähl Ihnen das nicht, weil ich Ihr Mitleid will. Sie haben erzählt, dass Sie Anna suchen und dass es um eine hochkarätige Entführung geht. Also geht es vermutlich um die Tochter der Belmonds. Sie gehen davon aus, dass Anna etwas mit ihrer Entführung zu tun hatte. Ich kann mir das nicht vorstellen. Damit will ich nicht sagen, dass sie eine Heilige war. Das war sie nicht. Sie war eine Überlebenskünstlerin und verdammt clever. Aber sie hat sich um die anderen Mädchen gekümmert. Sie hätte niemanden entführt. Ich denke, Sie wollen Anna schaden. Sie wollen sie ins Gefängnis bringen oder sich irgendwie an ihr rächen. Und die Belmonds haben ja auch nicht irgendeinen Privatdetektiv angeheuert, sondern Sie. Also jemanden, den sie vor Jahren ausgenommen hat. Und wenn Anna entkommen ist, freue ich mich für sie. Sie hat es geschafft. Und ich sage Ihnen noch etwas, Sami Kierce, auch wenn Sie es nicht glauben werden. Sie mochte Sie. Diese Betrügereien? Normalerweise haben wir höchstens ein oder zwei Tage dafür gebraucht. Aber bei Ihnen hat sie sich immer wieder Ausreden einfallen lassen, um Sie länger in ihrer Nähe zu haben. Weil sie sich in Sie verknallt hatte. Ich musste ein Machtwort sprechen. Ich habe ihr gesagt, dass es zu lange dauert. Die Chefs würden ungehalten werden. Ich glaube, sie wollte mit Ihnen durchbrennen. Wenn Sie also einen Bösewicht suchen oder jemanden, dem Sie die Schuld daran geben können, dann bin ich das. Lassen Sie Anna in Ruhe.«

Ich glaube ihm. Ich weiß, dass das irre klingt. Aber ich glaube ihm.

»Ich will auch nur ihr Bestes«, sage ich.

»Dann wäre es vielleicht besser, sie nicht an eine reiche Familie zu verkaufen.«

»Das tu ich nicht«, sage ich. »Wir haben sie schon gefunden.«

»Wovon reden Sie?«

»Sie ist Victoria Belmond.«

»Was?« Er schüttelt den Kopf und lächelt. »Mein Gott, das ist dann wohl der ultimative Schwindel.«

»Was?«

»Vorzugeben, eine lange verschollene Erbin zu sein.«

»Die Familie hat DNA-Tests machen lassen.«

»Ist das Ihr Ernst?«

»Ja.«

»Wow.« Er schüttelt den Kopf und versucht zu begreifen. »Die Anna, die ich kannte ... war also eine reiche Erbin?«

»So ist es.«

»Warum fragen Sie mich dann, was passiert ist? Warum fragen Sie sie nicht?«

»Sie sagt, sie kann sich nicht erinnern.«

»Wie kann man sich daran nicht erinnern?«

Ich zucke die Achseln. »Eine Art Amnesie.«

»Glauben Sie das?«

»Ich weiß es nicht.«

»Dann sind Sie also immer noch auf der Suche nach ihrem Entführer?«

»Ja.«

Buzzy schüttelt den Kopf. »Ich weiß nicht, was ich dazu sagen soll.«

»Wenn Sie etwas hiervon ausplaudern, wird die Familie Ihnen das Leben schwer machen. Wenn Sie es nicht tun, wird sie tatsächlich Ihren nächsten Film finanzieren.«

»Das ist nett«, sagt er. »Die Finanzierung nehme ich. Kann ich brauchen. Aber unter uns gesagt, wären weder die Drohungen noch die Bestechungsgelder nötig gewesen. Anna und ich sind zusammen durch die Hölle gegangen. Wir haben überlebt. Wenn sie sich je wieder daran erinnert, werden wir für immer verbunden sein.«

»Sie haben sie ausgenutzt.«

»Das wird sie nicht so sehen. Wie auch immer, sagen Sie ihr, wenn sie mich jemals brauchen sollte, bin ich für sie da. Aber Sami?«

»Was?«

»Lassen Sie die alte Sache ruhen. Was auch immer sie und ich getan haben, es ist lange her.« Und dann sagt er mit denselben Worten, die auch Talia Belmond benutzt hat: »Sollen wir die schlafenden Hunde nicht lieber ruhen lassen?«

FÜNFUNDZWANZIG

Ich melde mich am Schalter des Büros einer Wohltätigkeitsorganisation namens Abeona Shelter und frage nach Jennifer Schultz. Das Gebäude befindet sich an der Ecke Hudson Street und Harrison Street in Tribeca, New York City. Bis 1977 war die New York Mercantile Exchange hier beheimatet, in meinen Augen sah es aber schon immer eher wie eine coole Feuerwache aus.

Wie bin ich hierher geraten?

Zuerst rief Polly an, nachdem ich den Pink Panthers von meinem Treffen mit Harm Bergkamp berichtet hatte.

»Bei der Modelagentur Radiant Allure ist mir etwas Seltsames aufgefallen«, sagte Polly.

»Okay.«

»Die Agentur wurde 2004 geschlossen, als die beiden Gründer, Eunice und Vernon Schultz, in den Ruhestand gingen.«

»Wissen wir, wo die Schultzes jetzt sind?«

»Beide tot. Eunice ist etwa ein Jahr nach der Schließung an Krebs gestorben. Vielleicht ist sie auch wegen der Erkrankung in den Ruhestand gegangen, das weiß ich aber nicht genau. Ihr Mann Vernon ist 2018 gestorben. Er war zweiundachtzig.«

»Und was ist daran seltsam?«

»Wir haben ihre Tochter ausfindig gemacht. Jennifer Schultz. Sie sagt, sie würde mit dir reden. Genau genommen scheint sie sogar ganz scharf darauf zu sein.«

Deshalb bin ich jetzt hier.

Ich werde in einen Konferenzraum geführt, wo eine Frau mich erwartet, in der ich – nach einer Google-Suche – Jennifer Schultz erkenne. Ohne Begrüßung oder Händeschütteln fragt sie: »Warum erkundigen Sie sich nach der früheren Agentur meiner Eltern?«

Ich sehe keinen Grund zur Zurückhaltung. »Sie wissen ganz genau, warum.«

»Wie bitte?«

»Sie arbeiten hier«, sage ich und breite die Arme aus. »Das sagt doch alles, ist fast sogar schon ein bisschen zu offensichtlich, finden Sie nicht?«

Abeona Shelter ist eine internationale Organisation, die sich um gefährdete Kinder kümmert. Abeona ist eine römische Göttin, die Kinder bei ihren ersten Schritten beschützt und eine sichere Rückkehr nach Hause gewährt, daher der Name dieses Orts. Nach allem, was ich gehört habe, tut diese Wohltätigkeitsorganisation viel Gutes.

»Was meinen Sie«, fragt Jennifer und blinzelt, »mit ›zu offensichtlich‹?«

»Ich meine damit, dass Ihre Eltern in den Kinderhandel verwickelt waren. Sie haben daraufhin – verständlicherweise – Schuldgefühle entwickelt. Sie wollen Wiedergutmachung leisten. Und deshalb arbeiten Sie hier.«

Sie wirkt verblüfft. Offensichtlich habe ich einen Volltreffer gelandet.

»Sie reden nicht lange um den heißen Brei herum«, sagt Jennifer.

»Manchmal schon. Jetzt nicht.«

»Ich habe meine Eltern geliebt«, sagt sie.

»Davon gehe ich aus.«

»Sie haben mich und meine drei Geschwister gut behandelt. Wir waren eine glückliche Familie. Und die große Mehrheit ihrer Kunden – die jungen Leute, die die Dienste der Modelagentur in Anspruch nahmen – haben genau das erhalten, was sie bestellt hatten: eine Modelmappe mit professionellen Porträtfotos. Viele von ihnen sind Models geworden. Viele andere haben gute Jobs in der Unterhaltungs- und Lebensmittelindustrie bekommen.«

Ich gestikuliere ungeduldig, damit sie ihren Vortrag beendet. Als sie das tut, frage ich: »Wann haben Sie die Wahrheit erfahren?«

Aber sie ist noch nicht fertig. »Ich kann Ihnen Referenzen von Kunden zeigen, die mir schreiben, wie Radiant Allure ihr Leben verbessert hat.«

»Natürlich können Sie das. Das macht es aber nicht wieder gut, oder?«

Schweigen.

»Wie haben Sie es herausgefunden?«, frage ich erneut.

»Meine Mutter hat es mir erzählt«, sagt Jennifer. »Auf dem Sterbebett.« Ihr Blick ist zwar auf mein Gesicht gerichtet, sie sieht aber durch mich hindurch. »Sie wollte, dass ich es verstehe. Sie sagte, es wäre nur ein winziger Prozentsatz der Teenager betroffen gewesen. Dad und sie hätten dafür nur die hoffnungslosesten Fälle herangezogen – Kinder ohne Freunde und Familien, die nichts besaßen und völlig chancenlos waren. Die Gewinne aus diesen Interaktionen hätten Radiant Allure geholfen, andere junge Menschen zu unterstützen. Diejenigen, die man noch erreichte. ›Man kann nur die Gärten pflegen, die man erreicht‹, sagte Mom oft – ich glaube, das ist eine alte buddhistische Redewendung. Und diese Mädchen erreichte man nicht.« Sie sieht mich an. »Ich habe meine Mutter von ganzem Herzen geliebt, und das Letzte, was ich ihr auf ihrem Sterbebett gesagt habe, war, dass ich ihr niemals verzeihen würde.«

Wir schweigen. Die Stille ist bedrückend. Ich halte sie aus. Sie auch. Etwas in mir will ihr zum Trost die Hand reichen. Stattdessen versuche ich, sie mit einem Blick zu trösten. Sie scheint mich zu verstehen und nickt kurz. Dann fordert sie mich mit einer Geste auf, Platz zu nehmen. Ich setze mich. Sie nimmt den Stuhl mir gegenüber.

»Ja, Sie haben recht«, sagt Jennifer Schultz, »ich arbeite hier, um Wiedergutmachung zu leisten. Es ist offensichtlich und unbeholfen und reicht bei Weitem nicht aus.«

»Aber es ist zumindest etwas«, beende ich ihren Gedankengang.

»Ja. Wen suchen Sie?«

»Sie nannte sich Anna Marigold. Sie wurde nach Spanien geschickt.«

»Wann?«

»Anfang der 2000er.«

»Das ist lange her«, sagt Jennifer Schultz. Sie trägt eine Halskette mit einem Schmetterlingsanhänger. Jetzt greift sie danach. »Komisch. Ich habe immer darauf gehofft, dass jemand mit so einem Anliegen zu mir kommt, jemand, der einen geliebten Menschen sucht, einen Menschen, der ihm sehr am Herzen lag – oder zumindest eine vermisste Person. Aber Sie sind der Erste. Sind Sie ein Verwandter?«

»Nein.«

»Dann hat meine Mutter ja vielleicht doch recht gehabt.«

Wir wissen beide, dass das nicht stimmt, daher bedarf es keiner Erwiderung.

»Was wissen Sie sonst noch über das Mädchen?«

Ich erzähle ihr das meiste von dem, was ich von Harm Bergkamp erfahren habe. Sie macht sich Notizen. Ich erzähle ihr von Anna Marigold, die aus der Nähe der Penn State University kommt, von ihrer toten Mutter und von der Tante, bei der sie dann gelebt hat. Ich erzähle ihr, dass sie in Spanien mit einem Mann zusammengearbeitet hat. Jennifer nickt immer wieder beim Mitschreiben. Solche Geschichten sind ihr offenbar nicht unbekannt.

Ich erzähle ihr nicht, dass ich eines der »Opfer« von Anna Marigold war. Sie soll nicht denken, dass ich andere als reine Motive habe.

»Wissen Sie, ob diese Anna Marigold noch lebt?«, fragt Jennifer Schultz.

»Das tut sie.«

Jennifer Schultz fummelt an dem Schmetterlingsanhänger herum, als wären es Perlen an einem Rosenkranz. »Geht es ihr gut?«

»Ja.«

»Aber sie hat Fragen zu ihrer Vergangenheit.«

»So in der Art«, sage ich.

»Ich habe eine private Datenbank, die ist aber riesig. Wissen Sie, wie Radiant Allure gearbeitet hat?«

»Erzählen Sie es mir.«

»Die Agentur hat hauptsächlich von Ständen in Einkaufszentren aus operiert. Junge Mädchen sind vorbeigegangen – auch Jungs –, wir haben sie angesprochen und ihnen gesagt, dass sie attraktiv sind, ganz toll aussehen und sich überlegen sollten, ob sie nicht als Model arbeiten wollten. Wir trugen dick auf mit unseren falschen Schmeicheleien, um die Mädchen zu überreden, eine Modelmappe in Auftrag zu geben. Im Grunde also ein Fotoshooting. Manche Leute nannten es eine Betrugsmasche, aber die Preise lagen im üblichen Bereich, und es war nicht die erste Firma, die den Menschen einen Traum verkauft hat.«

»Haben Sie für die Agentur gearbeitet?«
»Ja. Meine drei Geschwister und ich, schon als Schüler. Ein gutes Training fürs Leben. Die Agentur hatte Stände in Dutzenden Einkaufszentren in Pennsylvania und Ohio.«
»Sie sagten, Sie hätten eine private Datenbank.«
»Ja. Aus Datenschutzgründen kann ich sie nicht veröffentlichen. Das würde jede Menge unberechtigte Schadenersatzforderungen und Prozesse nach sich ziehen. Haben Sie ein altes Foto von Anna, damit ich weiß, wie sie damals aussah?«
Mir wird klar, dass ich keins dabeihabe. Es gibt noch ein paar grobkörnige Fotos von Victoria Belmond aus dieser Zeit, also google ich sie. Viele sind es nicht. Ich sehe Anna in Victorias Gesicht – vor allem in den Augen –, aber das könnte auch Einbildung sein. Ich finde auch die wenigen Fotos, die direkt nach Victorias Rückkehr entstanden sind, die Paparazzi-Fotos, auf denen sie keine Haare hat und die aus größerer Distanz gemacht wurden, weil das FBI und ihre Eltern sie abschirmten. Diese Fotos sind etwas schärfer. Jennifer Schultz bittet mich, sie ihr per AirDrop zu schicken. Ich zögere.
»Kann ich mich darauf verlassen, dass Sie Annas Identität geheim halten?«, frage ich.
»Selbstverständlich.«
Ich schicke das beste Foto per AirDrop. Sie mustert es auf ihrem Handy. Ich nenne den Namen Victoria Belmond nicht und kann auch nicht erkennen, ob sie die Verbindung herstellt.
»Ich habe ein Team, das mich unterstützt«, sage ich zu ihr.
»Sie können das Foto mit KI bearbeiten, ihr Haare geben, sie jünger machen und störende Objekte im Hintergrund entfernen.«

»Das könnte helfen«, sagt Jennifer. Dann sieht sie mich an. »Was ist hier los, Mr Kierce?«

»Ich möchte Ihnen eine etwas heikle Frage stellen«, sage ich.

Sie wartet.

»Wäre es möglich, dass Ihre Eltern an einer Entführung beteiligt waren?«

Sie blinzelt. Dann fragt sie: »In welcher Hinsicht?«

»Ich weiß es nicht. Zum einen ganz direkt – haben sie jemals ein Mädchen einfach entführt?«

»Ich könnte jetzt sagen: selbstverständlich nicht, aber ...« Sie führt den Gedanken nicht zu Ende. Das muss sie auch nicht. »Ich kann es mir nicht vorstellen. Ich glaube, sie mussten ihr Vorgehen vor sich selbst rechtfertigen können.«

»Haben Ihre Eltern jemals dabei geholfen, jemanden fortzuschaffen?«

»›Jemanden fortzuschaffen‹?«

»Hat zum Beispiel mal jemand Ihren Eltern ein Mädchen gebracht, damit sie es im Ausland verstecken?«

Sie runzelt die Stirn. »Sie glauben, jemand hätte meinen Eltern dieses Mädchen gebracht, damit sie es in Spanien verstecken?«

»Möglich. Ich weiß es nicht.«

»Also gut.« Jennifer legt beide Hände auf den Tisch und drückt sich hoch. »Ich setze mich daran, die Datenbank zu durchsuchen. Ach, und vielleicht gibt es ja auch eine harmlosere Erklärung, Mr Kierce.«

Ich sehe sie an.

»Das Mädchen, das Sie suchen – Sie glauben, dass sie entführt wurde.«

»Wahrscheinlich.«

»Es gibt aber auch viele Leute, die das nicht glauben, oder?

Also, viele Leute glauben doch, dass Victoria Belmond damals einfach weggelaufen ist.«

Ah. Sie hat die Frau auf dem Foto also erkannt.

»Stimmt doch, oder?«, hakt sie nach.

»Ja.«

»Vielleicht sind meine Eltern da deshalb hineingeraten«, sagt sie.

»Wie meinen Sie das?«

»Wenn Victoria Belmond weggelaufen ist und nicht gefunden werden wollte«, sagt Jennifer Schultz, »hätten meine Eltern natürlich die Möglichkeiten gehabt, dass zu bewerkstelligen.«

***

Während ich noch über Jennifer Schultz' letzten Satz nachdenke, vibriert mein Handy. Auf dem Display steht BELMOND, also gehe ich ran.

»Hallo?«

»Lenore sagte, Sie wollten mich sprechen.«

Es ist Victoria.

»Können wir uns treffen?«, frage ich.

»Ist alles okay?«

»Ich war in Spanien.«

Schweigen.

»Victoria?«

»Ich bin noch da«, sagt sie. »Haben Sie etwas herausgefunden?«

»Ich kann zu Ihnen rauskommen.«

»Nein. Meine Eltern würden zu viele Fragen stellen. Ich komme zu Ihnen.«

SECHSUNDZWANZIG

Der Kinderspielplatz wurde auf einem Friedhof angelegt. Der James J. Walker Park liegt in Greenwich Village an der Hudson Street zwischen St. Luke's Place und Clarkson Street auf dem Gelände, das früher treffenderweise, wenn auch nicht unbedingt subtil, St. John's Burying Ground genannt wurde. Noch heute liegen etwa zehntausend Leichen unter dem Baseball-Feld, den Pickleball-Plätzen, den Boccia-Bahnen, dem Kinderspielplatz – und auch unter der Bank, auf der ich gerade mit Victoria Belmond sitze. Das einzige sichtbare Überbleibsel der makabren Vergangenheit des Parks ist das Firemen's Memorial, ein fast zwei Meter hoher Marmorsarkophag, der 1834 zwei sehr jungen Feuerwehrleuten gewidmet wurde, die an ihrem ersten Arbeitstag ums Leben kamen. »Hier wurden die sterblichen Überreste von Eugene Underhill, Alter: 20 Jahre, 7 Monate und 9 Tage, und Frederick A. Ward, Alter: 22 Jahre, 1 Monat und 16 Tage, beigesetzt«, heißt es in der Inschrift des Denkmals. Für diejenigen, die eine zusätzliche Erinnerung brauchen, steht auf der Bronzetafel, die ich jedes Mal lese, ganz egal, wie oft ich hier bin, Folgendes:

DIESES GELÄNDE WURDE VON DER
TRINITY-GEMEINDE IN DEN JAHREN
1834–1898 ALS FRIEDHOF GENUTZT. IN
DEN JAHREN 1897–1898 WURDE ES

VON DER STADT NEW YORK ZU EINEM ÖFFENTLICHEN PARK UMGEBAUT. DIESES DENKMAL STAND AUF DEM FRIEDHOF UND WURDE 1898 AN DIESEN ORT UMGESETZT.

Willkommen in New York. Viele Bänke in New York City werden gesponsert – das heißt, jemand spendet Geld und wird dafür mit einer kleinen Plakette an der Rückenlehne geehrt –, diese ist jemandem mit dem Nachnamen Madoff gewidmet. Mehr will ich gar nicht wissen. Victoria und ich sitzen keine zehn Meter von dem Denkmal entfernt. Hinter uns kreischen Kinder auf Rutschen und Kletterstangen. Vor uns, durch einen Maschendrahtzaun abgetrennt, fangen kleine, aufgeregt plappernde Kinder voller Begeisterung rollende und springende Softballs. Ich sehe mir gern Baseball-Spiele an. Wahrscheinlich weckt es in mir auch nostalgische Gefühle. Wenn ich ein Feld sehe, denke ich immer daran, wie ich mit meinem Dad mit sechs zum ersten Mal bei einem Spiel im Shea Stadium war. Ich erinnere mich noch an den Geruch des Rasens und den Klang, wenn der kleine weiße Ball auf den Holzschläger traf. Mein Dad hat mir an diesem Tag zwei Wimpel gekauft, einen von den New York Mets und einen von der Auswärtsmannschaft, den Houston Astros. »Weil man den Gegner respektieren muss«, erklärte er. Als wir wieder zu Hause waren, habe ich diese Wimpel über meinem Bett an die Wand gehängt. Als ich älter wurde, verblassten die Farben allmählich, ich ließ sie jedoch an der Schlafzimmerwand hängen, bis ich aus Spanien zurückkam und den ganzen Kinderkram aus meinem Zimmer entfernt habe.

Weggeworfen habe ich die Wimpel übrigens nicht. Sie

liegen in einer Kiste im Keller. Machen Sie sich Ihren eigenen Reim darauf.

Victoria und ich haben noch nicht angefangen, uns zu unterhalten. Ein Trainer schlägt den drei Jungen am Shortstop rollende Bälle zu. Sie nehmen die Bälle der Reihe nach auf und werfen sie zur ersten Base. Das strahlt etwas Fröhliches und Meditatives aus, und eine Weile lang genießen wir dieses Hin und Her schweigend.

»Ich wusste nicht, dass Sie in Spanien waren«, sagt Victoria. »Aber ich hätte es mir wohl denken können.«

Ich warte. Wieder schlägt der Trainer einen Bodenball. Der größte der drei Shortstops nimmt ihn auf, als hätte er einen riesigen Magneten in seinem Handschuh, und wirft den Ball zum ersten Baseman.

»Was haben Sie herausgefunden?«, fragt sie.

»Genug.«

Wir blicken weiter aufs Baseball-Feld.

»Ich habe herausgefunden, wie ich ausgenommen wurde. Ich habe herausgefunden, dass Sie das auch anderen angetan haben. Ich habe herausgefunden, dass Sie an die falschen Leute geraten sind. Und ich habe Buzz gefunden.«

Das weckt ihre Aufmerksamkeit. »Sie haben ihn gefunden?«

»Ja.«

»Wo ist er?«

»Nashville.«

»Tennessee?«

Ich nicke. Sie wendet sich ab, sodass ich ihr Gesicht nicht sehen kann.

Ich sage: »Sie wussten nicht, wo er war, oder?«

Sie braucht eine Sekunde. »Nein, natürlich nicht.«

»Nein, ich meine ...« Ich warte und setze noch einmal neu

an. »Ihr Dad hat mich gezwungen, eine Vertraulichkeitsvereinbarung zu unterschreiben. Das wissen Sie, oder?«
»Ja.«
»Ich würde Ihr Vertrauen sowieso nicht missbrauchen«, sage ich. »Aber selbst, wenn ich es wollte, könnte ich es nicht. Rechtlich gesehen, meine ich.«
»Ich weiß nicht, wovon Sie reden.«
»Doch, das tust du«, sage ich jetzt sehr bestimmt. »Buzz hat mir erzählt, dass deine Betrügereien mit naiven Touristen meist nur ein oder zwei Tage gedauert haben. Auswählen, ausnehmen, weiter zum nächsten Opfer. Aber bei mir hast du länger gebraucht. Du hast es immer wieder hinausgezögert. Ich weiß nicht, ob Buzz Mist gelabert hat oder nicht, er meinte jedenfalls, deine Gefühle für mich wären echt gewesen.«
Sie sieht mich noch immer nicht an.
»Du erinnerst dich an mich«, sage ich.
Ich beuge mich vor, sodass ich ihr Profil sehe. Sie hat die Augen fest geschlossen.
»Victoria?«
Ihre Augen bleiben geschlossen.
»Bitte«, sage ich. »Mir zuliebe, wenn schon nicht dir zuliebe.« Ich drehe mich mit dem ganzen Körper zu ihr um. Meine Hände zittern. »Du erinnerst dich an mich, stimmt's?«
Und dann sagt sie es endlich.
»Ja.«
Fast hätte ich sie gebeten, es zu wiederholen, ich will aber das Momentum nicht verlieren. »Und an Buzz erinnerst du dich auch.«
»Wie geht es ihm?«
»Es geht ihm gut.«
»Was macht er da?«

»Er arbeitet beim Film.«

Sie lächelt. »Er hat Filme geliebt. Wir haben uns viele zusammen angesehen, und er hat immer über die Beleuchtung und die Spezialeffekte gesprochen. Damit hat er auch immer herumexperimentiert. Deshalb hat er auch gerne eine große Show daraus gemacht, wenn wir einen Tod vorgetäuscht haben – er wollte zeigen, was er kann. Ich hätte aber nicht zulassen dürfen, dass er dir das antut.«

»Habt ihr das bei anderen auch so gemacht?«

»Ja. Aber das waren gemeine kleine Jungs. Mit denen hatte ich absolut kein Mitleid. Sie sind abgehauen und haben keinen Gedanken mehr an das Ganze verschwendet. Aber du ... Ich wusste, dass dich das, was wir dir angetan hatten, verfolgen würde. Es tut mir so leid.«

Ich weiß nicht, was ich darauf erwidern soll. Ich warte ab. Ich will wissen, was sie als Nächstes sagt.

»Und Harm hat keinen Mist gelabert, Sami. Ich hatte mich in dich verliebt. Ich glaube, er wusste es schon vor mir. Du warst ein heilendes Licht in all der Dunkelheit, die mich umgab. Ich hatte dich nicht verdient, aber wenigstens konnte ich mich ein wenig in deiner Güte sonnen. Verstehst du? Wenn du mich angelächelt hast, kam es mir vor, als würde alles Böse verschwinden. Als ob wir glücklich sein könnten. Es war einfach nur grausam. Mit dir zusammen zu sein. Du warst genau das, was ich wollte, also habe ich mir Ausreden einfallen lassen, obwohl ich wusste, dass es nicht von Dauer sein würde. Aber ich habe dich nicht vergessen. Und auch nicht, wie ich mich damals gefühlt habe. Oder was ich dir angetan habe. Und als ich dein Foto in den Nachrichten gesehen habe, als ich dich gegoogelt habe und mir klar wurde, dass du nicht Arzt geworden bist, wie du es damals wolltest, und dass so viel in deinem Leben schiefgelaufen ist, bin ich zu dir gekommen. Du solltest wissen, dass du niemanden getötet hast. Du solltest wissen, dass alles in Ordnung ist und dass mir leidtut, was ich diesem wunderbaren süßen Jungen angetan habe.«

Ihre Worte treffen mich wie Tiefschläge. Sie sind nett gemeint, aber das habe ich nicht verdient. Sie war da, vor meiner Nase, hat gelitten, steckte in Schwierigkeiten, und ich habe nichts gemerkt und ihr nicht geholfen.

»Und warum bist du dann geflohen?«

»Als du mich gesehen hast, bin ich in Panik geraten. Ich war sicher, dass du mich erkannt hast. Du wusstest also, dass ich noch lebe und dass in jener Nacht nichts Schlimmes passiert ist. Und ich habe einfach ...« Sie schüttelt den Kopf.

»Es geht nicht nur um uns beide, stimmt's, Sami?«

»Was meinst du damit?«

Sie schüttelt erneut den Kopf.

»Hast du je eine Amnesie gehabt?«, frage ich.

»Erst musst du mir was versprechen.«

»Was?«

»Weil nicht alles schwarz-weiß ist. Bei dem, was passiert ist. Ein paar Sachen sind real und andere nicht. Aber die wichtigen Dinge? Die Dinge, die wirklich zählen? Die sind real.«

Ich habe keine Ahnung, wovon sie spricht, also nicke ich, damit sie fortfährt.

»Sie sind sehr gute und anständige Menschen, meine Familie, meine ich. Das, was passiert ist, die Jahre voller Qualen, verfolgt sie. Das hat tiefe Wunden gerissen, und ich muss sie jetzt beschützen. Verstehst du das?«

»Nein, eigentlich nicht.«

»Aber du spürst es, oder?«

»Was spüre ich?«

»Dass sie freundlich sind. Dass sie Verletzungen erlitten

und Schaden genommen haben, aber wenn man das ganze Geld und das Drumherum mal wegnimmt, sieht man ihre Güte.«

Ich denke darüber nach, weil es ihr viel zu bedeuten scheint.

»Ja, das spüre ich wohl.«

»Und ich liebe sie von ganzem Herzen, Kierce. Mom, Dad, Thomas, Maddy, meine Nichten – besonders meine Nichten. Ich liebe sie. Und ich liebe mein Leben. Das musst du einfach verstehen!«

»Okay«, sage ich, nur um etwas zu sagen, weil ich keine Ahnung habe, worauf sie hinauswill. »Also, was ist in der Silvesternacht passiert? Wie bist du nach Spanien geraten?«

»Versprich es mir zuerst.«

»Was soll ich versprechen?«

»Dass du ihnen nicht wehtun wirst. Dass du sie beschützt.«

»Wovor soll ich sie beschützen?« Als ich merke, dass es nichts bringt, gebe ich nach: »Ich verspreche es. Ich werde sie beschützen.«

»Wie ist Harm nach Nashville gekommen?«

»Das weiß ich nicht genau. Er hat erzählt, dass ihr den falschen Kerl ausgenommen habt. Erinnerst du dich daran?«

»Ja«, sagt sie. »Er hat mich auch zusammengeschlagen.«

»Daher die gebrochene Nase und das zertrümmerte Jochbein«, sage ich.

Sie nickt.

»Buzz sagte, dass ihr beide nach seiner Entlassung untergetaucht seid. Aber sie haben ihn erwischt. Er humpelt jetzt.«

Wieder schließt sie die Augen. »Harm und ich, wir waren damals beide ziemlich kaputt. Natürlich waren wir Betrüger, aber wenn man da erst einmal drinsteckt, kommt einem das gar nicht so schlimm vor. Man sieht, wie so ein Kerl in einem Nobelresort mit Geld um sich wirft. Also nimmt man ihm was davon ab. Was ist schon dabei? Und Harm ... ich bin so froh, dass es ihm gut geht.«

»Er hat dasselbe über dich gesagt.«

»Moment. Er weiß also ...?«

»Jetzt schon. Ich soll dir ausrichten, dass er für dich da ist, wenn du ihn brauchst.«

In diesem Moment, noch bevor sie oder ich ein weiteres Wort sagen können, sehe ich, wie sie an mir vorbeiblickt und ihre Augen sich vor Schreck weiten. Und dann geht alles schief. Ich weiß nicht, ob ich den Schuss zuerst höre oder ob ich zuerst die heiße Kugel in der Schulter spüre, den brennenden Schmerz, als sie die Haut durchbohrt. Und ich stelle mir jetzt die gleiche Frage, die ich mir auch damals gestellt habe, ob die Kugel, wenn sie einen Zentimeter tiefer eingeschlagen wäre, wenn diese erste Kugel meinen Schulterknochen voll getroffen hätte, statt ihn nur oben zu streifen, ob diese Kugel dann gestoppt oder so stark abgebremst worden wäre, dass sie Victoria nicht seitlich am Hals getroffen hätte.

Blut spritzt aus der Halsschlagader.

Sie sackt in sich zusammen, als hätte ihr jemand sämtliche Knochen aus dem Leib gerissen. Ich springe zu ihr. Eine Kakophonie aus Schreien gellt mir in den Ohren. Ich greife nach ihrem Hals und lege die Hand auf die Wunde. Aus der Ferne sieht es wahrscheinlich aus, als wollte ich sie erwürgen. Ihr Blut rinnt durch meine Finger und bedeckt meine Hand. Ich drücke fester zu.

In diesem Moment trifft mich die zweite Kugel.

Dieses Mal ist es kein Streifschuss. Ich versuche durchzuhalten, versuche, meine Hand weiter auf ihren Hals zu drücken, aber es ist, als hätte mir eine riesige Faust auf den Rücken geschlagen. Mein ganzer Körper zuckt nach vorne, mein Kopf knallt auf die Ecke der Bank. Ich blinzle und kämpfe dagegen an. Aber ich kann nicht mehr. Ich bin verloren.

Alles ist schwarz.

***

Fünf Tage später wird Victoria Belmond beigesetzt. Ich stehe mit dem Arm in der Schlinge und von den Opioiden noch leicht benommen etwas abseits an einen Baum gelehnt. Einer der Baseball-Trainer, die im Park Bodenbälle schlugen, war Notarzt. Nachdem der Mann – sein Name ist Ken Liss – sich vergewissert hatte, dass die Kinder in Sicherheit waren, und alle davon ausgingen, dass der Schütze geflohen war, ist Liss zu Victoria Belmond geeilt, aber es war bereits zu spät. Ich hingegen lag auf dem Rücken, blinzelte in die Sonne und schwamm geradezu in einer tiefen Blutlache, die allerdings, wie sich herausstellte, nur zu einem sehr geringen Teil aus meinem Blut bestand.

Sie ist neben mir verblutet.

Manche Leute würden darin so etwas wie Schicksal oder Karma sehen, dass ich zweiundzwanzig Jahre nachdem sie eine ähnliche Situation vorgetäuscht hatte, noch einmal ins Sonnenlicht blinzelnd neben ihrer Leiche aufwache. Ich sehe das nicht so. Ich habe schon viele Tragödien erlebt, und ich muss ganz ehrlich sagen, dass es mit jeder ein bisschen leichter wird. Es heißt nicht umsonst *the first cut is the deepest*, der erste Verlust hinterlässt tatsächlich die tiefste Wunde, und wenn die dann irgendwann verheilt ist, wird das schützende Narbengewebe so dick und fest, dass die weiteren nie wieder ganz so tief vordringen. Man lässt es einfach nicht zu. Daher weine ich im Moment auch nicht, während ich das kleine Begräbnis im engsten Familienkreis beobachte.

Aber ihr Tod liegt mir auf der Seele.

Victoria/Anna war erst zweiundvierzig Jahre alt. Und jetzt ist sie tot.

Das ist im Großen und Ganzen die Zusammenfassung. Die zweite Kugel traf mich oben an der Schulter im Rücken. Kein lebensbedrohlicher Treffer, aber der pochende Schmerz lässt nicht nach. Es wird eine Weile dauern, bis die Wunde verheilt ist, vielleicht Monate, vielleicht sogar ein Jahr, bis ich wieder ganz fit bin. Die Ärzte wollten nicht, dass ich heute herfahre, aber ich konnte nicht anders. Alles im Leben entwickelt eine gewisse Eigendynamik. Ich stehe kurz vor dem Ende, habe bald alle Antworten auf meine Fragen, auch wenn ich gerade ein paar Schritte zurückgeworfen wurde.

Ich darf nicht noch mehr Zeit verlieren.

Ich habe im Krankenhaus Besuch bekommen. Molly, natürlich. Und mein Dad. Arthur war auch länger da, unter anderem, um sicherzustellen, dass ich mein Geld bekomme, selbst wenn die Belmonds unser Arbeitsverhältnis beenden wollen. Arthur will sogar darauf bestehen, dass ich einen Zuschlag bekomme, sozusagen eine Entschädigung für den Unfall, den ich bei der Arbeit erlitten habe. Ich sage ihm, dass er das lassen soll. Die Belmonds haben ihre Tochter verloren. In gewisser Hinsicht schon zum zweiten Mal. Ein unermesslicher Verlust. Ich sehe es an ihren leeren starren Blicken. Elf Jahre lang sind sie im Dunkeln getappt und schließlich davon ausgegangen, dass sie für immer verschwunden ist. Durch ein Wunder haben sie eine Gnadenfrist bekommen, und jetzt, vierzehn Jahre später, als alles in bester Ordnung zu sein schien, hat die Trauer sie wieder in dieses bodenlose finstere Loch gestoßen.

Ich sehe – und spüre – selbst aus der Entfernung, wie niedergeschlagen sie sind. Archie, Talia, Tom, Madeline, Vicki, Stacy – sie alle haben die gramerfüllten Gesichter von jemandem, dem man überraschend in den Bauch geschlagen hat. Talia und Archie stützen sich gegenseitig – im wahrsten Sinne des Wortes –, und ich suche ständig nach Sinn oder Bedeutung, die es nicht gibt.

Die Urne wird ins Grab heruntergelassen. Talia Belmonds Knie geben nach. Archie, der sich selbst kaum auf den Beinen halten kann, hält sie fest. Thomas tritt als Erster ans Grab. Feierlich wirft er etwas Erde auf die Urne. Archie begleitet Talia, die sich schwer auf ihn stützt, zu dem frisch ausgehobenen Loch. Wie Thomas werfen sie Erde hinein. Archie kann den Blick nicht von der Urne abwenden. Ich weiche einen Schritt zurück, als ich die Traurigkeit spüre, die von ihm ausgeht. Dann hebt er den Blick und sieht mich an. Ich versuche, seinem Blick standzuhalten, versuche, so etwas wie Trauer oder Bedauern hineinzulegen.

Archie signalisiert Thomas, dass er seiner Mutter helfen soll. Thomas nimmt ihren Arm, und Archie stapft auf den Baum zu, neben dem ich stehe. Ich wappne mich, weil ich nicht weiß, was er sagen oder tun wird. Während er auf mich zukommt, erinnere ich mich an Victorias letzte Worte – ihre letzte Bitte.

Dass ich sie beschützen soll.

Als Archie bei mir ist, sage ich das Offensichtliche.

»Es tut mir sehr leid.«

»Danke«, sagt er. Er gestikuliert in Richtung meiner Armschlinge. »Wie geht es Ihnen?«

»Das wird wieder.«

Archie sieht blinzelnd zum Himmel hinauf. »Wir geben Ihnen keine Schuld«, sagt er. »Das sollen Sie wissen. Aber trotzdem ...«

Ich schweige.

»Ich versteh das alles nicht«, sagt er. »Welche Gefahr haben Sie in unser Leben gebracht?«

Als ich den Schmerz in seiner Stimme höre, zucke ich fast zusammen, kämpfe aber dagegen an. Er will mir nicht wehtun. Er versteht es wirklich nicht, und das geht mir genauso.

»Ich hätte Sie nicht einstellen dürfen. Ich hätte es einfach gut sein lassen müssen. Doch stattdessen habe ich versucht, das Ganze unter Kontrolle zu halten. Und das geht nicht. Es ging damals nicht. Und heute geht es auch nicht.« Er sieht mir in die Augen. »Ich sehe die Schuld bei mir. Ich habe sie umgebracht, indem ich das alles angezettelt habe.«

Das stimmt nicht, es würde ihm aber nicht helfen, wenn ich das sage.

»Mr Belmond«, sage ich und räuspere mich. »Wir müssen immer noch ihren Entführer finden.«

Er sieht mich verloren an. »Was?«

»Es könnte einen Zusammenhang geben ...«

»Ist die Polizei nicht der Ansicht, dass der Mann, der Ihretwegen aus dem Gefängnis entlassen wurde, der Täter ist?«

Laut Marty untersucht die Polizei tatsächlich die Möglichkeit, dass Tad Grayson sich an mir rächen wollte und dass Victoria nur zufällig in die Schusslinie geraten ist.

Das wäre eine logische Erklärung.

»Die Polizei hat Tad Grayson zur Vernehmung abgeholt, aber seine Anwältin, Kelly irgendwas ...«

»... Neumeier«, sage ich.

»Richtig, wie auch immer. Jedenfalls hat sie ihn begleitet. Sie hat die Polizei gefragt, ob es handfeste Beweise für eine

Beteiligung ihres Mandanten an der Schießerei gibt. Als daraufhin außer des möglichen Rachemotivs keiner eine vernünftige Antwort wusste, hat sie gelächelt und gesagt: ›Kommen Sie, Tad. Gehen Sie wieder zu Ihrer Mutter zurück.‹«

»Ja«, sage ich. »Das ist durchaus möglich. Aber Victoria hat mir vor ihrem Tod noch ein paar Dinge erzählt, die Sie wissen müssen.«

»Was zum Beispiel?«

»Ich weiß nicht, ob das jetzt der richtige Zeitpunkt ist ...«

»Kommen Sie mir nicht so«, schnauzt Archie. »Was hat sie gesagt?«

Ich atme tief durch. »Dass sie sich an Spanien erinnert hat. Dass sie sich an mich erinnert ...«

»Moment mal. Heißt das, dass sie ihr Gedächtnis wiedergefunden hatte?«

Ich weiß nicht, wie ich das einem trauernden Vater gegenüber formulieren soll, also sage ich es einfach. »Ich glaube, sie wusste es die ganze Zeit.«

Ich erwarte, dass er geschockt ist, sehe ihm das aber nicht an. Andererseits trauert er und ist wie betäubt, und vielleicht kann ihn im Moment gar nichts schocken.

»Was hat sie sonst noch gesagt?«, fragt er.

»Dass sie Ihre Familie mehr als alles andere liebt«, antworte ich. »Dass Sie alle freundlich und anständig sind. Ich musste ihr versprechen, Sie alle zu beschützen.«

Seine Augen schließen sich. Ein Stöhnen entweicht seinen Lippen. Ich müsste aufhören, kann es aber nicht.

»Was hat sie damit gemeint?«

Er antwortet nicht. Ich hake noch einmal nach.

»Warum soll ich Sie beschützen, Mr Belmond?«, frage ich. »Wovor brauchen Sie Schutz?«

Archie Belmond tritt einen Schritt zurück. »Ich weiß es nicht«, sagt er gepresst. Es ist aber nicht mehr nur Trauer in seiner Stimme, es liegt noch etwas anderes darin, doch ich kann den Finger nicht darauflegen. »Aber jetzt ist es vorbei. Haben Sie verstanden? Bitte lassen Sie uns zufrieden.«

Er wartet nicht auf meine Antwort. Er dreht sich um und geht. Ich bleibe, wo ich bin. Bald darauf wird die Stille durch den Lärm von Laubbläsern, Rasenmähern und dem Surren des kleinen gelben Gartenbaggers gestört, der die restliche Erde auf die Urne schaufelt. Meine Schulter pocht. Aber das ist mir egal. Ich trauere wohl auch, aber es ist eine andere Art Trauer als die, die ich bisher kannte. Ich bin kein religiöser Mensch, spreche aber meine Version eines Gebets. Meistens frage ich die Toten, was ich als Nächstes tun soll. Natürlich bekomme ich keine Antwort. Aber das habe ich auch nicht erwartet.

Ich greife in die Jackentasche, schüttle eine Schmerztablette aus dem Fläschchen und schlucke sie. Ich muss nicht fahren. Craig hat mich in meinem Auto abgesetzt. Er wollte zu einem SB-Warenhaus, um seine Vorräte aufzustocken, und holt mich auf dem Rückweg wieder ab. Ich drehe mich um und will zum Parkplatz zurückgehen, auf dem wir uns verabredet haben, als mir auffällt, dass Talia Belmond hinter mir steht.

»Die Polizei glaubt, dass sie von einer Kugel getroffen wurde, die eigentlich für Sie bestimmt war«, sagt sie.

Ich antworte nicht.

»Glauben Sie das auch?«

»Das ist das wahrscheinlichste Szenario«, sage ich.

»Aber sicher ist es nicht?«

»Nein, das ist es nicht.«

Talia Belmond blickt dahin, wo vor wenigen Minuten Archie Belmond gestanden hat. »Was hat mein Mann Ihnen gesagt?«

»Dass es vorbei ist.«

»Das ist verständlich. Er meint es gut.« Dann dreht sie sich um und geht auf das schwarze Auto zu. »Aber hören Sie nicht auf ihn.«

SIEBENUNDZWANZIG

Ich gehe nur unter einer Bedingung ins Krankenhaus zurück: Die Ärzte müssen meinen Kursteilnehmern erlauben, mich zu besuchen. Laut Hausordnung dürfen vier Besucher gleichzeitig herein, also dürfen Polly, Gary, Lenny und Debbie ins Zimmer. Die anderen, wurde mir gesagt, blieben in der Lobby, wobei das Personal darauf bestanden hat, dass Raymond draußen vor dem Gebäude wartete.

»Sie meinten, wir sollen uns abwechseln«, sagt Gary. »Damit dich alle sehen können.«

»Ich glaube, das schaff ich nicht«, sage ich.

Polly tritt vor. »Wir haben zusammengelegt und dir das hier besorgt.«

Sie reicht mir einen großen Stanley-Thermobecher mit einem Strohhalm im Deckel. Auf der Seite steht:

BESTER LEHRER DER WELT

»Das ist wirklich nett«, sage ich. »Danke.«

Debbie sagt: »Lies die andere Seite.«

»Was?«

Sie dreht den Becher um. Dort steht:

NORBURY

Ich kann mir ein Lächeln nicht verkneifen. Norbury wird in einer meiner Lieblingsgeschichten von Sherlock Holmes erwähnt: *Das gelbe Gesicht*. Diese Geschichte ist deshalb so unvergesslich – und deshalb habe ich sie auch in meinem Kurs benutzt –, weil Sherlock Holmes hier mit seinen Schlussfolgerungen total daneben liegt. Der Punkt: Selbst Sherlock ist nicht unfehlbar. Keiner von uns ist das. Und am Ende dieser sentimentalen und überraschend modernen Geschichte über eine Mischehe gehen Holmes und Watson in die Baker Street zurück und Sherlock sagt zu seinem besten Freund:

»Watson, wenn Sie je den Eindruck haben sollten, ich überschätze meine Fähigkeiten oder gebe mir weniger Mühe mit einem Fall, als er es verdient, flüstern Sie mir freundlicherweise ›Norbury‹ ins Ohr, und ich werde Ihnen unendlich dankbar sein.«

»Norbury«, sagt Gary.

»Norbury«, wiederholt Polly.

Bevor Lenny es auch noch sagt, hebe ich die Hand. »Schon okay, ich hab's ja verstanden.«

»Und was jetzt?«, fragt Lenny. »Ist der Fall abgeschlossen?«

Ich stelle fest, dass Polly ihren Laptop bereits ausgepackt hat. Sie stellt ihn auf den Klapptisch. PowerPoint ist schon geöffnet.

»Ich denke nicht.« Ich blicke in ihre erwartungsvollen Gesichter. »Was habt ihr?«

»Wir arbeiten an verschiedenen Enden der beiden Fälle, die du uns gegeben hast. Der Einfachheit halber nennen wir den einen Fall den Victoria-Belmond-Fall und den anderen den Tad-Grayson-Fall.«

»Ich wollte, dass wir ihn den Nicole-Brett-Fall nennen«, sagt Lenny. »Damit die Fälle beide nach den Opfern und nicht nach den Tätern benannt sind.«

»Allerdings«, sagt Polly, »denn jetzt gibt es womöglich zwei Opfer. Nicole Brett und ...«

»Es ist in Ordnung, ihn den Tad-Grayson-Fall zu nennen«, sage ich. »Wir wollen uns nicht mit semantischen Spitzfindigkeiten aufhalten. Was wollt ihr mir zeigen?«

»Wir suchen noch immer nach dem Mann, der deine Frau verfolgt hat, den du den Zottelkopf nennst. Wir haben jetzt eine Theorie, die auf dem basiert, was du uns erzählt hast, und haben Detective Marty McGreggor gebeten, uns dabei zu helfen.«

»Meinen alten Partner?«

»Ehemaligen«, sagt Polly mit ihrer Lehrerstimme. »Nicht alten.«

Ich unterdrücke einen Seufzer. »Wie seid ihr auf Marty gestoßen?«

»An dem Tag, als auf dich geschossen wurde, war er auch zu Besuch hier. Wir sind uns unten in der Lobby begegnet.«

»Gut aussehender Mann«, sagt Lenny.

»Ihr wart an dem Tag hier, an dem auf mich geschossen wurde?«

»Selbstverständlich.«

Ich sehe sie an. »Eigentlich müsste ich gerührt sein«, sage ich, »aber seltsamerweise bin ich das nicht.«

Gary breitete die Arme aus. »Wir haben doch alle nicht so viel zu tun, daher ...«

»Sprich nur für dich«, schnauzt Polly, lächelt dabei aber. Sie räuspert sich und sagt in geschäftsmäßigem Ton: »Wir haben die Daten auch mit Jennifer Schultz' Datenbank von Radiant Allure abgeglichen. Bisher jedoch ohne Ergebnis. Im Moment gehen wir davon aus, dass Victoria Belmond die Agentur nur als Tarnung benutzt hat, aber man weiß ja nie.«

Diese Theorie ist falsch, ich lasse sie aber erst einmal durchgehen. »Okay«, sage ich.

»Komm auf den Punkt«, sagt Gary und seufzt. »Das macht sie immer. Sie zieht alles in die Länge, als wäre es das letzte Kapitel eines Agatha-Christie-Romans.«

»Mach ich nicht«, sagt Polly. »Ich stelle nur alles in den richtigen Kontext.«

»Sag es ihm einfach.«

»Gut.« Polly seufzt. »Wir haben versucht, eine Liste von Victoria Belmonds Highschool-Freundinnen und -Freunden zusammenzustellen, die auf der Party gewesen sein könnten. Mit Detective Marty McGreggors Hilfe haben wir sechs Namen aus den FBI-Akten erhalten. Sie wollten jedoch alle nicht mit uns reden. Es ist uns aber gelungen, an Schulakten und Jahrbücher heranzukommen. Wir haben sie auf mögliche Teilnehmerinnen und Teilnehmer überprüft. Victoria Belmond war zum Beispiel im Französisch-Club und im Feldhockeyteam. Alle, die auch Teil dieser beiden Gruppen waren, sind vermutlich auch auf der Millenniumsparty gewesen. Und mithilfe einer einfachen Software konnten wir auch noch ein paar von Victorias engsten Freunden ausfindig machen, die wahrscheinlich auch auf dieser Party waren.«

Alle sehen mich an.

»Okay.«

»Außerdem haben wir ... ich weiß nicht, wie ich es ausdrücken soll oder warum wir es getan haben ... Es war Debbies Idee. Aber wir haben auch deine Fälle aus deiner Zeit bei der Polizei in die Gleichung aufgenommen.«

Ich runzle die Stirn. »Meine Fälle?«

»Ja.«

»Warum?«

Debbie sagt: »Weil du da irgendwie mit drinhängst, Kierce.«
Ich sehe sie an.
»Victoria Belmond verschwindet«, sagt Debbie. »Du bist der Einzige, der sie in den elf Jahren gesehen hat.«
»Wir haben alle nicht damit gerechnet, dass etwas dabei herauskommt«, fügt Gary hinzu.
»Selbst ich nicht, wenn ich ehrlich bin«, sagt Debbie.
Das Krankenhauszimmer ist viel zu warm und schwül, trotzdem fröstele ich.
»Und?«
»Der letzte Fall vor deinem Ausscheiden aus der Polizei war also der Mord in Farnwood, einem Anwesen der Familie Burkett.«
»Richtig.«
Und noch bevor Polly es sagt, fällt mir das Gespräch mit Thomas Belmond ein, in dem er mir erzählt hat, wie er seine Schwester zu dieser Silvesterparty gefahren hat.
Ich habe Vic zu dieser Party gefahren. Sie und eine von ihren Freundinnen – Caroline, glaube ich ...
Caroline ...
Polly nickt, als könnte sie meine Gedanken lesen. »Victoria Belmonds beste Freundin auf der Highschool«, sagt sie, »war Caroline Burkett.«

***

Ich überspringe den Teil, in dem mich die Ärzte an mein Versprechen erinnern, dass ich das Krankenhaus nicht mehr verlassen würde, weil sie mir bereits erlaubt hatten, auf Victoria Belmonds Begräbnis zu gehen.
Marty bringt mich schnell nach Farnwood, dem noblen Anwesen der Burketts, berühmt-berüchtigt durch den Mord,

dessen Zeuge die ganze Welt wurde. Am Tor steht ein alter Mann. Er mustert uns finster, drückt aber den Knopf. Das Tor öffnet sich so langsam, dass man es mit bloßem Auge kaum erkennen kann. Wir fahren die Auffahrt hinauf, an einem Tennisplatz und einem Fußballfeld vorbei. Das Haus selbst ist ein englisches Landhaus aus dem neunzehnten Jahrhundert mit gotischen Elementen wie Wasserspeiern und gekuppelten Fenstern. Es ist aus rotem Backstein erbaut, perfekt symmetrisch, mit Flügeln im Tudorstil und hat mehrere Türme.

Genau in der Mitte – als wollte sie die Symmetrie noch betonen – steht die beeindruckende Gestalt Judith Burketts. Sie ist fast achtzig, es gelingt ihr aber noch immer, Aufmerksamkeit auf sich zu ziehen. Sie steht dort, aufrecht und mit hoch erhobenem Kopf. Man spürt die Eleganz und das Charisma, denn beides besitzt sie im Überfluss. Doch ich weiß, dass sie es dazu einsetzt, um Böses zu tun. Als wir anhalten, schreitet sie auf das Auto zu, als befände sie sich auf einer Landebahn. Sie lächelt mich an. Der Glamour ist immer noch da. Ihr Blick ist immer noch stählern.

»Mr Kierce«, sagt sie, wobei sie das Wort »Mister« betont, weil ich bei unserer letzten Begegnung noch Detective war und sie mir den sozialen Abstieg zweifelsohne unter die Nase reiben will. »Es ist mir eine Freude, Sie wiederzusehen.«

Sie streckt die Hand aus, und ich schüttle sie zögernd. Sie spürt, dass ich mich unwohl fühle, also drückt sie fester zu und zwingt mich, meine Hand zurückzuziehen. Ich möchte etwas sagen oder tun, könnte mir sogar vorstellen, einer alten Frau ins Gesicht zu schlagen, aber ich brauche Informationen von ihr.

Marty steigt ebenfalls aus dem Auto. Er hat dieses Meeting arrangiert. Er war überrascht, dass Judith Burkett sich zu einem Treffen mit mir bereit erklärt hat. Mich hat das nicht überrascht. Manche Menschen meiden Konfrontationen. Manche genießen sie. Ich hatte mir gedacht, dass sie nicht widerstehen können würde.

Judith Burkett lächelt Marty zu und sagt: »Detective McGreggor, richtig?«

»Ja, Ma'am.«

Ma'am. Ich möchte ihn ohrfeigen.

»Wenn Sie bitte unten am Tor warten würden.«

Sie entlässt Marty mit einem Nicken und fordert mich mit einer Geste auf, ihr zu folgen. Wir treten ins Foyer. Man würde an dieser Stelle eine antike oder antikisierende Einrichtung erwarten, und tatsächlich ist sie üppig und spiegelt den Reichtum und früheren Status der Familie, doch die Teppiche und Polster setzen auch moderne Akzente. Wir bleiben vor dem riesigen Familienporträt stehen – Judith, ihr Mann Joseph und ihre vier Kinder Andrew, Joe, Caroline und Neil. Alle blicken nach vorne, außer Andrew, denn als das Bild gemalt wurde, war er bereits tot. Jetzt ist auch Joseph senior tot. Und Joe junior. Im Central Park erschossen. Judith bleibt stehen, starrt auf das Bild und wartet darauf, dass ich etwas sage.

»Ich würde gerne mit Caroline sprechen«, sage ich.

»Caroline«, erwidert sie, »ist nicht da.«

»Wann kommt sie nach Hause?«

Judith starrt immer noch auf das Porträt und lächelt. »Ich fürchte, dass ich das nicht mit Sicherheit sagen kann. Aber so bald jedenfalls nicht.« Schließlich wendet sie sich von dem Bild ab. »Mir wurde gesagt, dass Sie auf der Suche nach Informationen über Victoria Belmond sind. Ist das der Grund ihres Kommens?«

»Ja.«

»Was für eine Tragödie. Das arme Mädchen überlebt eine so lange grausame Tortur, nur um auf der Straße von einem Schuss getroffen zu werden, der nicht einmal für sie bestimmt war.« Sie lächelt. »Unsere Familien standen sich früher sehr nahe. Wussten Sie das?«

»Ich weiß, dass Caroline und Victoria befreundet waren.«

»Sie waren beste Freundinnen«, ergänzt Judith.

Sie lächelt wieder. Es kotzt mich an, dass so viele Menschen sterben mussten oder krank wurden, um dieses prächtige Haus und das geschmacklose Bild zu bezahlen – und dass diese widerwärtige Frau dieses fantastische Anwesen genießen, die gute Luft atmen und so lächeln darf, wie sie es gerade tut.

Aber ich halte den Mund.

»Deshalb möchte ich mit Caroline sprechen«, sage ich.

»Ich verstehe das nicht so richtig«, sagt Judith und legt den Kopf übertrieben schräg. »Was könnte Caroline Ihnen über Victorias Tod erzählen? Hatte der Schütze es nicht auf Sie abgesehen?«

»Wir sind uns nicht sicher.«

»Aber Sie können doch unmöglich glauben, dass jemand Victoria umbringen wollte.«

»Jemand hat sie entführt. Jemand hat sie elf Jahre lang festgehalten. Auch das sehen wir uns noch einmal an.«

»Und Sie glauben, dass das zu ihrem Tod geführt hat?«

»Ich weiß es nicht«, sage ich. »Es wäre möglich. Wie auch immer, ihr sollte Gerechtigkeit für das widerfahren, was ihr angetan wurde.«

»Nach ihrem Tod?« Judith zieht neckisch eine Augenbraue hoch. »Glauben Sie, die Tote interessiert das Schicksal des Entführers?«

»Für so verschlungene Gedankenspiele mangelt es mir an

Tiefgründigkeit«, sage ich, »aber wenn es auch sonst vielleicht keinem Zweck dient, könnte es doch jemanden davon abhalten, es noch einmal zu tun.«

»Das ist wahr.«

»In der Nacht, in der Victoria verschwand«, sage ich, um uns wieder auf den Boden der Tatsachen zurückzuholen, »hat in McCabe's Pub eine Millenniumsparty stattgefunden.«

»Das ist mir bekannt.«

»Und Caroline war da.«

»Ja, selbstverständlich. Caroline hatte die Feier sogar mit Victoria zusammen organisiert.«

»Wo ist Caroline?«, frage ich noch einmal.

Sie dreht sich wieder zu dem Bild um. Jetzt fällt ihr Blick auf ihre einzige Tochter. »Sagt Ihnen das Solemani Recovery Center etwas?«

Das tut es. Es ist eine sehr gut angesehene und exklusive Entzugsklinik. »Dann ist sie dort?«

Judith nickt. »Ich werde sie über Ihren Besuch informieren, damit man Caroline …«, sie hält inne, als suche sie nach den richtigen Worten, »… vorbereiten kann. Passt es Ihnen morgen früh?«

»Bestünde die Möglichkeit, dass ich sie heute noch sehen kann?«

Sie lächelt verhalten. »Ich fürchte nicht, nein.«

»Geht es Caroline gut?«

Judith beißt sich auf die Unterlippe. »Ich bin nicht sicher, ob sie in der Lage ist, Besucher zu empfangen, aber wenn es den Belmonds hilft, sind wir beide mehr als bereit zu kooperieren.«

»Das weiß ich sehr zu schätzen«, sage ich und schlucke meinen Ärger herunter.

Wir stehen nebeneinander. Sie ist größer als ich und rückt

näher an mich heran, aber das bin ich gewohnt. So kann man mich nicht einschüchtern.

»Ich mach mich auf den Weg«, sage ich.

»Wussten Sie, dass ich Talia Belmond früher regelmäßig getroffen habe?«, fragt Judith, in leicht spöttischem Tonfall.

»Beruflich, meine ich.«

Damit hatte ich nicht gerechnet. »Sie waren Talias Therapeutin?«

»Ihre Psychotherapeutin, ja. Nach dem Verschwinden ihrer Tochter, na ja, Sie können es sich vorstellen. Über den Inhalt unserer Sitzungen kann ich natürlich nichts sagen.«

»Aber sie ist erst nach Victorias Verschwinden zu Ihnen gekommen? Talia Belmond, meine ich.«

»Ja. Sie hatte große Probleme, mit dem Verlust zurechtzukommen ...«, Judith präsentiert ihr messerscharfes Lächeln, »... und natürlich auch Schuldgefühle.«

Sie wartet darauf, dass ich ihr ein Stichwort gebe. Ich spiele mit.

»Schuldgefühle?«, sage ich.

»Ja.«

»Weil sie ihre Tochter nicht sofort als vermisst gemeldet hat«, sage ich. »Weil sie in dieser Nacht unterwegs war.«

»Sie war nicht einfach nur unterwegs«, sagt Judith. Der Spott klingt wieder durch. Sie genießt es. Etwas in mir will sie erwürgen, vor allem macht mir die Ungerechtigkeit bei alldem zu schaffen.

Ich sage den erwarteten Satz auf, als hätte ich ihn zu oft geprobt. »Was meinen Sie mit ›nicht einfach nur unterwegs‹?«

Plötzlich wirkt Judith zurückhaltend. »Ich dürfte Ihnen wirklich nicht mehr sagen. Ärztliche Schweigepflicht.«

»Talia Belmond war in jener Nacht in Chicago.«

»Das ist richtig, ja.«

»Ihr Vater lag im Sterben.«
»Auch das ist richtig.«
»Und dann?«
»Die Belmonds sind neureich. Wahrscheinlich wissen Sie das. Nachdem sie zu Wohlstand gekommen waren, haben mein Mann und ich sie in unserem Kreis willkommen geheißen. Die meisten anderen haben das nicht getan. Wir haben Talia geholfen, in den Beirat der Philharmonie zu kommen. Wir haben Archie und ihr die Aufnahme in die richtigen Clubs ermöglicht. Ich habe sie in dieses Haus eingeladen. Unsere Kinder haben sich angefreundet. Thomas hat draußen auf dem Platz mit Andrew und Joe Fußball gespielt. Victoria und Caroline waren unzertrennlich. Als Victoria verschwand, war das auch für Caroline ein schwerer Schlag. Natürlich war es das. Ihre beste Freundin verlässt eine Party, die sie zusammen organisiert haben, und kehrt nicht wieder zurück. Und als Talia Belmond am Tiefpunkt war, als sie professionelle Hilfe brauchte, um die Entführung ihrer Tochter zu verarbeiten, war ich für sie da – zuerst als ihre Freundin, dann auch als ihre Ärztin.«

Sie dreht sich wieder um und starrt auf das verdammte Gemälde.

»Als wir Burketts dann aber Probleme hatten, als die Anschuldigungen gegen meine Familie aufkamen, hat Talia Belmond nichts von sich hören lassen. Sie hat nicht angerufen, keine Nachricht geschickt und sich nicht nach unserem Wohlergehen erkundigt. Bin ich Talia Belmond also Loyalität schuldig? Nein, wohl kaum.«

Ich warte. Sie liefert mir Erklärungen. Es sind zwar dumme und unsinnige Erklärungen, aber was soll's. Warum sollte ich nachhaken, wenn sie alles von sich aus erzählt.

»Bevor ich mehr sage, möchte ich Ihnen noch eine Frage stellen, Mr Kierce.«

»Okay.«
»Haben Sie meine Enkelin gesehen?«
Sie spricht von Lilly. Lilly ist inzwischen vier Jahre alt.
»Nein«, sage ich.
Das ist eine Lüge.
Ich sehe Lilly häufig. Der Fall ihrer Eltern hat damals für uns beide alles verändert und ich bin immer noch Teil ihres Lebens – und wenn es nach mir geht, werde ich das auch bleiben. Ich habe geschworen, Lilly vor Ungeheuern zu beschützen.
Vor Ungeheuern wie ihrer Großmutter.
Ich sehe, wie Judith Burkett Tränen in die Augen treten.
»Ist das wahr?«, fragt sie. »Sie haben Lilly nicht gesehen?«
Ich habe keine Skrupel, sie anzulügen. »Nein, ich habe sie nicht gesehen.«
Sie dreht sich um und blickt mir ins Gesicht. Ich weiß nicht, ob sie daran ablesen kann, dass ich lüge. Eigentlich ist es mir auch egal.
»Sie war mit einem Mann verabredet«, sagt Judith Burkett. »In Chicago.«
Es rauscht in meinem Kopf. Ich weiß, was sie meint. Ich verstehe die Andeutung. Trotzdem murmele ich fast gegen meinen Willen: »Was?«
»Talia Belmond«, sagt Judith und wendet sich wieder dem Gemälde zu. »Sie wollte in Chicago nicht nur ihren kranken Vater besuchen. Talia war mit einem Mann verabredet. Deshalb hat sie sich nicht richtig auf ihre Tochter konzentriert. Und deshalb wird sie immer noch von Schuldgefühlen geplagt wegen dem, was in jener Nacht mit Victoria geschehen ist.«

ACHTUNDZWANZIG

»Gib mir den Schlüssel«, sage ich zu Marty.
»Was?«
»Gib ihn mir bitte einfach.«
»Aber du bist ein mieser Fahrer. Und du bist noch nicht wieder fit.«
Ich habe die Hand ausgestreckt, die Handfläche nach oben. Widerstrebend legt er den Schlüssel hinein. Ich steige auf der Fahrerseite ein. Er setzt sich auf den Beifahrersitz.
»Was ist passiert?«, fragt Marty. »Was hat sie erzählt?«
Ich schüttle den Kopf. Jetzt nicht. Ich bin noch nicht bereit, darüber zu reden.
Ich kann gar nicht schnell genug von Farnwood wegkommen. Es ist fast so, als würden die Geister mich verjagen. Ich versuche, die neuen Informationen zu verarbeiten. Natürlich könnte Judith gelogen haben. Sie ist manipulativ und rachsüchtig, aber sie würde dabei nie ihre eigenen Interessen aus dem Auge verlieren. Normalerweise hat ihr Wahnsinn Methode, und diese Geschichte zu erfinden, nur um ... was weiß ich ... es mir schwer zu machen, den Fall zu lösen oder mich an der Nase herumzuführen, scheint mir nicht plausibel. Ja, sie ist grausam, aber ihre Grausamkeit ist zielgerichtet.
Außerdem klingt es so, als wäre an ihrem Vorwurf etwas Wahres dran.
Ich mache mir nicht die Mühe, vorher anzurufen. Nach einer Weile halte ich wieder vor einem blöden Tor vor der

Einfahrt zu einem Anwesen reicher Leute. Ich nenne dem Security-Mann meinen Namen. Er war bei meinem letzten Besuch nicht hier, daher sieht er mich und meine Schrottkarre an, als hätte ich Hundekot auf ihren Rasen geworfen. Das treibt mich zur Weißglut. Schlimm genug, dass die Reichen auf einen herabsehen, aber warum benehmen sich Leute, die für sie arbeiten – Leute, die nicht reicher sind als man selbst –, häufig noch schlimmer? Als wären sie stellvertretend versnobt. Auch das treibt mich zur Weißglut. Im Moment treibt mich alles zur Weißglut. Das blöde Tor treibt mich zur Weißglut, während der Security-Mann im Haus anruft. Am liebsten würde ich Gas geben und einfach durchrasen.

»Marty?«

»Was ist?«

»Hättest du was dagegen, hier draußen zu warten?«

»Echt jetzt?«

Ich sehe ihn an. Er seufzt und steigt aus, als der Security-Mann endlich das bescheuerte Tor öffnet. Ich fahre auf das Haus zu, werde aber immer langsamer, je näher ich ihm komme.

Ihre Tochter ist tot.

Womöglich durch meine Schuld.

Wahrscheinlich sogar. Ganz egal, wie man es auch dreht und wendet. Wenn die Kugel für mich bestimmt war, tja, dann ist es offensichtlich. Aber auch wenn es nicht so war, meine Ermittlung aber irgendwie die Geister der Vergangenheit geweckt hat, liegt die Schuld bei mir.

Vielleicht erklärt das meine Wut. Ich richte sie gegen andere. Ich bin nicht wütend auf das Tor. Ich bin auf mich selbst wütend. Als das Haus vor mir erscheint, denke ich daran zurück, wie ich hier auf der Suche nach Anna Marigold, einem

Geist aus meiner Vergangenheit, durch den Wald gekrochen bin. Seit diesem ersten Tag sind mir so viele Theorien durch den Kopf gegangen, habe ich so oft versucht, die Wahrheit herauszubekommen, dass mir nur eins wirklich klar geworden ist: Ich darf nichts und niemandem vertrauen. Ich neige nicht zu Paranoia und habe auch jetzt nicht den Eindruck, paranoid zu sein, irgendetwas in diese Richtung ist es aber wohl doch, weil ich mich des Gefühls nicht erwehren kann, dass sich die Realität gegen die Klarheit verschworen haben könnte.

Ich erreiche das Haus, wo Archie und Talia mich Seite an Seite vor der Tür erwarten. Als ich aussteige, stellt Archie sich schützend vor seine Frau und sagt: »Ich habe Ihnen doch gesagt, dass es vorbei ist.«

»Ich weiß«, sage ich, während ich auf sie zugehe und mit dem Kinn auf Talia deute, »aber sie hat gesagt, dass ich dranbleiben soll.«

Archie sieht seine Frau überrascht an. »Talia?«

»Jemand hat sie uns weggenommen«, sagt sie.

»Die Polizei ermittelt ...«

»Ich meine nicht jetzt. Ich meine damals. Dadurch hat sich ihr ganzes Leben verändert. Verstehst du das nicht? Wenn sie nicht entführt worden wäre, hätte ihr Leben einen ganz anderen Verlauf genommen. Sie hätte Kierce nicht kennengelernt. Sie wäre nicht mit ihm im Park gewesen. Also wäre sie noch am Leben.«

»Talia ...«

»Ich will das Ganze nicht auf sich beruhen lassen«, fleht sie. »Ich will wissen, was mit unserer Tochter in jener Nacht passiert ist, nachdem sie die Party verlassen hat. Willst du das nicht? Archie? Bitte, müssen wir das nicht klären? Wir beide?«

Er öffnet den Mund, bringt aber keinen Ton heraus. »Ich

dachte, das hätten wir an dem Tag, an dem sie zurückgekommen ist, hinter uns gelassen«, sagt er.

Sie schüttelt den Kopf. »Du hast es hinter dir gelassen.«

»Und du?«

»Ich habe versucht, es zu ignorieren. Als hätte ich es in eine Kiste ganz hinten im Schrank gestopft. Aber jetzt ist unsere Tochter tot. Und ich brauche diese Antworten.«

Talia Belmond wartet nicht, bis er etwas dazu sagt. »Haben Sie etwas Neues herausgefunden?«

»Ich muss mit Ihnen reden«, sage ich zu ihr. »Allein.«

»Nein«, sagt sie.

»Mrs Belmond …«

»Talia«, korrigiert sie mich. »Und Archie kann alles hören, was Sie zu sagen haben.«

»Ich war gerade bei Judith Burkett«, sage ich. »Ich halte es für besser, wenn wir alleine reden.«

Aber schon als ich das sage, merke ich, dass das nicht nötig ist. Ihre Gesichter sagen alles. Beide wissen Bescheid. Sie wissen, was Judith Burkett mir erzählt hat. Offenbar ohne darüber nachzudenken, ergreifen sie ihre Hände. Unmöglich zu sagen, von wem die Initiative ausgeht, oder ob sie sich beide gleichzeitig bewegen. Aber sie stehen zusammen, bereit, mir vereint gegenüberzutreten.

»Es ist nicht besser, wenn Sie mit mir allein sprechen«, sagt Talia.

Sie stehen da und beruhigen sich gegenseitig, als würden sie am Strand eine Welle erwarten, von der sie wissen, dass sie sie wegreißen wird. Ich denke an Annas letzte Bitte, dass ich sie beschützen soll, und würde ihr gern sagen, dass ich nicht weiß, wie ich das machen soll.

»Judith hat Ihnen erzählt, warum ich in Chicago war«, sagt Talia.

Noch einmal – ich habe gelernt zu schweigen. Also nicke ich einfach.

Archie sagt: »Ich weiß nicht, was das soll. Wie lange sind Sie schon verheiratet?«

»Knapp ein Jahr.«

»Auch Sie werden in Ihrer Ehe Höhen und Tiefen erleben. Unser jüngstes Kind war kurz davor, das Haus zu verlassen und aufs College zu gehen. Das Empty-Nest-Syndrom, wenn die Kinder ausgeflogen sind. Wir haben Thomas und Victoria nichts davon erzählt, hatten uns aber für eine Trennung auf Probe entschieden. Aber das war nichts für uns – das haben wir ziemlich schnell gemerkt. Letztlich glaube ich, dass unsere Ehe gestärkt daraus hervorgegangen ist.«

Ist sie das?, frage ich mich, spreche es aber nicht aus.

»Ich habe es nicht gemacht«, sagt Talia. »Ich hätte es tun können. Morgens um fünf habe ich in der Lobby immer noch versucht, den Mut aufzubringen, zu ihm aufs Zimmer zu gehen. Ich habe die ganze Zeit geweint. Und plötzlich war Archie da. Er hätte nicht kommen dürfen. Eigentlich sollte er zu Hause bleiben. Aber, was weiß ich, vielleicht hat er etwas gespürt. Er hat mich jedenfalls davor bewahrt, einen großen Fehler zu begehen. Seine Ankunft fühlte sich wie ein Segen an, wie eine Rettung.«

Ich sehe, dass Archie, als sie das sagt, die Augen schließt, als erwarte er, geschlagen zu werden.

»Wir haben den ganzen nächsten Tag geredet. Und den Tag darauf auch. Wir haben erkannt, dass wir noch ineinander verliebt waren. Wir haben unsere Ehe gerettet und sind in das schönste Zuhause zurückgekehrt, das wir seit Jahren hatten.«

Und dabei, denke ich, hast du das Wichtigste aus den Augen verloren. Doch auch das brauche ich nicht auszusprechen.

Sie wissen es. Das erklärt ihre Schuldgefühle. Es erklärt, warum sie die Warnzeichen nicht gesehen haben, als ihre Tochter sich nicht bei ihnen gemeldet hat. Victoria hat mich gebeten, sie zu beschützen, und deshalb werde ich nicht darauf aufmerksam machen, dass ihre Versäumnisse höchstwahrscheinlich mitverantwortlich sind für das, was dann geschehen ist. Ich vermute, dass sie sich selbst mindestens elf lange harte, quälende Jahre jeden Morgen darauf hingewiesen haben. Was für ein Schmerz. Welche Qual. Ich frage mich, wie es gewesen sein muss, elf Jahre lang mit solchen Schuldgefühlen zu leben, und ich glaube, ich beginne wieder zu verstehen, warum Anna – ich merke, dass ich zwischen den beiden Namen hin und her springe – wollte, dass ich sie beschütze.

»Es tut mir leid, dass ich das anspreche«, sage ich.

»Es hat nichts mit dem zu tun, was mit Victoria geschehen ist«, sagt Talia etwas zu entschieden. »Es hat uns zu den Menschen gemacht, die wir heute sind.«

Und was für Menschen seid ihr?, überlege ich. Ich glaube, was Victoria mir erzählt hat. Dass sie glücklich sind. Dass sie gute, anständige Menschen sind. Aber ich betrachte das Ganze auch noch aus einer anderen Perspektive. Ihre Ehe ist in die Brüche gegangen. Sie behaupten, dass sie die Sache in Chicago in Ordnung gebracht haben, und vielleicht stimmt das auch, aber das, was folgte – das Verschwinden ihrer Tochter – muss alles verändert haben. Basierte der erneuerte Ehebund auf ihrer wiederentdeckten Liebe – oder wurde er im Feuer der Tragödie geschmiedet?

Und spielt das eine Rolle?

Ich versuche noch einmal, alles zusammenzubringen. Silvesternacht 1999. Talia fährt nach Chicago, um sich mit einem Mann zu treffen. Victoria verlässt ihre Party in New York City. Besteht da eine Verbindung? Dazu kommt, dass

Thomas Victoria zu McCabe's Pub bringt und dann nach Hause fährt, um sich seinem Liebeskummer hinzugeben. Außerdem ist da noch Archie, der zu Hause bleibt, weil er sich Sorgen um das Jahr-2000-Problem macht – letztlich aber in Chicago landet, um das mögliche Rendezvous seiner Frau zu verhindern.

Irgendetwas passt da nicht.

»Wer war der Mann?«

»Das spielt keine Rolle«, sagt Archie.

»Tut es wirklich nicht«, ergänzt Talia. »Es war eine College-Affäre namens Steven Ricci. Später ist er nach Miami gezogen. Er ist vor vier Jahren gestorben.«

Ich sehe Archie an. »Sie wollten an diesem Abend zu Hause bleiben«, sage ich. »Wegen des Jahr-2000-Problems.«

»Ja.«

»Trotzdem sind Sie dann mit einem Privatflugzeug hingeflogen und, na ja, irgendwann gegen drei oder vier Uhr morgens angekommen.«

»Früher«, sagt er schnell. Zu schnell. Und irgendetwas beginnt in meinem Hirn zu nagen.

»Warum?«

»Das hab ich doch schon gesagt. Ich bin vor Ort geblieben, falls irgendwelche Computerprobleme bei der Umstellung auf das Jahr 2000 auftraten. Als das reibungslos gelaufen ist, habe ich beschlossen, zu Talia zu fliegen.«

Ich warte und lasse die Worte sacken. Wir spüren es alle. Irgendetwas stimmt da nicht.

»Haben Sie gewusst, dass Talia mit Ricci verabredet war?«

Er schluckt schwer. »Nein«, sagt er. »Ich hatte keine Ahnung.«

»Das muss niederschmetternd gewesen sein.«

Er senkt den Kopf. Talia tritt vor.

»Vergessen Sie, was ich vorhin gesagt habe«, sagt sie zu mir. »Lassen Sie uns zufrieden.«

***

»Willst du mir nicht erzählen, was passiert ist?«, fragt Marty.
»Noch nicht.«
Marty legt den Gang ein. »Also zurück nach Hause?«
»Können wir auf dem Weg noch einen Stopp einlegen?«
»Wo?«
»Auf dem Friedhof.«
»Dem, auf dem du gerade warst?«
»Ja.«
Die Bitte scheint Marty zu verblüffen, er kommt ihr aber nach. Der Friedhof ist knapp zwei Kilometer vom Anwesen der Belmonds entfernt. Marty parkt, und ich bitte ihn zu warten. Dann steige ich aus. Der Knall der zuschlagenden Autotür hallt über den Friedhof. Ich gehe im Zickzack zwischen den Grabsteinen hindurch, bis ich vor dem frisch geschlossenen Urnengrab stehe. Während der Beerdigung war mir das nicht möglich. Es stand mir nicht zu, da die Familie eine Beisetzung im engsten Familienkreis wollte. Es gab keine Zeitungsnachrufe. Die Modalitäten der Trauerfeier wurden vertraulich behandelt. Natürlich war Victorias Ermordung eine Nachricht, aber keine so große, wie Sie vielleicht vermuten. Die Welt lässt sich leicht von neuen glanzvollen Geschichten ablenken. Wir befinden uns in einem ständigen Ansturm neuer Meldungen. Alles verschwimmt. Nichts fesselt unsere Aufmerksamkeit länger als einen oder höchstens zwei Tage, und wenn die Belmonds die Story nicht füttern – wenn keine neuen Meldungen nachkommen –, wird sie bald ganz verschwinden.

Aber das will ich nicht.

Dabei geht es mir nicht um die Öffentlichkeit. Die ist mir egal, und Victoria würde die Ruhe wahrscheinlich genießen. Es geht mir um mich. Ihr Tod bedeutet mir etwas. Sie hat mir etwas bedeutet. Das mit uns beiden war zwar vielleicht nicht die große Liebe wie zwischen Molly und mir, aber es war dennoch besonders und einzigartig. Zwischen uns bestand eine Verbindung. Sie mögen das, was sie mir in Spanien angetan hat, unverzeihlich finden oder sie für ein Opfer schrecklicher Umstände halten – oder irgendetwas dazwischen. Das interessiert mich alles nicht. Im Moment denke ich an den ersten Tanz in Spanien und daran, dass ich zweiundzwanzig Jahre später bei ihr war, als sie in New York ihren letzten Atemzug getan hat. Das alles will ich mir noch einmal ins Bewusstsein rufen. Auch mir hat sie etwas bedeutet. Ich möchte ihr meinen Respekt erweisen. Ich möchte das Richtige für sie tun.

Für uns.

Also setze ich mich neben die frisch aufgeschüttete Erde. Ich strecke die Hand aus und lege sie dahin, wo ihre Asche ruht. Ich gehe alles noch einmal im Kopf durch, um ihretwillen, und mir wird klar, dass mich alle belügen, die etwas mit der Sache zu tun haben. Warum, weiß ich noch nicht. Aber so ganz nehme ich Archie Belmond die Story nicht ab, die ihn angeblich nach Chicago geführt hat. Ich denke an die Belmonds – alle Belmonds – und daran, wie sich ihr Leben in dieser Silvesternacht verändert hat, und irgendwie glaube ich nicht, dass es nur am Offensichtlichen liegt.

Eine Theorie beginnt, sich zu entwickeln. Eine hässliche Theorie. Aber mein Verstand verfolgt sie immer weiter. Ich erinnere mich an Sherlocks Axiom, das ich am allerersten Unterrichtstag an die Tafel geschrieben habe:

Es ist ein kapitaler Fehler, eine Theorie aufzustellen, bevor man entsprechende Anhaltspunkte hat. Unbewusst beginnt man, Fakten zu verdrehen, damit sie zu den Theorien passen, statt die Theorien den Fakten anzupassen.

Es gibt dabei allerdings einen Vorbehalt. Solange man die Sache unvoreingenommen angeht, kann es nicht schaden, jede Theorie, die man entwickelt hat, zu überprüfen. Ich arbeite nicht erst seit Kurzem an diesem Fall. In gewisser Hinsicht beschäftige ich mich schon seit zweiundzwanzig Jahren damit. In Gedenken an die Frau, deren Asche hier neben mir liegt – die gelitten und gekämpft und sich ein gutes Leben aufgebaut hat, das dann von einem wertlosen Stück Scheiße ausgelöscht wurde –, werde ich nun die Wahrheit herausfinden.

Oder rede ich mir das nur ein?

Denn sie hat mich nicht gebeten, die Wahrheit herauszufinden, oder? Sie hat ganz deutlich gesagt, was sie von mir wollte.

Versprich es mir zuerst.
Was soll ich versprechen?
Dass du ihnen nicht wehtun wirst. Dass du sie beschützt.

Wird die Wahrheit sie denn schützen? Und wenn nicht – wenn die Wahrheit ihnen schaden wird – muss ich dann das letzte Versprechen brechen, das ich ihr gegeben habe?

»Kierce?«

Es ist Marty.

»Bist du okay?«

Ich nicke.

»Dein Arzt hat angerufen. Molly auch. Wir hatten abgemacht, dass ich um diese Zeit wieder mit dir zurück bin.«

Mit dem Arm in der Schlinge ist das Aufstehen schwer.

Marty kommt herüber, um mir zu helfen, aber das lasse ich nicht zu. Ich verziehe das Gesicht beim Aufstehen. Dann klopfe ich mit einer Hand den Schmutz ab.

Auf der Rückfahrt zum Krankenhaus habe ich ziemliche Schmerzen, will aber nicht noch eine Tablette nehmen. Molly ist da. Sie umarmt mich sanft, schnuppert an mir und sagt: »Du musst unter die Dusche.«

»Das ist ein Krankenhaus«, sage ich. »Kannst du mich nicht mit dem Schwamm waschen?«

»Freut mich, dass es dir besser geht. Aber nein. Geh unter die Dusche und dann ins Bett.«

Sie hilft dabei. Es wird dunkel. Ich schicke sie weg. Sie ist mit Henry bei ihrer Schwester untergekommen, weil ich nicht will, dass die beiden allein zu Hause sind, bis ich weiß, dass es sicher ist. Ich schlafe ein. Nicht tief. Ich nenne es Krankenhausschlaf. Es ist ein seichter Schlummer, der an der Oberfläche des Bewusstseins entlangstreicht. Ich weiß nicht, ob es die piepsenden Maschinen sind, die gedämpften Stimmen oder einfach die Tatsache, dass man sich an einem Ort befindet, der so viel Angst und Schmerz beherbergt. Der Arzt sagt mir, dass ich übermorgen entlassen werden kann, und wie jeder vernünftige Mensch bin ich überglücklich.

Kurz bevor ich einschlafe, erhalte ich eine Textnachricht. Sie ist von Judith Burkett:

Caroline erwartet Sie morgen Mittag. Trödeln Sie nicht.

Trödeln? Wer benutzt das Wort »trödeln«, außer im Zusammenhang mit Kindern oder Jugendlichen?
Dann:

Bitte regen Sie sie nicht auf.

Ich antworte auf beide Nachrichten mit dem Daumen-Emoji, weil ich ihr nichts schreiben will. Dann klopfe ich mein Kissen flach und versuche, es mir bequem zu machen. Es klappt nicht, aber irgendwann setzt die Wirkung der Medikamente ein.

Früh am nächsten Morgen werde ich von einem Flüstern geweckt.

»Kierce?«

Ich rühre mich nicht, öffne nicht einmal meine Augen. Ich habe die Stimme erkannt. Es ist Polly.

»Gary behält die Krankenschwester im Auge«, sagt Polly in demselben leisen Flüsterton. »Die Besuchszeit beginnt erst in drei Stunden. Aber wir haben etwas gefunden, das du sehen musst.«

Ich öffne blinzelnd die Augen. Ich bin noch groggy von den Medikamenten. »Polly?«

»Beim Zottelkopf hattest du recht«, sagt sie.

»Was?« Ich versuche, mich aufzusetzen. »Was habt ihr rausgekriegt?«

»Wir sind deinem Vorschlag gefolgt und alle Insassen durchgegangen, die in den letzten achtzehn Jahren in Sing Sing gesessen haben. Wir haben in umgekehrter chronologischer Reihenfolge angefangen, deshalb hat es auch so lange gedauert. War natürlich ein gewaltiger Haufen Arbeit. Der Typ, den du Zottelkopf nennst, war damals glatt rasiert. Und er hatte kurze Haare.«

»Aber ihr habt ihn gefunden?«

»Ja, haben wir. Er heißt Brian Powell. Und rate mal, wer volle sechs Monate lang sein Zellengenosse war.«

Ich wusste es und finde es trotzdem unglaublich. »Tad Grayson?«

Sie nickt.

Ich setze mich auf. »Weißt du, wo Powell wohnt?«
»In Newark. Wir haben eine Adresse.«
Ich schwinge die Beine aus dem Bett. »Hilf mir beim Anziehen.«

NEUNUNDZWANZIG

Gary fährt meinen alten Ford Taurus. Polly sitzt neben ihm auf dem Beifahrersitz. Ich fläze mich auf den Rücksitz. Bei jedem Schlagloch kommt es mir vor, als würde man mir einen Dolch in die Wunde rammen. Ich schließe die Augen und lasse die Schmerzen über mich ergehen. Polly informiert mich während der Fahrt über die neuesten Entwicklungen. Ich texte Marty und Molly, dass es mir gut geht und ich bald zurück bin. Wohin ich fahre, verrate ich nicht. Beide sind nicht sehr glücklich über mein Verhalten. Es macht sie nicht glücklicher, als ich ihnen mitteile, dass ich mit meinen Kursteilnehmern unterwegs bin.

»Er heißt Brian Powell«, sagt Polly mit dieser Stimme, die sie sich beim Ansehen alter Folgen der Serie *Law and Order* angeeignet haben muss. »Er ist vierundfünfzig. Geht seit seinem achtzehnten Lebensjahr im Kittchen ein und aus.«

Gary runzelt die Stirn. »Kittchen?«

»Was?«

»Hast du wirklich gerade Kittchen gesagt, Polly?«

»Ich verwende hier Umgangssprache.«

»Die Umgangssprache von wem? Bugsy Siegal?«

»Wessen«, sagt sie.

»Was?«

»Wessen Umgangssprache, nicht von wem ...«

»Leute«, sage ich. Und dann: »Wann war Powell mit Tad Grayson in Sing Sing?«

»Vor neun Jahren«, sagt Polly.
»Und wann ist Powell wieder rausgekommen?«
»Gleiche Antwort.«
»Vor neun Jahren?«
»Ja.«
»Das ist lange her.« Ich überlege. »Hat er sich seitdem irgendetwas zu Schulden kommen lassen?«
»Nicht einmal einen Strafzettel wegen Falschparkens«, sagt sie in einer weiteren Anlehnung an alte Fernsehserien. »Powells Bewährungszeit ist 2021 abgelaufen. Er arbeitet seit sechs Jahren im Warenlager eines SB-Warenhauses in Bloomfield.«

Wir nehmen den Lincoln Tunnel zur Route 21 und überqueren die Mulberry Street. Als wir auf die Goble Street einbiegen, sehe ich Debbie und Raymond. Raymond trägt einen Baumwollslip – eine klassische Feinrippunterhose mit Eingriff – über der Jeans und hat eine Duschhaube auf dem Kopf.

Vom Rücksitz aus frage ich: »Äh, was machen die denn hier?«

»Sie behalten die Wohnung im Auge«, sagt Gary.

»Raymond?«

»Er passt hierher«, sagt Polly.

»Er ist so fehl am Platz, dass er gar nicht weiter auffällt, wenn du verstehst, was ich meine«, erläutert Gary.

Wahrscheinlich ist da was dran.

»Sie sind seit sechs auf dem Posten«, sagt Polly.

»Heute Morgen um sechs?«

»Ja.« Gary hält am Straßenrand. »Wenn Powell das Haus verlassen hätte, wären sie ihm gefolgt. Raymond ist Frühaufsteher. Ein Morgenmensch. Wusstest du das?«

Wir stehen vor der angegebenen Adresse im Süden des Newarker Viertels Ironbound, etwa eine Meile entfernt vom

Prudential Center, in dem die New Jersey Devils ihre Eishockeyspiele austragen.

»Apartment C«, sagt Polly. »Erster Stock rechts.«

Das Gebäude ist ein umgebautes rechteckiges Zweifamilienhaus mit einer beigen Aluminiumverkleidung, die nicht vorgibt, etwas anderes zu sein als eine beigefarbene Aluminiumverkleidung. Design und Architektur sind rein funktional. Man fände kaum eine eintönigere Fassade, ohne eine Zeitreise in ein Ostblockland der Achtziger des letzten Jahrhunderts anzutreten.

Debbie und Raymond kommen zu mir herüber.

»Habt ihr was gesehen?«, frage ich.

»Gegenüber wohnt ein total heißer Feger«, informiert Raymond mich. »Bei dem Arsch würde ich nur für sie eine proktologische Praxis eröffnen.«

»Widerlich«, sagt Debbie. »Und sie ist kein heißer Feger.«

»Ist sie doch«, beharrt Raymond. Er zieht sein Handy heraus. »Wie der große Sir Mix-A-Lot sang: ›*I wanna get with ya, and take your picture.*‹ Also hab ich ein paar Fotos gemacht. Und ein Video. Gucken Sie mal, Kierce.«

Debbie schüttelt den Kopf. »Sie ist eine Sechs.«

Raymond ist beleidigt. »Eine Sechs?!«

»Höchstens eine Sieben.«

»Hey, nicht so respektlos meiner zukünftigen Ex-Frau gegenüber.« Dann zu Kierce: »Der heiße Feger ist vor einer Stunde vorbeigegangen, aber mein Herz klopft immer noch.« Raymond öffnet seine oberen beiden Hemdknöpfe. »Hier, fühlen Sie selbst.«

Er streckt mir die Brust entgegen, was wahrscheinlich einer etwas tiefer gelegenen Alternative vorzuziehen ist.

»Schon gut, Raymond.«

»Kierce?«, sagt er und knöpft das Hemd wieder zu.

»Was ist?«

Raymond beugt sich verschwörerisch zu mir herüber. »Können Sie mir Geld leihen, für, Sie wissen schon, einen Ring?«

»Einen Ring?«

»Wenn der heiße Feger zurückkommt, will ich ihr einen Antrag machen. Ihr Arsch war so köstlich.«

Ich seufze und sage allen, dass sie auf der anderen Straßenseite bleiben sollen, doch als ich zu Powells Haus gehe, folgt Gary mir. Er trägt das übliche, viel zu enge Golfshirt, das aussieht, als würde er eine Bowlingkugel darin schmuggeln. Auf dem Shirt prangt das Logo eines Fußes mit Flügeln und es ist so grell orange, dass man Gary auch als Verkehrsleitkegel einsetzen könnte.

»Du brauchst jemanden, der dir den Rücken freihält«, erläutert Gary.

Ich schüttle den Kopf. »Ihr seht alle zu viel fern.«

Wir erreichen die Tür. Ich klopfe. Keine Antwort. Ich klopfe noch einmal. Immer noch keine Antwort.

Hinter uns liest Polly eine Nachricht von ihrem Handy vor: »Powell war diese Woche nicht bei der Arbeit.«

»Woher weißt du das?«, frage ich.

»Wir haben zwei von den Three Dead Hots zum Warenlager nach Bloomfield geschickt.«

»Welche?«

»Ich kann sie nicht auseinanderhalten«, sagt Polly. »Jedenfalls haben sie in einer Rauchpause mit ein paar Arbeitern geflirtet.«

Gary sieht mich an. »Sollen wir die Tür aufbrechen?«

»Nein, wir brechen die Tür nicht auf.«

Ein mir bekanntes Auto biegt um die Ecke und fährt in hohem Tempo die Straße entlang. Marty. Ich müsste überrascht sein, bin es aber nicht. Er hält vor Powells Haus, steigt aus und knallt die Tür fest zu, um irgendetwas deutlich zu machen.

Raymond meldet sich mit einem Bühnenflüstern von der anderen Straßenseite. »Kierce«, sagt er und deutet auf Marty. »Der heiße Feger ist zurück.«

Debbie verdreht die Augen. »Das ist ein Mann, Schwachkopf.«

Marty stürmt auf mich zu, als ich auf dem Treppenabsatz vor dem Haus stehe. »Was zum Teufel soll das, Kierce?«

»Wie hast du mich gefunden?«

»Molly hat deinen Standort auf ihrer Find-My-Phone-App.«

»Oh«, sage ich, »richtig.«

Marty versucht nicht, seine Verärgerung zu verbergen. »Was ist hier los? Du gehörst ins Krankenhaus.«

»Der Typ, der Molly gefolgt ist, der mit dem Zottelkopf, von dem du gesagt hast, dass wir ihn nicht finden können.«

Marty seufzt. »Ich habe nie gesagt, dass wir ihn nicht finden können …«

»Er wohnt hier. Sie …«, mit einer weit ausholenden Geste deute ich auf Gary, Polly, Debbie und, ja, Raymond, »… haben ihn gefunden.«

Raymond schreit: »Gern geschehen, heißer Feger.«

Ich sehe Raymond an und schüttle den Kopf. Er hebt entschuldigend die Hände.

»Er heißt Brian Powell«, sage ich zu Marty. »Er war Tad Graysons Zellengenosse in Sing Sing.«

Martys Augen weiten sich. »Moment, was?«

Gary tritt vor. »Es macht niemand auf, und Powell war nicht bei der Arbeit.«

Marty sieht mich an. Ich drehe mich um und klopfe noch

einmal kräftig an die Tür, als wollte ich Garys Worte bestätigen. Ich probiere den Knauf zu drehen. Die Tür ist verschlossen. Marty tritt vor und klopft ebenfalls. Als würde sein Klopfen amtlicher klingen und hätte so größere Erfolgsaussichten.

»Mr Powell«, ruft Marty. »Hier ist die Polizei. Bitte öffnen Sie die Tür.«

Wir warten. Ich drücke mein Ohr an das Holz. Nichts.

Marty sagt: »Ich bin hier nicht zuständig. Ich rufe das Revier in Newark an und bitte sie, uns Hilfe zu schicken.«

»Dafür haben wir keine Zeit«, sagt Golfer Gary. Dann schnippt er mit dem Finger, als hätte er eine Idee: »Außerdem habe ich da drinnen gerade einen Hilfeschrei gehört.«

Marty sieht ihn verwirrt an. »Was?«

»Da, schon wieder«, sagt er. Gary denkt sich das ganz offensichtlich aus. Es schreit niemand. Es ist überhaupt nichts zu hören. »Ein Notfall. Er steckt in Schwierigkeiten. Brecht die Tür auf. Darf man das nicht, wenn man Hilferufe hört?«

Marty hebt die Hände. »Warten Sie einfach ...«

»Das kann ich nicht«, sagt Gary. »Nicht, wenn ein Mensch in Gefahr ist.«

Und dann, ohne Vorwarnung, holt Gary mit dem Fuß sportlicher aus, als ich es mir hätte vorstellen können, und tritt mit dem Absatz gegen die Tür. Das Holz splittert, die Tür gibt krachend nach und schwingt auf. Raymond johlt und applaudiert. Auch Debbie klatscht. Gary verbeugt sich.

Marty und ich stehen einen Moment fassungslos und wie gelähmt da, dann sagt Marty: »Warten Sie hier draußen.« Er sieht mich eindringlich an. »Du auch.«

»Ja ... vergiss es«, sage ich.

Marty weiß, dass er es nicht übertreiben darf. »Okay, aber die anderen bleiben draußen.«

»Moment mal«, sagt Raymond und stupst Debbie an. »Das ist nicht der heiße Feger. Das ist ein Mann.«

Marty tritt ein. Ich folge ihm. Das Licht ist aus. Sämtliche Rollos sind heruntergezogen. Wir gehen langsam hinein. Marty trägt eine Waffe an der Hüfte. Er zieht sie nicht, hat aber für alle Fälle die Hand daraufgelegt. In der Wohnung ist es heiß. Die stehende Luft ist schwül und abgestanden. Es fühlt sich an, als würden wir durch einen Perlenvorhang gehen. Als wir die Küche erreichen, ahnen wir beide, was wir dort finden werden. Man spürt es einfach. Es ist kein Hokuspokus, und es gibt sicher auch eine wissenschaftliche Erklärung dafür. Aber wir wissen es einfach. Es ist weniger ein Geruch, obwohl der jetzt auch in der Luft liegt, sondern vielmehr eine Textur, eine erzwungene Stille. Man weiß immer schon Bescheid, noch bevor man es sieht und die Augen es bestätigen, als würde dir eine geisterhafte Gestalt auf die Schulter tippen und dich bitten, ihr zu folgen.

Wir finden Brian Powell auf einem Küchenstuhl sitzend, sein Kopf liegt flach auf dem Tisch, seine langen Haare kleben in einer großen Menge geronnenem Blut.

***

Marty meldet den Leichenfund und fordert uns auf, draußen zu warten. Ich höre auf ihn. Meine Kursteilnehmer verhalten sich still. Als ich auf der Treppe bin, rufe ich Arthur an und erzähle ihm, was passiert ist. Er sagt, dass ich weder mit der Polizei noch mit sonst irgendjemandem reden soll, bis er vor Ort ist. Ich höre nicht auf ihn. Ich gehe auf die andere Straßenseite und fordere meine Kursteilnehmer auf zu gehen, bevor die Polizei kommt. Das ist kein Gesetzesverstoß. Ich habe ihre Namen und Kontaktdaten und kann sie wenn nötig weitergeben. Sie verschwinden, auch wenn Raymond deutlich macht, dass er am heißen Feger dranbleiben wird.

Golfer Gary erklärt sich bereit, bei mir zu bleiben, weil ich jemanden brauche, der mich zum Solemani Recovery Center fährt, wo ich mich mit Caroline Burkett treffe, der Mitorganisatorin der inzwischen berühmt-berüchtigten Millenniumsparty.

Als Marty aus der Wohnung kommt, sieht er etwas angeschlagen aus. Er ist ein guter Polizist und ein noch besserer Mensch, kommt aber mit Gewaltszenen nicht gut zurecht. Seine Einfühlsamkeit ist hier ein Nachteil. Ich weiß noch, wie er mich angeguckt hat, als PJ wegen meiner Nachlässigkeit vom Dach gestürzt ist. Ich glaube, seine enttäuschte Miene hat schlimmere Spuren in mir hinterlassen als die polizeiliche Inquisition.

Als Arthur ankommt, sagt er zu Marty: »Sprechen Sie nicht mit meinem Mandanten. Er beantwortet keine Fragen.«

»Schon okay«, sage ich zu Arthur. »Marty?«

»Eine Kugel in den Hinterkopf«, sagt er.

Genau wie bei Nicole. Ich atme tief durch.

»Es wurde eine Waffe zurückgelassen. Vermutlich die Mordwaffe. Die ballistische Untersuchung wird zeigen, ob sie zu der Kugel passt, die wir aus dir herausgeholt haben. Wir werden die Mordermittlung mit dem Newark Police Department abstimmen. Die ersten offensichtlichen Punkte verfolgen wir bereits.«

»Und die wären?«, frage ich, nur weil ich es aus seinem Mund hören will.

»Dass Tad Grayson hinter der ganzen Sache steckt. Dass er auf dich geschossen und Victoria Belmond und seinen ehemaligen Zellengenossen Brian Powell getötet hat.«

Ich sehe auf meine Uhr. »Ich muss los.«

»Zurück ins Krankenhaus?«

Ich schüttle den Kopf. »Jetzt noch nicht.«

»Kierce.«

»Ich treffe mich mit Caroline Burkett. Sie war in der Nacht, in der Victoria Belmond entführt wurde, auf der Party.«

»Dann hat das FBI damals doch bestimmt mit ihr gesprochen.«

»Sie ist eine Burkett, Marty. Glaubst du, Judith hätte ihr erlaubt, irgendwelche belastenden Aussagen zu machen?«

Ich lege ihm die Hand auf die Schulter. »Lass mich das noch erledigen. Danach kümmern wir uns dann um meine kleine Fleischwunde, okay?«

Marty sieht Arthur an. Beide sind groß, und wenn ich zwischen ihnen stehe, sehen wir aus wie das Balkendiagramm einer Konjunkturdelle. »Ich weiß, dass Sie mit harten Bandagen kämpfen wollen«, sagt Marty über meinen Kopf hinweg, »aber Kierce wird eine Aussage machen müssen.«

»Schon klar«, sagt Arthur. »Das wird er später machen. Im Beisein seines Anwalts. Im Moment hat er andere Verpflichtungen.«

Marty atmet tief aus. Er blickt Arthur immer noch über mich hinweg in die Augen und sagt: »Das ist alles ein bisschen zu einfach, finden Sie nicht auch?«

»Was ist zu einfach?«, fragt Arthur.

»Dass Tad Grayson seinen früheren Zellengenossen angeheuert haben soll.«

»Ich kann Ihnen nicht folgen«, sagt Arthur.

»Es ist nur …«, Marty zuckt die Achseln, »… es wäre doch ziemlich dumm, finden Sie nicht? Wenn Tad Grayson hinter der Sache steckt, wäre er dann wirklich so dumm, jemanden zu engagieren, den wir sofort mit ihm in Verbindung bringen können?«

Arthur nickt zustimmend. »Nicht nur jemanden, der im selben Gefängnis gesessen hat wie er, sondern sogar seinen Zellengenossen.«

»Genau«, sagt Marty. »Das passt einfach zu gut.«

Jetzt sehen beide zu mir herunter. Ich sage nichts.

»Eine meiner angesehensten Kolleginnen vertritt Tad Grayson. Sie hat hart daran gearbeitet, dass seine Verurteilung ausgesetzt wird. Das hätte sie nicht getan, wenn sie nicht von seiner Unschuld überzeugt gewesen wäre.«

Wieder sehen mich beide an und warten.

»Ich muss los«, sage ich, gehe zu Garys Auto und setze mich auf den Beifahrersitz.

DREISSIG

Als wir etwa zehn Minuten gefahren sind, sagt Gary: »Ich muss dir noch etwas sagen. Es ist hereingekommen, als wir auf die Polizei gewartet haben.«
»Was denn?«
»Mach mein iPad an.«
Ich ziehe es aus dem Schlitz in der Konsole zwischen uns und schalte es ein. Als es zum Leben erwacht, zeigt es das alte Schwarz-Weiß-Standbild aus dem Video, in dem Victoria Belmond beim Verlassen von McCabe's Pub um 23:17 Uhr am 31. Dezember 1999 zu sehen ist – der Nacht, in der sie verschwand.
»Was gibt's da?«, frage ich.
»Wir haben uns das alte Videomaterial noch einmal genauer angesehen.«
»Okay.«
»Ich weiß, dass das FBI und andere Ermittler das damals auch getan haben, aber die Welt hat sich seitdem weitergedreht. Jedenfalls siehst du Victoria auf dem Bürgersteig, oder?«
»Ja.«
»Wenn du auf Play tippst, starten die acht Sekunden, nachdem Victoria Belmond an der Kamera vorbeigegangen ist. Mehr haben wir nicht. Mehr brauchen wir aber auch nicht. Da sind natürlich noch andere Leute zu sehen. Ich glaube, wir sind auf vierzehn gekommen. Ist ja ganz normal. Eine ty-

pische New Yorker Straße in der Silvesternacht. Aber acht Sekunden nachdem Victoria vorbeigegangen ist, sieht man eine andere Frau, die in die gleiche Richtung eilt. Als würde sie versuchen, Victoria einzuholen. Sie kommt von links und ist die dritte Frau, die nach Victoria Belmond ins Bild kommt. Das Video stoppt, wenn sie zu sehen ist. Also los. Starte das Video.«

Ich tue, was er sagt, und tippe mit dem Zeigefinger auf Play. Dieselben unscharfen, von weit oben aufgenommenen Schwarz-Weiß-Bilder, auf denen man hauptsächlich Victorias Rücken sieht. Natürlich kenne ich das Video, aber dieses Mal stört mich irgendetwas, auch wenn ich nicht genau sagen kann, was es ist. Aber irgendetwas passt nicht. Ich habe aber keine Zeit, dem nachzugehen, denn jetzt tritt ein anderes Mädchen mit schnellen Schritten ins Bild, das wirkt, als würde es versuchen, Victoria einzuholen. Genau wie Gary es beschrieben hat.

Das Video friert ein.

Ich blinzle. Ich zoome die junge Frau mit den Fingern heran, aber das Bild wird dadurch noch unschärfer. Ich erkenne, dass das Mädchen blonde Haare und einen Pferdeschwanz hat, aber wie bei Victoria Belmond ist ihr Gesicht nicht zu sehen.

»Also«, fährt Gary fort, »wie ich schon sagte, sind in diesem Video vierzehn Personen zu sehen. Die Pink Panthers haben eine neue Möglichkeit gefunden, sie zu identifizieren.«

»Und wie?«, frage ich.

»Sie haben das Highschool-Jahrbuch genommen und alle Fotos von Mädchen, die in derselben Abschlussklasse wie Victoria waren, in so eine Art neue KI-Bildersuche eingescannt. Das Programm ist noch nicht ausgereift und auch nicht sehr präzise, es konnte aber beispielsweise erkennen, welche Mädchen zur allgemeinen Beschreibung und zur Frisur passen würden.«

»Ich nehme an, dass ihr Übereinstimmungen gefunden habt.«

»Nur eine«, sagt Gary, den Blick auf die Straße gerichtet. »Nur für dieses Mädchen.«

»Und wer ist sie?«

»Laut dem KI-Programm besteht eine 98,7-prozentige Wahrscheinlichkeit, dass es sich um Caroline Burkett handelt.«

Ich sinke in meinem Sitz zurück.

»Willst du darüber reden?«, fragt Gary.

»Im Moment nicht.«

Ich schließe die Augen und versuche, Zusammenhänge zu erkennen. Victoria Belmond verlässt die Party, die sie schmeißt. Caroline Burkett, die Mitorganisatorin, folgt ihr.

Warum?

Das werde ich sie wohl fragen müssen.

Wir verlassen die Interstate, biegen dann in schneller Folge mehrfach ab, bis wir auf eine lange schmale Allee kommen, von der eine unbeschilderte Sackgasse abgeht. Von der Straße sind keine Gebäude zu sehen. Auch keine Hinweisschilder. Nichts. Wenn man nicht weiß, wo das Solemani Recovery Center ist, soll man es auch nicht finden. So ein Ort ist das hier. Wir fahren die kleine unbefestigte Straße hinauf, bis wir – ja, erraten – an ein Tor mit einem Security-Mann kommen. Als wir anhalten, kommt er auf uns zu.

»Kann ich Ihnen helfen?«

Ich lasse mein Fenster herunter und übernehme das Reden.

»Ich möchte mit Caroline Burkett sprechen.«

»Name?«

»Sami Kierce.«

Der Wachmann schlendert zurück in sein kleines Häuschen. Er nimmt den Hörer ab, mustert mich dabei jedoch mit bösem Blick, als fürchte er, ich könnte silberne Löffel stehlen. Nach wenigen Augenblicken legt er auf und kommt wieder heraus. »Fahren Sie auf den Gästeparkplatz. Er befindet sich rechts. Sie werden dort abgeholt.«

Ich salutiere.

Der Wachmann lehnt sich ins Auto. »Sir?« Er spricht jetzt mit Gary.

»Ja?«

»Bitte verlassen Sie das Fahrzeug unter keinen Umständen.«

»Alles klar.«

Das Tor ist mit einer Schranke verschlossen. Der Wachmann drückt einen Knopf, und die Schranke öffnet sich. Wir fahren die Auffahrt entlang.

»Angenommen, ich muss mal pinkeln?«, fragt Gary.

»Was hast du gemacht, wenn du mitten auf einem Golfplatz pinkeln musstest?«

»Mich hinter einen Baum gestellt.«

»Ehrlich?«

»Das machen alle. Es ist quasi ein Initiationsritus.«

Ich schüttle den Kopf. »Golfer sind eigenartig.«

Gebäude aus regengrauem Stein tauchen vor uns auf. Alte Gebäude. Stilvolle Gebäude. Aber man spürt den Trost, den Schutz, die Natur. Für reiche süchtige Menschen scheint das Solemani eine angenehme Zuflucht zu sein.

Auf dem Gästeparkplatz erwartet uns eine junge Frau in einem Golfwagen. Sie trägt einen pfirsichfarbenen Fliegerschal wie eine Flugbegleiterin.

»Dürfte ich bitte einen Ausweis sehen?«

Ich reiche ihr meinen Führerschein. Sie nimmt ihr Handy heraus, macht ein Foto und gibt ihn mir zurück. Dann fordert sie mich auf, zu ihr in den Golfwagen zu steigen.

»Caroline erwartet Sie in Brocklehurst Hall. Ich bringe Sie hin.«

Als wir den Hügel hinauffahren, kommen wir an einem Brunnen mit einer Statue vorbei, die aussieht wie die Jungfrau Maria. Ich sehe sie an. Sie lächelt.

»Dieses Haus war bis 1978 ein katholisches Frauenkloster. Wenn ich das richtig verstanden habe, war es voller Nonnen.«

Na ja, denke ich. Wenn es ein Frauenkloster war, war es tatsächlich voller Nonnen.

»Alle Nonnen, die hier lebten, hatten ein Armutsgelübde abgelegt.«

»Wenn man ein Armutsgelübde ablegen will«, sage ich, »ist dies wohl ein guter Ort dafür.«

Sie lacht und hält vor einem der grauen Gebäude.

»Da wären wir. Gehen Sie einfach rein.«

Ich werde von einem weiteren Security-Mann hineingelassen. Drinnen schicken sie mich durch einen Metalldetektor, was mehr Show als alles andere zu sein scheint. Warum erst jetzt? Warum haben Sie das nicht schon am Tor gemacht? Auf der anderen Seite des Detektors begrüßt mich eine Frau mit einem Lächeln und einem Händedruck.

»Hallo, ich heiße Kate Boyd. Ich arbeite hier im Solemani als Fallbegleiterin. Caroline erwartet Sie im Wintergarten. Ich führe Sie hin.«

Kate Boyds Absätze klacken und hallen durch den leeren Korridor. Interessant. Man fühlt sich hier wie in einem Kloster, alles ist steinern und still, und doch trägt Ms Boyd Schuhe mit Absätzen, die wie Pistolenschüsse durch den Korridor knallen. Warum? Warum trägt sie keine Schuhe mit weichen Sohlen? Caroline Burkett ist bereits aufgestanden, als ich in den Wintergarten trete. Sie unterhält sich mit einem Mann, in dem ich Christopher Swain erkenne. Ich bin Mr Swain noch nie begegnet, weiß aber, dass auch er der Boshaftigkeit der Burketts zum Opfer gefallen ist. Es erfüllt mich mit Trauer zu sehen, dass Swain nach einem Jahr immer noch hier ist. Als er mich sieht, ergreift Swain Carolines Hände. Er sieht sie an und nickt. Sie nickt zurück. Dann dreht er sich um, starrt mich kurz an und geht, ohne ein Wort zu sagen.

Ich erwarte, dass Caroline noch so aussieht, wie ich sie kenne – mausgrau, dürr, zerbrechlich und ständig blinzelnd, als fürchtete sie ununterbrochen, eine Ohrfeige zu bekommen. Aber sie ist ganz anders. Es ist eine andere Caroline Burkett. Sie steht aufrecht und sieht mich mit ruhigem Blick an. Ich frage mich, ob dieser Ort ihr gutgetan hat oder ob es nur daran liegt, dass ich sie heute zum ersten Mal ohne ihre Mutter sehe.

»Ich lasse euch beide allein«, sagt Kate Boyd, »wenn du damit einverstanden bist, Caroline.«

»Bin ich«, sagt sie.

»Ich bleibe für alle Fälle in der Nähe. Ruf einfach, wenn ich wieder reinkommen soll.«

»Danke, Kate«, sagt Caroline.

Wir bleiben stehen, während das Klacken der Absätze verklingt. Caroline trägt einen schwarzen Rollkragenpullover und eine passende Hose. Keinen Schmuck. Sehr wenig Makeup. Auch in dieser Hinsicht ist sie eine andere Frau als die, die ich von meinen Besuchen in Farnwood kenne.

Caroline sagt: »Sie sind wegen Victoria hier.«

»Ja.«

»Ich habe heute erst erfahren, dass sie ermordet wurde. Wir dürfen hier drinnen keine Nachrichten empfangen. Kein Handy, kein Internet, keine sozialen Medien.«

»Klingt gut«, sage ich und versuche mich an einem Lächeln. Caroline erwidert es.

»Ja, das ist es auch.«

Der Wintergarten sieht aus wie ein relativ neuer Anbau, der sich ins Gebäude einfügen soll, was aber nicht ganz gelungen ist. Das Dach ist gewölbt. Die Pflanzen sind zu grün – ich überlege, ob sie künstlich sind. Mitten im Raum stehen zwei Ledersessel. Caroline fordert mich auf, darin Platz zu nehmen. Ich tue es. Sie setzt sich in den anderen Sessel.

»Was wollen Sie wissen, Mr Kierce?«

Ich habe immer einen dieser Detektiv-Notizblöcke dabei. Manchmal benutze ich ihn, nicht etwa, weil ich mich sonst nicht an die Details erinnern würde – an die wichtigen Punkte erinnere ich mich immer –, sondern um einen bestimmten Effekt zu erzielen. Manche Leute entspannen sich, wenn sie ihn sehen. Andere reagieren misstrauisch. Jetzt lasse ich Block und Stift in der Tasche und komme direkt zum Punkt.

»Wann haben Sie Victoria zum letzten Mal gesehen?«, frage ich.

Caroline zögert keinen winzigen Augenblick: »Am 31. Dezember 1999.«

»An dem Tag, an dem sie verschwunden ist?«

»Verschwunden ist«, wiederholt Caroline und legt dann den Kopf schief. »Ich dachte, Victoria wurde entführt.«

»Das wurde sie wahrscheinlich auch«, sage ich.

»Wahrscheinlich?«

»Ihre Erinnerungen waren sehr lückenhaft«, sage ich, es gefällt mir aber nicht, dass ich plötzlich derjenige bin, der

Fragen beantwortet. »Sie waren eng mit ihr befreundet, stimmt's?«
»Ja. In der Highschool.«
»Ich habe gehört«, fahre ich fort, »dass Sie die Neujahrsparty im McCabe's Pub gemeinsam organisiert haben.«
»Das ist richtig.«
»Wessen Idee war es, diese Party zu veranstalten?«
Caroline legte eine Hand an ihr Kinn. »Wissen Sie was? Ich bin mir nicht sicher. Ich glaube, wir haben uns einfach darüber unterhalten, was wir an diesem Abend tun könnten. Das war damals natürlich eine Riesensache. Das neue Millennium und alles. Wir hatten beide erwartet, dass irgendwo eine Party stattfindet – vielleicht bei ihr zu Hause oder, was wahrscheinlicher war, in Farnwood. Sie können sich sicher vorstellen, dass die Burketts dort viele Partys gegeben haben. Aber meine Eltern hatten ihre eigene Sause geplant, und Victoria und ich wollten etwas Eigenes machen. Wir wollten uns erwachsen fühlen, verstehen Sie?«
»Sie sagten, Sie hätten Victoria seit der Partynacht nicht mehr gesehen.«
»Das stimmt.«
»Und elf Jahre später, als Victoria zurückkam ...?«
»Nein, danach habe ich sie nicht gesehen.«
»Warum nicht? Sie waren doch eng befreundet. Sie müssen doch glücklich oder zumindest erleichtert gewesen sein, als Sie gehört haben, dass sie gefunden wurde?«
»Das war ich. Sehr sogar. Und ich habe mich auch bei ihr gemeldet. Soweit ich weiß, haben das ein paar von den anderen Mädchen auch getan. Zuerst hieß es, sie bräuchte Zeit, um sich zu erholen. Sie befände sich in einer langfristigen Therapie. Irgendwann hat die Familie klargemacht, dass es Victoria schaden könnte, in die Vergangenheit zurückzublicken. Nach einer

Weile haben wir dann wohl alle einfach unser Leben ohne sie fortgeführt.«

»Und Sie sind ihr auch nie irgendwo zufällig begegnet?«

»Nein. Eine Zeit lang waren Gerüchte im Umlauf, dass sie in Costa Rica lebt. Die Belmonds haben dort ein Anwesen. Ich weiß aber nicht, ob da etwas dran war. Ich habe sie auch nie in der Stadt oder in einem Restaurant getroffen, wenn Sie das meinen.«

Ich nicke. »Können Sie mir etwas von der Nacht erzählen, in der Victoria verschwunden ist?«

Ihr Gesicht verfinstert sich. »Das war echt hart für mich.«

»Das kann ich mir vorstellen«, sage ich und setze meine beste zerknirschte Miene auf. »Sie waren eng befreundet. Sie haben zusammen eine Party gegeben. Und dann, puff, ist sie einfach verschwunden. Das muss für Sie ein traumatisches Erlebnis gewesen sein.«

»Das war es.«

»Erinnern Sie sich noch daran, wann Sie sie in dieser Nacht das letzte Mal gesehen haben?« Als ich sehe, wie sie erstarrt, mache ich einen kleinen Rückzieher. »Aber am besten fangen wir vielleicht ganz vorn an. Wie sind Victoria und Sie zu McCabe's Pub gekommen?«

»Mit Thomas. Ihrem Bruder.«

»Thomas hat Sie hingefahren?«

»Ja.« Sie verzieht das Gesicht. »Er war betrunken. Wir haben immer wieder versucht, ihn zum Anhalten zu bewegen, damit eine von uns ans Steuer kann.«

»Aber er hat nicht auf Sie gehört?«

»Er hat nicht auf uns gehört«, wiederholt sie. »Ich glaube, es gab damals eine Regel, die besagte, dass man mindestens neunzehn sein musste, um in Manhattan zu fahren. Vielleicht hat Thomas das erwähnt – dass wir zu jung waren und es ver-

boten gewesen wäre, selbst wenn wir Führerscheine gehabt hätten.« Sie lächelt. »Ich glaube, Victoria hat dagegengehalten, dass es ja auch verboten wäre, betrunken zu fahren.«
»Touché«, pflichte ich ihr bei. »Erinnern Sie sich sonst noch an irgendetwas von dieser Fahrt?«
Caroline überlegt. »Eigentlich nicht. Victoria und Thomas standen sich ziemlich nahe. Er war wegen irgendwas genervt – ich weiß aber nicht mehr, was ...«
»Vielleicht eine Frau?«
»Ja, gut möglich. Vic hat zu ihm gesagt, dass er auf unsere Party mitkommen sollte. Das weiß ich noch. Ich war ein bisschen gekränkt.«
»Dass sie ihren Bruder eingeladen hat?«
»Ja.«
»Warum?«
»Weil er zu alt, unausstehlich und betrunken war.«
»Okay«, sage ich. »Er hat Sie also vor McCabe's Pub abgesetzt. Sie und Victoria waren als Erste dort. Ich nehme an, dass Sie dann den Raum geschmückt haben?«
»Ja. Das war aber nicht viel. Ein paar Luftballons. Wir hatten auch diese Gläser mit ›2000‹ drauf bestellt. Hüte, Luftschlangen, Partytröten. Solches Zeug.«
»Und dann sind Ihre Gäste gekommen.«
»Ja.«
»Und die Feier ging los.«
»Ja.«
»Ist irgendetwas Seltsames vorgefallen?«
Sie beginnt, sich zu winden. »Eigentlich nicht.«
»Wieso ›eigentlich‹?«
»Was? Oh. Nein. Nichts.«
»Und woran erinnern Sie sich als Nächstes?«
»Ich weiß nicht. Es war einfach eine Party.«

Zeit, auf den Punkt zu kommen. »Wann ist Ihnen aufgefallen, dass Victoria vermisst wird?«

»Ich weiß gar nicht genau, ob mir das überhaupt aufgefallen ist.«

Sie hat die Hände in den Schoß gelegt und starrt darauf hinab.

»Was meinen Sie damit?«, frage ich.

»Na ja, ich erinnere mich noch daran, dass wir kurz vor Mitternacht den Fernseher eingeschaltet haben, wegen des Countdowns. Dann haben wir uns den Ball Drop am Times Square angeguckt. *1999* von Prince lief. Und ich glaube, da habe ich auch mal kurz nach Victoria gesehen. Weil ich diesen Moment mit ihr feiern wollte. Aber ich habe sie nicht gefunden.«

»Hat Sie das überrascht?«

Sie zuckt die Achseln. »Wahrscheinlich. Ich war schon ein bisschen beschwipst. Es war aber eigentlich kein großes Ding.«

»Und zum Ende der Party? Haben Sie da bemerkt, dass sie nicht da ist?«

»Daran kann ich mich wirklich nicht mehr erinnern. Ich bin mit einer großen Gruppe gegangen. Es gab aber mehrere solche Gruppen. Ich bin wohl davon ausgegangen, dass sie sich einer von denen angeschlossen hat.«

Ich nicke. Ich sehe ihr in die Augen. Sie wendet den Blick ab.

»Ich überlege, was ich als Nächstes tun soll, Caroline.«

»Was meinen Sie damit?«

»Ich meine, dass ich weiß, dass Sie mich belügen.«

»Was?«

»Also«, fahre ich fort, »frage ich mich, warum Sie das tun. Haben Sie Victoria in dieser Nacht etwas angetan? Was wollen Sie vertuschen?«

»Ich lüge nicht …«
»Wir haben Bilder von einer Überwachungskamera, die zeigt, dass Sie Victoria um 23:17 Uhr auf der Straße vor dem Pub gefolgt sind.«
Sie wird blass.
»Ich weiß auch, dass die Polizei versucht hat, Sie zu vernehmen, dass Ihre Familie das damals jedoch verhindert hat. Warum sie das getan hat, weiß ich nicht. Es ist mir auch egal. Aber das ist jetzt fünfundzwanzig Jahre her, Caroline. Victoria war Ihre Freundin. Jetzt ist sie tot.« Dann lege ich noch einen drauf – wieso auch nicht. Ich beuge mich näher zu ihr und hätte fast ihre Hand ergriffen. »Es geht dabei auch um Sie«, sage ich leise. »Vor dieser Nacht war ihr Leben einfach nur toll. Sie hatten Erfolg. Sie waren glücklich. Sie waren beliebt. Die Menschen mochten Sie. Und Sie mochten die Menschen.« Das ist alles Quatsch, ich weiß aber, dass sie mir das abkaufen wird. Wir kaufen den Leuten alles ab, was uns gefällt. Meine Mutter hat Jugendliche bei der Suche nach dem passenden College unterstützt. Dabei unterzog sie ihre Schützlinge immer einem »Persönlichkeitstest«. Am Ende kam sie immer auf das gleiche »Ergebnis«: »Du gehörst zu den Menschen, die vielleicht nicht sofort tun, was deine Mutter sagt – zum Beispiel, wenn du dein Zimmer aufräumen sollst –, aber wenn du etwas *wirklich* willst, wenn du dir etwas in den Kopf gesetzt hast, dann bist du der Erste, der es erledigt hat.« Meine Mutter hat das immer und zu allen Jugendlichen gesagt, und immer haben sowohl die Jugendlichen als auch die Eltern zustimmend genickt, weil jeder von uns sich gerne so sieht.

Ich gehe davon aus, dass es Caroline genauso geht.

»Ich will Ihnen nicht wehtun«, sage ich. »Was auch immer damals geschehen ist, es bleibt unter uns. Das verspreche ich

Ihnen. Aber ich muss es wissen. Und, was noch wichtiger ist, Caroline, Sie müssen es mir erzählen. Ich will nicht sagen, dass die Wahrheit Sie befreien wird, aber ...«

»Sie haben recht.« Tränen fließen ihre Wangen hinab. »Es ist meine Schuld.«

Ich lehne mich zurück und warte.

»Diese Nacht ... sie hat alles verändert. Ich wollte mich dem stellen, wollte sofort die Wahrheit sagen, aber meine Mutter ... sie hat mir verboten, darüber zu sprechen. Sie war ganz entschieden. Also habe ich es in mich hineingefressen. Meine Mutter hat mich sogar weggeschickt. So wie jetzt. So wie immer, wenn ich ein Problem habe – oder soll ich sagen, wenn ich ein Problem *bin*. Wir Burketts stellen uns unseren Problemen nicht. Wir verstecken sie hier.«

Ich schweige. Eine Lektion, die mich das Leben und der Polizeidienst gelehrt haben: Unterbrich niemanden, der auf dem richtigen Weg ist.

»Das, was in jener Nacht mit Victoria passiert ist«, fährt Caroline fort, »war meine Schuld.«

Ich zwinge mich, ruhig zu bleiben. Ich präsentiere Caroline Burkett mein offenes, vertrauenswürdiges Gesicht. *Ich bin auf deiner Seite*, sagt dieses Gesicht. *Ich verstehe dich. Ich höre dir zu, respektiere dich und werde dich nicht verurteilen.* Das versuche ich, mit meinem Gesicht auszudrücken. Bisher hat das immer ganz gut geklappt. Ich hoffe, dass es das auch jetzt wieder tut.

»Das war 1999«, sagt Caroline. »Heute ist das keine große Sache mehr. Aber 1999.«

Ich schweige immer noch.

»Victoria und ich waren mehr als nur Freundinnen.«

Sie blickt auf und sieht mir in die Augen. Ich halte ihrem Blick stand und versuche, sie zum Fortfahren zu ermutigen.

»Bei uns auf der Highschool hätte das Probleme gegeben. Ich war mit Buff Danelo zusammen, dem Quarterback des Football-Teams. Ganz wie alle blöden Klischees es verlangten. Er war in der Nacht auch da. Natürlich wusste er das mit Victoria und mir nicht. Niemand wusste das. Buff dachte nur, dass ich mich für ihn aufspare. Aber er war mein, na ja, man nennt es wohl Alibi-Freund.« Sie blickt über meine Schulter, neigt den Kopf etwas nach links. »Victoria war meine erste Liebe, und wenn ich jetzt darüber nachdenke, wenn ich an mein ganzes Leben zurückdenke, wohl auch meine einzige. Weil ich nie über den Verlust hinweggekommen bin. Wir haben uns nicht getrennt. Wir sind einander nicht überdrüssig geworden, aus der Beziehung herausgewachsen oder haben erlebt, wie die Liebe allmählich vergeht. Nichts davon. Gerade waren wir noch unzertrennlich, hoffnungslos ineinander verliebt und haben es hinter der Fassade versteckt, beste Freundinnen zu sein, und im nächsten Moment, als unsere Beziehung auf einen neuen Höhepunkt zuzulaufen schien, war Victoria einfach ...« Caroline bricht ab, zuckt die Achseln. »... weg.«

Ich sage immer noch nichts.

»Ich hatte in der Nacht zu viel getrunken. Das ist meine Ausrede. Das Wichtigste war aber eigentlich der Zeitpunkt. Ein neues Jahr, ein neues Millennium, ein neues Ich. Und ich habe Victoria einfach unglaublich geliebt. Es war aufregend, diese Liebe geheim zu halten, aber dann hatte ich irgendwann Angst, dass die Heimlichtuerei mich erdrücken könnte. Als würde ich sie verlieren, wenn wir nicht den nächsten Schritt machen. Verstehen Sie, was ich meine?«

»Ja«, sage ich.

»Ich wollte der ganzen Welt von uns erzählen. Mir war alles egal. Und Buff, herrje, der hat mich total angebaggert. Er hat meinen Hintern begrabscht und mir ins Ohr gesabbert, dass wir das neue Jahr mit einem Bums beginnen würden, haha – widerlich, und als ich den Blick durch den Raum schweifen ließ, stand Victoria an den Tresen gelehnt und hat mit diesem Gesichtsausdruck telefoniert, den sie hatte, wenn sie sich sehr konzentrierte. Sie sah einfach bezaubernd aus in ihrem weißen Kleid, und ich fand sie so unendlich schön, dass ich das Gefühl hatte, mein Herz würde mir in der Brust zerspringen.« Caroline reibt sich die Hände im Schoß. »Ich weiß nicht, warum ich das dann getan habe. Ich hätte es besser wissen müssen. Aber ich konnte nicht anders. Ich habe Buff einfach weggestoßen, bin zu Victoria gestürmt, habe ihren Kopf umfasst und ihr gesagt, dass ich sie liebe ... und dann habe ich sie geküsst. Einfach so. Ich habe sie so leidenschaftlich und hungrig geküsst – und soll ich Ihnen noch etwas sagen?«

Ich antworte leise. »Sagen Sie es mir.«

»Sie hat den Kuss erwidert.« Caroline lächelt wehmütig. »Es war der schönste Kuss meines Lebens.«

Eine altmodische Standuhr schlägt die Stunde. Der Ton hallt durch den Wintergarten. In der Ferne höre ich wieder Kate Boyds Absätze klacken. Ich mache mir Sorgen, dass sie uns aus dem Fluss reißen könnte.

»Das muss ein wunderbarer Moment gewesen sein«, sage ich, um die Sache in Gang zu halten.

»Das war es.«

Ich versuche immer noch, leise und sanft zu sprechen. Ich komme mir vor, als würde meine Stimme versuchen, eine Seifenblase zu transportieren, ohne sie platzen zu lassen.

»Und was ist nach dem Kuss passiert?«

»Buff. Buff ist passiert.«

»Ihr Freund?«

»Er ist auf mich zugerannt und hat mich gestoßen. Richtig hart gestoßen. Mitten im Kuss. Ich hatte die Augen geschlossen. Ich bin in sie hineingestolpert, und wir sind auf den Boden gefallen. Mit Wucht. Und als wir aufgeschlagen sind, war es so, als würden wir uns plötzlich auf dem harten Boden der Tatsachen wiederfinden. Verstehen Sie? Wir haben die Augen geöffnet. Ich habe nach oben geblickt. Die meisten Leute waren mit ihrem eigenen Kram beschäftigt, ein paar haben aber auf uns herab gestarrt, und wir beide wussten, dass nichts mehr so sein würde wie vorher. Einer von Buffs hohlbirnigen Freunden hat angefangen, über uns zu lachen. Ein anderer hat uns ›Tunten‹ genannt, und dann habe ich ›Lesben‹ und ›Tucken‹ gehört, und ich erinnere mich noch ganz genau daran, dass der Song ›Slide‹ von den Goo Goo Dolls aus der Anlage kam, die sangen ›*I wanna wake up where you are, I won't say anything at all*‹, und plötzlich ist Victoria aufgestanden und zur Treppe gerannt. Es war, als würde das Gejohle sie verfolgen, wissen Sie? Sie ist die Treppe weiter runtergerannt, ins Erdgeschoss, wo natürlich auch eine Party lief. Überall wurde gefeiert. Es war sehr laut und alle waren betrunken. Sie ist ins Stolpern geraten. Ich bin auch ins Stolpern geraten. Ich habe ihren Namen gerufen. Bei dem ganzen Lärm konnte sie mich aber nicht hören. Unten liefen auch die Goo Goo Dolls. Wahrscheinlich war das im McCabe's alles eine große zusammenhängende Anlage, und der Sänger, John irgendwas, ich vergesse immer seinen Nachnamen, fragt in dem Song das Mädchen panisch, ob sie das Leben liebt, das sie weggeworfen hat, ihr Priester wäre am Telefon, ihr Vater wäre zusammengebrochen, ihre Mutter hätte sie verstoßen, und es kam mir so vor, als würde er das nur für mich singen, nur für uns, und ich dränge mich zwischen den Menschen hindurch und suche Victoria, weil ich ihr sagen will, dass alles in

Ordnung ist, dass ich unseren Freunden einfach erzählen werde, dass ich so betrunken war, dass ich sie mit Buff verwechselt hätte. Dass ich sie beschützen würde. Aber ich konnte sie nicht finden. Und dann habe ich sie endlich an der Tür entdeckt. Also wollte ich zu ihr. Auf dem Weg hat mich aber ein Typ festgehalten: ›Hey, wohin so eilig, Schätzchen?‹ Als ich ihn weggeschubst habe, hat er gesagt: ›Komm schon, sei nett, wie wär's mit einem Jahresabschlusskuss?‹ Ich hab ihn noch einmal kräftiger weggeschubst und geschrien: ›Lassen Sie mich los!‹, aber als ich mich endlich befreit hatte, war Victoria schon weg.«

Sie hat das alles mit geschlossenen Augen erzählt. Ihre Hände ahmen nach, wie sie den Mann wegstößt, der sie gepackt hat. Ich habe so etwas schon einmal gesehen. Caroline erinnert sich nicht nur – sie ist gewissermaßen »dabei«, durchlebt das Ganze eher, als dass sie es erinnert. Es ist fast so etwas wie eine Selbsthypnose.

Carolines Gesicht rötet sich vor Anstrengung. Sie holt ein paarmal tief Luft. Es scheint sie nicht zu beruhigen. Ihre Augen sind weiterhin geschlossen.

»Caroline?«

Mist! Das ist Kate Boyd.

Carolines Augenlider öffnen sich zitternd.

»Caroline, ist alles okay mit dir?«

Sie braucht einen Moment, um sich zu orientieren. Ich überlege, wie ich weiter vorgehen soll.

»Es geht ihr gut«, sage ich. »Das ist nur ein emotionaler Moment für uns beide.«

»Caroline?«, sagt sie noch einmal.

»Es geht uns gut, Kate«, stößt Caroline schließlich hervor. »Es passt mir absolut nicht, dass du uns störst.«

»Ich wollte nur ...«

»Ich habe gesagt, dass ich dich rufe, wenn ich etwas brauche. Es hieß, dass Respekt und Privatsphäre in dieser Einrichtung auf Gegenseitigkeit beruhen.«
Boyd reagiert gereizt. »Das tun sie.«
»Du hast meine Privatsphäre aber gerade nicht geachtet, oder?«
»Ich habe nicht gelauscht, falls du das meinst ...«
»Geh jetzt bitte. Und komm erst wieder, wenn ich dich rufe.«
Boyd verbeugt sich fast, als sie den Raum verlässt. Caroline sieht mich an. Ich fürchte, dass der Moment vorbei ist. Ihre Augen sind offen. Sie ist wieder im Wintergarten, nicht mehr in McCabe's Pub.
Ich versuche, sie dahin zurückzubringen. »Sie haben erzählt, wie Victoria rausgerannt ist.«
Einen Moment lang sagt sie nichts. Sie starrt mich einfach nur an, als hätte ich mich wie von Zauberhand vor ihr materialisiert, und sie wüsste nicht, warum.
»Victoria ist an einer Überwachungskamera vorbeigerannt«, fahre ich fort. »Ein paar Sekunden später sind Sie da auch vorbeigekommen.«
Caroline starrt weiter.
»Und dann«, sage ich, »ist Victoria verschwunden. Puff. Einfach so. Sie haben sie nie wiedergesehen, stimmt's?«
»Nie«, bestätigt sie.
Ich beuge mich weiter zu ihr vor. »Was ist passiert, Caroline?«
Schweigen.
»Haben Sie sie eingeholt?«, frage ich.
Ihre Stimme klingt distanziert. »Ja.«
»Und dann?«
Sie blinzelt jetzt wie die Caroline, die ich in Farnwood ge-

sehen habe. Sie gestikuliert und zuckt, als würde sie die Worte nicht richtig herausbekommen. »Victoria hat mich umarmt«, sagt Caroline. »Sie hat gesagt, dass alles gut wird.« Ich versuche, die Frage mit den Augen zu stellen, statt sie auszusprechen. Sie schweigt, also frage ich schließlich: »Und was ist dann passiert?«

»Sie hat ihr Handy hochgehalten.«

»Ihr Handy?«

»Sie hat erzählt, dass es Thomas nicht gut geht.«

Ich spüre ein leichtes Frösteln in meinem Nacken. »Was meinen Sie damit?«

»Sie hat ihn geliebt. Das wissen Sie doch, oder?«

»Das tue ich.«

»Er war zwar ihr großer Bruder, aber eigentlich hat sie immer auf ihn aufgepasst. Ich glaube, er hat sie angerufen. Völlig betrunken. Sie hat mit ihm gesprochen, als ich zu ihr rübergegangen bin und sie geküsst habe.«

Ich schlucke. »Thomas war doch zu Hause, oder?«

»Zu Hause?«

»Ja. Ist er nicht nach Hause gefahren, nachdem er Sie vor McCabe's Pub abgesetzt hat?«

»Nein«, sagt Caroline. »Dafür war er viel zu betrunken. Victoria hat ihm sogar den Autoschlüssel abgenommen, um auf Nummer sicher zu gehen.«

Ich schlucke erneut. »Und wo war er dann?«

»Er war in einer anderen Bar ein Stück die Straße hinunter. Sie dachte, dass er da sicher ist, aber er hat wohl weitergetrunken und sie dann heulend angerufen. Jedenfalls wollte sie nach ihm sehen.«

»Hat sie das getan?«

»Ja. Also, ich habe zumindest gesehen, dass sie in die Bar gegangen ist.«

»Und dann?«

Caroline zuckt die Achseln. »Das war das letzte Mal, dass ich sie gesehen habe.«

EINUNDDREISSIG

Golfer Gary erwartet mich in seinem Range Rover. »Einsatzbesprechung bitte.«

Ich sage nichts. Er erfasst die Stimmung im Raum – oder im Auto, um genau zu sein – und fährt ohne ein weiteres Wort los. Thomas hat mich belogen. Wussten seine Eltern davon? Ich checke mein Handy auf Nachrichten. Molly und Marty haben angerufen. Ich rufe zuerst Molly zurück.

»Du benimmst dich wie ein Idiot«, sagt Molly.

»Ich bin jetzt auf dem Weg zurück ins Krankenhaus.«

»Spar dir die Mühe.«

»Hä?«

»Ich habe dafür gesorgt, dass du entlassen wirst. Komm einfach nach Hause. Ich hab dir das Bett gemacht.«

»Und du wäscht mich mit dem Schwamm?«

»Übertreib' s nicht«, sagt sie. »Aber ja.«

Ich nehme das Handy ans andere Ohr. »Ich liebe dich«, sage ich.

»Das musst du auch.« Dann ergänzt sie: »Du klingst schon wieder so.«

»Wie klinge ich?«

»Als würdest du in einer Sackgasse stecken.«

»Du kennst mich gut.«

»Willst du darüber reden?«, fragt sie.

»Jetzt nicht. Ich muss das Ganze erst einmal etwas vorsortieren.«

»Später aber schon«, sagt sie.
»Ja, später.«
»Dann vielleicht nachdem ich dich mit dem Schwamm gewaschen habe.«
»Vorher ganz sicher nicht«, sage ich. Als Nächstes rufe ich Marty an. Er meldet sich gleich nach dem ersten Klingeln und fragt: »Was hast du herausbekommen?«
»Fang du an«, sage ich.
»Das vorläufige Ergebnis der ballistischen Untersuchung der Pistole, die am Tatort des Mordes an Brian Powell gefunden wurde, deutet darauf hin, dass es sich um dieselbe Waffe handelt, mit der auf dich und Victoria Belmond geschossen wurde.«
Das überrascht mich nicht.
»Außerdem ist es das gleiche Modell wie die Waffe, mit der Nicole Brett vor Jahren erschossen wurde. Das ist dir wahrscheinlich auch schon aufgefallen.«
»Ist es.«
»Natürlich ist es nicht dieselbe Waffe. Aber das gleiche Modell. Eine Walther PPK. Komischer Zufall.«
Ich will das jetzt nicht vertiefen. »Powells Todeszeitpunkt?«
»Schwer zu sagen. Die Leiche liegt immer noch beim Gerichtsmediziner auf dem Untersuchungstisch, er meint aber, dass es zwischen sechsunddreißig und achtundvierzig Stunden her ist.«
Ich stelle die offensichtliche Frage. »Habt ihr Tad Grayson aufs Revier geholt und vernommen?«
»Wir haben es versucht. Seine Anwältin sagt, er werde nicht kooperieren. Er hat eine Art Alibi. Laut mehrerer Zeugenaussagen war er praktisch die ganze Zeit bei seiner Mutter

im Hospiz – er hat ein Feldbett in ihrem Zimmer –, aber er könnte sich ja vielleicht durch ein Fenster rausgeschlichen haben, oder so etwas. So eine Klinik ist ja nicht gesichert wie Fort Knox. Wer sollte schon in ein Hospiz einbrechen?«

Mein Handy surrt. Ein Blick aufs Display verrät mir, dass Jennifer Schultz von Abeona Shelter anruft. Ich sage Marty, dass ich mich später bei ihm melde, und schalte um.

Jennifer Schultz sagt: »Fast hätte ich aufgehört.«

»Womit aufgehört?«

»Zu suchen. Ich habe in den Nachrichten gesehen, dass Victoria Belmond bei einer Schießerei umgekommen ist. Waren Sie bei ihr?«

»Ja.«

»Waren Sie die andere Person, auf die geschossen wurde?«

»Ja.«

»Sind Sie verletzt?«

»Mir geht's gut.«

»Sie haben gesagt, dass Victoria Belmond Antworten sucht. Jetzt ist sie tot. Welchen Sinn hätte es jetzt noch, in der Vergangenheit herumzuwühlen? Das ist nicht leicht für mich. Sie waren meine Eltern.«

Gary sieht mich immer wieder aus den Augenwinkeln an.

»Aber Sie haben trotzdem weitergesucht«, sage ich.

»Ja.«

»Und?«

»Wann können Sie zu mir ins Büro kommen?«, fragt Jennifer Schultz. »So etwas bespricht man nicht am Telefon.«

***

Eine Stunde später sitze ich wieder bei Jennifer Schultz im Büro von Abeona Shelter. Als wir beide Platz genommen haben, dreht sie ihren Computermonitor um, und als ich das Bild darauf sehe, kommt es mir vor, als hätte man mir ein Kantholz über den Kopf gezogen.

Ich verberge meine Gefühle nicht.

»Ich vermute, dass sie das ist«, sagt sie. Es ist mehr. Es ist die Anna, die ich kannte. Vielleicht ein oder zwei Jahre jünger als bei unserer ersten Begegnung. Plötzlich bin ich wieder in der Discoteca Palmeras und sie fällt mir auf der Tanzfläche ins Auge. Einfach so. Es ist so, wie ich schon sagte – wenn ich Sie auffordere, sich ein Gesicht vorzustellen, dass Sie vor zweiundzwanzig Jahren gesehen haben, wird Ihnen das schwerfallen. Sie erinnern sich irgendwie – irgendwie, aber doch nicht so richtig. Es wird eher eine ziemlich konstruierte Collage aus einzelnen Merkmalen sein, die von Nostalgie, Emotionen und der Realität geprägt sind. Aber dieses Foto – das ist die Anna, die ich kannte.

Es handelt sich um ein Porträtbild eines Models. Ich bin kein Experte, aber Beleuchtung, Bildausschnitt und Komposition wirken ziemlich professionell. Anna blickt leicht verschämt, aber trotzdem etwas verführerisch in die Kamera – sie ist zwar schön, aber keine strahlende Schönheit. Ihr Lächeln wirkt etwas forciert, und es fällt mir schwer, Freude darin zu entdecken.

Außerdem wirkt sie auf mich verängstigt.

Das ist nicht offensichtlich – und vielleicht bilde ich es mir auch nur ein. Aber irgendwie wirkt sie ein wenig furchtsam, scheint leicht zurückzuweichen, als könnte die Kamera ihr schaden, und das tut mir im Herzen weh.

»Ihr richtiger Name ist Anna Marston«, erklärt Jennifer Schultz. »Mein Vater war ihr erster Ansprechpartner. Er hatte seinen Stand im Einkaufszentrum King of Prussia, als sie an ihm vorbeiging. Wahrscheinlich alleine. Ohne Freunde. Das war wohl oft schon ein erster Hinweis. Welche Teenagerin geht schon allein durch ein Einkaufszentrum? So erkennt man sie doch als leichte Beute. Ich denke, mein Vater hat mit dem üblichen Verkaufsgespräch angefangen. ›Du bist wunderschön. Du hast dieses gewisse Etwas.‹« Jennifer spricht schnell, als wollte sie das Ganze einfach nur hinter sich bringen, was ja auch einleuchtet. »Anna wird deutlich gemacht haben, dass sie sich keine Modelmappe leisten kann, ein weiterer Hinweis auf leichte Beute. Dad wird dann so etwas gesagt haben wie, er sehe so viel Potenzial in ihr, dass er ihr ein …«, sie malt mit den Fingern Anführungszeichen in die Luft, »… ›Stipendium‹ gewährt und die Kosten für die Mappe selbst übernimmt. Dann könnte er mit Anna in den Food Court gegangen sein, um etwas zu essen, oder in einen Kleiderladen wie Gap oder Limited, um ihr dort ein Outfit für das Fotoshooting zu kaufen. Sie wäre von seiner Freundlichkeit zutiefst gerührt gewesen, wenn auch vielleicht etwas misstrauisch. Mädchen wie Anna sind es nicht gewohnt, dass jemand freundlich zu ihnen ist, und Männer schon gar nicht. Wahrscheinlich hätte meine Mutter hier irgendwann übernommen. Eine seriöse ältere Frau wirkt auf ein junges Mädchen weniger bedrohlich.«

Ich starre das Foto an und schüttle den Kopf.

»Man nennt es Grooming«, sagt Jennifer. »Das Anwerben von Kindern zum Zweck des sexuellen Missbrauchs. Und ja, es ist furchtbar.«

»Was wissen Sie über Anna?«, frage ich.

»Auf dem Foto ist Anna Marston sechzehn Jahre alt. Das Bild wurde am 10. Februar 2001 aufgenommen. Sie wurde in State College, Pennsylvania, als Tochter einer alleinstehenden Mutter geboren. Wer ihr Vater war, weiß ich nicht –

und sie wusste es vermutlich auch nicht. Ihre Mutter arbeitete in einer Cafeteria in den East Halls der Penn State University. Sie starb, als Anna neun war. Woran, weiß ich nicht. Anna ist dann zu ihrer Tante nach Spruce Creek gezogen, weil das die einzige lebende Verwandte war. Die Tante war drogenabhängig und ließ sie anschaffen. Viele Männer gingen bei ihr ein und aus. Einige waren nett, die meisten nicht. Anna war hübsch. Sie wissen, wie das abläuft. Ich brauche hier nicht ins Detail zu gehen. Spruce Creek ist wohl bekannt für die Fliegenfischerei. Auf jeden Fall hat einer der Fliegenfisch-Ausbilder ein spezielles Interesse an Anna entwickelt. Also ist sie abgehauen. Sie war schon drei Wochen auf der Flucht, als sie meinen Vater im Einkaufszentrum getroffen hat.«

Ich sehe mir dieses Foto an. Ich denke an das Mädchen, das ich nicht lange danach kennengelernt habe. Ich bin überwältigt und muss mich zusammenreißen, um weitermachen zu können.

»Lebt diese Tante noch?«, frage ich.

»Keine Ahnung. Ich habe sie nicht gefunden, habe aber auch nicht sehr intensiv gesucht.«

»Und was ist dann mit Anna passiert?«

»Ich weiß es nicht genau, aber hier können wir wohl spekulieren. Wahrscheinlich hat die Agentur ihr einen Job im Ausland angeboten. Als Model, Kellnerin, Babysitterin, was auch immer. Sie hat sie dort hingeschickt. Die Agentur hat die Prämie kassiert, und damit war das Thema für sie erledigt. Meine Eltern werden sich nicht nach ihr erkundigt haben, weil sie gar nicht wissen wollten, was passiert ist. Aber sie wurde ins Sexgewerbe oder in irgendwelche anderen ertragreichen Betrügereien gezwungen. Sie sagten, sie hätte mit einem Holländer zusammen Touristen ausgenommen. Wahrscheinlich gab es noch schlimmere Schicksale, aber es war bestimmt verdammt hart.«

Wir bleiben sitzen. Jennifer Schultz zeigt mir noch ein paar Fotos aus Annas Modelmappe. Ganzkörperaufnahmen. Alle ungezwungen und nicht im Geringsten anstößig. Sie sahen aus wie Anzeigen aus alten Sonntagszeitungen für Kaufhäuser wie Sears oder JC Penney. Gibt es die noch? Sehen sich die Leute immer noch die Anzeigen in dicken Sonntagszeitungen an? Ich weiß es nicht, und ich weiß auch nicht, warum ich über solchen Unsinn nachdenke, oder vielleicht weiß ich es doch. Vielleicht mache ich das vorsorglich, weil ich Zeit schinden will, bevor ich die Details zu einem Gesamtbild zusammensetze und mich der unschönen Wahrheit stellen muss.

Das hält Jennifer Schultz nicht davon ab, die offensichtliche Frage zu stellen: »Ist das die Frau, die sich als Victoria Belmond ausgegeben hat?«

Ich habe es gewusst, oder? Die Hinweise gab es von Anfang an. Warum hat sie so zurückgezogen gelebt? Warum wollte sie sich nicht mit ihren alten Freunden und Freundinnen wie Caroline Burkett treffen? Warum haben die Belmonds mich überhaupt eingestellt? Warum hat sie gelogen und behauptet, keine Erinnerungen an Spanien zu haben?

»Kierce?«

Ich kenne die Details nicht. Noch nicht. Aber etwas weiß ich.

»War die ermordete Frau Victoria Belmond oder nicht?«

Ich spreche die Antwort nicht aus, nicht laut, aber ich denke sie.

Sie war Victoria Belmond. Und sie war es nicht.

ZWEIUNDDREISSIG

Tief im Herzen bin ich Polizist. Jetzt. Früher. Manchmal denke ich, dass ich es schon vor meiner Geburt war. Das ist das Komische an meinem Lebensweg. Eigentlich hätte ich Arzt werden sollen. Das wollte ich, seit ich denken kann. Wäre ich nicht nach Spanien gegangen und hätte Anna getroffen, hätte ich im Herbst darauf mein Medizinstudium an der Columbia University begonnen. Ich hätte die vier Jahre absolviert. Ich hätte mir ein Fachgebiet ausgesucht – ich hatte Interesse an Kardiologie –, hätte mein Praktikum und meine Facharztausbildung absolviert, wäre Nicole nie über den Weg gelaufen, hätte Molly nicht kennengelernt und es hätte Henry nie gegeben.

Ich wäre niemals Polizist geworden.

Alles ziemlich klar ersichtlich.

Aber inzwischen bin ich mir da nicht mehr sicher – denn ein anderer Teil in mir fühlt, *weiß*, dass es immer meine Bestimmung war, Polizist zu werden. Es liegt mir im Blut, auch jetzt noch, obwohl das NYPD mich rausgeworfen hat und ich weiß, dass ich nie wieder in den Polizeidienst zurückkehren kann. Ich sage nicht, dass es Gottes Wille war oder so etwas. Für so wichtig halte ich mich nicht. Für so wichtig halte ich keinen von uns. Erschreckenderweise sind wir Menschen erstaunlich narzisstisch. Ich erinnere mich noch daran, wie mein Dad, der Amateurwissenschaftler war, mir das einmal erklärt hat:

»*Die Erde ist 4,6 Milliarden Jahre alt, Sami. Wenn du das auf sechsundvierzig Jahre herunterrechnest, wie lange gibt es den Menschen dann schon? Weißt du das?«*
»*Nein.«*
»*Rate mal. Es ist wichtig. Wie viele von diesen sechsundvierzig Jahren leben die Menschen auf der Erde?«*
»*Zwanzig Jahre?«*
»*Weniger.«*
»*Zehn Jahre.«*
Er lächelt und schüttelt den Kopf. »*Vier Stunden. Von sechsundvierzig Jahren sind wir Menschen gerade einmal vier Stunden auf diesem Planeten. Die industrielle Revolution hat vor einer Minute begonnen. Und trotzdem glauben wir Menschen, dass Gott das alles nur für uns erschaffen hat.«*

Daran muss ich oft denken. Und deshalb bleibe ich wohl auch bescheiden. Unsere Bedeutungslosigkeit für das Gesamtbild. Für mich verliert das Leben damit nicht an Wert. Es macht es sogar eher noch wertvoller.

Okay, genug mit der philosophischen Abschweifung. Ich will nicht zu selbstsüchtig klingen, aber vielleicht war es mir bestimmt, Polizist zu werden. Diesen Teil von mir werde ich einfach nicht los, und deshalb gebe ich jetzt einen Kurs in Kriminologie. Jetzt, da sich die Hinweise verdichten und ich den Eindruck habe, dass die Antwort verführerisch nahe ist, muss ich die Ermittlungen noch einmal ankurbeln.

Ich darf nicht zulassen, dass meine Kursteilnehmer es vor mir herausbekommen.

Nicht wegen meines Egos. Meine Kursteilnehmer waren fantastisch und haben sich absolut bewährt. Sie sollen stolz darauf sein, was sie geleistet haben. Aber am Ende muss ich die Lösung finden. Anders geht es nicht. Also habe ich sie in Gruppen aufgeteilt. Keine der Gruppen weiß, was die anderen gerade tun. Sie werden nur mir über ihre Ergebnisse berichten. Wir alle haben hart und wie echte Polizisten an diesem Fall gearbeitet. Vielleicht sogar noch härter. Unser einziges Ziel ist es, den Fall zu lösen. Wir haben zwar keine Dienstmarken, aber das ist heutzutage vielleicht eher ein Vorteil als ein Hindernis, vor allem, weil ich Marty habe, den ich mit sanftem Druck dazu bewegen konnte, für mich ein paar Tests zu veranlassen.

Das dauert eine Woche.

Ich bin geduldig geblieben. Ich habe alle Daten gesammelt. Ich habe die Ergebnisse für mich ausgewertet.

Ich habe die Antwort gefunden.

Als ich also die Antwort kenne, rufe ich Archie Belmond an und sage ihm, dass ich mit der Familie sprechen muss. Er weiß, dass es um etwas Wichtiges geht. Ich höre es an seiner Stimme – oder vielleicht hat er es an meiner gehört. Wir vereinbaren einen Termin auf dem Anwesen der Belmonds.

Marty besteht darauf, mich zu fahren. Ich würde widersprechen, weiß aber, dass er nicht auf mich hört. Das ist der Deal, den ich mit ihm und Molly gemacht habe. Eigentlich würde ich auch dem widersprechen, aber ich bin körperlich immer noch ziemlich angeschlagen und brauche daher sowieso jemanden, der mich fährt. Also, was soll's?

Außerdem kann ich ehrlich gesagt absolut nicht vorhersagen, wie die Belmonds reagieren werden. Ich bin kurz davor, den Sicherungsstift aus einer Granate zu ziehen und sie zu werfen. Sie wissen ja, was man sagt: Man weiß nie, wer sich opfert, indem er sich auf die Granate wirft, wer panisch wegläuft – oder wer sie aufhebt und zu dir zurückwirft.

Oder so ähnlich.

Marty fährt durchs Tor und weiter aufs Haus zu, und es überrascht mich kaum, dass Arthur vor der Tür steht. Ich steige aus und sage Marty, dass er warten soll. Er nickt. Er hat nicht nur das getan, worum ich ihn gebeten habe, sondern noch einiges mehr.

»Marty?«

»Was ist?«

»Danke.«

Er nickt noch einmal. »Ich lass die Autofenster auf. Wenn du mich brauchst, schrei einfach wie verrückt.«

Arthur erwartet mich an derselben Stelle wie beim letzten Mal.

»Was machst du hier?«, frage ich.

»Als dein Anwalt soll ich dich an deine rechtlichen Verpflichtungen und Verantwortlichkeiten erinnern.«

»Du bist die ganze Strecke hierhergefahren, um mir das zu sagen?«

»Welchen Teil von ›stundenweise Abrechnung, die die Belmonds bezahlen‹, hast du immer noch nicht verstanden?«

Ich lege ihm die Hand auf die Schulter. »Es ist alles in Ordnung.«

»Nein, absolut nicht. Ihre Anwälte können dich zerquetschen.«

»Mein Anwalt ist erheblich besser.«

Arthur lächelt. »Auch wieder wahr.«

Ich klopfe ihm noch einmal auf die Schulter und gehe weiter. Oben im Fenster steht Talia Belmond. Unsere Blicke begegnen sich. Ich weiß nicht, was ich tun soll. Ich hebe die Hand und winke ihr kurz und etwas dümmlich zu. Sie starrt mich nur weiter an. Ich weiß nicht, was ich davon halten soll.

Als ich eintrete, erwartet Gun Guy mich. Er hält einen dieser Metalldetektor-Stäbe, der aber komplexer aussieht als normal. »Leeren Sie Ihre Taschen aus«, sagt er zu mir, ganz im Stil des Flughafen-Sicherheitsdiensts. Ich tue es. Er fährt mit dem Stab über mich. Er tastet mich ab und sucht nach Kabeln. Es gibt keine. Er ist gründlich. Er weiß, was er tut.

»Sie werden im Pavillon erwartet«, sagt Gun Guy.

»Die müssen wirklich reich sein, wenn sie einen Raum als Pavillon bezeichnen, stimmt's?«

»Ich werde Ihr Handy und die anderen Sachen für Sie aufbewahren.«

»Haben Sie Angst, dass ich ausgeraubt werde?«

Gun Guy schüttelt den Kopf.

»Was ist?«

»Sie enttäuschen mich. Ich hätte einen witzigeren Kommentar erwartet.«

»Wenn's Ihnen hilft«, sage ich, »ich bin auch enttäuscht von mir.«

Als ich zum Pavillon gehe, komme ich an Lenore Spikes vorbei. Auch sie sagt nichts, sondern wirft mir nur einen ernsten Blick zu. Wahrscheinlich soll ich diesem Blick eine tiefere Bedeutung beimessen, was ich aber nicht tue. Ich salutiere nur ironisch und gehe hinein.

Archie und Thomas, Vater und Sohn, stehen Schulter an Schulter und warten gespannt auf meinen Auftritt. Ich verstehe, warum. Ich habe herum gescherzt, weil das meine Art ist, weiß aber, dass unser Leben – ohne zu melodramatisch zu klingen –, wenn wir diesen Raum (äh, diesen Pavillon) verlassen, nicht mehr dasselbe sein wird.

»Wo ist Talia?«, frage ich.

»Sie wird nicht teilnehmen«, sagt Archie. »Setzen Sie sich bitte.«

»Setzen Sie sich«, erwidere ich. »Ich muss auf und ab gehen.«

Jetzt, wo wir alle in diesem aufgetakelten »Pavillon« versammelt sind, komme ich mir vor wie Hercule Poirot, der sämtliche Verdächtige zusammengetrommelt hat, auch wenn es sich hier nur um zwei verdächtige Personen handelt, und aufgrund meiner Kleidung und meines Verhaltens vermittle ich wohl eher den Eindruck eines anderen legendären Detektivs: Inspector Columbo. Wie in der Fernsehserie kennen wir alle die Schuldigen. Mehr oder weniger. Columbo weiß immer von Anfang an Bescheid. Darin liegt der Reiz des Ganzen. Die einzige Frage ist, wie überführt er die Täter. So schnell wie er bin ich nicht, aber irgendwann habe ich es dann auch kapiert.

Die beiden Männer setzen sich. Thomas trägt ein weißes Oxford-Baumwollhemd, Kakihosen und Halbschuhe. Archie trägt eine graue Strickweste über einem blauen Hemd. Beide schlagen ihre Beine auf die gleiche Art übereinander, linker Knöchel übers rechte Knie. Ich sehe die Ähnlichkeit in ihren Gesichtern, in ihrem Verhalten, in der Art, wie sie ihre Beine übereinanderschlagen.

Ich sehe keinen Grund, die Sache langsam anzugehen. Zumindest erst einmal nicht. Also wende ich mich an Thomas.

»Sie haben über die Nacht gelogen, in der Ihre Schwester verschwand«, sage ich ohne Vorrede. »Sie haben sie nicht vor McCabe's Pub abgesetzt und sind dann nach Hause gefahren. Victoria hat Ihnen den Autoschlüssel abgenommen, also konnten Sie nicht zurückfahren, selbst wenn Sie es gewollt hätten. Stattdessen haben Sie sich ein Stück die Straße hinunter in eine Bar gesetzt. Stimmt das im Großen und Ganzen?«

Thomas sieht seinen Vater an. Archie sagt: »Wir wissen, dass Sie mit Caroline Burkett gesprochen haben.«

Das wundert mich nicht. Ich hatte mir schon gedacht, dass er irgendwann auch Leute auf mich ansetzt. »Das interessiert mich nicht«, sage ich. Ich sehe Thomas wieder an. »War es so? Sind Sie in einer Bar in der Nähe geblieben? Und Victoria hatte Ihre Autoschlüssel?«

Thomas nickt nur. Ich beginne, auf und ab zu gehen. »Sie haben mir erzählt, dass Sie sich von Ihrer Freundin getrennt hatten. Einer Lacy Monroe. Sie sagten, Lacy hätte Sie abserviert, was Sie nicht gut verkraftet hätten. Das stimmt. Weiterhin haben Sie behauptet, dass Ihre Schwester Sie um 11:04 angerufen hat und dass dieser Anruf auf Ihrer Mailbox gelandet ist. Aber er ging nicht auf die Mailbox, oder?«

Er sieht seinen Vater an. Sein Vater nickt.

»Nein«, sagt Thomas, »ich saß auf einem Hocker in dieser Bar und wurde immer betrunkener. Der Barkeeper hat mich aufgefordert zu gehen. Also habe ich sie angerufen, um ihr zu sagen, dass ich nach Hause muss, aber sie ist nicht rangegangen. Ich habe dann aufgelegt. Deshalb gibt es darüber auch keine Aufzeichnungen. Ein paar Minuten später hat sie aber meinen verpassten Anruf auf ihrem Handy gesehen.«

»Und hat Sie zurückgerufen.«

»Ja.«

»Was hat sie gesagt?«

Er schluckt. »Sie hat mich gefragt, ob es mir gut geht.«

»Und was haben Sie gesagt?«

»Nichts Zusammenhängendes. Ich habe einfach nur herumgejammert.«

»Ihre Schwester hat also ihre Party verlassen, um nach Ihnen zu sehen?«

»Ja.«

»Weil sie sich Sorgen um Sie gemacht hat.«

Thomas kneift die Augen zusammen und antwortet nicht. Archie kämpft damit, eine ausdruckslose Miene zu behalten.

»Sie waren in schlechter Verfassung.«

»Ja.«

»Also nehme ich an, dass Victoria Sie nach Hause gefahren hat.«

Thomas gelingt ein Nicken. »Wir wollten rechtzeitig zu Hause sein, um den Ball Drop zu sehen. Die Straßen waren leer, daher dachten wir, dass wir es schaffen könnten. Ich weiß noch, dass das Autoradio lief. Ein Nachrichtensender auf Mittelwelle. 1010 WINS.« Er ahmt mit tiefer Stimme einen Radiosprecher nach. »›Gebt uns zweiundzwanzig Minuten, und wir geben euch die Welt.‹« Thomas sieht zu mir auf.

»Gibt's den noch? Den Sender?«

»Ich glaub schon«, sage ich.

»Victoria ist gefahren. Ich war neben ihr völlig zusammengesunken und auch ziemlich weggetreten, erinnere mich aber noch an den Radiosender. Sie hat auf die Straße gestarrt. Sie wissen schon. Konzentriert. Ich habe gesagt: ›Tut mir leid, dass ich so ein Versager bin‹, und sie sagte, dass in ein paar Minuten ein neues Jahrtausend beginnt und wir beide uns etwas vornehmen sollten. Ich sagte: ›Okay, und was?‹ Sie sagte, dass ich aufhören sollte, zu trinken und Drogen zu nehmen. Sie hat mich regelrecht angefleht. Ich habe erwidert, dass ich das tun würde. Aber ich habe es nicht ernst gemeint. Wahrscheinlich wusste sie das. Wir haben dieses Gespräch nicht zum ersten Mal geführt. Sie hat gesagt, dass auch sie stärker werden wollte. Ehrlicher. Und selbst in meinem Zustand habe ich gemerkt, dass auf der Party irgendetwas passiert sein musste. Ich habe sie gefragt, was los ist, und sie hat nur gesagt: ›Caroline. Jetzt wissen alle Bescheid.‹«

Ich unterbreche mein Auf- und Abgehen. »Sie wussten also von Ihrer Schwester und Caroline Burkett?«

»Ja«, sagt Thomas. »Ich war der Einzige, dem sie es erzählt hatte. So waren wir nun mal, Vic und ich.« Er hängt dem Gedanken noch ein paar Sekunden nach, aber dann schüttelt er ihn ab. »Zu Mitternacht waren wir jedenfalls noch auf der Interstate 95 und haben diesen Radiosender gehört. Ich weiß noch, wie ich sie beobachtet habe, als sie mit dem Moderator zusammen den Countdown runtergezählt hat. Ich habe auch versucht, laut mitzuzählen, war aber zu besoffen. Stattdessen habe ich nur lächelnd neben ihr gesessen. Da war ich, in der größten Partynacht des Jahres, und habe zugesehen, wie das Gesicht meiner Schwester im Scheinwerferlicht der entgegenkommenden Autos hell und dunkel wurde.«

Ich nicke und beginne wieder, auf und ab zu gehen. »Und kurz darauf sind Sie also zu Hause angekommen.«

»Ja.«

»Wann genau?«

»Das weiß ich nicht. Vermutlich kurz nach Mitternacht.«

»Und was ist dann passiert?«

Schweigen.

Ich spüre, wie alle im Raum erstarren. Ich wende mich an Archie. »Sie sagten, Sie wären in der Nacht zu Hause gewesen?«

»Das war ich.«

»Wie haben Sie das neue Jahr begrüßt?«

»Ich habe mir zusammen mit unserem Hund Winslow Dick Clark im Fernsehen angeguckt.«

»Nur Sie beide?«

»Nur wir beide. Ich habe es Ihnen doch gesagt. Ich war besorgt wegen des Jahr-2000-Problems.«

»Haben Sie gehört, wie die beiden angekommen sind?«

»Ich habe gehört, dass das Auto vorgefahren ist, ja.«

»Haben Sie sie gesehen?«

»Victoria habe ich gesehen. Sie ist hereingekommen und

sagte ›Frohes neues Jahr, Dad.‹ Dann hat sie mich auf die Wange geküsst.«

Ich weiß nicht, ob ich jemals eine traurigere Stimme gehört habe als die von Archie Belmond in diesem Moment.

»Was ist dann passiert?«, frage ich.

Schweigen.

Ich schalte einen Gang hoch.

»Ich weiß, dass die Frau, die ich in Spanien kennengelernt habe, nicht Ihre Tochter Victoria war.«

Keine Reaktion.

»Sie hieß Anna Marston. Sie ist in Spruce Creek, Pennsylvania, aufgewachsen. Sie sah aus wie Ihre Tochter. Nicht genau so, aber die beiden hätten wahrscheinlich mit dem Ausweis der anderen in Bars gehen können, ohne dass es jemand gemerkt hätte.«

Schweigen.

»Die Frau, die im Diner in Maine entdeckt wurde, war also nicht Ihre Tochter. Sondern es war Anna, die so getan hat, als wäre sie Victoria. Es war ein abgekartetes Spiel. Noch ein Betrug. Den sie aber natürlich nicht alleine durchziehen konnte. Selbst nach elf Jahren hätten Sie gemerkt, dass sie nicht Ihre Tochter ist. Sie hatten einen DNA-Test durchführen lassen. Es gab nur eine Möglichkeit, wie diese Nummer funktionieren konnte …«

Ich mache eine Pause. Ich hoffe, dass sie etwas sagen. Sie tun es nicht.

»… und die ist, dass Sie das Ganze arrangiert haben. Nicht Anna. Sie.«

Immer noch keine Reaktion. Also fahre ich fort.

»Genauso war es. Ich kenne nicht alle Einzelheiten, aber Sie haben es auf alle Fälle sehr clever angestellt. Sie haben ihr den Kopf rasiert. Darauf haben sich die Leute konzentriert.

Bei oberflächlicher Betrachtung lag es nahe, dass sie deshalb anders aussah. Sie haben sich geradezu überfürsorglich verhalten, damit ihr niemand zu nahekam. Als Ablenkungsmanöver haben Sie diesen Quatsch mit dem ›Bibliothekar‹ inszeniert. Anna musste die Stumme spielen, damit niemand merkte, dass ihre Stimme anders klang. Sie haben darauf bestanden, dass sie direkt von Ihren eigenen Ärzten untersucht wird, damit Sie die Kontrolle über das Geschehen behalten und nicht das FBI. Sie haben Ihr Geld und Ihren Einfluss geltend gemacht, um sie aus der Öffentlichkeit fernzuhalten, und wenn jemandem auffiel, dass sie anders aussah ... na ja, es waren schließlich elf Jahre vergangen. Menschen verändern sich in elf Jahren, besonders wenn sie als Geisel gehalten wurden. Anna war etwas dünner als Victoria, aber auch das ließ sich dadurch erklären, dass sie gegen ihren Willen festgehalten wurde. Dann haben Ihre Leute die Suchmaschinen so bearbeitet, dass die ersten Treffer, die man bei einer Suche nach ›Victoria Belmond‹ erhält, unscharfe Bilder sind, die sie mit Photoshop bearbeitet haben, sodass sie eher Anna als Victoria ähneln, und deren Sichtbarkeit im Netz sie durch finanzielle Zuwendungen erhöhten. Und dann kam der Clou. Sie haben einen DNA-Test in Auftrag gegeben. Oder zumindest haben Sie das behauptet. Haben Sie das Testergebnis gefälscht, oder haben Sie den Test gar nicht erst durchführen lassen?«

»Wir haben ihn nicht durchführen lassen«, sagt Archie sofort. »Das FBI wollte natürlich einen eigenen machen. Ich habe gesagt, dass ich das Ergebnis nur akzeptiere, wenn er von meinem eigenen Labor gemacht wird. Wir haben es einfach erfunden. Wer würde so etwas bei einem Vater in Zweifel ziehen?«

Ich bleibe stehen, gebe ihm ein paar Sekunden.

»Nur damit das klar ist«, fährt Archie fort, »es ist nicht illegal, eine Lüge über das Ergebnis eines DNA-Tests zu verbreiten. Nichts von dem, was Sie eben angeführt haben, ist illegal. Es gibt kein Gesetz, das einem verbietet, vorzutäuschen, dass jemand Ihre Tochter ist. Das ist nicht strafbar.« Ich weiß nicht, was ich darauf sagen soll. Wahrscheinlich hat er recht. Wie würde die Anklage lauten? Aber das ist nebensächlich. Und ich will nicht, dass er oder Thomas sich verschließen. Sie wissen, dass ich sie überführt habe. Das ist klar. Sie haben die Vor- und Nachteile abgewägt und erkannt, dass es angesichts der Vertraulichkeitsvereinbarung, die ich unterschrieben habe, ihrer Macht, ihres Geldes und ihres Einflusses wahrscheinlich am besten ist, mir einen Zipfel der Wahrheit zu überlassen, um die Situation unter Kontrolle zu halten.

Aber ich will alles wissen, muss jedoch behutsam vorgehen, um es auch zu bekommen.

»Wie haben Sie Anna gefunden?«

Archie lächelt. »Kismet.«

»Was meinen Sie damit?«

»Als Victoria ... verschwunden ist, haben wir eine Wohltätigkeitsorganisation gegründet, die ihren Namen trägt.«

»Vic's Place«, sage ich.

Er nickt. »Meine Frau leitet sie. Sie verbringt da viel Zeit. Ich habe Ihnen doch erzählt, dass Talia anfing, sich einzubilden, Victoria zu sehen? Zum Beispiel bei Starbucks?«

»Ja.«

»So war es diesmal auch. Talia kam eines Tages völlig aufgelöst von Vic's Place und hat geschworen, dass sie Victoria endlich gefunden hätte, und dass ich mich persönlich davon überzeugen müsste. Es ging um Anna. Inzwischen waren elf Jahre vergangen. Und Talia ...« Er schloss die Augen, holte tief Luft und setzte noch einmal an. »Ich bin zu Vic's Place gefahren. Ich habe Anna getroffen. Und selbst ich – ich meine, sie hat mich wirklich an Vic erinnert. Ich habe mich da dann stundenlang mit ihr unterhalten. So ist eine echte Verbindung entstanden. Es war, als ...« Er hält inne, schüttelt den Kopf, fängt wieder an. »Sie hat sich mir geöffnet. Hat mir erzählt, wie sie in diese Situation geraten ist – über ihre alleinerziehende Mutter, die von ein paar Betrunkenen zu Tode geprügelt wurde, als sie ein Kind war, über ihre Tante, und den Missbrauch, den sie dort erlitten hat. Schließlich ist sie in Spanien gelandet – das wissen Sie natürlich –, wo sie sich irgendwann mit den falschen Leuten angelegt hat und wegmusste. Sie hatte genug Geld geklaut, um sich ein Ticket nach New York zu kaufen, aber als sie dort war, wusste sie nicht, wohin. Dann hat ihr jemand auf der Straße von Vic's Place erzählt, und so ist sie hier gelandet. Sie war dankbar, hier zu sein. Ich habe sie nach ihren Plänen gefragt. Sie hatte keine. Ich weiß, wie das klingt, aber ich mochte sie wirklich. Sie war eine Überlebenskünstlerin. Sie war so stark. Sie haben sie kennengelernt. Sie wissen das.«

Ich ermahne mich, weiter behutsam vorzugehen. »Und dann haben Sie beschlossen, Sie als Ihre Tochter auszugeben?«

»Ja«, sagt Archie.

Einfach so. Ich wusste es natürlich. Ich hatte es schon vor einer ganzen Weile herausgefunden. Aber ihn das einfach so sagen zu hören, trifft mich noch einmal aufs Neue.

»Wie Sie schon sagten, war sie kein perfektes Ebenbild, aber sie ähnelten sich wie Schwestern. Die Unterschiede konnten wir mit den elf Jahren erklären. Dazu der rasierte Kopf, und ja, wir haben auch die Suchmaschinen dafür bezahlt, sodass man bei einer Suche nach Victoria Belmond zuerst auf die Bilder stößt, die wir mit Photoshop bearbeitet haben. Das reichte.«

»Scheint aber ein großes Risiko gewesen zu sein«, sage ich.

»Was meinen Sie?«

»Dass jemand das Ganze durchschaut.«

»Nein, eigentlich nicht. Aus den schon angeführten Gründen. Wir hatten die Mittel, die Medien und die Strafverfolgungsbehörden auf Distanz zu halten. Wir haben ihren vermeintlich fragilen Seelenzustand als Grund angeführt, sie sofort nach Hause mitzunehmen. FBI und Presse hätten sich vielleicht mehr Entgegenkommen von uns gewünscht, aber wenn die Familie sagt, dass sie sich nicht erinnert, was soll man dann machen? Man kümmert sich um andere Fälle.«

Archie setzt sich etwas aufrechter hin, fühlt sich inzwischen ein wenig sicherer. »Aber selbst, wenn es jemand durchschaut hätte, was wäre schon geschehen? Angenommen, jemand hätte es herausgefunden. Welche Gesetze haben wir gebrochen? Es wäre vielleicht seltsam oder auch anrüchig erschienen, wenn herausgekommen wäre, dass wir jemanden gebeten haben, sich als unsere Tochter auszugeben –, aber illegal ist es nicht.«

Ich weiß nicht, was ich darauf sagen soll.

»Selbst wenn Sie jetzt hier rausgehen, die Vertraulichkeitsvereinbarung missachten und der Welt davon erzählen – na ja, zum einen könnten Sie nichts davon beweisen. Und selbst wenn, was könnte man uns schon vorwerfen?«

»Beweisen könnte ich es allerdings«, sage ich.

»Was?«

»Bei der Obduktion nach Annas Ermordung habe ich mir DNA von der Leiche besorgt.«

»Was haben Sie?«

»Außerdem habe ich eine Probe von Thomas' Glas mit

dem Eistee genommen, als ich bei ihm zu Hause war. Ich habe seine DNA mit der aus dem Leichenschauhaus verglichen. Die beiden sind keine Geschwister.«

Zum ersten Mal sehe ich, wie der Schmerz aus Archies Gesicht verschwindet und der kalte Geschäftsmann zum Vorschein kommt. »Das ...«, er zeigt mit dem Finger auf mich, »... also DNA von einer Leiche zu stehlen, ist allerdings illegal.«

»Ich weiß«, sage ich.

»Außerdem wurde sie inzwischen eingeäschert.«

»Auch das weiß ich. Sie haben sie einäschern lassen, damit niemand die Leiche exhumieren und DNA entnehmen kann. Das war klug. Sie waren vorsichtig.«

»Wir haben nichts Illegales getan«, sagt er erneut.

»Richtig«, stimme ich zu. »Sie haben nur eine Frau dafür bezahlt, sich als Ihre vermisste Tochter auszugeben.«

Archies Augen weiten sich, und ich befürchte, dass ich zu weit gegangen bin.

Thomas meldet sich zu Wort. »So war das nicht.«

Ich sehe ihn an. »Sondern?«

»Sie werden es nicht verstehen.«

Ich breite die Arme aus. »Probieren Sie's.«

»Ich habe es auch für verrückt gehalten, aber – und das klingt jetzt noch verrückter – es hat funktioniert. Als Anna in unser Leben trat, haben wir sie alle lieb gewonnen. Sie wurde zu meiner Schwester. Sie hat nicht nur die Rolle gespielt. Sie *war* meine Schwester. Ich habe sie so geliebt. Ich habe mich ihr anvertraut. So wie damals Victoria. Sie haben meine Tochter gesehen. Vicki. Wir haben sie nach meiner richtigen Schwester genannt – aber sie war die Lieblingstante meiner Töchter. Verdammt, ihre Lieblingsverwandte. Die beiden sind zusammen verreist. An ihren Geburtstagen hat Vic Aus-

flüge mit ihnen gemacht. Seit sie ermordet wurde, haben meine Töchter – ihre Nichten – nicht aufgehört zu weinen.«
»Kennen sie die Wahrheit ...«
»Nein, natürlich nicht.«
»... dass sie eigentlich gar nicht ihre Tante Victoria war.«
»Aber das war sie«, beharrt Thomas. »Für sie. Für mich. Für uns alle. Darum geht es ja. Ich habe sie geliebt. Und sie hat uns geliebt. Ich spüre das mit jeder Faser meines Herzens. Sie werden es mir vielleicht nicht glauben ...«
Aber natürlich glaube ich ihm.
Annas letzte Worte klingen mir noch im Ohr:
Ich liebe sie von ganzem Herzen, Kierce. Mom, Dad, Thomas, Maddy, meine Nichten – besonders meine Nichten. Ich liebe sie. Und ich liebe mein Leben. Das musst du einfach verstehen!
»... aber wir sind eine Familie geworden«, sagt Thomas. »Eine gute Familie. Eine liebevolle Familie. Sie hat uns zusammengebracht. Hat uns geheilt.«
»Ich habe sie nicht dazu gezwungen«, sagt Archie. »Ich habe ihr gesagt, dass sie ihre Meinung jederzeit ändern kann. Wir würden sie gehen lassen. Aber sie wollte nicht gehen.«
Ich habe Annas flehendes Gesicht im Park wieder vor Augen:
Ich liebe sie. Und ich liebe mein Leben.
»Sie war glücklich«, sagt Archie. »Wir waren glücklich. Das ist das Verrückte daran. Wir alle sind dadurch bessere Menschen geworden. Und was meine Frau betrifft ...« Er hält inne, beißt auf seinen Fingerknöchel und schließt die Augen. Dann fährt er mit erstickter Stimme fort. »Talia hat es das Leben gerettet. Anders kann ich es nicht ausdrücken. Meine Frau ist elf Jahre lang durch die Hölle gegangen. Jeden Tag ist sie aufgewacht und hat sich gefragt, was mit ihrer

Tochter geschehen ist. Jeden Morgen hat sie sich neue Höllenqualen vorgestellt, die Victoria durchlebt haben könnte. Sie haben mit Judith Burkett gesprochen. Sie hat Ihnen sicher vom Leiden meiner Frau erzählt. Der Schmerz und die Kombination aus Unwissenheit und Schuld – und dann hatte sie plötzlich ihre Tochter wieder. Verstehen Sie das nicht?«

Und plötzlich wird mir klar, dass ich es nicht verstanden habe.

Wie konnte ich das nur übersehen?

»Moment«, sage ich.

Ich dachte, ich hätte es gehabt. Deshalb wollte ich mit der ganzen Familie sprechen. Einschließlich Talia.

Aber ich habe mich geirrt. Ich hatte so viele Teile zusammengesetzt, dieses eine aber übersehen.

Dabei war es doch logisch, oder?

Jetzt passt alles zusammen.

»Ihre Frau wusste es nicht«, sage ich.

»Natürlich nicht.«

»Sie war nicht eingeweiht.«

»Verstehen Sie es denn nicht?«, sagt Archie. »Talia war der Grund, das alles zu tun.«

Ich schüttle ungläubig den Kopf. »Sie war das Opfer.«

»Nein, das stimmt so nicht«, sagt er. »Verstehen Sie es nicht? Meine Frau ist Tag für Tag in ihren Tränen ertrunken. Elf Jahre lang. Sie ist jeden Tag weinend aufgewacht und hat sich gefragt, wo Victoria ist. Ich habe alles versucht, um sie zu trösten. Nichts hat funktioniert. Bis das passiert ist. Bis ich dafür gesorgt habe, dass ›Victoria‹ zu ihr nach Hause kam.«

Mir schwirrt der Kopf. »Der Grund dafür, dass Sie Anna für die Rolle der Victoria engagiert haben ...«

»Engagiert ist nicht das richtige Wort.«
»Wie auch immer Sie es nennen wollen«, stoße ich hervor.
»Sie haben es getan … um Ihre Frau zu täuschen?«
»Ich wollte sie nicht täuschen. Ich wollte ihr das zurückgeben, was sie verloren hatte.«
Langsam dringt es in mein Bewusstsein vor.
»Und Ihre Frau war anfangs skeptisch«, sage ich. »Das hat sie mir gesagt. Daraufhin haben Sie Anna aufgefordert, sie zu bitten, ihr das Kinderbuch vorzulesen.«
»*Bist du meine Mutter?*«
»Genau. O Gott. Was für eine Manipulation.«
»Ich wollte ihr das Leben retten«, sagt er. »Talia hat so gelitten. Ich wollte ihr den Schmerz nehmen.«
»Durch Lügen?«
»Wir alle leben eine Lüge, Kierce.«
»Ach, jetzt kommen Sie mir doch nicht mit diesem Quatsch.«
»Es hat funktioniert«, sagt Archie noch einmal. »Begreifen Sie das nicht? Sie können es nennen, wie Sie wollen, aber es hat ihr den Schmerz genommen. Talia war wieder glücklich. Wir alle waren glücklich. Sogar Anna. Das haben Sie mir selbst gesagt.« Er deutet auf seinen Sohn. »Sagen Sie es ihm, Kierce. Sagen Sie Thomas, was Sie ihr versprechen mussten, kurz bevor sie starb.«
Ich sehe ihn an. »Ich soll Sie alle beschützen.«
»Unsere Gefühle waren keine Lügengebilde.« sagt Archie. »Sie waren echt.«
»Und woran ist es gescheitert?«, frage ich. »Sie haben vierzehn Jahre lang in dieser Fantasiewelt gelebt. Was ist passiert?«
Thomas übernimmt. »Sie, Kierce.«
»Ich?«
»Vic hat Sie in den Nachrichten gesehen und erkannt«,

sagt Archie. »All die Berichte darüber, dass Sie in Ungnade gefallen sind. Die haben ihr zu schaffen gemacht. Sie wurden gefeuert. Mit Schimpf und Schande. Sie hat sich dafür verantwortlich gefühlt. Sie sagte, es wäre die gleiche Qual, die Talia durchlebt hatte, weil sie nicht wusste, was passiert war – und dass es Ihnen genauso ging. Sie wollte es wiedergutmachen.«

Das passte zu dem, was Anna mir im Park erzählt hatte.

»Also ist sie zu mir in den Kurs gekommen«, sage ich.

»Ja. Sie war wohl davon ausgegangen, dass die Sache damit erledigt wäre. Wir haben alle nicht damit gerechnet, dass Sie so findig sind und sie hier aufspüren. Und als Sie erst einmal hier aufgetaucht waren, wusste ich, dass Sie nicht lockerlassen würden. Sie würden weitergraben.«

»Woraufhin Sie dann beschlossen, die Situation in der Hand zu behalten?«

»Soweit es in meiner Macht stand, ja«, sagt Archie. »So gehe ich vor. Aber mal ehrlich, ich lag doch richtig, oder? Sie hätten nicht aufgegeben.«

Wahrscheinlich hat er recht, denke ich.

»Indem ich Sie engagierte, hatte ich wenigstens die Kontrolle darüber und war besser geschützt. Die Vertraulichkeitsvereinbarung. Das Geld. Sie mussten mich über alles informieren, was Sie in Erfahrung brachten. Wie Sie es zum Beispiel jetzt gerade tun. Was auch immer Sie von der ganzen Sache halten, sie machen gerade nur Ihren Job. Ich habe Sie engagiert, um Nachforschungen anzustellen. Und jetzt erstatten Sie mir Bericht, genau wie es ihrem Auftrag entspricht.«

»Wow, das ist ja eine tolle Wendung.«

Keine Antwort.

»Dann bleibt ja nur noch eine Frage«, sage ich.

Ich warte. Sie warten.
Der Augenblick der Wahrheit.
Ich habe absichtlich einen Bogen darum gemacht, weil ich Angst hatte, dass sie zu früh dichtmachen würden. Wie man so schön sagt, es führen viele Wege nach Rom. Ich muss nur aufpassen, dass ich nicht versuche, die Blockaden mit Gewalt zu durchbrechen. Jetzt, um bei dieser armseligen Metapher zu bleiben, befinden wir uns auf dem letzten Streckenabschnitt, der jedoch noch mit einer massiven Sperre blockiert ist, aber leider habe ich keine Wahl.

Ich muss da durch, ganz egal mit welchen Konsequenzen.

Ich weiß es. Und sie wissen es auch. Thomas schließt die Augen und ballt die Fäuste, als wollte er den Schlag abwehren. Also lasse ich ihn nicht länger im Ungewissen.

»Was ist mit Victoria passiert?«

Sie lassen die Köpfe sinken. Vater und Sohn. Ihre Blicke sind auf den Boden gerichtet. Wie es aussieht, muss ich das Reden übernehmen.

»Sie ist tot, stimmt's?«

Schweigen.

»Sie ist in dieser Nacht gestorben. Am 1. Januar 2000«

Schweigen.

»Wie ist es passiert?«

Schweigen.

»Falls Sie sie hören wollen, kann ich Ihnen meine Theorie präsentieren.«

Wollen sie nicht. Aber das ist mir egal.

»Es fängt mit Ihren Alibis an. Thomas, Sie haben gesagt, Ihre Freundin Lacy Monroe hat Sie angerufen, um sich mit Ihnen zu versöhnen. Laut Aufzeichnungen der Telefongesellschaft war das um ein Uhr einundzwanzig. Kommt das hin?«

Er blickt immer noch zu Boden, nickt aber.

»Ich habe Lacy ausfindig gemacht«, sage ich. »Sie lebt jetzt in Portland. Sie hat bestätigt, dass sie Sie damals angerufen hat, genau wie Sie gesagt haben, dass Sie aber erst um fünf Uhr morgens, also vier Stunden später, bei ihr waren. Dabei wohnte sie nur drei Kilometer von Ihnen entfernt. Diese Diskrepanz ist übrigens auch dem FBI aufgefallen, und es war einer der Gründe dafür, dass es Zweifel an Ihrer Aussage gab. Dann ist man aber einfach davon ausgegangen, dass Sie womöglich so betrunken waren, dass Sie wieder eingeschlafen sind, und die Sache wurde nicht weiterverfolgt.« Ich wende mich an seinen Vater. »Archie, Sie hatten ursprünglich nicht vor, nach Chicago zu reisen. Aber plötzlich brauchten Sie ein Alibi, und was wäre da besser geeignet, als sich in Ihr Privatflugzeug zu setzen, nach Chicago zu fliegen und Ihre Frau zu überraschen?«

»Ich weiß nicht, worauf Sie hinauswollen«, sagt Archie. »Das beweist gar nichts.«

»Stimmt«, sage ich. »An und für sich nicht. Es hat mich aber stutzig gemacht. Der ganze Aufwand – mit den vielen zeitlichen Lücken und dem Bedürfnis, diese Lücken mit Alibis zu füllen – hat mich zu der Annahme geführt, dass Victoria in dieser Nacht gestorben ist – und zwar irgendwann nachdem sie Thomas nach Hause gefahren hat. Damit würde die Zeitleiste in etwa so aussehen. Soll ich fortfahren?«

Schweigen.

»E-ZPass wurde in New York 1993 eingeführt. Und ob Sie es glauben oder nicht, die haben immer noch elektronische Daten aus dieser Anfangszeit. An jenem Abend sind Sie, Thomas, mit Ihrer Schwester in Ihrem BMW E36 mit dem Kennzeichen KTR-478 in die Stadt gefahren. Genau wie Sie es gesagt haben. E-ZPass hat die Daten. Außerdem haben Sie das Auto in den Monaten davor häufig benutzt – es erscheint immer wieder in den E-ZPass-Aufzeichnungen. Aber soll ich Ihnen noch etwas sagen?« Ich trete näher an Thomas heran. »Nach dieser Nacht ist es dort nie wieder aufgetaucht. Es wurde nicht an einer einzigen Mautstelle registriert. Meine Theorie? Sie haben sich des Autos entledigt, weil es ein Beweismittel war. Sehen Sie, wie unsere Zeitleiste langsam Gestalt annimmt?«

Sie sehen mich noch immer nicht an, ich weiß aber, dass ich im Großen und Ganzen richtig liege.

»Jetzt frage ich mich: Was ist passiert? Sie sind mit Victoria zu Hause angekommen. Ich glaube schon. Es passt. Aber wie ist sie dann gestorben? Na ja, wir wissen, dass es etwas mit Ihrem BMW E36 zu tun hat, weil Sie sich seiner entledigt haben. Könnte Victoria das Auto selbst zu Schrott gefahren haben? Nein. Wenn sie es getan hätte, na ja, um Ihren Vater zu zitieren, es wäre nicht illegal. Dann hätten Sie einfach die Polizei gerufen.« Ich wende mich wieder seinem Vater zu. »Und es ergibt auch keinen Sinn, dass Sie, Archie, hinterm Steuer gesessen haben. Hier gilt das Gleiche: Wenn Sie gefahren wären und sie irgendwie umgekommen wäre, hätte es sich nur um einen tragischen Unfall gehandelt.«

Ich gehe wieder auf und ab. Dann bleibe ich direkt neben Thomas stehen, sodass er auf meine Schuhe starrt.

»Also müssen Sie es gewesen sein, Thomas. Alles andere wäre unlogisch. Sie haben mir erzählt, dass Sie viermal wegen Trunkenheit am Steuer erwischt wurden. Ich habe das überprüft – es war sogar sechsmal. Knapp zwei Monate vorher, am 8. November, hatten Sie bei einer Trunkenheitsfahrt zwei Menschen schwer verletzt. Dank des Geldes Ihres Vaters sind Sie davongekommen. Aber dieses Mal würde das nicht klappen, nicht schon wieder. Nicht, wenn Sie Ihre eigene Schwester getötet hätten.«

Schweigen.

»Sie haben dieses Geheimnis schon viel zu lange mit sich herumgeschleppt«, sage ich. »Erzählen Sie mir, was passiert ist.«

Hinter mir sagt Archie: »Es darf diesen Raum nicht verlassen.«

Ich drehe mich zu ihm um.

Archie hat die Augen geöffnet. »Das, was wir jetzt erzählen, ist rein hypothetisch. Mehr nicht. Es ist kein Geständnis.«

»Archie«, sage ich, »ich bin nicht verkabelt. Ich werde das nicht beweisen können. Das haben Sie mir selbst gerade noch überdeutlich erklärt. Sie wollen mich unter Kontrolle behalten, wissen aber ganz genau, dass Sie das nur können, wenn Sie mir die Wahrheit sagen. Denn wenn Sie das nicht tun, werde ich einfach weiter ermitteln.«

Er weiß, dass ich es ernst meine. Er sieht seinen Sohn an. Thomas' Schultern sinken herab. Jetzt blickt auch er endlich zu mir auf. Thomas will es mir sagen. Das sehe ich jetzt. Er muss es gestehen, muss es sich von der Seele reden.

Ich trete ein paar Schritte zurück, gebe ihm Raum.

»Wir sind nach Hause gekommen«, sagt Thomas monoton. »Genau wie ich es Ihnen erzählt habe. Wir haben vor der Haustür gehalten. Es war eiskalt. Victoria hat den Motor ausgemacht. Sie hat mich auf die Wange geküsst und gesagt, dass sie reingeht, um Dad ein frohes neues Jahr zu wünschen. Ich bin sitzen geblieben. Ich war betrunken. Ich hatte auch Drogen im Auto. Eine ganze Menge. Ich habe das Handschuhfach geöffnet. Etwas ist auf den Boden gefallen. Koks. Ich habe ein paar Lines gezogen. Davon bin ich wieder wach geworden. Aber ich bin nicht ausgestiegen. Ich habe Lacy noch einmal vom Handy aus angerufen. Sie ist immer noch nicht rangegangen. Ich saß betrunken und eifersüchtig im kalten

Auto. Ich wusste, dass Lacy mit Jim DeLapp unterwegs war, und kam absolut nicht mit dem Gedanken klar, dass die beiden zusammen waren. Ich verlor fast den Verstand. Also zog ich noch eine Line. Und noch eine. Wieder rief ich Lacy an. Und wieder. Es war so kalt, dass ich meinen Atem sehen konnte. Ich bildete mir ein, ein riesiger feuerspeiender Drache geworden zu sein. Ich erinnere mich noch daran, dass ich das dachte. Und dann klingelte endlich mein Handy. Und Lacy war dran.«

Thomas schaut durch den Raum. Ich werfe einen flüchtigen Blick auf Archie Belmond. Sein Gesicht ist tränenüberströmt.

»Also ging ich ran. Lacy war total hysterisch. Sie sagte, dass sie mich liebte, dass sie Jim DeLapp nur benutzt hatte, um mich eifersüchtig zu machen, dass sie mich sehen musste, dass sie mich immer geliebt hat. Ich sagte ihr, dass ich gleich bei ihr bin, dass sie sich nicht vom Fleck rühren soll, sich keine Sorgen machen soll. Ich legte auf und rutschte auf die Fahrerseite. Ich ließ den Motor an. Lacy brauchte mich. Ich würde sie zurückbekommen. Ich musste nur schnell da sein. Ich gab Gas, trat das Gaspedal durch, und der Wagen raste los. Ich konnte nicht abbremsen. Ich bremste nicht ab. Ich musste zu Lacy. Also trat ich wieder aufs Gas und flog die Auffahrt hinunter. Es war kalt und vielleicht glatt, ich weiß es nicht mehr, auf jeden Fall war ich so schnell, dass ich die Kontrolle verlor. Aber das war mir egal, ich fuhr zu schnell in die Kurve, das Auto kam von der Straße ab. Ich war auf dem Rasen, konnte nicht mehr anhalten, und plötzlich stand Victoria im Scheinwerferlicht und sah mich an.«

Ich schließe die Augen.

»Sie stand einfach nur da. Erstarrt. Sie wissen schon. Wie man es von Rehen im Scheinwerferlicht sagt. Und sie stand direkt neben dem alten Baum, den wir früher im Garten hatten. Wissen Sie, nachdem sie Dad ein frohes Neues gewünscht hatte, hatte sie beschlossen, mit Winslow Gassi zu gehen. So war sie. Sie ist mitten in der Nacht mit Winslow Gassi gegangen, und dann war es, als wäre sie im Strahl des Autoscheinwerfers gefangen gewesen, und dann lief die Zeit erst langsamer und dann wieder schneller. Ich trat auf die Bremse, aber es war nicht die Bremse, sondern wieder das Gaspedal. Ich knallte gegen die große Eiche, das Auto wickelte sich darum. Der Airbag explodierte, prallte mir ins Gesicht, und ich hörte ein Zischen. Ich öffnete die Tür, fiel hinaus und sah auf die Motorhaube, auf der die obere Hälfte von Victoria lag. Winslow leckte ihr übers Gesicht. Ihre Augen waren offen, sie starrte, ohne zu blinzeln, genau wie vorher, als ich sie im Scheinwerferlicht gesehen hatte. Und ich fing an zu schreien und schreie ...«

Er bricht ab. Alle schweigen. Ich halte die Luft an. Es kommt mir vor, als würde der ganze Raum die Luft anhalten. Ich sehe es jetzt vor mir. Ich sehe alles vor meinem geistigen Auge. Und ein Teil von mir könnte schwören, dass ich Thomas' Schreie immer noch höre. Als würden sie immer noch widerhallen, und wenn wir ganz still sind, werden sie immer lauter.

Aber wir sind noch nicht fertig.

Ich wende mich Archie zu. »Haben Sie die Schreie gehört?«

»Ich habe den Aufprall gehört«, sagt er, während ihm die Tränen über das Gesicht laufen. »Ich bin rausgerannt. Dann den Hügel hinab. Ich sehe meine Tochter. Meine wunderschöne, perfekte Tochter, die mir wenige Minuten zuvor noch einen Kuss auf die Wange gegeben und mir ein frohes neues Jahr gewünscht hat ...«

Der Schmerz scheint ihn zu übermannen.

»Nicht«, warne ich. »Nicht jetzt. Wir müssen da durch.«

»Das ist alles«, stößt Archie hervor.

»Nein, ist es nicht.«

»Den Rest kennen Sie.«

»Ich muss es hören«, sage ich.

Schließlich nickt er, wischt sich mit dem Ärmel übers Gesicht und versucht, die Fassung zu wahren. »Ich eilte zu ihr. Ich versuchte, sie in Ordnung zu bringen, als gäbe es einen Weg, das Unglück ungeschehen zu machen. Ich bin ein Problemlöser. Das ist mein Job. Ich bringe Dinge unter Kontrolle. Ich kann … Aber sie war … sie war tot. Daran bestand kein Zweifel. Und Thomas schrie, dass wir Hilfe holen sollten, dass wir einen Krankenwagen rufen müssten. Er zog sein Handy aus der Tasche …«

»Ich wollte den Notruf wählen«, ergänzt Thomas.

»Und plötzlich hörte ich mich sagen: ›Warte.‹« Archie setzt sich aufrecht hin und sieht mich an. »Ich konnte mich nicht daran erinnern, dass mein Gehirn mir gesagt hätte, dass ich das sagen soll. Ich stand da, neben meiner toten Tochter, tief bestürzt – aber es war, als hätte ich alles deutlich vor Augen. Als hätte der Anblick des Schrecklichsten, was man sich vorstellen kann, meinen Verstand geschärft und mir Klarheit gegeben. Und wissen Sie, was ich gedacht habe?«

»Nein«, sage ich. »Was?«

»Ich habe ein Kind verloren. Will ich auch noch das zweite verlieren?«

Es ist, als wäre die Temperatur im Raum um zehn Grad gesunken.

»Ich sah die nächsten drei oder vier Züge vor mir«, fährt Archie Belmond fort. »Wir würden die Polizei rufen. Sie würde in großer Zahl kommen. Victoria war tot. Sie würden Thomas verhaften. Und wie Sie schon sagten, war er vorbestraft. Darunter das siebte Mal wegen Trunkenheit am Steuer.

Die Anklage würde mindestens auf fahrlässige Tötung lauten. Außerdem waren Drogen im Auto. Kokain. Das kam noch dazu. Das ließ sich nicht einfach beiseiteschieben. Selbst mit Geld und Einfluss würde Thomas jahrelang ins Gefängnis gehen. Daran führte kein Weg vorbei. Wahrscheinlich würden sie sogar ein Exempel an ihm statuieren. Und was bedeutete das für Victoria? Sie hat Thomas geliebt. Sie hätte das nicht gewollt. Und ganz egal, was passierte – und das ist der entscheidende Punkt –, Victoria wäre immer noch tot. Wir konnten sie nicht zurückholen. Der Tod ist endgültig. Was hätte es gebracht, auch das Leben ihres Bruders zu zerstören?«

Er blickt zu mir hoch und sagt es noch einmal: »Ich habe ein Kind verloren. Will ich auch noch das zweite verlieren?«

Ich nicke. »Also haben Sie nicht die Polizei gerufen.«

»Nein.«

»Was haben Sie mit ihrer Leiche gemacht?«

»Wir haben sie begraben. Bei uns im Wald. Später haben wir sie verbrannt. Es gibt keine Spuren mehr, falls Sie darauf hinauswollen.«

»Darauf will ich nicht hinaus.«

»Es war das Schlimmste, was ich je getan habe. Thomas und ich haben Schaufeln aus der Garage geholt. Wir haben sie begraben. Ich habe meine eigene Tochter begraben. Wie, weiß ich immer noch nicht. Der Boden war hart. Aber ich war wie in Trance. Das waren wir wohl beide. Ich kann es nicht beschreiben. Ich war zu einer Maschine geworden. Vielleicht, weil es zu sehr schmerzte, etwas zu fühlen. Ich habe mir nur immer wieder gesagt: Ich habe ein Kind verloren, ich darf nicht noch eins verlieren. Wir haben den Tatort aufgeräumt. Wir haben das Auto in die Garage gestellt. Sie haben recht. Wir haben es nie wieder benutzt. Wir haben es ein paar Mo-

nate später auf einen Schrottplatz in Vermont gebracht. Wir haben es zerquetschen, schreddern und recyceln lassen. Ich bin bei der ganzen Sache sehr rational und analytisch vorgegangen. Ich habe Thomas gesagt, dass er zu Lacy gehen soll. Das war wichtig. Benimm dich normal. Verschaff uns ein Alibi. Ich habe meine Piloten geweckt. Habe mein Flugzeug bereit machen lassen. Meine Ausrede war, dass das Jahr-2000-Problem keinen Schaden angerichtet hatte und ich meine Frau sehen wollte. Das wissen Sie alles.«
Ich nicke erneut.
»Ich konnte immer noch drei oder vier Züge vorausplanen. Victoria wollte nach der Party mit ein paar Freunden wegfahren. Das konnten wir nutzen. Jeder weiß, dass es für die Polizei immer schwieriger wird, Spuren zu verfolgen, je mehr Zeit vergeht, weil sie immer kälter werden. Also habe ich versucht, diese Zeit zu verlängern. Ich habe die SMS von ihrem Handy geschickt, um eine Erklärung dafür zu haben, warum wir sie so lange nicht vermisst gemeldet haben. Dann wurde mir klar, dass die Polizei in der Lage sein könnte, das Handy zu orten. Ich habe es mit einem Hammer zertrümmert.«
Er bricht ab und blickt zu mir auf. »Kierce«, sagt er. »Sie haben einen Sohn.«
»Richtig.«
»Was würden Sie nicht tun, um ihn zu retten?«
Ich antworte nicht.
»Und es hat geklappt. Wenn Sie wissen, was ich meine. Thomas ist nicht ins Gefängnis gekommen. Er hat die Hilfe bekommen, die er brauchte. Er hat sein Leben umgekrempelt. Seine Schwester – ich weiß, ich weiß –, aber Vic wäre so stolz auf den Mann, der er geworden ist.«
Natürlich – es hat geklappt, denke ich. Man muss nur seine

eigene Schwester umbringen, um ganz unten zu sein. Man sollte ein paar Entzugskliniken kontaktieren und ihnen sagen, dass wir ein Heilmittel gefunden haben. Ich denke es. Ich spreche es nicht aus. Er muss weiterreden. »Sie fliegen also nach Chicago«, sage ich.
»Ja. Ich wollte Talia erzählen, was passiert ist. Ich meine, wie auch nicht? Ich nahm an, dass sie es verstehen würde, weil es für sie ja dasselbe war – verlieren wir ein Kind oder beide? Aber als ich gelandet bin, hat sich etwas verändert.«
»Ein anderer Mann war bei ihr.«
»Na ja, das mag noch dazugekommen sein, obwohl es mich ehrlich gesagt kaum interessiert hat. Im Großen und Ganzen spielte das keine Rolle. Aber davor, als ich im Flugzeug saß und in Gedanken durchgegangen bin, was ich zu Talia sagen würde, klang es in meinen Ohren vernünftig – wir haben die Chance, eins unserer Kinder zu retten –, aber als ich dann dort war und Talias Gesicht gesehen habe, ich meine, wie hätte ich es ihr sagen können? Woher sollte ich wissen, wie sie reagieren würde? Meine Frau ist keine gute Schauspielerin. Das liebe ich an ihr. Ihr fehlt es an Arglist. Konnte ich sicher sein, dass sie Thomas nicht ausliefern würde? Konnte sie sich wirklich so gut verstellen, dass sie die Polizei, ihre Freunde und ihre Familie für den Rest unseres Lebens täuschen konnte? Und wenn ich an den Schmerz dachte, den ich verspürte – den Schmerz, meine Tochter verloren zu haben –, könnte ich ihr das vielleicht ersparen?« Er blickt zu mir hoch. »Ich liebe meine Frau. Ich wollte ihr das nicht antun.«
»Sie haben es ihr also nicht gesagt.«
»Ich habe es ihr nicht gesagt.«
»Sie haben sie einfach gezwungen, mit der Lüge zu leben.«
»Verstehen Sie das denn nicht? Sie hätte sowieso mit einer Lüge leben müssen, ganz egal, was passiert. Wenn ich ihr

erzählt hätte, was ich getan habe, hätte sie mit der gleichen Lüge leben müssen wie Thomas und ich – sie hätte so tun müssen, als wäre ihre Tochter entführt worden oder weggelaufen. Wenn ich es ihr hingegen nicht sage, lebt sie mit der Lüge, die Wahrheit nicht zu kennen. Sagen Sie es mir, Kierce. Was ist besser?«

Ich antworte nicht.

»Das waren die Möglichkeiten, die ich in jener Nacht hatte. Verliere ich ein Kind – oder verliere ich zwei Kinder? Mache ich meine Frau zum Teil meiner Lüge – oder lasse ich sie mit einer Lüge leben, die ich für die tröstlichere halte? Ich habe das getan, was ich für das Beste hielt. Und wenn ich die Zeit zurückdrehen und es noch einmal tun könnte, würde ich es wohl nicht viel anders machen. Thomas ist jetzt stark und gesund. Meine wunderbaren Enkeltöchter, unsere Augensterne, wären nicht hier. Kennen Sie den Spruch, dass man ein paar Eier zerschlagen muss, um ein Omelett zu machen? Ich bin mir da nicht ganz sicher, aber die Eier waren sowieso schon kaputt – ich stand nur vor der Wahl, eine Sauerei zu hinterlassen oder zu versuchen, ein Omelett zu machen.«

Ich kann mir ein Stirnrunzeln nicht verkneifen. »Herrje, ist das Ihre Rechtfertigung?«

»Tragödien sind verdammt gute Lehrer. Sie sind allerdings extrem grausam.«

Ich erinnere mich, dass Thomas mir so etwas gesagt hat.

»Aber in einem Punkt lag ich falsch«, fährt Archie fort.

»Vollkommen falsch. Zumindest dachte ich das lange.«

»Und der wäre?«

»Vielleicht hätte ich Talia doch die Wahrheit sagen müssen«, überlegt er. »So habe ich ihr Hoffnung gemacht. Die meisten Leute halten Hoffnung für etwas Gutes, aber das stimmt nicht. Meine Frau ist jeden Tag aufgewacht und hat

gehofft – gehofft, dass dies der Tag sein würde, an dem Victoria gefunden wird. Die Ungewissheit hat sie gelähmt.«
Ich verstand ihn. Ich hatte etwas Ähnliches zu Talia gesagt. *Nichts heilt eine seelische Verletzung besser als eine Lösung und ein Abschluss.*
»Ich bin ein Problemlöser«, fährt Archie fort. »Ich gebe nie auf. Ich suche ständig nach Lösungen. Aber ich wusste nicht, was ich tun sollte. Dieses Problem konnte ich nicht aus der Welt schaffen. Zumindest lange Zeit nicht.«
»Und dann haben Sie Anna getroffen.«
»Ja.«
»Problem gelöst«, sage ich.
»Ich weiß, dass Sie das nicht glauben, aber ...«
Ich hebe die Hand, um ihn zum Schweigen zu bringen. Ich will es nicht noch einmal hören. »Und was ist jetzt?«
»Was meinen Sie?«
»Werden Sie jetzt die Wahrheit sagen?«
Archie Belmond runzelt die Stirn. »Was sollte das bringen? Können Sie sich vorstellen, welchen zusätzlichen Schmerz das verursachen würde?«
»Die Wahrheit wird Sie befreien«, sage ich.
»So naiv sind Sie nicht, Kierce.« Archie räuspert sich, und ich spüre förmlich, wie sich etwas im Raum verschiebt. Er erhebt sich, steht mit beiden Füßen fest auf dem Boden. »Ich kann Ihnen und Ihrer Familie weitere Hilfe zukommen lassen«, sagt er, und seine Stimme klingt wieder normal. »Sie haben beachtliche Arbeit geleistet. Ich denke, ein Bonus ...«
»Ich will das Geld, das mir zusteht«, sage ich. »Keinen Penny mehr.«
Er nickt und entscheidet sich klugerweise zu schweigen.
Ich weiß sowieso nicht, was ich hier noch soll. Ich kann nichts von alldem beweisen. Archie wusste das, als er sich be-

reit erklärt hat, an diesem Treffen teilzunehmen. Er hat immer noch alles unter Kontrolle. Es gibt keine echten Beweise. Das alles ist lange her. Selbst wenn wir es beweisen könnten, die Verjährungsfrist für fahrlässige Tötung ist abgelaufen. Thomas müsste nicht ins Gefängnis.

Was würde es also bringen?

Ehrlich gesagt verstehe ich, dass Archie als Vater in jener Nacht schreckliche Entscheidungen treffen musste. Ich bin wütend über das, was er getan hat, habe aber auch Verständnis dafür. Verliert er zwei Kinder oder verliert er nur eins. So hat er es gesehen. Eine kühle Abwägung – aber war sie auch richtig? Angenommen, Henry hätte eine Schwester, und so etwas würde passieren. Was würde ich dann tun? Hoffentlich nicht das, was Belmond getan hat, aber ich verstehe ihn. Das, was geschehen ist, hat sie alle gebrochen – allen voran vielleicht sogar Archie.

Ich wende mich zum Gehen.

»Was werden Sie tun?«, fragt Archie.

Ich reagiere nicht. Mir klingen nur Annas Worte in den Ohren.

Versprich es mir zuerst.

Was soll ich versprechen?

Dass du ihnen nicht wehtun wirst. Dass du sie beschützt.

Ich denke darüber nach. Dann gehe ich.

EPILOG

Drei Wochen später

»Der Kurs ist beendet«, sage ich. Zur letzten Stunde von No Shit, Sherlock sind alle gekommen. Die Pink Panthers sitzen immer noch eng zusammen, sind heute Abend aber näher an die jungen Frauen vom Three-Dead-Hots-Podcast gerückt. Lenny und Gary hängen zusammen ab. Debbie sitzt hinten bei Raymond, der ein ärmelloses gelbes Netzhemd trägt und sich wieder die Fußnägel schneidet. Auf dem Weg nach draußen gehen alle in einer Reihe an mir vorbei. Ich habe im Internet Videos gesehen, in denen erstklassige Lehrer ihre Schüler vor jeder Stunde mit einem komplizierten Händedruck begrüßen. Wir machen am Ende des Kurses so etwas Ähnliches mit Fistbumps.

»Keine Sorge«, sagt Gary zu mir. »Wir kriegen ihn schon.« Er spricht von Tad Grayson. Wir scheinen unserem Ziel, ihn wieder hinter Gitter zu bringen, kein Stück nähergekommen zu sein. Wir konnten keine weiteren Verbindungen zu Nicole finden, und das Newark Police Department hat bisher nichts über den Mord an Brian Powell in Erfahrung gebracht.

Ich bedanke mich und verabschiede den Nächsten.

Die Three Dead Hots bleiben etwas zurück und gehen als Letzte. Ich weiß auch, warum. »Wir wollen auf dem Heim-

weg noch ein paar Clubs besuchen«, sagt ihre Anführerin Carrie zu mir.
»Wie viele sind ein paar?«, frage ich.
»Drei oder so, vielleicht. Wir wollen über unseren nächsten Podcast sprechen. Kommst du mit?«
»Auf keinen Fall«, sage ich, lächle dabei aber.
»Du bist ein Warrior, Kierce.«
Ich weiß zwar nicht recht, was das in diesem Zusammenhang heißt, bedanke mich aber.
Als alle den Raum verlassen haben, ruft Marty an. »Wo bist du?«
Sein Ton gefällt mir nicht.
»Ich habe meinen Kurs gerade beendet.«
»Ich dachte, der war gestern.«
»Ich biete jetzt einen weiteren Kurs an«, sage ich. »Für Neueinsteiger. Der eine ist der normale No Shit und der andere ist No Shit für Fortgeschrittene.«
»Komm zu mir nach Hause.«
»Wann?«
»Jetzt.«
»Kann ich erst zu mir fahren und nach Molly gucken?«
»Ruf sie von unterwegs an.«
Er legt auf.
Das gefällt mir auch nicht.
Bevor ich die Treppe zur U-Bahn hinuntergehe, rufe ich Molly an. Sie meldet sich mit einem fröhlichen »Hallo, mein Hübscher.«
Ich werde Ihnen eine unangenehme Wahrheit erzählen. Molly und ich genießen unser Leben in finanzieller Freiheit. Wir sind entspannt. Das Atmen fällt uns leichter. Wir schlafen besser. Und das nervt. Hat das Belmond-Geld Einfluss darauf, was ich in Bezug auf Victoria unternehme? Schwer zu

sagen. Allerdings kann Geld die Wahrnehmung verzerren, also schneide ich in meiner eigenen Bewertung womöglich etwas zu gut ab.

»Ich komme später.«

»Haben die Dead Hots dich überredet, mit ihnen um die Häuser zu ziehen?«

»Sie haben's wieder versucht, aber nein, es ist Marty.«

»Er will dich sehen?«

»Ja.«

»Und das hat nicht bis morgen früh Zeit?«

»Offenbar nicht.«

»Das gefällt mir nicht«, sagt Molly.

Ich sage ihr, dass es mir auch nicht gefällt, und lege auf. Ich beeile mich, um die U-Bahn zu bekommen, steige an der 81st Street aus und nehme im Beresford Building den Aufzug zum Penthouse. Marty erwartet mich schon.

»Also, was gibt's?«

»Ich hab ein Video vom Tatort des Mordes an Victoria Belmond«, sagt er.

»Jetzt? Das ist fast einen Monat her.«

»Ich weiß. Ich habe es selbst gerade erst gekriegt.« Marty geht zur Couch. Ich folge ihm. Er ruft das Video auf seinem Laptop auf. »Du erinnerst dich doch noch daran, dass Jugendliche da Baseball gespielt haben?«

»Klar.«

»Ein Vater hat seinen Sohn beim Schlagtraining aufgenommen – kurz bevor auf Victoria und dich geschossen wurde. Er hat erst jetzt daran gedacht, es der Polizei zu übergeben, weil er in die entgegengesetzte Richtung gefilmt hat.« Er drückt eine Taste auf seinem Laptop. »Guck dir den Typen an, der am Backstop vor dem Hudson Parkway lehnt.«

Er dreht den Laptop so um, dass ich den Bildschirm sehe.

Ich erwarte, dass ich Brian Powell oder Tad Grayson dort entdecke.
Doch so ist es nicht.
Stattdessen sehe ich Raymond.

***

Viele Stunden später stehe ich vor dem Tranquil-Pines-Hospiz.
Ich trete ein. Hinter einer Plexiglasscheibe spielt ein Mann mit seinem Handy. Er ist überrascht, zu dieser Stunde einen Besucher zu sehen. Er legt das Handy weg und richtet sich auf.
»Wir haben geschlossen«, sagt der Mann.
Ich beuge mich zu ihm. »In welchem Zimmer ist Mrs Grayson? Ich muss ihren Sohn Tad sprechen.«
Aus dem Flur ertönt eine Stimme. »Was wollen Sie?«
Ich drehe mich um. Fünf Meter von mir entfernt steht Tad Grayson. Seine Augen sind gerötet. Sein Gesicht ist eingefallen.
»Sie ist gerade gestorben«, sagt er. »Meine Mutter. Wenigstens hat sie noch erlebt, dass ich freigelassen wurde. Sie kann in Frieden ruhen.«
Ich sage nichts.
»Warum sind Sie hier, Kierce?«
»Ich will mit Ihnen reden.«
Tad Grayson schüttelt den Kopf. »Jetzt?«
Ich sage nichts.
»Ich will nicht mit Ihnen reden«, sagt er. »Meine Mutter ist gerade gestorben.«
»Okay«, sage ich.
»Ich bin durch mit Ihnen, Kierce.«

Ich warte.

»Mir egal, ob Sie mir noch irgendetwas glauben. Ich bin durch mit Ihnen.«

Ich sage nichts.

»Ich habe versucht, Ihnen die Wahrheit zu zeigen. Ich wurde reingelegt. Und dann Powell – also, als wäre ich so blöd, ausgerechnet ihn anzuheuern? Ich war doch gerade erst seit ein paar Tagen aus dem Gefängnis raus – und dann bin ich so bescheuert, mich an meinen alten Zellengenossen zu wenden? Das war's. Ich bin durch mit Ihnen. Ganz egal, ob Sie mir glauben. Was wollen Sie überhaupt noch von mir? Sie sehen ja nicht einmal die vollkommen offensichtlichen Dinge.«

»Was ist denn so offensichtlich, Tad?«

»Dass der wahre Mörder dahintersteckt.«

»Das ist mir klar«, sage ich.

Das überrascht ihn. »Wirklich?«

»Deshalb bin ich hier. Ich weiß, wer es getan hat. Und wir haben den Beweis.«

Ich halte ihm das Standbild aus dem Video vor die Nase. Er zögert, aber schließlich nimmt er es mir aus der Hand. Ich warte, während er es sich ansieht.

Dann sage ich: »Das sind Sie, oder?«

Debbie und ich haben eine Stunde gebraucht, um Raymond zu finden. Er wohnt in einer Unterkunft im Armory in Washington Heights. Wie er versprochen hatte, war Raymond die Sache tatsächlich »im Alleinflug« angegangen, wie eine Hexe, die ein Flugzeug trägt. Für ihn bedeutete das, Tad Grayson überallhin zu folgen und ihn so oft wie möglich zu filmen. Raymond hatte Grayson dabei gefilmt, wie er aus dem Fenster des Hospizzimmers seiner Mutter kletterte. Er war dabei, als Grayson sich in einer Gasse duckte, um die Skimaske und das schwarze Sweatshirt anzulegen. Er war Grayson sogar zur Mülldeponie nach Staten Island gefolgt, wo er die Skimaske und die Kleidung entsorgte, nachdem er auf Victoria und mich geschossen hatte.

Als ich Raymond fragte, warum er mir das alles nicht gezeigt hat, zuckte er nur die Achseln und sagte: »Sie haben nicht gefragt.«

»Das war ein guter Schachzug«, sage ich jetzt zu Tad Grayson. »Powell anzuheuern – das Ganze so offensichtlich zu machen, dass jeder vernünftige Mensch denken musste, so dumm kann man nun wirklich nicht sein.«

Grayson lächelt, als er sich die Fotos ansieht. »Meine Anwälte haben es mir abgekauft, stimmt's? Und die Bullen auch.«

»Das haben sie.«

»Powell hat mir aber auch geholfen. Er hat Sie zum Park verfolgt.«

»Deshalb mussten Sie ihn umbringen.«

»Das hätte ich sowieso getan.«

»Sie haben Nicole umgebracht. Sie haben Victoria umgebracht. Und Sie haben Powell umgebracht.«

»Ich glaube nicht, dass es mir helfen würde, das abzustreiten.«

»Nein«, sage ich. »Tut es nicht. Aber ich bin neugierig. Wollten Sie mich im Park umbringen – oder hatten Sie es auf sie abgesehen?«

»Ganz ehrlich?«

Ich zucke die Achseln. »Warum nicht?«

»Ich wusste nicht genau, wen ich umbringen sollte. Das war das Problem. Sie wollte ich natürlich schon die ganze Zeit töten. Aber dann wären Sie von Ihren Leiden erlöst gewesen. Also dachte ich mir, ich könnte zuerst diese Frau umbringen, die Ihnen offensichtlich etwas bedeutet hat. Dann könnte ich vielleicht Ihre Frau umbringen. Und dann könnte ich Ihren kleinen Jungen töten. Das wäre das Beste von allem gewesen. Und danach dann Sie. Völlig überzeugt war ich von dem Ganzen aber nicht. Und das hat mich wohl ein bisschen abgelenkt und aus dem Konzept gebracht.« Er grinst. »Trotzdem bin ich froh, dass ich sie getötet habe. Sie hat Ihnen etwas bedeutet, oder?«

»Das hat sie.«

»Und es ist Ihre Schuld, dass sie gestorben ist«, sagt er. »Da fällt es mir viel leichter, wieder einzufahren. Ich nehme mal an, dass Sie das gerade aufnehmen.«

»Das Mikro läuft«, sage ich und klopfe mir auf die Brust. Dann ergänze ich: »Alles klar, Leute.«

Die Polizisten strömen herein, ich warte aber nicht, bis sie ihn verhaftet haben. Warum auch. Ich gehe raus in die kühle Nacht. Ich klappe den Jackenkragen hoch. Marty ist da. Ich nicke ihm zu, aber ich habe noch etwas vor. Er lässt mich zufrieden. Ich fahre mit der U-Bahn zu Craig und steige in mein Auto. Ich fahre zurück zum kürzlich geschlossenen Urnengrab. Die Sonne geht gerade auf. Das Grab ist nicht markiert. Sie haben sicher einen Grabstein mit dem Namen Victoria Belmond in Auftrag gegeben. Ich weiß nicht, was ich davon halten soll. Es ist Anna. Anna Marston. Aber vielleicht war sie auch Victoria Belmond. Wie ich schon sagte. Sie war Victoria. Und sie war es nicht.

Es ist nicht an mir, das zu entscheiden.

Aber ich muss ihr von meinen Plänen erzählen.

Ich könnte, wie Archie, versuchen, alles zu berechnen. Ich kann mir die unterschiedlichen Vorgehensweisen aus sämtlichen Blickwinkeln ansehen und gucken, welche zu den besten Ergebnissen führen. Ich denke an die Familie – Archie,

Talia, Thomas, Madeline, Vicki, Stacy. Ich denke an die junge Victoria Belmond und daran, wie ihr betrunkener Bruder sie an einem Baum zerquetscht und ihr Vater sie dann im Wald verscharrt hat, und mir ist klar, dass es zwar viel Leid gegeben hat, aber keine Chance auf echte Wiedergutmachung besteht. Niemand wird ins Gefängnis gehen. Niemand wird für irgendetwas verurteilt werden. Wäre das wichtig?

Aber vor allem denke ich an dich, Anna. Du hast die Rolle der Victoria Belmond übernommen. Jede Wette, dass du sie für das Beste hieltest, was dir je passiert ist. Nach all dem Leid hattest du endlich eine Familie. Nach einem Leben voller Misshandlungen hattest du ein Zuhause gefunden. Sie haben dich geliebt, und du hast sie geliebt. Daran zweifle ich nicht. Ich habe dir geglaubt, als du mir gesagt hast, dass du sie liebst. Und ich habe ihnen geglaubt, als sie mir dasselbe über dich sagten.

In gewisser Weise war es also, wie Archie Belmond dargelegt hat, für alle das Beste.

Aber du bist tot, Anna.

Womöglich ist das meine Schuld. Vielleicht versuche ich nur, davon abzulenken, aber ich frage mich gerade, wenn Archie Belmond in jener Nacht die Polizei gerufen hätte, wenn Thomas Belmond für das, was er getan hat, zur Rechenschaft gezogen worden wäre, dann wärst du, meine kurze Liebe, wahrscheinlich noch am Leben. Vielleicht hättest du auch ohne Archie Belmonds Hilfe den Weg in ein besseres Leben gefunden. Oder auch nicht. Wenn Archie und Thomas die Wahrheit gesagt hätten, wären vielleicht alle schlechter dran gewesen. Wahrscheinlich sogar. Und genau das ist der Punkt. Es gibt keine Garantie.

Und deshalb darf man die Chancen nicht berechnen. Deshalb muss man die Wahrheit suchen.

Die Wahrheit befreit einen vielleicht nicht, trotzdem ist sie der richtige Weg.

Zu diesem Schluss bin ich gekommen. Oder, um es vage zu halten, jemand ist zu diesem Schluss gekommen. Dieser jemand hat ein paar Informationen an die Three Dead Hots weitergeleitet. Sie sind drauf und dran, einen Podcast über die Entführung Victoria Belmonds zu veröffentlichen, in dem sie die neue Theorie vorstellen, dass sie gestorben ist und später durch eine andere Person ersetzt wurde. Deshalb sollte ich noch in ein paar Clubs mitgehen. Damit sie mich genauer ausfragen können.

Ich werde das weiterhin ablehnen.

Auch ich musste eine furchtbar schwere Entscheidung treffen, Anna. Darüber habe ich in den letzten Wochen nachgedacht. Sie war nicht so furchtbar schwer wie die, die Archie Belmond treffen musste. Aber es ging um etwas Ähnliches. Ich habe mich dafür entschieden, weiter nach der Wahrheit zu suchen statt nach einer Lösung, die viele vielleicht als die »bessere« Möglichkeit ansehen würden.

Und was ist mit dem Versprechen, das ich dir gegeben habe?

Dass ich ihnen nicht wehtun würde. Dass ich sie beschützen würde.

Ich gebe zu, dass mir das zu schaffen machen wird.

Doch andererseits – wer kann schon sicher sagen, ob die Wahrheit sie nicht letztlich am besten schützt?

Ich stehe wieder auf und blicke auf das Urnengrab.

Eins noch, Anna, bevor ich gehe.

Deine Obduktion hat ergeben, dass du Geburtsnarben an den Beckenknochen hattest. Ich werde nicht ins Detail gehen, es bedeutet aber, dass du irgendwann einmal entbunden hast.

Darüber denke ich also auch nach.

Darüber, wann du entbunden hast.

Harm Bergkamp hat mir erzählt, dass du ein halbes Jahr nach meiner Abreise aus Spanien eine Pause eingelegt hast.

Lese ich da zu viel hinein, Anna?

Oder wolltest du mich nur beschützen, wie du das schon mit viel zu vielen getan hast.

Jedenfalls hast du mir eigentlich keine andere Wahl gelassen.

Ich werde wohl weiter nach der Wahrheit suchen müssen, oder?

DANKSAGUNGEN

Der Autor (der hier gerne die dritte Person benutzt) bedankt sich bei folgenden Personen:
Daniel Stashower (der Sherlock Holmes besser kennt als Sir Arthur Conan Doyle), Fred Friedman, Ben Sevier, David Shelley, Lyssa Keusch, Danielle Thomas, Beth de Guzman, Karen Kosztolnyik, Jonathan Valuckas, Matthew Ballast, Staci Burt, Andrew Duncan, Taylor Parker-Means, Alexis Gilbert, Quinne Rogers, Tiffany Porcelli, Joseph Benincase, Albert Tang, Liz Connor, Rena Kornbluh, Rebecca Holland, Mari C. Okuda, Jennifer Tordy, Ana Maria Allessi, Nita Basu, Michele McGonigle, Rick Ball, Selina Walker, Charlotte Bush, Claire Bush, Lucy Hall, Venetia Butterfield, Alice Gomer, Kirsten Greenwood, Jade Unwin, Phoenix Curland, Anna Curvis, Barbora Sabolova, Meredith Benson.

Wie immer danke ich Diane Discepolo und Lisa Erbach Vance.

Letícia Rodrigues und Flávia Silva leisten mit ihrer Unterstützung und ihren Recherchen weiterhin entscheidende Hilfe. Danke für alles, was ihr tut.

Alle Fehler gehen auf das Konto dieser Leute. Sie sind die Experten, nicht ich.

Außerdem möchte ich Richard Belthoff, Kate Boyd, Jim DeLapp, Ken Liss, Kelly Neumeier, Trevor Rennie und Dmitri Scull erwähnen. Diese Menschen (oder ihre Angehörigen) haben großzügig an Wohltätigkeitsorganisationen meiner Wahl gespendet, damit ihre Namen in diesem Roman erscheinen. Wenn Sie sich in Zukunft beteiligen möchten, senden Sie eine E-Mail an: giving@harlancoben.com.

Der Autor

Harlan Coben wurde 1962 in New Jersey geboren. Seine Thriller wurden bisher in 45 Sprachen übersetzt und erobern regelmäßig die internationalen Bestsellerlisten. Harlan Coben, der als erster Autor mit den drei bedeutendsten amerikanischen Krimipreisen ausgezeichnet wurde – dem Edgar Award, dem Shamus Award und dem Anthony Award –, gilt als einer der wichtigsten und erfolgreichsten Thrillerautoren seiner Generation. Er lebt mit seiner Familie in New Jersey. Mehr zum Autor und seinen Büchern unter www.harlancoben.com.

Harlan Coben im Goldmann-Verlag:

Honeymoon. Thriller · Totgesagt. Thriller · Kein Sterbenswort. Thriller · Kein Lebenszeichen. Thriller · Keine zweite Chance. Thriller · Kein böser Traum. Thriller · Kein Friede den Toten. Thriller · Das Grab im Wald. Thriller · Sie sehen dich. Thriller · In seinen Händen. Thriller · Wer einmal lügt. Thriller · Ich vermisse dich. Thriller · Ich finde dich. Thriller · Ich schweige für dich. Thriller · In ewiger Schuld. Thriller · In deinem Namen. Thriller · Suche mich nicht. Thriller · Der Junge aus dem Wald. Thriller · Nichts bleibt begraben. Thriller · Was im Dunkeln liegt. Thriller · Nur für dein Leben. Thriller · In tiefster Nacht. Thriller

Die Thriller mit Myron Bolitar:

Das Spiel seines Lebens · Schlag auf Schlag · Der Insider · Preisgeld · Abgeblockt · Böses Spiel · Seine dunkelste Stunde · Ein verhängnisvolles Versprechen · Von meinem Blut · Sein letzter Wille · Der Preis der Lüge · Nichts ruht für immer

Für die anderen Mitglieder der »Core Four«
Nicola Shindler
Richard Fee
Danny Brocklehurst

Tolle Partner, noch bessere Freunde.

Unsere Leseempfehlung

592 Seiten
Auch als E-Book
erhältlich

Randal Korn hat mehr Menschen auf den elektrischen Stuhl geschickt als jeder andere Staatsanwalt in Amerika. Und er genießt es, bei Hinrichtungen zuzusehen. Sein nächstes Opfer: Andy Dubois, ein junger Afroamerikaner, der wegen des Mordes an einem weißen Mädchen zum Tode verurteilt werden soll. Korn hat bereits alles für einen möglichst kurzen Prozess vorbereitet. Doch er hat nicht mit Eddie Flynn gerechnet. Dem New Yorker Anwalt bleiben sieben Tage, um Andy vor einer korrupten Justiz zu retten und den wahren Täter zu finden.

goldmann-verlag.de

Die brillante Myron-Bolitar-Reihe des SPIEGEL-Bestsellerautors Harlan Coben jetzt in Neuausstattung.

Band 1 — Band 2 — Band 3 — Band 4

Band 5 — Band 6 — Band 7 — Band 8

Band 9 — Band 10 — Band 11 — Band 12

goldmann-verlag.de

Unsere Leseempfehlung

512 Seiten
Auch als E-Book
erhältlich

Leonard Howells durchlebt einen Albtraum: Seine Tochter Caroline wurde entführt und dabei lebensgefährlich verletzt. Nur einem Mann traut Howell zu, sie zu retten: Eddie Flynn. Eddie weiß, wie es ist, eine Tochter zu verlieren. Und er kennt alle Tricks, um seine Gegner hinters Licht zu führen. Doch als die Lösegeldübergabe scheitert und Leonard Howells selbst unter Verdacht gerät, sind plötzlich zwei Leben in Gefahr. Irgendjemand zieht im Hintergrund die Fäden in einem Spiel, das vor vielen Jahren begann. Bald weiß Eddie nicht mehr, wer die Wahrheit sagt, und wer lügt ...

goldmann-verlag.de